Het huwelijk

Diane Johnson

Het huwelijk

Uit het Engels vertaald door Arthur de Smet

UITGEVERIJ DE GEUS

Oorspronkelijke titel *Le Mariage*, verschenen bij Dutton
Oorspronkelijke tekst © Diane Johnson, 2000
Nederlandse vertaling © Arthur de Smet en Uitgeverij De Geus bv, Breda 2002
Omslagontwerp Bas Steur
Foto auteur © Matthias Zeininger
Lithografie TwinType, Breda
Drukkerij Haasbeek bv, Alphen a/d Rijn

ISBN 90 445 0109 7
NUR 302

Verspreiding in België via Libridis nv, Industriepark-Noord 5a,
9100 Sint-Niklaas

Ter nagedachtenis aan
Alice Adams en
William Abrahams

Wat de kunstenaar goed noemt, het doel van zijn ernstige spel, zijn pijnlijke scherts, is een parabel, en meer nog dan louter een parabel van het juiste en het goede, een substituut voor het menselijk streven naar volmaaktheid.

– Thomas Mann,
'Dem Dichter zu Ehren – Franz Kafka und *Das Schloss*'

I

Clara

Er bestond brede overeenstemming onder de andere Amerikanen in Parijs dat Clara Holly er een ideaal leven leidde en men was het er ook over eens dat, ofschoon haar bevoorrechte positie enige afstand had gecreëerd ten opzichte van normale Amerikanen, zelfs tegenover de mensheid in het algemeen, dit geen monster van haar had gemaakt, wat vaak schijnt te gebeuren met vrouwen zoals zij – mooi, rijk, goed getrouwd, ver verwijderd van haar oorsprong in Oregon. Soms ziet men dat vrouwen in deze categorie, getrouwd met Europeanen, een onberispelijke Midden-Atlantische tongval ontwikkelen en een zekere amnesie omtrent hun Amerikaanse afkomst, behalve gedurende de acht weken die ze elke zomer doorbrengen op Martha's Vineyard.

'En soms gaan geluksvogels geloven dat ze hun geluk aan zichzelf te danken hebben', zei prinses Sternholz, geboren als Dorothy Minor in Cincinnati, over Clara, hoewel ze haar graag mocht.

Clara Holly herinnerde zich haar wortels wel degelijk, al had ze gewild dat het niet zo was, en ze bezocht de vs bijna nooit. Als ze in Parijs was, vormde ze een integraal onderdeel van de Amerikaanse wereld die daar existeert als een gespecialiseerde levensvorm in een complex ecosysteem, afhankelijk van de gastheer maar ervan gescheiden, die zich als mos uitstrekt over Le Marais en Neuilly, de saaie buitenwijk in het noordwesten, tot op het verrukkelijke platteland tussen Saint-Cloud en Versailles – zo *Marie-Antoinette* vanwege de suggestie van wildheid, natuur en eenvoud.

Clara en haar echtgenoot Serge Cray, de beroemde, zij het tegenwoordig nogal teruggetrokken regisseur, wonen daar, in de buurt van het dorp Étang-la-Reine, in een *château* van uitzonderlijke schoonheid dat ooit voor een korte periode eigendom was van madame Du Barry. Het was een vervallen gebouw dat op de een of andere manier was ontsnapt aan de aandacht van het ministerie van dergelijke zaken, verder in verval was geraakt, korte tijd een toeristenpension was geweest, en toen was gekocht door een Russische *nouveau riche* die de *boiseries* en *cheminées* – de lambrisering en de open haarden – had verkocht. Toen Serge Cray het kocht, liet hij het opnieuw inrichten met hulp van timmerlieden van de studio en met props uit zijn kostuumfilm *Queen Caroline*, en Clara had zich gewijd aan het herstel van de tuinen en ging slechts enkele keren per week naar Parijs om te winkelen, een tentoonstelling te bezoeken of voor een feestje.

Clara was altijd plannen aan het smeden om naar Oregon te gaan – haar moeder, die weduwe was, woonde in Lake Oswego, en ze sprak haar vrijwel elke dag – maar om de een of andere reden ging ze niet vaker dan ongeveer eens in de twee jaar. Dit lag voor een deel aan Cray, die niet naar Amerika kon vanwege een kwestie met de inkomstenbelasting, een onbeslist gevecht met de belastingdienst dat niet ernstig genoeg was voor uitlevering.

Cray vreesde dat zij zou worden gegijzeld. Het idee dat ze zou vertrekken maakte altijd sombere buien in hem los. Hij was Pools tot in zijn haarwortels, hoewel hij vanaf zijn twaalfde was opgegroeid in Chicago. Hij had niet zozeer problemen met haar afwezigheid – ze verdwaalden in hun kamers en gangen en zagen elkaar vrij weinig – het ging erom dat Amerika beslag kon leggen op een deel van zijn bezit: Clara.

Of dit nou mogelijk was of niet, Clara respecteerde zijn angsten. Ze vielen goed samen met die van haarzelf, die met de jaren overdreven waren geraakt door het lezen van berichten in Amerikaanse kranten over geweld, vuurwapens, auto-ongelukken en misdaad.

Op tweeëndertigjarige leeftijd was Clara twaalf jaar getrouwd, maar ze had niet meer geacteerd sinds die eerste film waardoor ze Serge had leren kennen en waaraan ze een zekere cultstatus ontleende vanwege een gedurfde dansscène. In feite was het niet zozeer haar dans geweest die zo gedenkwaardig was, als wel haar uitbottende schoonheid, juist de twintig jaren gepasseerd, haar zwarte krullen en een wulpsheid die aan molligheid grensde. Ze werd slanker na haar huwelijk en moederschap. Lars, hun zoontje van elf, zat op school in Engeland, tot groot verdriet van Clara en ondanks haar bezwaren, want Cray was van mening dat het onderwijs in Engeland beter was dan dat in Frankrijk voor een jongen met zijn handicap. Mrs. Holly, Lars' ziekelijke grootmoeder, vond ook dat het een schande was om een kind al zo jong weg te sturen zonder zijn moeder, en volgens haar was Clara niet gelukkig; maar haar echtgenoot was een dominant type, zo is het nou eenmaal met die mensen van de film. Mrs. Holly vertelde al deze dingen aan haar verzorgster Cristal. 'Er is een tijdsverschil van negen uur tussen hier en Frankrijk', voegde Mrs. Holly er altijd aan toe, want het was ook zo vreemd om te bedenken dat Clara helemaal aan de andere kant van de wereld zat, waar het donker was terwijl in Oregon de zon scheen.

De meningen over Clara waren verdeeld in de Amerikaanse gemeenschap. Het natuurlijke wantrouwen waartoe mensen geneigd zijn tegenover bovengemiddelde schoonheid, werd verzacht door haar bescheidenheid en intelligentie. Een zekere hoogdravendheid schreef men toe aan verlegenheid, zodat de mensen bijna konden vergeten hoe goed ze eruitzag. Sommigen hadden met haar te doen vanwege Lars, die doof was vanaf zijn geboorte, en omdat ze hem moest missen, terwijl anderen opmerkten dat geen enkel leven over rozen gaat. Toch bleef het een niet te ontkennen feit dat mensen die het geluk goedgezind is, het als vanzelfsprekend gaan zien en het vervolgens ook verwachten, en Clara vormde daarop geen uitzondering. Misschien was ze wel van mening dat ze haar uiterlijk, rijkdom en geluk op geheimzinnige wijze aan zichzelf te danken had door bewust een deugdzaam leven te leiden.

2

Tim

Op de avond dat de Amerikaanse journalist Thomas Ackroyd Nolinger de voormalige actrice Clara Holly in Parijs leerde kennen – naar hij zelf zegt nog zonder iets te bevroeden – had hij die ochtend in Amsterdam toevallig over Serge Cray gesproken in verband met een interessant misdrijf. Nolinger, freelance Europees correspondent voor het Amerikaanse conservatieve tijdschrift *Reliance* (evenals, onder zijn initialen T.A.N., voor het progressieve maandblad *Concern*; hij zag weinig kwaad in de ideologische tegenstrijdigheid), medewerker van het Engelse literaire tijdschrift *The Weekly*, bij gelegenheid recensent voor het *Times Literary Supplement*, filmfanaat, restaurantcriticus en would-be romanschrijver, zat in het Amsterdamse Café Prolle een stapel papieren door te lezen die zijn behulpzame vriend, de opsporingsambtenaar Cees, hem bezorgd had, toen hij stuitte op iets wat te maken had met Clara, of eigenlijk met haar echtgenoot, zonder te vermoeden dat hij haar later die dag zou leren kennen.

Het misdrijf dat Nolingers belangstelling had gewekt was de diefstal van een waardevol middeleeuws manuscript uit de Morgan Library in New York. Hoe ver verwijderd ook, er bleek een opmerkelijk verband met zijn eigen leven, toen hij op de lijst van vooraanstaande verzamelaars van incunabelen en verluchte manuscripten die hij van Cees had gekregen, niet alleen de bekende naam van Serge Cray zag staan, maar ook de namen van enkele mensen die hij zelf had ontmoet in Frankfurt. Het ging om mensen aan wie de misdadigers wellicht zouden proberen de gestolen waar te verkopen.

De lijst van verzamelaars van manuscripten was opgesteld door Interpol, in samenwerking met The International Booksellers Association, op basis van veilingcatalogi en documenten omtrent private transacties. Niemand op de lijst had ooit iets te maken gehad met gestolen materiaal, legde Cees uit, en ze stonden ook niet onder verdenking in verband met deze recente diefstal, maar ze zouden allemaal worden benaderd door Interpol en op de hoogte worden gebracht van de verdwijning van de Dryadische Apocalyps voor het geval deze aan een van hen te koop zou worden aangeboden. 'De Amerikanen hebben reden om aan te nemen dat het manuscript in Europa zal worden verkocht', zei Cees. 'Daarom staan er op de lijst voornamelijk Europese verzamelaars.'

Tim ging van tijd tot tijd naar Amsterdam om op deze manier te worden ingelicht, wat marihuana te roken, een paar biertjes te drinken met Cees, en om informatie te verzamelen die formeel of informeel rondzong over Belgische sekssyndicaten, Luxemburgse moordcomplotten, een harder Zwitsers drugsbeleid, kunstdiefstallen en smokkelpogingen van terroristen. Tim hield zich met geen van deze zaken echt serieus bezig – hij was geen misdaadverslaggever en bereidde niet een of andere onthulling voor – maar toch ondernam hij om de paar maanden de treinreis vanuit Parijs om de verhalen van Cees te horen. Ooit zou hij er iets mee doen voor *Reliance*, als hij een Amerikaanse invalshoek kon vinden. Bij *Reliance* hoorden ze altijd graag dat Europa veel corrupter en crimineler was dan Amerika, hoewel ze niet graag hoorden dat de treinen er veel beter waren. *Reliance* beschouwde treinen als cryptocommunistisch, omdat er overheidssubsidie mee gemoeid was.

Wat de misdaad in het algemeen betrof, speelde Tim met enkele theorieën die degelijk genoeg waren voor een kleine beschouwing: de criminele samenzwering als een manier om orde op te leggen aan de toevallige materialen van de chaotische wereld. Misdaad vereiste doelgerichtheid, net als perversie; in die zin stonden ze beide voor Orde. De psychologische *soulagements* van de misdaad – wat was het Engelse woord voor *soulagement*? Hij vergat vaak woorden; ze stortten onherroepelijk in een gat ergens tussen zijn Engels en zijn Frans, een groot nadeel voor een broodschrijver.

Tim was half Amerikaans, half Belgisch van moederszijde en werd door iedereen Tim genoemd in plaats van Tom, behalve door zijn moeder. Hij had het vale, vlaskleurige haar uit zijn kindertijd behouden, en hij was zo'n stevig, blakend rugby-type dat door zijn Europese scholing in geen van beide culturen echt thuis was, en gemoedelijker dan zijn omvang deed vermoeden. Hij was nadrukkelijk een journalist, een dwaler, misschien een dromer. En misschien een tikje ouder dan hij leek, waardoor het niet uitgesloten was dat er ergens achter hem een verloren half decennium lag.

Tim kende Cees al lang. Ze hadden elkaar leren kennen op het internaat in Zwitserland – Cees was toen een magere cynicus met krulhaar, nu een nogal fanatiek rechtshandhaver en veel dikker dan toen. Voorzover bekend was Tims vader een Amerikaans vertegenwoordiger geweest van een hotel- en autoverhuurketen, die in Europa was gestationeerd. De familie was vaak verhuisd, van Londen naar Istanbul, en dus had Tim voornamelijk Zwitserse kostscholen bezocht. Zijn Amerikaanse tantes noemden dit 'weggestuurd worden', maar zelf had hij het als een avontuur gezien. Zijn Belgische moeder beschouwde de scheidingen van haar zoon als normaal maar pijnlijk, een soort opoffering die ze zich getroostte, want opofferingen behoorden tot de aard van het leven. Tim sprak altijd met grote affectie over zijn moeder, waarbij hij onbedoeld de schijn wekte dat zij dood was, hoewel ze in Michigan woonde.

Aangezien hij altijd op zoek was naar verhalen, de enige manier waarop hij het mondaine leven dat hij in Parijs leidde kon bekostigen, besloot Tim eens te proberen een interview los te krijgen met Serge Cray over zijn verzameling oude manuscripten en incunabelen – een aanpak die hij nog nooit op Cray toegepast had gezien. Meestal was men geïnteresseerd in zijn films of in zijn persoonlijkheid, en niet bijzonder in zijn oude boeken. Het verzamelen als een logisch uitvloeisel van de rol van *auteur*, van schepper? Filmen als een vorm van verzamelen, in die zin dat het een accumulatie van beelden en ideeën behelsde? Tim haalde zijn notitieboekje te voorschijn en schreef deze ideeën op, omdat hij vermoedde dat ze te dun waren om in zijn geheugen te blijven hangen, zoals veel van zijn ideeën.

Geneigd tot ironie en zonder illusies als hij was, was hij in zekere zin het toonbeeld van 'de jongeman', want te allen tijde bevinden zich in Parijs tientallen Amerikanen zoals hij, die zich vastklampen aan het nogal onzekere bestaan dat ze er hebben weten op te bouwen, puur vanwege het plezier om daar te wonen of omdat ze alle schepen achter zich hebben verbrand en geen idee hebben hoe ze zouden kunnen terugkeren nu ze de kans hebben laten schieten om een graad in de bedrijfskunde te halen of om een stageplaats te bemachtigen bij hun lokale radiostation of krant of bij een van de mindere publicaties van Condé Nast. Maar Tim Nolinger had iets meer te bieden, meer dan alleen het patina van een Zwitserse kostschool.

'De FBI is onderweg', zei Cees. 'Dat is toch wel uitzonderlijk. Het is moeilijk in te zien waarom zij er belang in stellen – een gestolen manuscript uit een Amerikaanse privé-bibliotheek. Dat is geen federale kwestie. Doorgaans laten ze kunstroof over aan de kunstmensen bij Interpol.'

'Misschien is het toch een federaal misdrijf. Amerikaanse wetten zijn gecompliceerd – staatsgrenzen, jurisdicties. Ik heb een jaar op een Amerikaanse juridische faculteit doorgebracht', zei Tim. 'Ik zie dat er geen Japanners of Arabieren op deze lijst van verzamelaars staan.'

'Ik vergeet vaak dat jij een Amerikaan bent', zei Cees.

'Voor de helft maar. Maar welke helft, vraagt men mij, hoofd of hart? Boven of beneden?' Tim lachte en nam afscheid. Het was een vraag waarop hij zelf geen antwoord had, hij was al zo lang in Europa.

Omdat hij zijn Franse verloofde had beloofd dat hij zijn neus zou laten zien op een soiree in Parijs, had hij een vliegtuig geboekt dat om vier uur 's middags van Schiphol vertrok en waarmee hij op tijd terug zou zijn in Frankrijk om het rustig aan te kunnen doen in de nachtmerrie van het spitsuur.

Een idee voor een stuk: het vreselijke verkeer in Parijs? Het was een wonder dat er niet meer mensen omkwamen. Zwart-

gallig zijn over het verkeer in Frankrijk was niet een puur reto-
rische exercitie; hun belangrijkste mensen werden overreden –
Roland Barthes, en de baas van Cartier die zijn winkel op de Place
Vendôme was uitgelopen. Het dodelijke verkeersongeval was een
traditie die op zijn minst terugging tot de echtgenoot van madame Curie, die door een paardentaxi omver werd gereden,
terwijl hij in gedachten bij de ontrouw van zijn vrouw was.

3

Anne-Sophie

De aimabele Tim Nolinger was de toekomstige schoonzoon van de bekende Franse romanschrijfster Estelle d'Argel (*Les Fruits; Doric, Ionian; Plusieurs fois*), verloofd met haar dochter Anne-Sophie. Wat pasten ze slecht bij elkaar, Estelle en Anne-Sophie. De verloofde van haar dochter viel niet echt in de smaak bij de wereldse en praktische Estelle, die hogere ambities had voor Anne-Sophie en had gehoopt op een graaf of een veelbelovend politicus, een toekomstig lid van de Académie of anders toch ten minste een sportman – zij het dan in een respectabele sport zoals tennis. Of in ieder geval een Fransman. Tim tenniste natuurlijk wel, maar alleen voor de ontspanning.

Anne-Sophie, voor haar moeder een bron van zorgen, was voor de Amerikaanse gemeenschap de ideale jonge Française, goed verzorgd, zelfverzekerd, flirterig, opgewekt en ondernemend met haar kleine winkeltje. Na een studie *Sciences-Po* had ze assistente van een minister kunnen worden of *attaché de presse* bij een uitgeverij, maar in plaats daarvan begon ze te handelen in kunstvoorwerpen die met paarden te maken hadden, een hobby sinds haar kindertijd. Anne-Sophies kraampje, Cheval-Art, was vroeger van monsieur Lavalle geweest, die er naarmate hij ouder werd steeds minder tijd doorbracht en de zaken inmiddels nagenoeg volledig aan Anne-Sophie had overgelaten, vooral de boekhouding en de inkoop; op maandagmiddagen kwam hij af en toe nog wel eens langs om haar af te lossen in de kraam. Hun verbintenis dateerde van toen zij nog op school zat en bij hem rondlummelde, waarbij ze stukje bij beetje blijk gaf van een kennis van Niderviller paardenbeeldjes en antiek tuig die opmerkelijk was voor een *jeune fille*. Aanvankelijk wantrouwde haar moeder de intenties van monsieur Lavalle met Anne-Sophie, maar daar was geen enkele aanleiding voor, want Lavalle was door en door homo.

In haar kleine appartement op de Rue Saint-Dominique trof Anne-Sophie voorbereidingen voor haar bad. Rozig, stevig gebouwd en met de van roze knopjes voorziene borstjes van een nimf van Boucher, deed ze denken aan een bepaald schilderij in het Musée de Luxembourg. Tepels die juist boven het schuim uit gluren. Een glimmende teen misschien, die bij de kraan boven water komt. Anne-Sophie zette de spullen klaar die ze gebruikte voor haar uitgebreide bad: badolie, zeep, shampoo, lotion, *crème de gommage*, een scheermesje, puimsteen.

Maar ze voelde zich vanavond te zeer aangedaan, en tegelijkertijd te opgewonden, om alle doppen los te schroeven en te beginnen met het lange, absorberende ritueel dat haar gedachten zou kunnen verzetten en een gevoel van alledaagsheid zou kunnen herstellen na de schokkende gebeurtenissen van vandaag. Daaraan wilde ze een scherpe herinnering bewaren voor Tim, als ze hem op het feestje van de prinses zou zien. Zijn journalistieke instinct zou hem vragen doen stellen die ze wilde kunnen beantwoorden. Ze had alles in zich opgenomen, dacht ze, voor het geval Tim iets specifieks zou vragen, zoals: 'Wat voor kleding droeg hij?' Een grijs overhemd, een blauw gebreid gilet, een blauwe gebreide stropdas doordrenkt van bloed! Als het om Tim Nolinger ging, spreidde Anne-Sophie de toewijding tentoon die de Franse vrouw eigen is – maar ze was ook een expert in jachtprenten en een heel goede zakenvrouw.

Anne-Sophie had van haar schrijvende moeder Estelle twee soorten moederlijke raadgevingen meegekregen over hoe te leven. Aan de ene kant waren er de lessen uit het dagelijks leven zoals Anne-Sophie dat haar moeder en vader, haar broer en haarzelf had zien leiden; aan de andere kant was er de algemene filosofie zoals die tot uitdrukking kwam in Estelles boeken, die stond voor een werkelijkheid die verfijnder maar tegelijkertijd ook cynischer en veeleisender was. Zo zegt gravin Ribemont in *Tegen de stroom in*: 'Werk nooit in op het schuldgevoel van een man', terwijl haar moeder thuis de principes van de gravin vaak genoeg had genegeerd door tegen haar echtgenoot te bitsen: 'Je had toch kunnen bellen, ik heb doodsangsten uitgestaan', of: 'Waar heb jij uitgehangen?'

Anne-Sophie had geconcludeerd dat de gravin het gelijk waarschijnlijk aan haar kant had. Er was niet echt iets mis tussen haar ouders, hoogstens een zekere afstandelijkheid, die Anne-Sophie teleurstellend vond. Het dagelijks leven moest aantrekkelijker kunnen zijn, gepassioneerder. Daarom had Anne-Sophie haar gedrag en haar overtuigingen gemodelleerd naar de dingen die haar moeder had geschreven. 'Je moet aandacht besteden aan de *petits soins*', zegt madame Godchaud, de mondaine grootmoeder in *Plusieurs fois* van Estelle d'Argel, tegen haar kleindochter die op het punt staat te trouwen. Let op de kleine details in je verzorging. Dat betekende obsessieve ontharing en bevallige lingerie. En dus lette Anne-Sophie goed op de *petits soins*, vanuit haar geaardheid en als gevolg van het bestuderen van de werken van haar moeder, hoewel Estelle het in werkelijkheid nooit over zulke dingen had gehad, buiten de gebruikelijke aanmaningen omtrent schoon ondergoed.

Wie zich naar boeken modelleert maakt al gauw een vrij prozaïsche indruk, niet in staat om zelf iets te bedenken, en dus zagen sommige mensen Anne-Sophie als te prozaïsch. En iemand die zich voor paarden interesseert, was naar het algemeen gevoelen ongetwijfeld ook aards en eenvoudig – een meisje dat van paarden houdt kan niet ook grillig zijn. Dus werd Anne-Sophie abusievelijk gezien als een nuchter buitentypetje, terwijl ze in feite ook naar luxe en frivoliteit hunkerde.

Ze klemde de spiegel tussen haar knieën om hem uit het schuim te houden en bewerkte haar wenkbrauwen, maar haar gedachten waren er niet bij. Ze dacht aan het gruwelijke schouwspel dat ze die dag op de vlooienmarkt had gezien.

De receptie vond plaats in de onmiskenbaar voorname vertrekken van een Amerikaanse op leeftijd, prinses Dorothy Minor Sternholz, getrouwd met Blaise. Sternholz was natuurlijk geen Franse prins, eerder iets oostelijks, Litouws misschien of Tsjechisch, een onbetekenende, verre titel, eerder opgelegd dan opgeëist. (De Fransen zijn dol op titels, ondanks hun revoluties. Dat geldt trouwens net zo goed voor Amerikanen.) Prins Blaise

Sternholz, uitgever van een sportblad en lid van het Internationaal Olympisch Comité, was opgegroeid in het zestiende arrondissement en was nog nooit in Litouwen geweest. Dorothy was een vast meubelstuk onder de Amerikanen in de Lichtstad en ze had een opmerkelijke verzameling kunstwerken, die ze had verworven voor haar huwelijk, toen ze blijkbaar, getuige een aantal schilderijen waarvoor ze model had gestaan, nogal wat Franse kunstenaars vrij goed had gekend.

De Amerikaanse gemeenschap in Parijs was een wereldje op zich. Amerikanen hadden hun eigen goede doelen, hun futiele betrokkenheid op afstand bij de Amerikaanse politiek, hun periodieke pogingen om het Amerikaanse gedachtegoed, de Amerikaanse wijsheid en literatuur te verspreiden in Frankrijk zoals in de dagen van Tom Paine, hun Engelstalige kookcursussen, hun Amerikaanse Kerk en Amerikaanse Kathedraal, hun clubje Franse vrienden, hun uitbundige bewieroking van Amerikaanse beroemdheden van enigszins vergane glorie die er opdoken, hun ambassade waar soms een onderhoudend type de scepter zwaaide – de nieuwe ambassadeur werd met enige zorg gadegeslagen na de overweldigende gastvrijheid van de vorige – en ze hadden de speciale winkel waar ze pindakaas en popcorn konden krijgen. Misschien bestonden er geen natuurlijke tegenstellingen tussen het Franse landschap en de Amerikanen die het zo timide bewoonden, maar vaak had het er toch de schijn van dat de Amerikanen er goed aan zouden doen zich verre te houden van wat zij niet begrepen. Of waren zij het juist die de problemen meebrachten?

Anne-Sophie arriveerde eerder dan Tim op het feestje van Dorothy en ze omhelsde de Amerikanen van haar ouders' leeftijd die daar bijeen waren. Iedereen kuste haar op Franse wijze. Ze ontsnapte niet aan de bijzonder gretige kussen van de oude echtgenoot van Olivia Pace, noch aan zijn stevige handdruk. De welgestelde Robert Pace was wat de Fransen een *vieux beau* noemen.

Dorothy kwam op haar af om haar de gebruikelijke twee

kussen te geven. De genegenheid van de prinses voor Anne-Sophie kwam gedeeltelijk voort uit een gevoel van verwantschap. Waar Anne-Sophies echte moeder zo van haar verschilde dat ze haar nooit begrepen had, deed Dorothy dat wel. Anne-Sophies belangstelling voor paarden deed haar denken aan haar eigen interesse voor sport, en vaak dacht ze terug aan de niet erg vrouwelijke dwarsheid en marginaliteit die ermee gepaard gingen, hoewel Anne-Sophie een toonbeeld van Franse vrouwelijkheid was. Dorothy ging prat op haar grote kennis van de Franse gewoonten en cultuur, een kennis die ze voornamelijk ontleende aan haar man, die ze veertig jaar geleden had leren kennen als lid van het Amerikaanse olympische scherpschuttersteam.

Anne-Sophie hief haar schattige kinnetje, met een kuiltje erin als bij een kind, en zocht de kamer af naar mensen met wie het aangenamer praten zou zijn. Een teleurstelling. De gebruikelijke verzameling, verder geen enkele Fransman, behalve de hopeloze madame Wallingforth. Wanhopig speurde ze de kamers af, diep zalmroze met groene gordijnen, kandelabers van Frans vermeil, olieverfschilderijen met Amerikaanse onderwerpen, vooral schuren en *petits bateaux*, grote lemmetjesgroene sofa's, knauwende Amerikaanse stemmen, die lange antropoloog met zijn rode ogen en die knappe secretaresse of wat ze ook zijn mocht, over wie doorlopend geroddeld werd, de gebruikelijke kleurloze professor met vlinderdas – was dit een receptie voor een van die vlinderdassen, een beroemd econoom of geschiedkundige, was dat het: iemand die een boek had geschreven, alweer een boek, over Frankrijk? *Zut*, ze deden niet anders, Engelstaligen en hun boeken. Zelfs Tim dreigde er een te schrijven.

'Die onverbeterlijke Tim van jou heeft gebeld dat hij wat later komt', vertelde Dorothy. 'Hij zit vast in een taxi onderweg van het vliegveld.'

'*Tant mieux*, dan zal ik me wreken voordat hij aankomt.' Anne-Sophie lachte en liep regelrecht op de knappe zwarte acteur Sam Strait af.

4

Wat Anne-Sophie zag

Toen Tim zich uiteindelijk zoals toegezegd in dezelfde hoge en enorme roze vertrekken bevond, de hoge ramen afgezet met groen damast en voorzien van dikke ruiten tegen het drukke verkeer op de Rue du Bac, zonk het hart hem in de schoenen bij de verveling die in het verschiet lag. Zijn eigen vriendenclub was losbandig en gemêleerd, meest niet Amerikaans, van journalisten tot sportleraren, niet altijd mensen die Anne-Sophie zouden bevallen. Daartegenover had zij een verzameling *bon-chic bon-genre* jonge vrouwen (en mannen) met wie ze op school had gezeten, goed opgevoede Parijzenaars die inmiddels verschillende levenswegen waren ingeslagen, en nog een enkele overblijver uit haar hippische periode, oude rijleraren en stalhouders, zonder uitzondering saai.

De spichtige stoeltjes waren op Franse wijze in de hoeken van de kamer opgesteld, zoals op een dansschool. Op geen ervan kon hij Anne-Sophie zo gauw ontwaren, maar zij was dan ook iemand die liever danste dan bleef zitten. Maar dit was natuurlijk geen bal, het was slechts een cocktailparty ten bate van de Amerikaanse bibliotheek – was het dat? Of een boekvernissage. Hij kon het zich niet herinneren. In hun gabardine en kamgaren blazers zagen de overwegend Amerikaanse gasten er in de grandioze achttiende-eeuwse ruimte uit als verloren tijdreizigers.

Amerikanen waren dit seizoen niet populair, of liever, nog minder populair dan gewoonlijk. De vs hadden zich in een reddingsoperatie begeven op de Balkan, wat door de Fransen werd beschouwd als een nauw verholen streven naar wereldheerschappij. Een van de weinige Franse gasten, madame Wallingforth, attendeerde Tim hierop zodra hij binnenkwam.

Hoewel hij niet vaak in de vs kwam, maakte hij madame Wallingforth duidelijk dat hij er tot in zijn vezels van overtuigd was, dat het geen veroveringsdrang was die zijn landgenoten zo deed handelen maar precies het tegenovergestelde. 'Amerikanen willen altijd alles piekfijn in orde maken zodat we met rust kunnen worden gelaten – zoals een man die zich moet scheren voordat hij de krant kan lezen.'

Madame Wallingforth snoof. 'De Amerikanen hebben koloniale bedoelingen en die hebben ze altijd al gehad.'

Als hij Anne-Sophie niet had beloofd dat hij haar hier zou treffen, zou hij hebben afgezegd. Hij had geen bijzondere belangstelling voor professor Hoff, Froff of hoe hij ook mocht heten, had nog zeer onlangs geluncht met de vriendelijke oude prinses, en had zich liever achter zijn computer gezet om de diefstal uit de Morgan Library vanuit een paar invalshoeken te onderzoeken.

Maar hij zag al snel dat de voorzienigheid hem hier gebracht had. De vrouw van Serge Cray was aanwezig (echtgenote of minnares?) – de ideale persoon om aan te spreken voor een afspraak met Cray. Clara Holly, die je onmiddellijk herkende als je die ene film had gezien, al was het tien jaar geleden, die met die gedenkwaardige dans. Clara Holly, die aanvankelijk wat weifelend in de deuropening bleef staan, en duidelijk overwoog om niet binnen te komen, maar vervolgens toch op een van de kleine, sierlijke stoeltjes af liep. Ze ging zitten en frunnikte wat aan een schoen.

Ze was ouder dan het kostelijke meisje uit *Swan Dinner,* maar ze was niet echt veranderd, behalve dan zoals filmacteurs in den vleze altijd anders lijken, kleiner, ouder, met de normale variaties in huidskleur en foutjes in hun kleding. Hij liep op haar af en stelde zich voor – hij introduceerde zichzelf, zoals de Amerikanen zeggen, hoewel het vrij gewaagd zou zijn om dit in het Frans te zeggen.

'*Bonjour*, Clara', zei Dorothy. 'Ik dacht dat je niet zou komen.'

'Dat was ik ook niet van plan, maar omdat ik toch in de stad was...'

'Blijf je ook voor het diner straks?' Ze kusten elkaar op de wangen.

'Ik denk het wel, waarom niet? Jouw dineetjes zijn altijd zo verrukkelijk', stemde Clara in. 'Waarom jij je altijd zo inspant voor het eten begrijp ik niet, want je weet dat de mensen ook alleen voor de drank zouden komen.'

'Ik ben Tim Nolinger', zei Tim. 'Miss Holly, zou ik u heel even kunnen spreken?'

Deze kruiperige maar opdringerige benadering was een vergissing, want ze rook een journalist of een fan, en haar gezicht bevroor tot een professionele glimlach. 'Maar natuurlijk, hallo', zei ze en ze stak haar hand uit.

Tim gaf toe dat hij een journalist was en gaf haar zijn referenties, in de hoop dat iets uit deze potpourri haar zou bevallen. Freelance verslaggever in Europa voor het Amerikaanse conservatieve blad *Reliance*, enzovoorts. De filmkenner en restaurantcriticus en dergelijke liet hij onvermeld en hij kwam direct ter zake: de verzameling van haar man en de lijst van de Amsterdamse politie.

Clara Holly leek opgelucht dat er geen persoonlijke vragen over haar of Cray werden gesteld en ze ontspande een beetje. Tim vond dat ze er geweldig uitzag, schatte haar dertig tot vijfendertig jaar oud, en de enige onvolkomenheden die hij bespeurde waren twee minuscule littekens op haar voorhoofd. Nadat hij had besloten dat het bij haar van tweeën één moest zijn, ze was ofwel hooghartig of ze was schalks, dat het met actrices altijd zo was, koos hij voor hooghartig en zag haar intelligentie en ironie over het hoofd. Leve het journalistieke instinct.

'U moest eens met Serge komen praten', zei ze. 'Hij vindt het heerlijk om met zijn stukken te pronken.' Tim waagde dat te betwijfelen – Serge Cray stond niet bekend als een praatgrage collectionneur. Maar hij nam de gelegenheid te baat, blij met het succes van zijn openingszet. Toen sloeg ze elke notie van vertrouwelijkheid of speciale gunsten de bodem in door te zeggen dat hij het bureau dat zijn belangen behartigde maar moest bellen.

'De mensen daar hebben zijn agenda en kunnen een routebeschrijving geven als hij ermee instemt.' Ze glimlachte opnieuw en ontsnapte aan hem.

Uiteindelijk ontwaarde hij Anne-Sophie die, zoals te verwachten was, de drie andere aanwezige Fransen had gevonden en met hen op een kluitje heimelijk Frans stond te praten, in weerwil van haar belofte om door te zetten met de Engelstaligen om zo haar onzekerheid over haar Engels de baas te worden, hoewel dat uitstekend was.

De Fransen die kwamen opdagen op deze Amerikaanse gelegenheden hadden zich doorgaans door de een of andere omstandigheid in hun leven gecompromitteerd: ze hadden voor Amerikaanse bedrijven gewerkt, als kind een jaar in een Engelssprekend land doorgebracht of ze waren protestants, wat hun een zweem van illegaliteit verleende. Hij voegde zich niet bij hen, maar hij ving Anne-Sophies blik van de andere kant van het vertrek. Zij zond hem een luchtkus toe. Zoals zo vaak bedacht hij hoe goed haar uiterlijk hem beviel (net als hij was ze lichtblond), haar blakende huid, haar licht verbaasde, schitterende ogen in de stijl van Fragonard of Watteau – maar vanavond maakte ze ook een opgejaagde en verwarde indruk, waardoor haar grote ogen nog groter stonden dan normaal.

Rond halfnegen begonnen de drinkers te vertrekken en werden degenen die voor het diner waren uitgenodigd naar beneden geleid, waar een lange kloostertafel was gedekt voor een twintigtal uitverkoren gasten. Madame *la princesse* was een magistrale gastvrouw – wat dat betreft was ze zeer Amerikaans. Tim geloofde dat zijn eigen aanwezigheid te danken was aan Anne-Sophie, want zij was populair bij bepaalde rijke Amerikanen vanwege haar goede Engels, haar betrouwbare smaak in sportprenten en hippische memorabilia, en haar goede connecties, via een schoolvriendin, met een van de modehuizen. In werkelijkheid werd hij zelf eveneens gewaardeerd vanwege zijn opgewekte goede manieren en omdat hij er goed uitzag, maar niet meer in die mate als toen hij nog niet verloofd was. De prinses schonk hem een whisky in en met een gebaar beduidde ze hem om zijn glas op zijn Amerikaans mee naar de tafel te nemen. Estelle d'Argel dacht soms dat Tim misschien een beetje te veel dronk. Anne-Sophie vatte dit op als iets typisch Angelsaksisch.

De restrictie tegen het naast elkaar plaatsen zou pas in werking treden als ze zes maanden getrouwd waren, en dus werden Tim en Anne-Sophie naast elkaar geplaatst, en tijdens het diner bleef Anne-Sophie hem gekwelde, betekenisvolle porretjes geven achter het nogal voorbarig in kerstsfeer vormgegeven middenstuk – het was eind oktober – alsof ze bijna overliep van nieuws. Onder de overige dinergasten bevond zich ook Clara Holly, aan de kant van de tafel waar Tim zat, zodat hij haar niet verder in verlegenheid kon brengen door haar aan te staren zoals hij waarschijnlijk gedaan zou hebben. De anderen vermeden het haar aan te staren, en keken alle richtingen op behalve de hare. Ze moet een eenzaam wereldbeeld hebben, dacht hij. De anderen waren mensen van wie men een fikse donatie mocht verwachten, een paar mensen van de *Herald Tribune* en een Britse beeldhouwer met wie Tim af en toe tenniste.

Na de soep (*homard aux morilles*), toen het gesprek kwam op de gebeurtenissen van die dag en ze voelde dat het moment gekomen was waarop ze een gehoor had, zei Anne-Sophie d'Argel: *'Moi? Pas grand-chose.* Er is onder mijn neus een moord gepleegd vandaag, meer niet. Zijn keel was doorgesneden en ik was bijna in zijn bloed gaan staan.'

Dit had natuurlijk het beoogde effect. Het gezelschap viel stil en wachtte op een nadere toelichting op deze buitengewone verklaring. In Tims glimlach las ze goedkeurende verrassing over de narratieve zelfbeheersing die ze aan de dag had gelegd door een zo dramatisch nieuwtje zo geduldig te bewaren tot na het aperitief en de eerste gang.

'Ja', zei ze. 'Ik was in mijn kraam, mijn winkeltje op de Marché Paul Bert.'

'Ze heeft een antiekwinkeltje op de vlooienmarkt', zei iemand.

'Ja, met als thema *le cheval*', wijdde ze uit. 'Jachtprenten, oude zadels van Hermès, kandelaars gemaakt van hoefijzers, als het maar met paarden te maken heeft – soms heel grappig. Maar die man, monsieur Boudherbe, een *allée* verder. Eerst hoorde ik een enorme klap van een metalen rolluik, alsof hij het omhoog had gedaan en plotseling had laten vallen als een guillotine. Toen dat geschreeuw. *Zut*, dat geschreeuw...'

Het geschreeuw kwam haar opnieuw ontstellend helder voor de geest. Maandenlang zou ze het blijven horen. Ze had niet zelf de politie gebeld, ze had Raoul Pécuchet (directoiremeubels) gewaarschuwd, die zijn winkel naast die van haar had. Hij had poolshoogte genomen bij Boudherbe en was rennend teruggekomen om haar telefoon te gebruiken. Daarna hadden ze de politie de plek gewezen waar Boudherbe lag. 'Zijn keel was doorgesneden en er stonden twee Amerikanen over hem heen gebogen, hun gezichten zo wit als Limoges.'

Ze beantwoordde de vragen van de dinergasten zo goed als ze kon. Hadden de Amerikanen het gedaan? Waren ze gearresteerd? Ze dacht van niet, ook had ze hun namen niet opgevangen. Was er een motief? Is de vlooienmarkt over het geheel genomen een gevaarlijke plek?

Erover praten hielp haar om de huiveringwekkende herinnering aan het kleverige bloed te boven te komen. Ze was niet erg ingenomen toen Clara Holly zei: 'Dat is nou ook bizar, ik denk dat ik hier ook iets over weet', en zo de aandacht van het gezelschap plotseling op zichzelf vestigde.

'Het is gewoon een grappig toeval', zei Clara. 'Vanmorgen ben ik gebeld door een vrouw uit de stad waar ik vandaan kom, die hulp nodig had, en het was – het moet een van die Amerikanen zijn geweest die jij gezien hebt. Ze was op de vlooienmarkt geweest en had de moord gezien.'

Ze vertelde het verhaal.

Anne-Sophie kon de uitdrukking op Tims gezicht niet lezen, maar ze zag de gespannen aandacht op de gezichten van andere mannen. Zo te zien maakte Clara op hen geen assertieve en onvrouwelijke indruk.

5

La Virtue

Die dag was Clara Holly twee keer gebeld uit Oregon en zij vond twee telefoontjes uit Oregon op één dag een te ernstige ondermijning, een al te grote inbreuk op de nogal geritualiseerde verfijning van het Franse leven dat ze leidde. Ze had een beetje medelijden met zichzelf, wat niet vaak voorkwam. 'Hè, wat vervelend nou weer. Maar, hoe het ook zij,' zei ze opgewekt tegen haar man Serge, 'het voordeel van zelfmedelijden is dat het meestal oprecht is.'

Ze was in haar tuin bezig geweest, waar ze de late asters en sporadische tomaten had geplukt – een bevoorrechte dame tussen haar emblemen van orde. Maar er huisden ongetwijfeld tomatenwormen onder de kwijnende stengels. De dingen waarover ze zich zorgen maakte: haar oude moeder, de artistieke inzinking van Serge (die nu al bijna negen jaar duurde), het vertrek van haar jonge zoontje Lars naar een school in Engeland, de aanvang van het jachtseizoen en de lusteloosheid die haar de laatste tijd bedrukte, deels, wist ze, vanwege de situatie in Oregon, waaraan ze niets kon doen. Onder normale omstandigheden was ze energiek, ze had het Franse subjunctief onder de knie gekregen, had alles van Gertrude Jekyll gelezen en begreep hoe je *foie gras frais* bereiden moest.

Toen was vandaag het wekelijkse telefoontje gekomen van Cristal uit Oregon, een dag te vroeg, opgewonden en huilerig als altijd. Vandaag was er het verhaal dat haar moeders hond Lady was aangereden door een auto en ze was dan wel niet dood, maar er was wel vierduizend dollar nodig voor de dierenarts, of moesten ze haar laten inslapen?

'Ik ben dol op uw moeder maar ik kan er niet meer tegen, het is niet goed dat ze mij de hele tijd alles maar laat uitzoeken', klaagde Cristal zoals gebruikelijk. Clara zag altijd voor zich hoe ze haar

26

tranen droogde zodra ze de hoorn had neergelegd. En anders was ze echt aan het eind van haar Latijn, onevenwichtig als ze was, en in dat geval moest Clara eigenlijk iemand anders vinden om voor haar moeder te zorgen. Niets was eenvoudig.

'Probeer haar te redden', zei Clara. Ja, natuurlijk zou ze het geld sturen. Natuurlijk moest Lady gered worden – die dommige, schattige, éénogige bordercollie. Clara was er niet zeker van of haar moeder de aanwezigheid van die hond nog wel opmerkte, ze deed het eigenlijk voor Cristal, en voor Lady zelf natuurlijk. Ze had haar moeder aan de telefoon gevraagd, maar natuurlijk lag Mrs. Holly in bed.

Niets was eenvoudiger dan te voorspellen dat Serge zou instemmen met de vierduizend dollar voor de dierenarts. Ze nam niet eens de moeite om het hem te vragen. Zijn gepassioneerde bekommernis met dieren was algemeen bekend en werd door sommige critici en kijkers opgevat als een teken van zijn gebrek aan betrokkenheid bij mensen, van zijn essentiële kilheid, wat weer een verklaring was voor de perfectie van zijn films. Clara begreep de onderliggende aanname, dat humaniteit perfectionisme uitsluit, maar ze was het er niet mee eens dat deze uitersten van toepassing waren op haar echtgenoot Serge Cray.

Die zat om tien uur nog steeds aan de ontbijttafel te lezen. Meestal was hij om zeven uur al op en ergens mee bezig in zijn kantoor. In gedachten werkte Cray. Hij was kunstenaar en daarom werkte hij altijd. Maar hoe duisterder en complexer zijn ideeën werden, hoe meer de middelen om er uitdrukking aan te geven hem ontsnapten. Hij was sowieso niet iemand die graag schreef en was daarom afhankelijk van schrijvers, die altijd een probleem vormden. Politieke problemen hinderden soms de voortgang – de chaos in Rusland bijvoorbeeld, toen de plannen voor een historische film (*Raspoetin,* een verhaal met een grote metaforische waarde voor deze tijd) al vergevorderd waren. Hij werd getergd door de steeds dringender geluiden vanuit de Monday Brothers-studio – niet van de betrouwbare Woly, Wolford Bierman, die altijd in hem bleef geloven, maar van anderen, achter Woly.

Vandaag zat Serge aan de keukentafel *De man zonder eigen-schappen* te lezen. Hij was er al jaren met onderbrekingen in bezig, al zo lang ze hem kende. Dertien jaar.

'Is Lady aangereden?' Hij keek op. Clara zag hoe hij zich een voorstelling maakte van het gepiep van de banden, het gejammer van de hond en de bevende ledematen van het jankende beest. Zijn verbeelding was acuut, visueel en expliciet, zijn gezicht expressief, zijn fronsende blik was als de donder, zijn tedere medeleven met het dierenrijk zichtbaar in zijn vreemde ogen.

'Hij moet aan zijn wervelkolom geopereerd worden, enzo-voort', zei ze, zelf ook dol op Lady, die haar moeder als puppy in huis had genomen, misschien wel als vervanging voor haar dochter, kort nadat Clara haar grote kans gekregen had en naar Frankrijk zou vertrekken om in een film te spelen.

Toen kwam rond de middag dat andere telefoontje, ook van iemand uit Oregon, Delia – u-kent-me-niet-maar – maar Delia belde uit Parijs en ze klonk hysterisch. Clara was eraan gewend dat andere Amerikanen haar opbelden. Het kwam altijd slecht uit en ze hadden haar nummer altijd van haar moeder gekregen. Ze maakten zichzelf bekend als vrienden van haar familie, of van haar leraar in groep drie, en hun paspoorten waren gestolen onderweg van het vliegveld, en kon ze misschien een paar res-taurants of tentoonstellingen aanbevelen of hun vertellen waar ze het gunstigst konden wisselen? Onuitgesproken bleef de hoop om een glimp op te vangen van haar legendarische château of van de teruggetrokken Cray.

Ook in dit telefoontje zaten enkele voorspelbare elementen. De ouders van Delia, het echtpaar Sadler, woonden in dezelfde straat als Clara's moeder in Lake Oswego, Oregon, en Delia's paspoort was gestolen. Maar van Delia Sadlers derde probleem was Clara geschrokken – dat de arme jonge vrouw die morgen betrokken was geraakt bij een gruwelijke moord op de *marché aux puces* – en al die dingen waren haar overkomen sinds ze een dag eerder in Frankrijk was gearriveerd.

Het gestolen paspoort, het meest frequente probleem van de Amerikanen die haar belden, was gemakkelijk op te lossen. Anders lag het met het incoherente verhaal dat ze vertelde over haar reisgenoot en over een onbekende met doorgesneden keel en de Franse politie. Clara kon horen dat het meisje in de problemen zat, dat ze in paniek was en om hulp verlegen zat, maar het was niet duidelijk waar ze Clara precies om vroeg. Natuurlijk moest ze haar gaan opzoeken, in een hotel ergens bij het Gare du Nord – de politie had tegen Delia gezegd dat ze het gebouw niet mocht verlaten – en ze moest met de politie praten in het Frans.

Clara zei dat ze zich de familie Sadler kon herinneren. 'Jij bent zeker de jongste? Frank heeft bij mij in de klas gezeten.'

'Hij is de oudste. Ik ben vierentwintig', zei Delia en ze zuchtte wanhopig. Ze verbleef in Hôtel Le Mistral, in het achttiende arrondissement. Clara zei dat ze toch in Parijs moest zijn en dat ze langs zou komen en haar zou helpen als ze kon. Het meisje probeerde een dappere en zelfredzame indruk te maken, maar ze was duidelijk angstig, en dankbaar dat ze nu iemand kende met wie ze kon praten.

'Ken je haar niet?' had Serge Clara gevraagd voor ze vertrok. 'Lief van je dat je je om haar bekommert.' Hij bedacht dat Clara ondanks haar cynisme aardig was voor anderen; dat ze een goed karakter had voor iemand die zo fotogeniek was; en dat haar karakter hem helaas niet bijzonder interesseerde. Meegaandheid en gelijkmoedigheid (niet dat ze daardoor getypeerd werd, het was gewoon de categorie waarin hij haar indeelde) hadden het nadeel dat ze oninteressant waren en niet objectiveerbaar, er was niets van te zien en er was geen conflict. Ze waren als aardappels of selderie. Een goed karakter kon bijvoorbeeld niet het onderwerp zijn van een film, of zelfs van een boek.

'Ik ken de familie', zei Clara. 'Ze wonen in dezelfde straat als mijn moeder.'

'Raak er niet in verstrikt', zei Serge. 'En geef je naam niet', zei hij. Soms vond hij ook dat Clara te goed van vertrouwen was – te Oregoniaans wellicht.

Haar ogen verwijdden zich, die bijzondere ogen die haar roem hadden kunnen brengen, veel te grote ogen, grijs en met een schittering waar hij soms niet van hield, alsof ze zo in tranen kon uitbarsten. De uitdrukking die er nu in lag kon ofwel betekenen: 'Goed, zal ik niet doen', of: 'Wat ben je toch weer achterdochtig.'

'Ik bel je nog', zei ze.

In de trein dacht Clara na over het verhaal van Delia. Ze voelde een vage reserve om bij dit meisje, bij dit probleem, betrokken te raken. In principe wilde ze haar best helpen, en bovendien had ze toch verschillende dingen te doen en een feestje waar ze heen wilde, dus het was geen moeite om even langs te gaan in Hôtel Le Mistral. Maar misschien had ze wat hulpvaardigheid betreft een verzadigingspunt, en was dat vandaag bereikt door de aanspraken van haar moeder en Cristal.

Ze probeerde goed te zijn. De laatste tijd was ze nogal met goedheid bezig geweest. Dat kwam niet voort uit schuldgevoel. Op schuld was in haar familie niet al te veel nadruk gelegd. In plaats daarvan was ze aangemoedigd om uit principe goed te zijn, omdat het rechtvaardig was om iets terug te geven aan een onvolmaakte wereld die zonder duidelijke reden voor haar goed was geweest. Maar het was altijd wat moeilijk om dit niet te vergeten.

Ook was de betekenis van goedheid veranderd of geëvolueerd. Toen ze kind was betekende het gehoorzaamheid; op de middelbare school kuisheid. Nu ze de dertig gepasseerd was, stond het voor goede doelen en voor hulpvaardigheid jegens anderen. Met haar fortuin namen ook haar goede voornemens toe, maar ze moest toegeven dat ze, voorzover ze wist, niet aan deugdzaamheid gewonnen had, zodat ze als ze een bonafide, niet al te veeleisende gelegenheid zag om iemand te helpen, deze ook aangreep en als een speer afreisde naar Parijs om welke landgenoot dan ook te helpen. Ook legde ze er veel eer in een uitstekende echtgenote te zijn, de carrière die ze gekozen had, en die zo lonend was onder haar huidige omstandigheden.

En natuurlijk ging ze graag naar Parijs – doet persoonlijk genoegen iets af aan de deugdzaamheid? Étang-la-Reine was het eponiem voor chic en had overal kunnen liggen, terwijl Parijs, met zijn met goud belegde gecanneleerde lantaarnpalen en zijn krullerige ijzeren balkons, *Frans* was en haar er altijd aan herinnerde dat ze echt in deze heerlijke ballingschap leefde.

Waarschijnlijk had Serge een soort concrete deugdzaamheid. Hij doneerde grote sommen geld aan verschillende politieke doelen, hoewel hij er vaag over bleef welke dat waren. Clara hoopte maar dat ze niet van het soort waren dat uiteindelijk de IRA tot steun was, die door en door slechte mensen die zich, al waren ze dan blank en Engelstalig, gedroegen alsof ze uit de derde wereld kwamen.

Ze zocht het adres op, in een haar onbekend deel van Parijs, en nam een taxi vanaf het station door een drukke, nauwe straat achter het Gare du Nord, bevolkt met een fleurig geklede mengeling van Afrikanen en Algerijnen, naar Hôtel Le Mistral, grotachtig, formica tegen de voorgevel en een klein bordje in het raam waarop de prijzen stonden zonder douche, met douche, met wc *commune* of wc *privée*. Toen ze bij de receptie naar mademoiselle Sadler vroeg, stond een jonge vrouw op uit een met tartan beklede stoel in de kleine oranje, met spiegels behangen lobby, en kwam zwaar hinkend op haar af. In feite maakte ze slagzij als een schip. Delia Sadler – een schriel, fragiel figuurtje, alsof de kracht van het geslacht Sadler bij haar ten einde was gekomen. Een bleke, grauwe huid, onverzorgde roodbruine piekerige krullen, een klein doktersbrilletje. Natuurlijk zagen mensen er nooit slechter uit dan de eerste dagen nadat ze uit een vliegtuig gestapt waren. Toch herkende Clara een Sadler in haar. Ze had dezelfde trekken als haar broers en zusters, zij het in een kleinere uitvoering, dezelfde koebruine ogen, hetzelfde roodbruine haar, hoewel Frank en de anderen forse, stevig gebouwde mensen waren. Ze glimlachte onzeker.

Clara hield ervan om bekende gezichten te zien en ze hield van de nostalgische herinneringen die ermee gepaard gingen, hoe Frank voor de Oswego Lakers football gespeeld had toen ze nog op de middelbare school zaten, enzovoort. Was hij middenvelder geweest of vleugelspeler? Mrs. Sadler had in hoog aanzien gestaan omdat het met Halloween haar gewoonte was om hele repen Snickers uit te delen. Als Clara mensen uit Lake Oswego ontmoette, groeide haar tevredenheid dat ze er vertrokken was. 'Ik ben Delia', zei het meisje. Delia had de film waarin Clara gespeeld had nooit gezien. Er was alleen maar die ene film geweest en toen was Clara getrouwd en ermee opgehouden. Toch kwam ze haar bekend voor, net zoals Clara de Sadler in Delia herkend had.

Ze schudden elkaar de hand. Clara stelde voor een kop koffie te gaan drinken, dan kon Delia haar vertellen wat er aan de hand was. Ze verbaasde zich over de ernst van Delia's kreupelheid. Ze had nooit geweten dat de Sadlers een gehandicapt kind hadden. Had ze misschien onlangs een ongeluk gehad?

'Het is een kapotte heup', zei Delia en Clara bloosde omdat het meisje precies had geraden wat haar gedachten waren. 'Uiteindelijk moet er een plastic heup in, maar ze willen zo lang mogelijk wachten vanwege mijn leeftijd, omdat ze maar een bepaalde tijd meegaan voordat ze weer vervangen moeten worden.'

Behalve deze ontboezeming zei het meisje weinig, ze leek in een pantser van angst gehuld. Clara probeerde haar eruit te trekken. 'Hoe bevalt Frankrijk je?' vroeg ze idioot genoeg, toen ze hun koffie hadden gekregen in het café naast het hotel. Delia deed een heleboel suiker in haar koffie en bleef ernaar staren. Toen keek ze op.

'Het is gewoon fantastisch. Eerst worden gisteren zodra ik aankom mijn spullen gestolen, de rest van de dag breng ik door op een paspoortkantoor, en op mijn tweede dag zie ik een man met doorgesneden keel.'

'Het spijt me.' Clara moest lachen om haar eigen stomme vraag, maar het leek alsof ze lachte om het komische geval van een man met doorgesneden keel. 'Vertel me maar wat er precies gebeurd is.'

Toen ze dat gedaan had, wist Clara niet of ze haar moest geloven. Het was net of de jonge vrouw iets voor zich hield.

6

Wat Delia vertelde

Delia vertelde Clara wat haar overkomen was.

'Ons vliegtuig kwam gisteren rond zeven uur 's ochtends aan. Maar ik voelde me goed, fit. Ik had een beetje geslapen in het vliegtuig, ik voelde me niet al te beroerd. Toch moet ik wel van slag zijn geweest, want ik heb geen idee wanneer het gebeurd is. Wanneer mijn paspoort precies gestolen is. Waarschijnlijk is het in de trein gebeurd onderweg van het vliegveld. Maar er is niemand tegen me opgelopen of zoiets. Eerst dacht ik dat ik het in de taxi had laten liggen, maar Gabriel – mijn zakenpartner, de man met wie ik ben gekomen – heeft de taxi betaald, dus ik heb mijn portefeuille niet gebruikt. En toch was hij weg, met alle creditcards en mijn paspoort.

Het bloed. Dat kan ik maar niet uit mijn hoofd zetten, en die dode, starende ogen.'

Haar eerste dag, vrijdag – gisteren – had ze dus doorgebracht met het aanvragen van een nieuw paspoort en niet met een bezichtiging van Parijs. Ze was eigenlijk op een korte zakenreis, maar ze had gehoopt om elke dag een bezoek aan het Louvre te kunnen brengen, en in plaats daarvan had ze de hele dag op het Amerikaanse consulaat doorgebracht. 'Gabriel – ik weet niet wat hij gedaan heeft. Hij zal wel naar het Louvre gegaan zijn. Toen is hij naar het consulaat gekomen, en hebben we samen ergens gegeten.'

Ook haar rijbewijs was verdwenen, haar bewijs van inschrijving in het handelsregister en haar zwemabonnement. Die spullen had ze thuis moeten laten. Zulke gedachten kwamen nog bij de ongerustheid over de problemen waarin ze verzeild was geraakt – geen geld, min of meer opgesloten in dit hotel en de herinnering aan het zwarte bloed en de dode starende ogen van de vermoorde.

'Gelukkig kon ik de creditcards blokkeren en had ik de nummers in mijn agenda genoteerd. Maar een nieuwe Visacard sturen ze alleen maar naar je thuisadres. Is dat nou niet stom? Wat willen ze dan dat je doet?'

'En toen, vanmorgen?' Clara Holly's stem klonk als die van een actrice die vriendelijke bemoediging suggereert.

Delia en haar compagnon Gabriel hadden afgesproken dat ze vroeg op pad zouden gaan, bij het krieken van de dag. Ze hadden aparte kamers. Ze was wakker en klaar voor vertrek en ze wachtte tot hij aan zou kloppen. Ze hoorde hem aankomen over de gang en fluisteren: 'Delia? Ben je klaar?' Ze deed voorzichtig de deur open om geen slapende mensen te storen en stapte naar buiten. Een zacht gevoel van dolle verliefdheid had haar irritatie over het verloren paspoort tijdelijk getemperd. Zij en Gabriel hadden de nacht gedeeltelijk samen doorgebracht. Eerst hadden ze een intens gesprek gevoerd, en uiteindelijk hadden ze gevrijd. Voor de eerste keer! Maar daarover zei ze niets tegen Clara Holly.

Gabriel Biller – kaarten, prenten en tekeningen. Delia legde Clara uit dat ze samen met Gabriel voor zaken naar Parijs was gekomen, en hoe ze samen de koude ochtend hadden getrotseerd, echt koud, en door de Rue Duhesme naar de vlooienmarkt waren gelopen.

'We kunnen koffie krijgen in de lobby, die hebben ze hier al vroeg klaarstaan. Er verblijven veel handelaren in dit hotel', had Gabriel tegen haar gezegd. Hij had naar haar gelachen. Hij had natuurlijk ook gedacht aan de intieme liefdesscènes waarop ze bij vlagen door de nacht waren gedragen. Zijn glimlach was van een buitengewone beminnelijkheid en schoonheid. Delia had maandenlang gehoopt dat er zoiets zou gebeuren, hoewel ze het tegenover zichzelf niet zo duidelijk had toegegeven. De knappe Gabriel, met die idiote vriendin in Oregon met wie hij samenwoonde en nu was hij ook Delia's minnaar, al was het alleen maar op deze plotselinge reis. Hierover vertelde ze Clara niets.

Gabriel en zij waren de enige Amerikanen die in het hotel verbleven, hoewel Gabriel niet echt een Amerikaan was, eerder iets Slavisch. Dat was een beetje geheimzinnig. Hoewel hij al sinds de middelbare school in Oregon woonde, en beweerde dat hij bijna net zo onbekend was in Parijs als zij, leek hij Parijs toch te kennen. Misschien kwam dat doordat hij elk jaar naar Europa kwam voor de kunstbeurs in Maastricht.

Op hartenwensen – naar Europa gaan, ervandoor gaan met Gabriel – staat natuurlijk een prijs, maar ze had niet gedacht dat die zo hoog zou zijn. Ze vertelde Clara Holly niets over haar gevoelens voor Gabriel – wat dan nog als Clara getrouwd was met de grote regisseur Serge Cray? Wat maakte zij dan van haar leven? In ieder geval niet iets waarover je in Lake Oswego hoorde.

De vlooienmarkt was niet wat ze ervan verwacht had. Het was een grenzeloze stad van afgedankte, maar af en toe ook kostelijke voorwerpen, geen van alle op hun plaats in de vroege morgen, met het geratel van golfijzeren rolluiken die omhoog werden gedaan en het schrapen van tafels en stoelen die in de steegjes werden gezet, de handelaren die elkaar toeriepen en de geur van croissants en koffie. Nooit had ze dat vrij belachelijke goudzwarte Franse meubilair in het echt gezien, of zo veel marmeren beelden of gedemonteerde marmeren schoorsteenmantels, of zo veel plinten, alles in het voorbijlopen, en kristallen kroonluchters die glinsterden hoewel het ochtend was, of gebarsten urnen, afbladderende schommelpaarden, deurknoppen.

Gabriel had het adres van een bepaald pakhuis waar zijn contactpersoon, een Fransman, op hem zou wachten in verband met een zakenkwestie die Gabriel haar had uitgelegd, zij het in nogal vage termen. Hij had iets te koop. Hij had een plattegrond van het marktterrein. Ze waren op zoek naar de Passage de Sains. De gezondheidsstraat? De welzijnsstraat? Delia liep met hem mee, verbaasd als in een sprookjesstraat over de overdaad aan dingen, de uitbundigheid van de handelaren, het algehele patina, het zware roken op de vroege ochtend en de torenhoge prijzen.

Zelf zou ze antiek linnengoed kopen en groen aardewerk. Daar hield ze het bij. Haar hoekje, stalletje, winkeltje, op de Sweet Home Antiques Barn in Sweet Home, Oregon was als een tuintje van kant en bloemen en illustraties uit oude kinderboeken. Zij en haar compagnon Sara Towne verkochten stapels gebundelde gevouwen servetten, lange kousen van fil d'écosse, zonnehoedjes en groene schenkkannen en borden in de vorm van bladeren. Visioenen van een vriendelijker, eenvoudiger wereld in het verschiet.

Terwijl ze zo rondliepen nam ze de dingen in zich op waarvoor ze terug zou komen, groen geglazuurde schotels, tafelkleden die over schermen waren gedrapeerd. Ze leefde op bij al deze overvloed en het vooruitzicht op avontuur, wat maakte het uit dat ze gisteren bestolen was, net datgene waarvoor zo veel mensen haar hadden gewaarschuwd toen ze hoorden dat ze naar Frankrijk ging.

Ze konden de weg makkelijk vinden met de plattegrond, dwars door een gedeelte waar in Afrikaanse stalletjes stoffen werden verkocht, met modder bedekte maskers en modern houtsnijwerk. Bevond zich daaronder niet een prachtig voorwerp, een authentieke talisman? Delia had best wat rond willen kijken, maar Gabriel liep door. Was hij zo'n man die voorop liep en verwachtte dat zijn vrouw hem bijhield zonder om te kijken of het wel zo was? Bestond er een verband tussen de gewoonten van mannen op trottoirs en hun gedrag in bed? Ze schaamde zich voor deze onwillekeurige gedachte, maar toch… wat was het een goed idee geweest, deze reis, alles opende zich voor haar, de toekomst, de overvloed aan mooie dingen in de wereld. Wat zou zij zich zorgen maken over die stomme vriendin van hem, SuAnn, met haar antieke vw en een kol van een moeder, Cristal genaamd, die altijd aan kwam zetten met oude troep die ze voor een paar dollar wilde verpatsen.

De zaak waar ze naar op zoek waren was gesloten. Er lagen strooibiljetten verspreid voor de deur, de rolluiken voor de ramen waren dicht. Ze begreep niet waarom Gabriel hierdoor zo van zijn stuk werd gebracht.

'Verdomme', zei hij verschillende keren en hij liep heen en weer en de hoek om, op zoek naar iets of iemand. Toen had hij aan de deur gevoeld en die ging open, wat hem zo verraste dat hij naar binnen struikelde en zich aan de deurstijl moest vasthouden.

Hij duwde de deur verder open en stapte een spelonkachtig pakhuis binnen, dat was volgestouwd met meubels en kartonnen dozen. Delia kwam achter hem aan. In het vroege schemerlicht was het een toverachtige spelonk, een achter-de-schermen, een tovenaarszolder. Foto's in kapotte vergulde lijsten en meubelstukken stonden tot op wankele hoogte langs de wanden opgetast, afgedekt met gewatteerde kleden. Delen van vervaagde fresco's suggereerden ramen, vergezichten, een tinnen palmboom groeide uit een doos in een hoek, de koppen van een kudde dieren met geweien hingen aan de balken. Deze geheimzinnige wereld verbeeldde alle plaatsen waar Delia nooit was geweest.

'Hallo', zei Gabriel en hij keek om zich heen. *'Allô?'*

Ze moesten beiden op hetzelfde moment in de hoek naast de palm de benen hebben gezien, die onder het gewatteerde paklinnen uitstaken, en het bloed waarmee het doordrenkt was. Ze had niet gegild, dacht ze, ze was niet iemand die gilde. Ze voelde zich eerder aangetrokken tot dit onnatuurlijke tafereel, afkerig ervan en tegelijk erdoor aangetrokken, misschien leefde die persoon nog wel. Ze zouden de doek moeten weghalen. Gabriel zou dat moeten doen. Langzaam bewogen ze zich als een danspaar naar de benen toe, naar het bloed.

Maar hij was gestopt, had haar bij de arm gegrepen en om zich heen gekeken. Hij had natuurlijk gelijk, stel dat er nog iemand binnen was.

'Ik moet de boel doorzoeken. Hij had geld voor me.'

'Kunnen we niet beter de politie bellen?'

'Nee, dat is te ingewikkeld. Ik weet niet eens hoe ik ze moet bereiken. Ik zoek het gewoon. Niemand weet dat we hier zijn.'

Ze dacht niet dat de man nog in leven kon zijn, de vreemde manier waarop zijn benen geknakt lagen, paste niet bij een levende man. Ook was er te veel bloed. Maar toch.

Maar toch was het te laat om te zoeken of te ontsnappen. Terwijl ze achteruit schuifelden naar de deur, hoorden ze achter zich op straat een menigte opgewonden Franse stemmen die hun kant op kwam. De deur ging open en er kwamen twee agenten binnen met van die stijve ronde petten, die Delia en Gabriel onheilspellend aankeken, zoals ze daar ineengedoken stonden tussen de warwinkel van stoelen en opgerolde vloerkleden. Er kwamen nog meer mensen binnen, een man in een blauw schort, een goedgeklede blonde vrouw, nog iemand die haar jongere zus had kunnen zijn en een piepkleine Arabische man.

'Shit', zei Gabriel. Delia bespeurde zijn impuls, het verstrakken van zijn lichaam voor de vlucht en het gelijktijdige besef dat ze in de val zaten op de locatie van een Franse moord onder de blikken van toestromende Franse agenten. Delia had niet het gevoel dat ze in persoonlijk gevaar verkeerde; voor haar was dit niet zo erg als de diefstal van haar paspoort. Als er iets verschrikkelijks gebeurd is, maar niet met jou, geeft dat een gevoel van vrijheid. Maar Gabriel was wit weggetrokken en stond te trillen op zijn benen.

Gabriel wees naar de voeten van het lijk – want het moest een lijk zijn – en zei tegen de politie: *'Nous sommes des Etats Unis'*, waarmee hij Delia verraste. Het was één ding om zoals gisteravond tegen een ober *'oui, merci'*, te zeggen, maar Frans spreken in tijden van crisis was van een heel andere orde. Een van de nieuwkomers trok het canvas volledig van het lijk af, en het staarde Delia aan, de glinsterende ogen zonder pupillen, de vertrokken mond, donker bloed dat nog steeds uit de hals liep. Even tolde het vertrek om haar heen.

'"En de tweede engel goot zijn fiool uit in de zee, en zij werd bloed als van een dode,"' zei Delia tegen Clara. 'Snap je, de Apocalyps, het voelde aan als de Apocalyps.' Maar Clara had de Apocalyps nooit grondig gelezen.

Uit de gebaren en de ontzette kreten kon Delia opmaken dat de dode man iemand was die de meeste mensen daar kenden, de eigenaar van de winkel, en dat iemand had gehoord dat er iets aan de hand was en dat toen de jonge blonde vrouw – die met het Chanel-achtige pakje en de gepolijste nagels, die rookte als een schoorsteen – iemand had geroepen die was komen kijken. Toen de agenten naar Delia en Gabriel wezen, schudden ze hun hoofden, ze waren hier niet gezien, ze vertelden ongetwijfeld de waarheid. Wat Gabriel ook zei in het Frans, Delia begreep er niets van, maar ze voelde gewoon dat hij geloofd werd. Er werd geknikt. De politie deed niet overdreven wantrouwig tegen hen. Twaalf of vijftien mensen, de politie meegerekend, knikten uit boze verontwaardiging over dit voorbeeld van sterfelijkheid en geweld in een hoekje van hun veilige, overzichtelijke wereld.

'Ze zeiden tegen ons dat we het hotel niet mochten verlaten', zei Delia tegen Clara. Ze slaakte een diepe jetlag-zucht. 'Dus dat heb ik niet gedaan. Gabriel zei dat hij geld ging wisselen, en hij is nog steeds niet terug. Maar hij is natuurlijk niet vertrokken.'

Uiteindelijk was er niet veel dat Clara kon doen. Ze gaf Delia een paar honderd franc en zei tegen de vrouw achter de balie dat ze op haar moest passen en dat Clara zou betalen.

'Uw naam, mevrouw?'

Clara herinnerde zich dat Serge had gezegd dat ze haar naam niet moest geven.

'Mrs. Camus', zei ze. 'Mrs. Albert Camus.'

'Natuurlijk komt Gabriel terug', probeerde Clara Delia gerust te stellen. 'Hij zal je heus niet alleen achterlaten. Waarschijnlijk is hij gewoon zijn zaken gaan regelen of mensen op gaan zoeken. Hij spreekt Frans, zeg je, dus moet hij zich kunnen redden.'

Delia Sadler leek er niet van overtuigd, maar wie zou zich geen zorgen maken na twee zo akelige dagen.

'Nu is ze een soort gevangene, maar in dat hotel, en ze heeft geen paspoort', zei Clara tegen het verzamelde gezelschap. Ze hoopte dat iemand een constructief idee te berde zou brengen. Kon ze bijvoorbeeld zelf naar het consulaat gaan om het paspoort op te halen en het Delia te brengen? Zou het consulaat het misschien willen opsturen als ze begrepen dat Delia op last van de Franse politie binnen moest blijven? Hoewel ze natuurlijk geen verdachte was. Verschillende mensen deden suggesties.

'Die arme monsieur Boudherbe, we aten altijd samen op zaterdagmiddag', zei Anne-Sophie droevig, in de schaduw gesteld, zo'n mooi meisje, ze was niet gewend om in de schaduw te staan. Het ontging Anne-Sophie niet dat de Amerikanen, immuun als ze waren voor geweld en bloed dankzij de televisie en de omstandigheden in hun maatschappij, meer medelijden leken te voelen met het meisje dat vastzat in dat hotel dan met de vermoorde man. Zelfs Tim leek volkomen in beslag genomen door het verhaal van Clara Holly, over wie Anne-Sophie had gehoord dat ze een soort actrice was geweest. Anne-Sophie had haar een keer eerder hier ontmoet. Nu ze erop lette, zag ze dat Tim Clara Holly aandachtig opnam. Ze kon zien dat Clara er goed uitzag of er goed uit had gezien, maar ze zou zich beter kunnen verzorgen; haar huid was een beetje ruw, alsof ze in de tuin werkte, en ze had acne gehad, of pokken, want ze had minuscule littekentjes, het soort ongerechtigheden dat in de film wordt weggewerkt. Toch zag Anne-Sophie dat Tim getroffen was door Clara's schoonheid.

Professor Hoff gebruikte, zoals professoren dat zo graag doen, de gebeurtenissen als kapstok voor zijn culturele theorieën. De twee Amerikanen werden, als ze de moord niet feitelijk gepleegd hadden, vast en zeker toch als verdachten beschouwd vanwege een bepaalde houding van de Fransen tegenover Amerikanen, en ze hadden het in feite waarschijnlijk ook gedaan, een of andere drugsdeal, waaromtrent de Fransen tegenwoordig niet meer zo naïef waren. Ze konden niet zelfgenoegzaam achteroverleunen als het ging om de kracht van hun culturele waarden, zoals hun eigen gedrag tijdens de Tweede Wereldoorlog of de recente gebeurtenissen in Kosovo hen hadden moeten doen inzien. Hoe eerder hun eigen gebreken onder ogen werden gezien – het was al bijna te laat – hoe eerder er een genezende sociale consensus kon ontstaan waarmee het Front National bestreden kon worden, want extreem rechts won aan steun vanwege zijn nazistische waarden en de haat jegens Algerijnen... Anne-Sophie hield op met luisteren.

7

Dernier train

Op de terugweg naar Étang-la-Reine in de laatste trein was Clara heel tevreden met zichzelf. Ze had iets kunnen betekenen voor Delia, ook iemand uit Oregon, en het leven biedt toch al zo weinig gelegenheid om jezelf op de borst te slaan. Ze was graag behulpzaam, en als het haar eigenlijk niet goed uitkwam, was ze des te bereidwilliger. Soms voelde ze de behoefte om zich haar geluk waardig te tonen, maar het ontbrak haar aan mogelijkheden. Toen ze naar Étang-la-Reine waren verhuisd, had ze geprobeerd op bescheiden schaal goede daden te doen in de buurt, en ze doneerde oude kleren of boeken voor de bibliotheek, maar haar inspanningen liepen altijd enigszins spaak. Uiteindelijk zag ze in dat de mensen rond Étang-la-Reine, anders dan die op het platteland rond Lake Oswego, allemaal welgesteld waren en dat ze banen hadden in Parijs.

In de trein dacht ze aan Oregon en ze zag de met rietkragen begroeide sloten langs Kendall Road, de guldenroede en de braamstruiken, en kleine madeliefjes en *bleuets* – nee, *bleuet* was het Franse woord. In het buitenland verleer je de Engelse namen van vogels en bloemen. *Robin redbreast. Mums.* Ze dacht aan de wilde hagen van doorn en camelia. Ze herinnerde zich hoe haar moeder het gazon liet verdrogen in de zomer om water te besparen – eigenlijk om ervoor te zorgen dat het niet groeide, zodat het niet gemaaid hoefde te worden en het lawaai van de maaimachine en de kosten van de tuinman haar bespaard bleven.

Ze zag het huis van de familie Sadler voor zich verderop in de straat, een bungalow met een blauwe dakrand en kamers die er later aan de zijkant waren bijgebouwd, een behoorlijk eind van de weg af. Was het een groot gezin? Frank had bij haar in de klas gezeten, JoAnne zat een klas lager. Mrs. Sadler was altijd bezig met de borders langs het gazon, dat de hele zomer door groen was. Zoals voor de meeste emigranten, werden deze brokjes herinnering voor haar steeds vreemder en waardevoller naarmate ze langer weg was.

Nu wilde Cristal, die haar moeder verzorgde, het gazon groen houden en had om meer geld gevraagd voor de tuinman, waarschijnlijk haar neef of een ander lid van haar ongelukkige familie. Clara had het geld natuurlijk gestuurd, net zoals ze nu de vierduizend dollar voor de dierenarts had gestuurd. Serge vond het geen punt.

Ze dacht aan Lady, de hond, het arme ding. In ieder geval was ze te redden.

Ze dacht niet vaak aan de moord waarover Delia Sadler verteld had. Het leek te onwaarschijnlijk, een verzinsel zelfs. De wilde bloemen op Kendall Road waren veel levendiger aanwezig in haar gedachten. Want het was een genot voor haar om aan Oregon te denken. Hoewel ze er absoluut geen behoefte aan had om Frankrijk, haar huis en haar echtgenoot te verlaten, dacht ze er graag aan. Het gezicht van een Sadler te zien was een beetje teruggaan naar Oregon. Ik moet een keer terug, dacht ze, zoals ze altijd deed als ze haar moeder gesproken had.

'Ga later een keer', zei Serge dan vaak, maar zo eenvoudig was het niet. Frankrijk was nu haar thuis, en eerlijk gezegd was Oregon altijd saai en stoffig, en was er niets anders te doen dan naar de schuur te lopen en het oude paardentuig te bekijken. Ze had geen vrienden meer in Lake Oswego. Ze zou kunnen wandelen met Lars en haar enkels openhalen aan de braamstruiken en Oprah kijken met haar moeder, langer dan een week zou ze het er zeker niet uithouden.

Soms dacht ze: hij wil dat ik ga. Hij wil het huis voor zichzelf hebben, hoewel het enorm is en we elkaar bepaald niet voor de voeten lopen. Hij vindt dat ik hem aankijk alsof ik hem vragen wil waar hij mee bezig is, hoewel ik niks vraag, en hij altijd ergens aan werkt. Kwam er maar eens iets van. Misschien als ik even weg was…

Maar als ze voorstelde om op reis te gaan, zei hij altijd: 'Nee, niet weggaan', wat haar uitstekend uitkwam.

Ze nam een taxi vanaf het station. Haar huis stond als een donker kasteel afgetekend tegen de maan, er brandde geen licht op de binnenplaats. Als ze niet in het huis was (de Fransen zouden het een château noemen, maar dat kon ze niet over haar lippen krijgen) verkeerde het in haar gedachten in de staat waarin ze het aangetroffen hadden toen ze het voor het eerst zagen, leeg en geplunderd, met klapperende luiken, rattennesten en duivenpoep op de trappen – en op het stucwerk op de muren, in rood krijt, kleine schetsen van bloemen en festoenen, die waren aangebracht door achttiende-eeuwse werklieden om door houtsnijders te worden uitgevoerd op de lambriseringen.

Op die kleine tekeningen was ze verliefd geworden, ze vond het geweldig om een blik te kunnen werpen op de geordende en alledaagse werkzaamheden van bouwers uit vroeger tijden. Hoewel het huis eigendom was geweest van madame Du Barry, die onthoofd was tijdens de revolutie, was haar geest allang verdreven, als die er al ooit rondgewaard had. Clara had nooit een spoor van haar aangetroffen tussen de bakstenen en het vallende stucwerk. Later hadden er timmerlieden van de studio door het huis gekrioeld, schilders, de *art director* – het had erg veel weg van een filmset, zeker voor de mensen uit Hollywood. De weelderige omvang was voor hen normaal; zij vond het aanvankelijk overweldigend.

Bij aankomst zag ze een oranje verlengde Mercedes op hun voorplaats staan. Ze herinnerde zich dat er vandaag mensen van de studio in Los Angeles bij hem op bezoek zouden komen. Toen ze binnenkwam, hoorde ze stemmen uit de keuken komen, van Serge en anderen. Het leek alsof er steeds vaker bezoek kwam uit Hollywood, naarmate de interval tussen zijn films langer werd en zijn stilte steeds duurder voor hen. Deze delegaties werden aangevoerd door zijn vriend Woly Bierman, een kleine, joviale man die altijd een spijkerbroek droeg, een witte bloes en een gouden ketting, in de stijl van de studiobazen van de jaren zeventig, anders dan de donkere kostuums in Japanse stijl die zijn jongere collega's droegen. Woly werd altijd door drie of vier van dergelijke types vergezeld.

Woly kwam samen met Serge de hal in toen ze Clara hoorden, en hij omhelsde haar. Hij droeg een sterke Amerikaanse aftershave. 'Hallo, schoonheid.' Hoewel ze gewend was aan Woly's jovialiteit, leek hij haar vandaag nogal somber, misschien was hij ontnuchterd door slechte cijfers van de studio. Ze liep met hen mee naar de keuken. Serge had samen met hen in de keuken gezeten, koffie gedronken en over van alles gesproken behalve over film – de laatste roddels uit Californië, de verloedering van Amerika, auto's. De huishoudster, senhora Alvares, was zo grootmoedig geweest om op te blijven en had de gemberkoek te voorschijn gehaald die Clara altijd bestelde in de Amerikaanse winkel op de Rue de Grenelle. Ze trok zich echter snel terug, toen ze er eenmaal zeker van was dat Clara zich rekenschap had gegeven van deze buitengewone late hulp.

De conversatie was elliptisch en oppervlakkig, als gevolg van wat het ook was dat ze besproken hadden – misschien de plot van een film. Ze putten zich vooral uit in onoprechte loftuitingen over de gemberkoek, alsof zij een vrouw was die gevoelig was voor huishoudelijke complimenten. Ze wenste hen goedenacht en ging naar boven.

Ze was eraan gewend filmmensen over de vloer te hebben, en er waren er zelfs bij die ze aardig vond. Maar ze begon zich ook angstig te voelen, op haar huid gezeten, een geprikkeld onbehagen. Was het al eerder begonnen, toen Delia gebeld had, of nog eerder, met het nieuws dat Cristal gebracht had? Ze vroeg zich niet af of het iets te maken had met het gruwelijke verhaal van Delia Sadler. Ze dacht dat het te maken had met de mannen die met Woly waren meegekomen, of met Woly zelf. En Serge.

Serge had graag bezoek uit Californië, hij had niet het gevoel dat hem iets verweten werd, hoewel hij wist dat het wel zo bedoeld was: Wanneer kunnen we je nieuwe film verwachten? Vermomd als roddel: 'Weet je nog dat Ray Stark altijd van die helgroene jumpsuits droeg?' 'Dat is net zoiets als proberen Bob Towne aan de telefoon te krijgen.' Serge, die niet meer dan twee jaar in Californië had doorgebracht, hield van die insiderspraatjes. Het deed hem denken aan Polen en Chicago, aan cafés waar je onder ingekleurde vergrotingen van Marie Sklodowska Curie en Konrad Korzeniowski zat. Ze zouden met z'n allen opblijven tot twee uur, dan zouden de Californiërs terugrijden naar waar ze verbleven in Parijs, waarschijnlijk het Intercontinental. Hun stemmen hielden haar wakker. Na een tijdje hoorde ze een auto, hoorde Serge naar boven komen en langs haar kamer lopen. Ze dacht niet dat hij binnen zou komen, en dat deed hij ook niet.

Hoewel het herfst was, schoof ze het grote raam in haar slaapkamer open, want ze hield van frisse lucht. Beneden in de tuin stond nog iemand te roken. Morgen zouden er sigarettenpeuken zitten in de potten met basilicum bij de keukenramen.

Woly, die daar alleen in het donker stond te roken, zag haar naar beneden kijken.

'Kun je even naar beneden komen, Clara?'

Ze aarzelde, maar liep toch naar beneden in haar badjas en ging in het deurgat van de keuken staan. Woly keek haar niet echt aan, maar door haar heen, naar de grijze vormen van de dingen achter haar in het ijle maanlicht.

'Denk je dat hij vorderingen maakt? Heb jij enig idee? Wat voert hij eigenlijk uit?'

'Hij heeft geen scenario, als je dat bedoelt. Maar dat heeft hij je vast wel verteld. Zijn ideeën… Ik denk dat hij ergens op zit te broeden', zei ze geïrriteerd en loyaal aan Serge. 'Hij is altijd aan het werk.'

'Er is nogal wat ontevredenheid op hoog niveau', zei hij. 'Hij is nogal duur.'

'Rij voorzichtig op de terugweg. Red je het wel?' vroeg ze, weigerend om zich uit te laten over wat hij toch wel wist.

'Ja, ik heb een chauffeur', zei hij.

Terug in haar kamer belde ze haar moeder. Eén uur 's nachts in Frankrijk was een goede tijd om Oregon te bellen, vier uur 's middags. Maar ze kreeg alleen het antwoordapparaat: 'Het huis van Cynthia Holly, dit is Cristal. We kunnen nu niet aan de telefoon komen…' Clara vermoedde dat ze met Lady naar de dierenarts waren.

Cristal kwam niet aan de telefoon omdat ze in de tuin aan het graven was. Ze groef een graf voor Lady. Die dood was natuurlijk. De vierduizend dollar was al onderweg, hoopte ze. Ze zouden waarschijnlijk niet naar de rekening van de dierenarts vragen, dacht ze. Maar dat zag ze dan wel weer, en misschien zou het nooit zover komen. Ze groef tussen de fruitbomen, resten van vochtige bladeren kleefden aan haar enkels, mieren en spinnen, rotte noten, stromende tranen, bittere snikken om Lady, en om haar leven, en om het leven.

8

Zondagochtend

Anne-Sophie voelde hoe onlogisch het was dat ze in haar winkel wilde zijn in plaats van thuis op haar gemak met Tim te ontbijten, maar ze maakte zich op om te gaan werken zoals elke zondagochtend. In zekere zin was de angst erger nu, de ochtend erna. 'Ik ga. *Je m'en vais*. Ik moet erdoorheen. Het is belangrijk dat ik meteen weer op mijn paard klim', zei ze en ze zag aan Tims gezicht dat hij niet wist waar ze het over had. Toen viel het kwartje. Hij kon zich Anne-Sophie niet voorstellen als een vrouw die schokkende en bloederige taferelen onder ogen konden komen; het stond zo ver af van het beeld dat hij van haar had dat hij het bijna vergeten was of dat hij verwachtte dat zij het vergeten was, dat bloederige lijk van monsieur Boudherbe. Aan haar aantrekkelijke pruillip zag hij plotseling dat ze teleurgesteld was over zijn gebrek aan consideratie vanmorgen.

Tim was blijven slapen (want ze woonden maar half samen – hij had zijn appartement aangehouden om als kantoor te gebruiken), maar 's morgens voor hij alle kranten gelezen had, was hij uiterst incommunicatief, en mensen kunnen sowieso niet praten over schokkende en bloederige taferelen als ze die niet zelf hebben meegemaakt. 'Het zal allemaal net als anders zijn vanmorgen', zei hij. 'Zo gaat dat met ongelukken en bloed, iemand ruimt de sporen op en dan zijn ze ook weg.'

Niet helemaal, hoopte ze. Hoewel ze op de vlooienmarkt herinnerd zou worden aan het gruwelijke tafereel van gisteren, zou ze er collega's ontmoeten die het ook hadden gezien. Er moesten zaken worden besproken, herinneringen worden opgehaald en afgewogen tegen andere versies. Je kon niet alles opmerken in één ogenblik van geschokte waarneming, waarin je ogen zich onmiddellijk afwendden van de kleverige houw die over zijn hals had gelopen. Sommigen hadden misschien zijn

47

schoenen opgemerkt, een detail in het vertrek dat aan haar aandacht was ontsnapt.

'Jij hebt nooit zoiets gezien als dat lijk van monsieur Boudherbe', hield Anne-Sophie vol. Ja, vandaag gaf ze de voorkeur aan het gezelschap van anderen die het hadden meegemaakt, liever dan het te bespreken met een sceptische, blasé journalist. Ze dacht aan de twee Amerikanen, of ze in de gevangenis zouden zitten. Natuurlijk was het gezelschap van anderen die momenteel vervuld waren van dit inzicht in sterfelijkheid, te verkiezen boven de onbekommerde en onoprechte deelname die ze kon verwachten van mensen die het niet hadden gezien, en al helemaal van Tim. Ze had zich lichtelijk geërgerd aan de manier waarop de mensen bij Dorothy Minor thuis eroverheen waren gestapt, zonder erop aan te dringen dat ze voor een weekje naar Evian zou gaan of naar Quiberon, zonder te bedenken dat ze er misschien voor de rest van haar leven nachtmerries aan zou overhouden. Amerikanen, had ze gelezen, kenden zoiets als 'rouwbegeleiders', die waarschijnlijk ook geen hulp konden bieden, maar die door hun aanwezigheid tenminste recht deden aan de bezoeking die je had doorstaan. Door de bank genomen was ze heel pro-Amerikaans.

'Ik begeleid je tot het Gare du Nord. Ik wil die twee Amerikaanse getuigen interviewen', zei Tim, die wel aanvoelde dat ze niet echt wilde dat hij met haar meekwam. Bovendien hadden de Amerikanen misschien iets te vertellen. 'Zei ze niet dat ze in Hôtel Le Mistral logeerde?'

Normaal zou Anne-Sophie de volgende morgen haar moeder hebben opgebeld om over het feestje van de prinses te roddelen, maar ze was nog te angstig en te verward om te bellen. Ook verwachtte ze dat haar moeders reactie haar teleur zou stellen. In plaats daarvan was het de prinses zelf die Estelle d'Argel opbelde om over het feestje te praten, zoals ze gewoon waren te doen, want hoewel Estelle er nooit zin in had om op die Amerikaanse toestanden te verschijnen, hoorde ze er graag over. Ze had de sombere opvatting over de menselijke natuur die romanschrijvers eigen is, en Dorothy huldigde de sombere opvatting (die misschien eigen is aan rijke mensen) dat de wereld vol is van parasieten, strebers en onberekenbare types, en ze vonden het beiden prettig om sociale gelegenheden vanuit deze standpunten te bezien.

Ze waren oude vriendinnen, hoewel Estelle doorgaans niet met Amerikanen omging. Zoals de meeste romanschrijvers was ze afkomstig uit de middenklasse en had ze een gematigde levensstijl maar buitenissige opvattingen op allerlei terrein, in haar geval met name over Angelsaksen. Haar voornaamste afkeer gold de Engelsen, maar ze had het ook niet zo op Amerikanen, waarbij ze uitzonderingen maakte voor de prinses, Dorothy Minor Sternholz, misschien ook de kunstverzamelaar Ames Everett, en tot op zekere hoogte voor Tim Nolinger. Lag het misschien aan haar moeders aversie tegen Amerikanen dat Anne-Sophie het met een van hen had aangelegd? Estelle vond Tim fatsoenlijk en knap, zij het te veel op de manier van een Engelsman, en stilletjes vermoedde ze dat zijn goed gespierde lichaam en zijn schijnbaar gezonde sensualiteit tot op zekere hoogte niet aan Anne-Sophie besteed waren. *Dommage.*

Ze stelde ook prijs op zijn pogingen om grappige anekdotes te vertellen over dingen waar hij op stuitte in zijn tak van de journalistiek. En wanneer zijn Amerikaanse vader, die in het hotelwezen zat, naar Parijs kwam, nodigde hij hen allemaal uit om in een goede gelegenheid als Lasserre te eten. Ook was Tim goedaardig en heel behoorlijk opgeleid (Swarthmore), en bezat hij een paar goede Amerikaanse eigenschappen (blijmoedigheid) zonder de indruk te wekken een Amerikaan te zijn. Tegen hem pleitte dat hij geen geld had, en ze had het idee dat hij wel een beetje oud was om zich nu pas vast te leggen, alsof hij een verleden had – want hij moest achter in de dertig zijn geweest. Maar misschien was ze niet meer goed op de hoogte van de chronologie van het succes.

'Het viel me op dat Tim Clara Holly erg aantrekkelijk vond', zei Dorothy, die Clara graag mocht. Bedoelde ze dat Anne-Sophie op haar hoede moest zijn? 'Ze is natuurlijk ook aantrekkelijk.'

'Ach, hij zal waarschijnlijk niet aan andere vrouwen beginnen voordat hij getrouwd is', zei Estelle, maar ze nam zich de waarschuwing ter harte. Een klein rood vlaggetje veroverde zich een plaats in haar gedachten om te gaan zwaaien bij de naam Clara Holly, mogelijk gevaar. Waarom zou Dorothy anders zoiets gezegd hebben met betrekking tot haar lieve Anne-Sophie? Als intellectueel en romanschrijfster was Estelle van nature geneigd tot een buitengewoon pessimisme, en zelfs tot kwaadaardigheid, eigenschappen die zich met de jaren hadden verdiept zodat, hoewel oude vrienden zonder meer uitgingen van een goed hart, mensen die haar leerden kennen vaak versteld stonden en zelfs ontsteld waren van de dingen die ze zei. Haar romans behielden natuurlijk het karakteristieke mengsel van aardse sensualiteit en scherpe observaties over de menselijke natuur waaraan ze haar reputatie te danken had. Maar als het om Anne-Sophie ging stond ze steeds weer met haar mond vol tanden.

'Anne-Sophie is zo opstandig,' had Estelle vaak tegen de prinses gezegd, 'maar als ik me verheug over haar levenslust, moet ik die opstandigheid incalculeren. Opstandigheid en levenslust horen bij elkaar.' Anderen vonden Anne-Sophie juist een toonbeeld van dociliteit, een beetje al te veel. Maar mensen dachten dat de opstandigheid nog wel komen zou, en misschien was dit ook wel wat haar moeder bedoelde. Ondertussen had Anne-Sophie de gebruikelijke hordes in het leven moeiteloos genomen – ze had haar eigen appartement, een winkeltje, een kat; ze had vriendjes gehad, op een ongespecificeerd moment haar maagdelijkheid verloren; al deze overgangen zonder vertoon en zonder haar moeder in vertrouwen te nemen, aan wie ze uiteindelijk Tim voorstelde en aankondigde dat ze zich gingen verloven. En nu stond Anne-Sophie dus op het punt om gedwee met een uiterst fatsoenlijk figuur te trouwen.

Voor een kind uit een familie van intellectuelen en hoger opgeleiden was de commerciële aanleg van Anne-Sophie nogal vreemd, en niet iets wat op de onverdeelde bewondering van Estelle kon rekenen – het was tegelijkertijd te praktisch en te marginaal. Met haar uiterlijk had Anne-Sophie wonderbaarlijke seksuele avonturen kunnen beleven, niet dat Estelle dat zou hebben aangemoedigd, maar een meer flamboyante levenshouding zou ze van Anne-Sophie best hebben geaccepteerd. Ze zou er de voorkeur aan hebben gegeven. En dus was Estelle pessimistisch over Anne-Sophie. Hoe was het toch mogelijk dat zij een zo hippisch aangelegd kind had voortgebracht, dat een winkel dreef, nog wel op de vlooienmarkt. Waarom was ze niet getrouwd toen ze dertig was, waarom moest ze nu genoegen nemen met een berooide journalist? Estelle was er de vrouw niet naar om de normale ouderlijke droom op te geven dat Anne-Sophie zou trouwen, de hoop op kleinkinderen en dergelijke, en tegen haar natuur in was ze voorzichtig enthousiast toen Anne-Sophie zich verloofde. Maar ze had toch liever gezien dat de verloofde solventer was geweest, door en door Frans en een *grande école* had bezocht.

'J'imagine dat je op jouw leeftijd vruchtbaarheidsmedicatie zult moeten nemen, een drieling *alors, quelle horreur',* had Estelle gezegd toen Anne-Sophie had aangekondigd dat ze van plan was om te gaan trouwen.

'Mensen van boven de dertig krijgen doorlopend baby's, *maman,'* zei Anne-Sophie, 'en daar zitten maar heel weinig drielingen tussen.'

'Hoe dan ook, ik hoop dat je zult wachten tot na de bruiloft…'

Dorothy en Estelle waren overgestapt op het onderwerp van de slechte ervaring die Anne-Sophie een dag eerder op de vlooienmarkt had gehad. Dorothy verbaasde zich erover dat Anne-Sophie haar moeder er niets over had verteld. Estelle verbaasde dit geenszins, maar ze maakte zich wel zorgen over Anne-Sophies geestelijke toestand.

'Ze zeggen dat de herinnering aan iets dergelijks mettertijd erger wordt. Nu verkeert ze nog in shocktoestand', zei Estelle. 'Het zal een hele tijd in naschokken blijven terugkomen.'

'Het posttraumatisch stresssyndroom', zei Dorothy, die de ontwikkelingen in de Amerikaanse medische wetenschap volgde.

Bij haar stalletje op de vlooienmarkt kon Anne-Sophie zich nauwelijks herinneren dat ze het rolluik gisteren na de moord omlaag had gedaan, en nu durfde ze het bijna niet meer omhoog te doen en verwachtte al half om binnen weer een lijk op de vloer aan te treffen, of een ander gruwelijk tafereel, als een vervolg op de verschrikkingen die zich hadden voorgedaan op de *marché aux puces.* Terwijl ze opendeed kwamen er enkele mensen aanlopen uit de *allée,* kopers of toeristen die bleven wachten tot ze naar binnen konden, normale kopers, onwetend van het stervensdrama dat zich hier gisteren had afgespeeld, en toch was ze ook voor hen bijna bang. Het waren Engelsen, aan hun kleren te zien.

'We hebben uw naam gekregen', zei de vrouw. 'Een vriend van ons heeft hier een paar prenten van Stubb gekocht.'

'O ja, *je me souviens*', verzekerde Anne-Sophie hen. 'In heel goede staat, ze hebben een goede slag geslagen. Een ogenblikje nog.' Ze duwde het luik helemaal naar boven en bevestigde de stang. De dag was begonnen. Aan de andere kant van het met zaagsel bedekte pad stond de grote opslagruimte van monsieur Boudherbe open, en de politie liep er in en uit. Anne-Sophie kon uitstekend zien wat er gebeurde vanachter haar bureau achter in haar zaak, maar iets weerhield haar ervan om naar de open deur te gaan en naar binnen te kijken. Het lichaam van monsieur Boudherbe was er natuurlijk niet meer; ze hadden hem gisteren weggehaald. Misschien was er nog wat bloed achtergebleven op de vloer. Alain Grau stak zijn hoofd naar binnen om dit te bevestigen. Later, bij de lunch, zouden ze er in detail over doorpraten, als ze een tafel naar buiten zouden halen uit het stalletje van madame Colombe en tussen de deuren van hun winkeltjes zouden opstellen om er samen te genieten van een maaltijd van *saucisson* en salade, zoals ze in het weekend altijd deden. Haar houten paarden en de twee beeldjes van jockeys hielden dan de wacht met een bordje waar *déjeuner* op geschreven stond.

De stalletjes van Anne-Sophie en de anderen aan de Allée Onze stonden met hun rug naar een uit cementblokken opgetrokken pakhuis van twee verdiepingen, waarvan de begane grond in beslag werd genomen door het depot van Boudherbe en de bovenverdieping als opslagzolder diende voor de handelaren van de stalletjes die ertegenaan waren gebouwd. Hoewel de individuele ruimtes losjes verdeeld waren, was er geen formele indeling, en de handelaren sloegen hun spullen er naar willekeur op, volgens een geaccepteerde erecode die voorkwam dat de ene handelaar de oude kleerkasten, stapels stoelen en op restauratie wachtende schilderijen van zijn buurman aanzag voor de zijne. Al deze spullen vormden een verzameling spookobjecten, als zielen die op zolder hun geboorte afwachtten. 'Zoiets heb ik misschien nog wel boven staan', placht Anne-Sophie tegen een klant te zeggen, en als het iets zwaars was, kon ze erop rekenen dat haar collega's haar zouden helpen om het omlaag te brengen over de smalle trap. Deze middag was zij monsieur Grau behulpzaam, die een marmeren sokkel naar beneden wilde halen.

In de opslagruimte leek iets niet in de haak te zijn, overhoop gehaald. Ze had niet kunnen zeggen waar die indruk van wanorde vandaan kwam, van verplaatsing van toegedekt meubilair, van herschikking van de luchtmoleculen op zolder, die haar deed verkillen en gevaar suggereerde. Ook Grau voelde het, in ieder geval keek hij met speciale aandacht om zich heen. Maar niets, er was niemand. En er liepen de hele dag mensen in en uit, die dingen verplaatsten, voorraad naar beneden brachten, die iets opsloegen of weer te voorschijn haalden, het veranderde hier voortdurend. Grau haalde zijn schouders op. Anne-Sophie kon de verleiding niet weerstaan om de deur van een kleerkast wat verder open te trekken en halfslachtig naar binnen te gluren, maar natuurlijk zat er niemand in. Ze pakten allebei een kant van de sokkel en worstelden ermee de trappen af.

Voor een zondag was het nogal rustig, maar nu het kouder begon te worden, was de grootste drukte van het toeristenseizoen dan ook achter de rug. In stille periodes las Anne-Sophie veel. Het gebruikelijke lot van de neringdoende behelsde onder andere vele uren met weinig om handen. Ze was dol op het actieve deel van haar metier – spullen vinden die ze kon verkopen, handelen met anderen, plattelandsmarkten, het jaarlijkse reisje naar de

Provence. Ook hield ze van het sociale deel – haar collega's, hun lunches, het milde karakter van vergane glorie waar ze nooit op zou zijn gestuit als ze bijvoorbeeld het leven van een *attaché de presse* had geleid. Maar ze hield er niet van om op klanten te wachten en ze had ronduit een hekel aan lummelen, en dus las ze.

Ze las met een liefde voor lezen die niet leek te passen bij een meisje dat zo van paarden hield. Ze kon goed Engels lezen. Op het ogenblik was ze bezig in een boek van Henry James, een man die veel tijd had doorgebracht in Frankrijk. Dit boek ging over een Frans meisje wier moeder een verhouding had met een jongere man, een Amerikaan. Het meisje dreigt te worden uitgehuwelijkt aan iemand van wie ze niet houdt, in feite om de schaamteloze moeder in staat te stellen haar ongepaste gedrag met de jonge minnaar voort te zetten, met lange weekeinden in afgelegen herbergen en dergelijke. Gelukkig verschijnt er een oude Amerikaanse man ten tonele, die de relatie kapotmaakt op grond van het feit dat de minnaar naar huis moet om zijn verplichtingen op zich te nemen in de fabriek van de familie. Maar het is te laat voor het meisje. Anne-Sophie vermoedde dat het meisje verliefd was op de minnaar van haar moeder.

Na de lunch hield Anne-Sophie de hele middag half onbewust een oogje op de passage die naar de opslagplaats boven leidde, om te zien wie er allemaal langskwamen. Niemand die er niets te zoeken had, geen onbevoegden. Om vier uur ging ze terug naar boven om nog eens rond te kijken.

Deze keer viel haar iets op wat ze eerder niet opgemerkt had, een *porte-clefs*, een sleutelhanger met twee autosleutels eraan en een klein zaklampje waarin de naam van een Amerikaans bedrijf gegraveerd stond: Nolinger-Webb Rent-a-Car, Portland, Oregon. Het was waarschijnlijk de sleutelhanger van degene die zich op de zolder schuilhield. Hiermee zag ze haar vermoeden bevestigd dat iemand hierboven was geweest en dat het een Amerikaan was.

Op de een of andere manier beviel het haar wel dat de naam Nolinger ergens in een onafhankelijke context bestond. Ze was er zeker van geweest dat Tim de enige Nolinger ter wereld was en dat zij dus de enige was die te lijden had onder deze moeilijk uit te spreken naam, die Tim uitsprak met een reeks harde glottisklanken of hoe die ook mochten heten, Angelsaksische geluiden die ze zelf onmogelijk kon produceren, wat een nadeel was als het om je eigen naam ging, of om wat je eigen naam zou worden. Zij en Estelle spraken hem uit als 'Tim Nolanzjee', wat zij persoonlijk een veel fraaiere manier vond. Ze overwoog voor zichzelf een aantal zachtere combinaties te gebruiken: Nolinger-d'Argel of d'Argel-Nolinger, wat gemakkelijker te verbinden was. Maar je kon een toevallige kwestie als een achternaam niet voor de voeten werpen van je verloofde, een man die in andere opzichten zo prijzenswaardig was, en ze was zich niet bewust van de homoniemen die werden opgeroepen door de manier waarop zij en haar moeder zijn voornaam uitspraken. In zijn oren klonk zijn voornaam in hun uitspraak als 'team'.

Anne-Sophie vond Tim geweldig, ideaal, op zijn inkomen na en een soort vage afwezigheid die alle mannen in meer of mindere mate wel kenmerkt, behalve – zo had ze geleerd uit de werken van Estelle d'Argel – jaloerse mannen, en zelfs zij waren waarschijnlijk, tussen de aanvallen van hun irrationele aandoening door, gemakkelijk afgeleid en met hun hoofd bij andere zaken, net als Tim. In het algemeen, dacht ze, waren Angelsaksen minder vatbaar voor jaloezie dan Fransen, hoewel ze rijk bedeeld waren met excentriciteit. Het zou mooi geweest zijn als Tim meer interesse had gehad voor paarden, maar anders dan haar moeder speet het haar absoluut niet dat hij geen Fransman was. Ze vond het een groot avontuur om een echtgenoot te hebben die niet Frans was, vooral omdat de minpunten van Franse mannen voor iedereen zo duidelijk waren. En Tim speelde een mooi partijtje tennis, en zijn artikelen leken haar altijd intelligent – wat dit betreft was zij niet echt tot oordelen bevoegd, aangezien die in een andere taal waren gesteld, en ze ongetwijfeld wel een paar puntjes zou missen, maar de mensen zeiden dat ze intelligent waren. Uiteindelijk zou hij een belangrijk boek schrijven. Maar de liefde hoorde trouwens sowieso niet aan een rationele analyse onderhevig te zijn.

Ze nam de sleutelhanger met zaklampje en ging terug, vastbesloten om goed te letten op mogelijke ontwikkelingen.

Nadat ze gehoord had wat Anne-Sophie was overkomen, haastte Estelle d'Argel zich vanaf het metrostation Porte de Clignancourt naar haar stalletje om zich ervan te verzekeren dat ze ongebroken was en kalm, en om moederlijke troost te bieden. De romanschrijverij had haar geleerd waarde te hechten aan ervaringen, maar net als alle moeders wilde ze niet dat haar kinderen ze hadden. Net als alle dochters was Anne-Sophie blij haar moeder te zien en schaamde ze zich ervoor dat zij zich hier op haar werk vertoonde. Met juist deze moeder voelde Anne-Sophie zich mislukt en onhandig. Estelle was klein, duur gekleed in gebreide kleding en sjaals, werd af en toe gefotografeerd of er werd over haar geschreven, kwam op tv en had geen idee van het beroep dat Anne-Sophie gekozen had. Ook had ze een afkeer van paarden. Ze kuste Anne-Sophie en bestudeerde haar.

'Ames belde me op. Dat is de geur van bloed, is het niet?' zei Estelle. 'Zelfs op een dag als vandaag, de geur van bloed. Net *boudin noir*. Is het daar gebeurd?' De politie had een trapje gedecoreerd met geel lint en het in de deuropening van Boudherbes depot geplaatst. 'Hoe hou je het uit?'

'Ik denk dat je de *rillettes* van Yvonne ruikt', zei Anne-Sophie en ze zag dat haar buurvrouw was begonnen de spullen voor de lunch klaar te zetten.

'Is Tiem niet met je meegekomen?'

'Ik wilde hem er niet bij hebben, moeder. Ik vond dat ik er alleen doorheen moest.'

'Maar had hij niet moeten aandringen? Die vreselijke toestand die jij hebt meegemaakt!'

'Ik wil gewoon dat de dingen weer normaal worden.'

'Ik zou je mee uit lunchen nemen, maar ik heb een afspraak die ik niet kan afzeggen', zei Estelle. 'Dit bezoek is alleen voor mijn eigen gemoedsrust.'

'Echt, *maman*, het gaat heus wel.' Hoewel dat niet echt zo was. Ze dacht steeds terug aan de vreemde donkerte van bloed en aan een schreeuw die ze had gehoord, misschien? De doodskreet van monsieur Boudherbe, die ze zich juist nu opnieuw herinnerde.

'Moet je het zaklampje zien dat ik gevonden heb, met dezelfde achternaam als Tim! Kun jij het voor mij bewaren?' vroeg ze, denkend dat het waarschijnlijk beter was als Estelle het meenam, omdat ze bang was dat er onterecht een link zou worden gelegd naar Tim – of iets dergelijks.

Om halfzes, juist toen men begon op te breken – rolluiken werden gesloten, het geschraap van stoelen en tafels die terug de kraampjes in werden getrokken, karren en wagens die zich in de steegjes verzamelden om de bestellingen af te leveren, onderhandelingen op het laatste moment, en zij die haar houten beeldjes terug in de vitrine plaatste en het tafeltje binnen zette waar ze op hadden gestaan om de aandacht van slenterende (vaak Engelse) paardenliefhebbers te trekken – juist toen zag ze, ze wist het bijna zeker, de Amerikaan die monsieur Boudherbe had ontdekt door de passage glippen, en snel en heimelijk de deur binnen schieten die naar de trap leidde.

Haar eerste reactie was er een van vreugde en blijdschap bij deze verdieping van het mysterie, deze verdere verwikkeling die nog bij de gebeurtenissen van gisteren kwam, die vooruitzicht leek te bieden op een interessant drama en vragen opriep zoals: Wat had de Amerikaan te zoeken bij haar op zolder? Wie was hij? Wat had hij te maken met de moord op de arme monsieur Boudherbe? Een Amerikaanse man van ongewone schoonheid, ongeveer van haar leeftijd. Hun blikken hadden elkaar gekruist – hij had grote bruine ogen, als die van een paard, lange haren en een beschaduwde kaak, en gespierde schouders. Ze dacht niet dat hij iets te maken had met de moord, maar hij was nou eenmaal aanwezig geweest op de plaats van het misdrijf, en hij was er nog steeds, en behalve zij had niemand hem naar boven zien glippen.

Haar eerste impuls was om iemand te roepen, Pécuchet of een van de vele politieagenten die nog in het depot van monsieur Boudherbe rondhingen, tenzij hun dag erop zat, waar het wel de schijn van had. Haar tweede impuls was om nog even te wachten

– ze hoefde nog niet naar huis – om te zien of hij weer naar beneden zou komen, en of hij het echt was. De derde was om zelf naar boven te gaan. Hoewel ze wist dat ze dat beter niet kon doen, had de situatie een zekere aantrekkingskracht, alsof zij, Anne-Sophie, het centrum was van gebeurtenissen die om haar heen tolden. Er was erg weinig gebeurd in haar leven, dacht ze soms, in ieder geval sinds ze was gestopt met de dressuurcompetitie toen ze op haar negentiende naar de universiteit ging. Mensen dachten dat er iets met je gebeurde als je je verloofde, maar zo dacht zij er eigenlijk niet over, het was op zichzelf geen levensdoel, niet meer dan de onstuitbare opmars van voorbestemde gebeurtenissen. Het vooruitzicht om een moordenaar te snappen – of in ieder geval een voortvluchtige – bezat een element van opwindend gevaar. Ze moest iets doen, dat wist ze.

Uiteindelijk deed ze niets. Monsieur Martin, de *gardien*, kwam langs en deed de deur naar de trap op slot, zoals hij altijd deed aan het eind van de dag, en de Amerikaan zat boven vast, als zij zich niet vergiste, en kon niet wegkomen tenzij hij uit een raam sprong. Anne-Sophie schoof haar rolluik omlaag en liep met Nathalie Serre naar de plek waar ze haar Mini had geparkeerd. Ze draaide zich nog een keer om, voor het geval ze hem kon betrappen terwijl hij uit het zolderraam keek, maar er was niemand.

Toen ze die nacht de liefde bedreef met Tim, zag ze een ogenblik lang over zijn schouder heen dat lege raam en verwachtte het donkere gezicht te zien.

9

Hôtel Le Mistral

Anne-Sophie had Tim onderweg naar de vlooienmarkt afgezet bij het Gare du Nord. Daarvandaan liep hij naar Hôtel Le Mistral om met de jonge Amerikanen te spreken over wie hij van Clara Holly gehoord had. Hij dacht dat het wel iets voor CNN kon zijn ('droomreisje naar Parijs wordt nachtmerrie'), of anders voor *Reliance* ('Amerikaans staatsburger, beroofd van paspoort, zit vast op twijfelachtige gronden'). Hij hoopte dat de jonge vrouw aantrekkelijk zou zijn en fotogeniek. Omdat hij geen idee had hoe ze heette, was hij afhankelijk van de goede wil van de receptioniste, die aanvankelijk weigerde, zoals te verwachten was, met het argument dat er tientallen Amerikanen in het hotel ingeschreven stonden, dus hoe moest zij dan weten wie hij moest hebben? Problemen, de politie, nog maar twee dagen hier, hield hij aan. Uiteindelijk gaf ze met een kribbig lachje toe dat het om kamer 204 moest gaan. Vervolgens probeerde hij de bewoonster van 204 ertoe over te halen om naar beneden te komen en met hem te praten. Waarom zou ze ook? Maar ze kwam, ze had duidelijk geen idee van haar recht op privacy in deze situatie, of misschien wekte zijn Amerikaanse stem vertrouwen bij haar.

'Ik heb van Clara Holly gehoord wat er gebeurd is.' Hij zette zijn innemendste glimlach op. 'Het leek mij interessant, een interessant stuk voor mijn krant, maar ik vroeg me ook af of ik misschien ergens mee kon helpen.'

'Misschien, maar ik weet zelf niet eens precies wat er aan de hand is', zei ze. Ze was klein van stuk, ergens in de twintig en maakte een zorgelijke indruk, met haar haar in de kleur van ahornsiroop, een doorschijnende huid en een soort ondervoede, etherische uitstraling, niet zo robuust als hij zich voorstelde bij meisjes uit Oregon. Ze droeg een spijkerbroek, een T-shirt en een ziekenfondsbrilletje. Ze liep zeer mank, haar kleine bekken stond zo scheef als een dak, waarschijnlijk door een misvormde heup. Om de een of andere reden vond hij dit schokkend. Hij besefte dat je niet vaak hinkende of misvormde Amerikanen zag, orthopedisten hadden meestal al in de wieg ingegrepen.

In antwoord op zijn vragen legde ze uit dat ze er zelf versteld van stond dat ze niet in paniek was geraakt of wanhopig was geworden na alles wat er gebeurd was, maar dat ze nu toch paniek voelde opkomen. Ze maakte zich geen zorgen over haar persoonlijke veiligheid. Wat kon een Amerikaanse vrouw uit een redelijk bemiddeld milieu nou gebeuren, zelfs in Frankrijk? Ze probeerde een kern van vertrouwen te ontlenen aan haar algemeen menselijke status: blank, onschuldig aan moord, eigenaresse van een geldig paspoort (al was het dan verdwenen), in staat om aan geld te komen en met het telefoonnummer op zak van een gerespecteerde vrouw die hier woonde en Frans sprak. En ze was momenteel verzekerd van een dak boven haar hoofd, omdat de Franse politie er wel voor zou zorgen dat ze er niet werd uitgetrapt.

Toch grepen verontwaardiging en angst haar bij de keel als ze er echt bij stilstond. Je hoorde wel van Amerikaanse toeristen die in Turkse gevangenissen terechtkwamen, onwetend van de drugs in hun bagage, of die werden geëxecuteerd in Singapore of waar dan ook – maar niet in Frankrijk. In gedachten had ze de veel ergere dingen laten passeren die ze gezien had, zij het alleen op televisie – stapels lijken in Rwanda, rottende graven in Bosnië, in maïsvelden opgegraven schedels, met bloed besmeurde hutjes in Mexico, Algerije, Indonesië, Pakistan, Koerdistan, Turkije, Irak, waar terroristen of een politiemacht waren binnengestormd en hun automatische wapens op de bewoners hadden leeggeschoten.

'Clara Holly zei dat ze de kamer zou betalen', zei Delia.

Tim vroeg: 'Kon je het een beetje vinden met Clara Holly, vond je haar aardig?'

'Best wel', zei Delia. 'Beter dan ik verwacht had.' Hij kon zien dat ze eigenlijk niet zoveel met haar had opgehad. Waarom niet?

'Misschien lag het aan haar bontjas', zei Delia, alsof ze de vraag voelde aankomen. 'Ik was verbaasd dat iemand uit Oregon en van haar leeftijd gekleed ging in de huid van dode bedreigde diersoorten. Maar natuurlijk weet ik dat men daar in Europa anders mee omgaat, en dat er eigenlijk geen moreel verschil bestaat tussen bontjassen en schoenen.' Ze zuchtte.

Tim nam het gebeurde met haar door, zonder melding te maken van de verbinding die hij er via Anne-Sophie mee had, maar ze had weinig te vertellen dat hij niet al wist. Wel kwamen er meer klachten naar buiten, in een gekwelde woordenstroom: Hoe konden mensen toch slapen in Parijs? Claxons, sirenes met een geloei dat rondzingt in je neusholte, lawaaiige autoalarmen die de een na de ander afgaan, alsof er boodschappen worden doorgegeven in het oerwoud. De enorme herrie van brekend glas, alsof er duizenden flessen verbrijzeld worden, auto's, lachende stemmen onder haar ramen, motoren die gestart worden.

'Waarschijnlijk zit ik hier vast tot ik een paspoort krijg, maar niemand die me iets vertelt', klaagde ze.

'Hoe zit het met je reisgenoot?'

'Ik weet niet waar hij is', flapte ze eruit na een ogenblik nagedacht te hebben. 'Hij is verdwenen. Om mezelf maak ik me geen zorgen…' Opnieuw spuide ze een reeks angsten in het idioom van oude films. Gearresteerd misschien? Misschien staan ze je in Frankrijk niet toe om een keer te bellen? Martelingen, Amnesty International, films met haveloze mannen in hemden, peuken tussen hun vochtige, spottende lippen geklemd, die brute bewakers uitdagen. Tim zag waar ze bang voor was: zou haar zogenaamde vriend haar hier echt laten zitten, zonder paspoort, zonder aanspraak, zonder geld?

Nooit, zei ze. Dat zou Gabriel nooit doen. Daar was ze zeker van, na wat er tussen hen gebeurd was.

Ook iemand zonder ervaring kon meteen zien dat de mannen die binnenkwamen agenten waren. Hun bewegingen waren trager dan normaal, hun blikken rijmden niet met de bewegingen van hun schouders en schoten alle kanten op. Dit moesten agenten zijn, ook al waren ze goed gekleed in Europese maatpakken. Tim nam aan dat het Franse rechercheurs waren maar het bleken Amerikanen te zijn. Delia stond op zodra ze hen bij de balie navraag zag doen, waarbij ze hun hoofden naar haar toekeerden. Tim liep met haar mee om haar te helpen met de taal maar dat was niet nodig.

'U bent Miss Sadler, neem ik aan? Ik ben Frank Knowles en dit is Frank Durkin. FBI. Twee Franken. U kunt frank en vrij met ons praten.' Hij zette een professionele glimlach op. 'De speciale Europese sectie.' Hij liet haar zijn badge zien, precies zoals op de tv. Plichtmatig keek ze ernaar. 'Dit is vast niet wat u zich van uw vakantie had voorgesteld.'

'Het was eigenlijk geen vakantie', begon ze. 'Ik ben… Ik heb ook een broer die Frank heet.'

'Het tijdperk der Franken.' Allemaal lachten en grijnsden ze. 'Normaal houden wij ons niet bezig met toeristen die in de problemen zitten, maar u zit wel erg in de nesten.'

'Heeft de Franse politie u opgebeld?'

'Inderdaad.'

'Dan weet u dat ik in de nesten zit omdat mijn paspoort gestolen is! Ik ben meteen naar het consulaat gegaan en heb de papieren ingevuld en zij zouden mijn gegevens opvragen in de States. Maandag moet ik weer terug, maar nu…'

'We hebben het in de ijskast gezet,' zei Durkin, 'op hun verzoek. U kunt maandag niet terug, tenzij ze tot de conclusie komen dat u niet betrokken bent bij hun zaak. Doorgaans willigen wij de Franse verzoeken in en zij die van ons.'

'We willen het verhaal graag van u horen', zei Knowles en hij ging samen met haar in de lobby zitten. Ze herhaalde het verhaal dat Tim gehoord had, de vlooienmarkt, haar vriend Gabriel Biller, de man met de doorgesneden keel.

'En waar is Mr. Biller nu?' vroeg Knowles.

'Ik weet het niet', zei ze. 'Hij komt wel weer.'

'Wij moeten hem ook spreken. Over zijn zaken met het slacht- offer. Wanneer is hij vertrokken?'

Delia pauzeerde, misschien om de uren te tellen, misschien besloot ze te liegen of wist ze het niet. Voor iemand die zo klein van gestalte was en zo weinig reiservaring had, maakte ze een doortastende indruk, vond Tim.

'Ik heb er niet op gelet. Ik had het te druk met naar de vs bellen en de boel regelen. Ik hoop dat u ons kunt helpen.'

'U hebt hem niet zien vertrekken?' Scepsis.

'We zijn geen "stel".' Haar stem zette het woord tussen aanhalingstekens. 'We reizen alleen maar samen.'

'Vertel ons eens wat meer', zei een van de twee Franken op effen toon. 'Met welk doel zijn jullie dan precies hier?'

Zij noch Delia leken er bezwaar tegen te hebben dat Tim meeluisterde terwijl de Franken het verhaal uit haar trokken. Nou ja, ze hoefden het er niet echt uit te trekken, want ze scheen zich volkomen op haar gemak te voelen bij hen. Dat de twee bezoekers Amerikanen waren woog blijkbaar op tegen het feit dat ze van de FBI waren. Ze vond het geen probleem haar verhaal nog een keer te vertellen: een zakenreis, om linnen zakdoekjes te kopen, en dat ze naar het Louvre wilde. Op een gegeven moment moest ze zich even excuseren om een telefoontje uit Oregon aan te nemen – het was haar partner Sara, die vertelde dat ze noodfondsen had overgemaakt, achthonderd dollar via American Express, Delia hoefde alleen maar even bij American Express langs te gaan. Delia dacht dat ze had uitgelegd dat ze niet weg kon. Maar dat leek geen onoverkomelijk probleem. Het was een opluchting om Sara's vertrouwde stem uit Amerika te horen.

Ze handelde in antiek, legde ze uit aan de twee agenten die Frank heetten, ze had een stalletje in het winkelcentrum van Sweet Home in Oregon, eigenlijk een grote opslagruimte in een winkelcentrum, waar een paar handelaren de handen ineen hadden geslagen. Zij en haar partner, Sara Towne, handelden in oud linnengoed, groen porselein, manden, droogbloemen, kruiden, en meer van dergelijke dingen, en ze hoopten ooit hun eigen winkel te hebben op een betere locatie – Lake Oswego of misschien zelfs in het centrum van Portland.

'En uw kennis? Uw collega?'

'Sara?'

'Degene met wie u hier naartoe gekomen bent.'

'Gabriel Biller, zeldzame boeken, prenten en documenten. Hij is ook niet zo gelukkig met de locatie, omdat mensen die toevallig eens een boek kopen niet echt op zijn niveau zitten, maar de verzamelaars weten hem steeds beter te vinden, en dankzij internet maakt het eigenlijk niet meer uit waar hij zit.'

'Hij doet veel zaken op internet, zeker?' vroeg een Frank. Tim zag dat iets in de toon van zijn stem haar opviel en maakte dat ze op haar hoede was. Iets zat haar niet lekker.

'Ik weet het niet', zei ze. 'Ik weet niet echt het fijne van zijn zaken. Bovendien is dat internet een raadsel voor mij.'

'Maar u zei zelf dat hij zaken deed op internet.'

'Ik heb hem horen zeggen dat internet een revolutie heeft veroorzaakt in het antiquariaat. Vroeger moest je iedereen catalogi toesturen.'

'Hebt u toevallig zo'n catalogus?'

'Waarom kijkt u niet op zijn website?' zei Delia ongedurig, dit vond ze niet meer leuk. 'Hij heet Biller.' Ze spelde het. 'Ik weet echt niks van zijn zaken.'

'Hij zei dat hij geld ging wisselen, wanneer was dat, hoe laat?'

'Ik weet het niet, ik heb nog steeds last van jetlag.'

'Vanmorgen?'

'Gisteravond, denk ik, of vroeg deze morgen.'

'Denkt u? En hij is niet teruggekomen.'

'Ik zou het niet weten. Misschien wel.'

'Had u hem dan niet terug verwacht?'

'Ik voelde me niet lekker, ik ben naar bed gegaan.'

'U hebt hem niet meer gezien? Hebt u gisteravond niet samen gegeten?'

'We hebben vroeg gegeten, toen heeft hij ook gezegd dat hij moest wisselen.'

'Dus u weet niet of hij vannacht hier geslapen heeft?'

Plotseling stond de toon haar niet meer aan, of ze werd bang. Ze beet op haar onderlip, haar ogen zochten die van Tim.

'Ik was doodop en ik ben om een uur of tien naar bed gegaan', zei ze.

'U beseft toch wel dat uw regering u niet kan beschermen onder deze omstandigheden. Als je van een misdaad beschuldigd wordt, neemt de buitenlandse overheid het over', zei Frank Knowles.

'Ik word toch niet van een misdrijf beschuldigd?' vroeg Delia, plotseling in de war. Hoe zou dat ook kunnen?

'Hier gelden hun regels. Ik hoop dat u dat begrijpt. Maar we zullen doen wat we kunnen.'

Tim voelde een spontane golf van ridderlijkheid in zich opkomen. 'U zou haar kunnen helpen met haar paspoort', zei hij tegen de FBI-mannen.

Een van de Franken, Knowles, nam hem bijzonder aandachtig op, alsof hij zich zijn gezicht inprentte voor de confrontatie later. 'Voor wie zei u dat u werkte?'

Tim verschafte zijn gegevens.

'Vanwaar uw interesse in deze jongedame, Mr. Nolinger, wat zit erachter?' zei hij, opeens onvriendelijk.

'Gewoon om te helpen', zei Tim. 'We hebben een gezamenlijke kennis. Ik dacht dat ik haar kon helpen, haar paspoort ophalen, Frans spreken, wat dan ook. Mijn vriendin was er gisteren bij op de vlooienmarkt.'

'Dus u spreekt Frans, hè?' Hij zei het alsof het opruiend was en onbetamelijk. 'Vraag dan eens aan de receptioniste of ze ons zijn kamer laat zien. U kunt zeggen dat we vrienden zijn en dat we iets nodig hebben uit zijn kamer.'

'Ik denk niet dat ze het zal doen', zei Tim. 'Jullie zouden een huiszoekingsbevel moeten hebben.' Hij zag dat Delia hen verbaasd aankeek.

'Vraag het nou maar.'

Tim ging naar de balie. De receptioniste had hun de hele tijd in de gaten gehouden en waarschijnlijk had ze zo haar eigen gedachten over de betekenis en de toon van hun conversatie in de hoek van de lobby. Hij probeerde zo innemend mogelijk te glimlachen en bracht het verzoek over.

'Onmogelijk', zei ze, zoals Tim verwacht had. Hij vond het wel best.

'Verdomme, die Fransozen willen ook nooit eens meewerken', bitste Frank Knowles.

'Als Mr. Biller terugkomt, laat het dan even weten, alstublieft', zei Frank Durkin, terwijl hij Delia een dichtgevouwen briefje overhandigde. 'In de tussentijd zullen we eens zien wat we kunnen doen aan dat paspoort. Kunt u uw eten hier op de rekening laten zetten?'

'Het is eigenlijk niet meer dan een snackbar', zei Delia. 'Maar het kan.'

'Goed dan, we spreken elkaar nog', zei de andere Frank, waarop ze vertrokken en Delia in de lobby achterlieten.

Tim bleef uit vriendelijkheid nog even hangen, maakte zich bezorgd over haar eten en met wie ze zou praten, maar nam uiteindelijk ook afscheid. Hij schreef een paar telefoonnummers voor haar op en legde haar in grote lijnen uit waar hij de volgende dagen zou zijn, voor het geval ze hulp nodig had of iets bedacht waarmee hij haar zou kunnen helpen. Een verhaal zat er voorlopig niet in, moest hij tot zijn spijt concluderen, maar het meisje had wel zijn interesse gewekt. En de aanwezigheid van de FBI ook.

Delia bleef nog een tijdje zitten kijken hoe de avond naderde, de lampen die aangingen, de receptioniste die de asbakken schoonmaakte. Ze kon zich er niet van weerhouden de deur in de gaten te houden in afwachting van Gabriel, maar hij kwam niet; weer was er een uur voorbijgegaan zonder dat hij kwam.

Hoe weet je of een man oprecht is in wat hij tegen je zegt? Dat weet een vrouw gewoon, dacht Delia. Maar natuurlijk moet je je afvragen: oprecht waarover? Zij eiste niet dat hij van haar hield of zich aan haar verplichtte, dus waarom was ze er zo zeker van dat Gabriel ook liefde was gaan voelen, als dat woord tenminste niet te groot was voor wat zij voelde. Haar passie, die was gegroeid tijdens hun gesprekjes 's morgens vroeg in de Antiques Barn in Sweet Home, Oregon, en de paar keer dat hij haar geholpen had een doos met groene borden uit te laden, die ergens op een zolder had gestaan – die passie was nu beantwoord en vervuld gedurende de vurige uren van afgelopen nacht, met kussen waar meer uit sprak dan alleen ervaring: op de een of andere manier waren ze oprecht geweest.

Delia bedacht dat kussen, net als tandpijn, niet in de herinnering konden worden opgeroepen. Wat je je herinnerde, waren de woorden waarin je ze beschreef. Fantastisch, heerlijk? Het was een nacht geweest die gevolgen zou hebben, dat had ze uit zijn omhelzingen begrepen. Haar borst gloeide als onder zijn vingers. Ze had eerder liefde gevoeld, hoewel niet zo vaak, maar dit was anders en heilig.

En daarom wist ze dat er iets was misgegaan, dat er een probleem was, hij zou niet zomaar verdwijnen en haar zonder enige verklaring laten zitten in dit Franse hotel.

Haar kamer was te naargeestig om naartoe te gaan. Ze realiseerde zich dat ze zich niet op haar gemak voelde in haar kamer. Iemand zou de bordpapieren deur kunnen forceren, dacht ze, en met niemand op de gangen, niemand die iets horen zou, konden ze binnenkomen en doen wat ze wilden. Ze kon zich niet voorstellen wat ze zouden doen. Ze kon niet geloven dat iemand zou proberen haar iets aan te doen. En ze zouden niet komen om haar iets aan te doen met die mannen van de FBI in de buurt. Frank en Frank, en die journalist. Ze vond hen allemaal engerds maar ongevaarlijk. Die journalist had er tenminste nog goed uitgezien.

Ze liet al de troostende telefoontjes de revue passeren die ze tot nu toe had gevoerd: met Sara, met haar vader en moeder en met Boyd, haar nog thuiswonende broer. Er had een toon van afgunst in hun blijken van medeleven gelegen – afgunst dat zij een avontuur beleefde in het verre Parijs. Ze was het ermee eens dat dit een avontuur was, maar er waren verontrustende elementen, vooral de verdwijning van Gabriel. Het geld, het paspoort, vastzitten in een morsig hotel – allemaal plooien die zouden worden gladgestreken.

Maar die man op de vlooienmarkt had daar toch maar dood gelegen en hij had iets met Gabriel te maken, en Gabriel was verdwenen. Ze bleef proberen een gevoel van gevaar of zelfs van realiteit op te wekken, maar ze kon het niet. Een dikke mist in haar hersenen verhinderde dat ze kon denken. Moord, diefstal, FBI-agenten, zelfs filmsterren waren er niet in geslaagd haar van een zwaar miasma van vermoeidheid en lethargie te bevrijden. Ze bedacht dat het waarschijnlijk de jetlag was, die de laatste twee nachten op afstand was gehouden door de opbeurende afleiding van Gabriels gezelschap, maar nu toesloeg als een slaapmiddel in haar aderen. Haar oogleden zakten alsof er gewichten aan bevestigd waren. Vrijdag was ze aangekomen, nu was het zondag. Het was vier uur 's middags, het duivelse uur van de jetlag. Ze had horen zeggen dat je beslist niet moest indutten. Koffie, dacht ze, een blokje om, daar zouden ze haar heus niet voor in de cel stoppen.

Ze hinkte naar buiten en keek links en rechts de straat af. Het deed altijd pijn als ze liep, maar ze merkte de pijn niet meer op. Het was alleen die ene heup, het zat in de familie. Dit was eigenlijk de eerste keer dat ze de kans kreeg om een Parijse straat te bekijken. De afgelopen twee dagen, met de stimulerende waas van haar verafgoding van Gabriel, en met de moord, de beroving, het gevoel van verbijstering, daarna de angst, de mensen die haar bezocht hadden, de nieuwe gezichten, de gesprekken – dit alles verdween een beetje naar de achtergrond. Er kwam een bus voorbij, rammelende taxi's, er waren meer mensen op straat dan in Sweet Home of zelfs in het centrum van Portland. Ze bleef lang staan voor de etalage van een Afrikaanse kleermaker die fleurige kleding in bedrukt katoen had uitgestald, met prachtige hoofdtooien en uitbundige jurken. Ze dacht erover na of ze dit kon exporteren, maar besliste dat het in Oregon niet zou verkopen, zelfs niet aan het meest folkloristische marktsegment. Wie droeg er eigenlijk dergelijke kleding in Parijs? Parijs, Frankrijk, een vreemde plek waar ze met niemand kon praten.

Om zichzelf wat op te peppen dacht ze aan de Amerikanen die ze al ontmoet had – de twee Franken van de FBI, Clara Holly, Tim Nolinger – even vroeg ze zich af hoe het zou zijn om met hem te slapen en schaamde zich toen voor de gedachte. Het leek wel of haar libido, nu het was bevrijd door Gabriel of door Frankrijk, oncontroleerbaar begon op te spelen, op zoek naar lustobjecten, als het monster van Frankenstein. Natuurlijk was ze boos op Gabriel omdat hij er niet was. Ze maakte zich zorgen om hem. Haar hartslag versnelde. Waar was hij?

10

De godin van de jacht

Met de herfst, met de verdorrende bladeren en de kille briesjes en met het grijzere licht, kwamen buiten Parijs de onmiskenbare voortekenen van het jachtseizoen. In de vitrines van de slagers hingen dode fazanten die door de eerste schutters waren binnengebracht, met kleine zwarte wondjes, nauwelijks zichtbaar in hun weelderige pluimage, en loden starende ogen. Een nieuwe meute gevlekte honden stormde af op het hek van de boerderij van de buren om naar Clara's auto te blaffen. Mensen in een uitdossing die in de verte aan Tirol deed denken, met epauletten en koperen knopen, reden heen en weer over de weggetjes; iedereen droeg chique opgewreven rijlaarzen.

Clara en Serge waren het erover eens dat het afgelopen moest zijn met de buitensporige, wrede slachting van herten en patrijzen op hun uitgebreide landerijen, een praktijk die tijdens het seizoen traditioneel met veel tamtam beoefend werd door de lokale jagers. Serge trok er opstandig op uit met zijn buks om zijn paden te inspecteren en de kettingen waarmee de hekken waren afgesloten. Zijn toorn werd evenzeer gewekt door de invasie van zijn heilige domeinen als door het afslachten van dieren, hoewel hij ook bepaald geen liefhebber van de jacht was. Een oom had hem ooit mee op konijnenjacht genomen in de buurt van Cicero, Illinois, en hij herinnerde zich nog de geur van kruit en die van de dode verstijvende dieren die op de met olie besmeurde garagevloer lagen. Toen had hij gehuild omdat wat geleefd had nu dood was, en ze niet hadden hoeven doden wat ze niet nodig hadden, geheime tranen om de hoon van de oom te vermijden.

En al had ze een bontjas, Clara was stevig genoeg in Oregon geworteld om bezwaar te hebben tegen de jachtrituelen in de omgeving, zeker als deze plaatshadden op hun bezittingen, met gewapende mensen die door hun tuinen stiefelden, soms ook paarden, hoorns, blaffende honden, de vernietiging van bloemen. Clara was er zeker van dat ze een keer had gehoord hoe in hun eigen bos een hertenbok door het struikgewas was gebroken, wanhopig als het dier was, en steigerend zijn hoeven aan de takken had opengehaald terwijl de jachthonden blaften, dat was vorig jaar geweest. Er waren zeker hoorns geweest. Hoe was het mogelijk dat barbaarse troepen, als de figuren op een wandtapijt, als het koor van een opera, de klaroen konden steken in hun bos? En toen had ze het hert gezien, of een ander hert, dood, hoe het werd weggedragen in het dorp, een nogal klein dier, en iemand had haar verteld dat de jager het doodde met zijn mes, de honden hadden het niet verscheurd, zoals ze gevreesd had en zoals je zou denken als je de schilderijen in het Louvre zag. In het Louvre had ze schilderijen gezien van honden die hun tanden zetten in de flanken van een uitgeputte, gekwelde hertenbok.

In zekere zin was het een schok voor haar geweest om te horen dat dat omslachtige ritueel van de jacht – honden, rode jasjes, paarden – in Frankrijk plaatsvond, dat haar eigenlijk een te klein land leek om er mensen met wapens in los te laten, en ze had het trouwens altijd gezien als een Engelse barbariteit, vooral de rode jasjes en de brakken die blaffen als hellehonden. Het was waar dat jagers ook in Oregon dieren doodden, maar ze deden dat op genadige wijze, met geweren, en ze droegen alleen maar rood om te voorkomen dat ze op elkaar zouden schieten.

Serge en zij hadden besloten, of eigenlijk had zij hierin Serge gevolgd, om omzichtig te zijn in hun omgang met de lokale bevolking, en hun vreemdelingenschap enigszins te verhullen en zich aan Frankrijk aan te passen. Bovendien probeerden ze goede burgers en buren te zijn, ze droegen altijd een steentje bij als er voor het een of ander gecollecteerd werd, zelfs als het voor de kerk was, hoewel geen van beiden katholiek was en Serge joods. Wat de hoogte van hun bijdrage betrof, zorgden ze ervoor geen gierige indruk te maken en zeker niet ostentatief te lijken. Desondanks hadden ze altijd de indruk dat ze het fout deden. Als het echter op de jacht aankwam, weigerden ze hun principes overboord te zetten. Wat dit betreft stond Serge vastberaden achter haar, of zij achter hem – ze hadden er beiden bezwaren tegen. Elk jaar liet hij zijn advocaat een brief schrijven aan de plaatselijke jacht-meester, waarin hij hen verbood op zijn terrein te jagen, en elk jaar hadden de plaatselijke jagers zich verzet met delegaties en verzoekschriften, en hadden gejaagd zoals het hen goeddunkte, met het argument dat zolang de kwestie onder de rechter was, het gewoonterecht bleef gelden. Eeuwenlang had de mens in deze bossen gejaagd, en dat was de traditie.

'Het wordt als een daad van grote moed beschouwd om de *coup de grâce* te geven', had de burgemeester gezegd, het eerste jaar dat er een delegatie van mannen met sweaters en stropdassen was verschenen om met Serge te praten, die hen in plaats daarvan met Clara had laten praten.

'Bedoelt u dat u zomaar op ons terrein kunt komen?' had ze gevraagd.

'In de achtervolging en als ze het dier al verwond hebben, wel degelijk', zei de burgemeester. 'Dat zegt de wet. Het zou inhu-maan zijn, een onvergeeflijke wreedheid, om het langzaam te laten creperen, het krijgt de *arme blanche*, mevrouw', voegde de burgemeester eraan toe, duidelijk geïrriteerd dat zij het was en niet Serge die hen te woord stond. Maar ze had hun een cere-moniële ontvangst bereid, in de salon, die nog een beetje in wanorde verkeerde in die periode omdat de timmerlieden van de studio nog bezig waren met de reparaties en het schilderwerk.

De laatste vier jaar waren er elk jaar zulke stijve ontmoetingen geweest met de burgemeester. In de tussentijd hadden ze zware kettingen gehangen over de paden langs de rand van hun land-goed en een stevig hek geplaatst over de weg. Hun advocaten hadden hun verteld dat ze hiertoe niet gerechtigd waren. 'Als u meer hectare had, zouden ze geen recht hebben om op uw terrein te jagen. Dat is de *Loi Verdeille*. U lijkt net te weinig grond te hebben om hen te kunnen weren. En dan bestaat er nog het recht van overpad over uw land.' Serge had het over waakhonden gehad, maar ze hadden er nog geen genomen, om de gevoelens te sparen van de honden die ze in huis hadden, Taffy en Freddy, zachtaardige blonde labradors, die absoluut niet de gewoonte hadden om vreemden buiten te houden.

Clara bestierde de zaken van het château zonder klagen, bijna als een boetedoening voor een zekere rusteloosheid die ze soms voelde. Ze had het idee dat ze een vergissing had gemaakt in haar leven. Ze kon het niet benoemen, gewoon een vergissing. Misschien had ze te hoog gereikt door actrice te worden, zich verbeeld over een superieure schoonheid te beschikken, die maakte dat ze gezien mocht worden, en had ze te zeer de aandacht van anderen opgeëist. Of misschien was de vergissing geweest dat ze niet was blijven acteren en zich ervan af had laten brengen door echtgenote en moeder te worden.

Of was het dat ze met iemand getrouwd was van wie ze niet werkelijk hield? Natuurlijk hield ze van Serge, maar het was niet de overdonderende, seksuele liefde waarvan ze betwijfelde of die wel echt bestond. Was ze uit praktische overwegingen getrouwd, om conventionele redenen zoals zwangerschap of omdat hij beroemd was, wat makkelijk met liefde te verwarren is? Ze was nog jong geweest. De vergissing, wat die ook behelsde, lag echter al tien jaar achter haar en ze was eraan gewend geraakt, ze was tevreden. Maar soms, als ze iets las wat naar new age zweemde, iets over boetedoening, groeide haar aandacht.

En dus ontving zij dit jaar de delegatie, net als andere jaren, als een vorm van boetedoening, ging zij naar de *mairie* in antwoord op brieven, bevelschriften en aanmaningen omtrent hun ketting-en en hekken. Vandaag zou de rituele confrontatie plaatsvinden.

Ze ging op zoek naar Serge in de hoop dat hij met haar mee zou komen. De burgemeester zou vergezeld worden door leden van de plaatselijke jachtvereniging en een ambtenaar.

'Nergens op ingaan. We hebben advocaten die met hun advocaten kunnen praten. Vertel ze alleen dat onze positie ongewijzigd is, laat ze die herten maar een andere kant opdrijven', zei Serge, die nauwelijks opkeek van de televisie. In Georgia had een jongetje van twaalf in het wilde weg geschoten op het schoolplein en daarbij vier andere kinderen gedood, en Serge – die zat te kijken aan de keukentafel – werd volledig in beslag genomen door de beelden van de consternatie op CNN. Een ziekenwagen, mannen met brancards, een buurman en een snikkende lerares bij de verslaggever, dan het schoolhoofd dat een verklaring aflegt over psychische hulp, vervolgens een menigte rondom een vrouw die op de grond ligt.

'De moeder van de schutter', zei Serge. 'Flauwgevallen.'

Clara dacht aan Lars, bijna net zo oud, en dat zoiets ook in Engeland was voorgevallen, of misschien in Schotland, in ieder geval op de Britse eilanden, waar Lars verbleef, hoewel ze daar de wapenwetten nu hadden aangescherpt. Haar keel vernauwde zich uit angst om Lars.

'Er is iets mis met de mensen in die stad, moet je toch zien', zei Serge. 'Ze zien eruit alsof ze achterlijk zijn.'

'Ze zijn allemaal dik', zei Clara. 'Dat valt me altijd op als ik naar huis ga, hoe dik de mensen zijn.'

'Die mensen zijn dikker dan andere Amerikanen', zei Serge, in gedachten verzonken. 'Ze zien eruit als verstandelijk gehandicapten die allemaal in dezelfde inrichting zijn opgegroeid. Zelfs de kinderen.'

Clara zei stijfjes: 'Ik weet zeker dat ze er net zo treurig uit zouden zien als ze slank waren geweest.' Serge was niet slank.

Dit jaar zou de vergadering worden gehouden in het kantoor van het hoofd van de buurtschap Lanval, boven de Mairie annex Bibliothèque Municipale, een klein gerenoveerd gebouw in een stukje bos buiten het dorp. Je kwam binnen via de bibliotheek, waar Clara de gebruikelijke dames toeknikte. Vroeger kwam ze hier regelmatig, maar inmiddels had ze alles gelezen wat er in het Engels was, van Poe, William Styron, Melville, James Fenimore Cooper en Erica Jong.

Er zaten mannen te wachten in de kleine ruimte boven. Het was duidelijk de bedoeling dat ze apart ging zitten in de enige lege stoel bij het raam. Ze stonden op toen ze binnenkwam, een groepje mannen uit de omgeving, rossig en stevig gebouwd, met corduroy broeken en jasjes, eentje droeg een spijkerbroek – het comité, nam ze aan – en er was een man van wie ze ooit had gedacht dat hij de bibliothecaris was maar uiteindelijk had begrepen dat het de burgemeester was van Étang-la-Reine, monsieur Briac. Ze zagen eruit als landarbeiders en boeren, maar ze wist dat het allemaal beurshandelaren en ingenieurs waren, die ingeschreven stonden in de gemeente waar ze hun buitenhuis hadden. De meeste Fransen waren ingenieur, leek het haar. In ieder geval waren ze allemaal jagers. Ze glimlachte. Ze kende de uitwerking van haar glimlach, speciaal op een groep mannen, maar deze keer had het geen merkbaar effect. De sfeer was er te gespannen voor, het onderwerp van *la chasse* te ernstig, Serges landerijen te cruciaal voor een ordelijk verloop van de sport in dit gebied.

De argumenten waren dezelfde als steeds, allereerst dat van een goed beheer van de hertenpopulatie, die elk jaar de menselijke beschaving dreigde te gaan overheersen als er geen paal en perk aan werd gesteld. Ze glimlachte en merkte op dat er meer humane methodes waren om de populatie te beheersen dan om die herten op te jagen en dood te steken. Haar sarcastische toon maakte dat de atmosfeer snel verslechterde. Een forse man bij de deur blafte van irritatie. De protesten klonken steeds luider, de argumenten, de gebruikelijke argumenten, werden zoals gewoonlijk verdedigd.

De wet stond hun toe om een dier over privé-terrein te volgen als het eenmaal opgejaagd werd, uitzonderingen waren er niet gesteld. Ze hadden dit met hun advocaten besproken. Dat had Serge ook gedaan en het was waar, wist ze, en ze waren op dit punt bijzonder kwetsbaar en hadden dus een tactiek van belemmering gekozen met fysieke obstakels als hekken, kettingen en bossen kreupelhout op de paden.

Ze had alles al eerder gehoord, ze hadden het eerder gezegd. Ze vestigde haar aandacht op het wandtapijt aan de muur achter de burgemeester: drie wulpse, lumineuze naakte vrouwen sliepen in een bos, in een houding van verzadigde overgave, de benen gespreid, met om hen heen de lijkjes van konijnen en eekhoorns. Een meute honden, in bedwang gehouden door een cherubijn, wachtte tot de godinnen zouden ontwaken, en vanuit het duister van de boomkruinen boven hen gluurden saters naar de voluptueuze borsten, de uitnodigende decolletés en de weelderige billen van de schonen.

Een man vlak bij haar volgde haar blik en zei: *'Diane la chaste et ses nymphes, d'après la toile de Rubens*. Diana, de godin van de jacht.'

Clara voelde het bloed naar haar kaken stijgen. Onwillekeurig keek ze de spreker aan, een lange, kalende Fransman in een kaki jasje, bijzonder aantrekkelijk.

'De traditie van de jacht,' zei burgemeester Briac, 'de formele traditie zoals wij die kennen, want natuurlijk jaagt de mens al sinds onheuglijke tijden – die formele traditie kreeg zijn beslag in de tijd van Louis de Veertiende, die tevens een groot weten-schapper was en grote naturalisten als Buffon aanmoedigde...'

Clara schoof ongeduldig heen en weer. Een traditie van eeu-wen inroepen, de Franse geschiedenis, een koninklijk privilege, het leek haar niet relevant en geen rechtvaardiging voor de rea-liteit van de wreedheid, het lijden, de bloeddorst, de drang om te doden die zich zo gemakkelijk kon uitbreiden naar de medemens. Ze had iets opgeschreven, het kwam van een schilderij van Dürer. Ze vond het in haar tasje en maakte zich op om het voor te lezen:

Qui tue la bête par plaisir plus que par nécessité offense le Père. Wie voor zijn plezier dieren doodt, beledigt God.

Maar het stukje papier bleef in haar hand, een hand lam van onzekerheid, ze kon niet spreken. Misschien waren het de wellustige blikken van de saters, ontsproten aan de verbeelding van Rubens, of het naakte geslacht van de slapende Diana en haar maagden, die in hun onbeschutte slaap zoveel weg hadden van de dode prooi. Wat vreemd dat dit schilderij, dat een zo direct verband legde tussen de jacht en seks, juist de godin van de kuisheid verbeeldde. Wat betekende het woord *vénerie* eigenlijk voor een Fransman? Plotseling voelde ze zich ongemakkelijk, misselijk, in deze kamer met een stuk of tien mannelijke jagers. Roofdieren. In het heldere licht van de herfstzon dat door de hoge ramen naar binnen viel, dansten stofjes terwijl het in de kamer warmer werd. Het was meer dan ongemak, ze voelde zich ellendig zonder te weten waar het vandaan kwam. Ze staarde naar de vloer om niet naar de taferelen aan de muur te hoeven kijken. Een serie prenten van jagers, jagers, jagers en hun prooi. Zij doden voor hun plezier.

Tuer par plaisir. De verbinding met plezier werd haar plotseling duidelijk. *Plaisir* met zijn seksuele connotaties. Mannelijke energie verwarmde de kamer, laadde de stofdeeltjes op als ionen van een buitenaardse kracht, verstikte haar, beangstigde haar. Een onbekende, wrede sensatie klopte bij de brug van haar neus, alsof ze daar een injectie kreeg. Haar ogen vulden zich, ze herinnerde zich de sensatie, het waren tranen. Ze zou gaan huilen. Haar keel zwol, de eerste traan viel, de hand van een onuitsprekelijke droefenis of verbittering drukte op haar borst. Snel stond ze op, verwardheid veinzend, allergie, ze wist niet wat of waarom.

'Dank u wel,' zei ze, 'ik ben bang dat ik te laat ben – ik moet nu weg – ik ben het er niet mee eens – mijn echtgenoot…'

Ze strompelde naar buiten, haar opponenten te verbijsterd om meer te doen dan half op te staan en haar na te kijken. De vrouw bij de balie van de bibliotheek twijfelde tussen een retorisch afscheid – *Bonne fin d'après-midi, madame* – en niets zeggen. Clara struikelde het grind van de voorplaats over en klom in haar auto.

11

Wil je in het wit trouwen?

Op maandagen was de vlooienmarkt geopend, maar was hij meer besloten van karakter, alsof hij een zucht van verlichting slaakte dat de zondagse slenteraars weer aan het werk waren en de groepjes toeristen verdwenen. Nu konden de handelaren met elkaar praten, of met de enkeling die terugkwam om nog eens naar die vaas te kijken, dat tafeltje of dat terracotta beeldje, dat hem de vorige dag was opgevallen. Serieuze transacties werden beklonken, baar geld verhuisde van borstzakjes naar bureauladen, de geur van paté en *carottes rapées* hing in de lucht vermengd met die van knoflook. Anne-Sophie lunchte in de Resto Pergolèse met een handelaar in prenten uit Lyon, maar meer kon ze niet doen om te ontsnappen aan het volle uitzicht vanuit haar stalletje op de doorgang die naar de trap leidde, waar ze iedereen kon zien die naar boven ging of naar beneden kwam.

Toen ze vanmorgen op haar werk kwam, had de bewaker al opengemaakt, en ze kon dus niet weten of er iemand naar boven was gegaan of naar beneden was gekomen. Of die Amerikaan naar beneden was gekomen. Het onopgeloste mysterie werd er des te bekoorlijker door, maar het was een storende bekoring, die haar van haar normale maandagse bezigheden afhield. Na de lunch ging ze naar boven, alleen, hoewel ze uit voorzorg monsieur Pécuchet vertelde wat ze ging doen. Er was niemand. Maar net als eerder voelde ze een vreemde aanwezigheid, hoewel er niets echt veranderd of verstoord was. En net als eerder vervulde dit haar van een gevaarlijke opwinding.

Bijna spijtig schoof ze haar rolluik naar beneden aan het eind van de dag en ging erop uit om enkele dingen te regelen in verband met de bruiloft. Ze had verschillende boodschappen te doen.

Het was nu oktober en Anne-Sophie en Tim zouden tien

december trouwen. De meeste voorbereidingen had de efficiënte Anne-Sophie zelf al getroffen, samen met Tim en de huwelijks-consulente, madame Louise Aix, van het Bon Marché-warenhuis. Madame Aix was een roodharige dame die altijd in het zwart gekleed ging, met een forse boezem en een bril aan een koordje. Ze maakte een serieuze indruk, wat Anne-Sophie geruststellend vond naast de licht neerbuigende betrokkenheid van haar moeder. Er waren problemen met de uitnodigingen. Het was hoog tijd, zelfs al wat te laat, om ze te bestellen, maar het was bepaald onduidelijk hoe ze moesten worden vormgegeven, gezien het feit dat een van de families Engelssprekend was.

Hoewel Estelle instemde met het idee van het huwelijk, kon Anne-Sophie er nooit zeker van zijn of haar moeder bepaalde details van de traditionele ceremonie niet belachelijk of overbodig zou vinden. Ze was in hoongelach uitgebarsten toen Anne-Sophie had geopperd dat Tim in jacquet zou gaan. Haar heldin Raymonde, in *Les Fruits*, had er bezwaar tegen gehad om naar de *mairie* en de kerk te gaan. 'Wat moet ik met die stomme forma-liteiten', had ze met haar flamboyante stormachtigheid uitgeroe-pen.

Madame Aix had dan ook snel ingezien dat deze moederloze jonge carrièrevrouw behoefte had aan advies en bemoedering. Hun verhouding had zich zo ontwikkeld dat madame Aix haar van advies diende op een breder gebied dan louter de formele details. Een dergelijke verhouding onderhield madame Aix met een aantal jonge vrouwen, en vaak ook met hun moeders, die zich zorgen maakten over het potentieel aan mogelijke vergissingen waartoe een bruiloft aanleiding kon geven.

'Wil je in het wit trouwen?' had ze gevraagd.

Anne-Sophie dacht van wel. Madame Aix fronste haar wenk-brauwen een beetje. 'Het is wat… *jeune-fille.*'

Vond mevrouw Aix haar oud? Anne-Sophie vreesde van wel, ze was er zelf bang voor en ze wist dat ze nogal oud was om voor het eerst in het huwelijk te treden.

'Het is eerder iets voor een jong meisje van nog geen twintig.' Madame Aix leek wanhopig op zoek naar tactvolle bewoordingen. 'Het probleem is dat de betekenis van wit, een oeroud symbool van maagdelijkheid, zozeer deel is gaan uitmaken van het collectieve onderbewustzijn dat een bruid in het wit aanleiding geeft tot speculatie, misschien zelfs tot spot, en mensen trekken conclusies die ze beter niet zouden trekken. Begrijp je? Ik zou daarentegen eerder *ivoire* voorstellen, ivoorkleurig satijn, of zelfs *rose-ivoire*. Met die blozende huid van jou zul je er schattig en blakend uitzien, en uiteindelijk is het toch bijna wit.'

Het was zowel Anne-Sophie als Tim – als hij ernaar gevraagd werd – duidelijk dat in Frankrijk en in Amerika dezelfde gewoonte bestond om voorbij te gaan aan de symbolische betekenis van wit als het erom ging een bruidsjurk te kiezen: de witte satijnen japon van Anne-Sophie kwam van Inès de la Fressange op de Avenue Montaigne, waar een schoolvriendin van Anne-Sophie hoofd public relations was. De kerkelijke ceremonie zou worden gehouden in de Saint-Blaise, in het dorpje Val-Saint-Rémy, waar Anne-Sophies grootmoeder, de moeder van haar vader, nog steeds woonde, al was ze behoorlijk dement. De receptie zou op hetzelfde plein zijn, tegenover de kerk in een klein restaurantje, Père Norand, en het diner zou worden gegeven in het huis van Anne-Sophies grootmoeder. Er waren kratten champagne besteld bij monsieur Braquer, die haar vaders wijn-leverancier was geweest, maar er moest nog beslist worden wie de hapjes zou verzorgen en wat de bestemming van de huwelijksreis zou zijn.

Estelle was van weinig nut in dit alles, en had geklaagd over de hypocrisie en het gedoe van zo'n aangeklede bruiloft – zij had het liever tot het stadhuis beperkt, of blootsvoets in een kerkje in de Alpen. Maar natuurlijk was zij, zoals Dorothy Minor uitlegde, van de generatie van '68, terwijl de jongeren conventioneler waren. Tim vond het jammer dat Estelle zich zo weinig betrokken toonde; hij was van mening dat jonge vrouwen en hun moeders innig hoorden samen te werken aan de voorbereidingen voor het huwelijk. Hij wist dat het tussen zijn moeder en zus zo verlopen was.

Wat de bruiloft zelf betrof, had Tim de normale mannelijke

houding: coöperatief, sentimenteel en berustend. Hij had ingestemd met de kwaliteit van de champagne en met de keuze van
het eten, en toonde zich terughoudend over de kerkelijke kant
ervan. Estelle maakte zijn reserves belachelijk en zei dat het erg
Amerikaans en prozaïsch van hem was om religie zo serieus te
nemen dat hij er bedenkingen bij had. Hij zag niet zoveel verschil
tussen de Franse en Amerikaanse huwelijksgebruiken – de
bruidsjapon, de taart, de tent als het zomer was geweest, de
gestreepte luifel waaronder hij na zijn studententijd verschillende
Amerikaanse vrienden aan de huwelijkse staat had prijsgegeven.
Het was iets waar elke man doorheen moest en hij dacht in het
algemeen positief over de tradities en over zijn partnerkeuze.
Anne-Sophie was nog niet met hem meegekomen naar Amerika
om zijn familie te ontmoeten, maar zijn vader, die vaak in Parijs
was, had haar familie ontmoet en aan Tim laten blijken dat hij
Anne-Sophie een heel aardig meisje vond, ondanks haar excen-
trieke moeder. Zijn moeder en Anne-Sophie hadden elkaar nog
niet leren kennen, hoewel ze een beleefde correspondentie hadden gevoerd.

Tim en Anne-Sophie kwamen wat eerder dan de andere gasten
aan bij Estelle om iets belangrijks met haar te bespreken: het
appartement dat ze gevonden hadden. Het was een grote opluchting voor hen allebei dat ze een woning gevonden hadden, en ze
hadden allebei naar het leek ontelbare middagen besteed aan de
zoektocht naar een leuke, ruime, betaalbare woning die geschikt
was voor hun nieuwe bestaan als echtpaar.

Het was niet Tims favoriete bezigheid geweest. Ze hadden
afgesproken dat hij de eerste bezichtiging zou doen op de dagen
waarop Anne-Sophie verhinderd was; en anders was zij het die *Le
Figaro* ging halen en de advertenties doorliep op drie- of vier-
kamerappartementen in de acceptabele arrondissementen (het
vijfde, zesde of zevende) waarover ze het eens waren geworden,
met een korte blik op het eerste, het tweede, het achtste en het
negende, en misschien zelfs het veertiende, hoewel ze dan te dicht
bij *maman* zouden komen te zitten. De paar keer dat ze samen

iets bekeken hadden, was duidelijk geworden dat Tim er met zijn temperament beter op toegerust was. Van de geringste buiten-issigheid in de indeling, de kleinste lelijke improvisatie raakte Anne-Sophie in een aanval van ontmoediging en angst. 'Hoe kunnen die mensen zo leven', jammerde ze en ze zag Tim en zichzelf aan de rand van net zo'n afgrond staan, vanwaar ze zomaar in een diepe kloof van misère en behelpen konden tuimelen. Bepaald niet wat ze zich bij hun perfecte vereniging had voorgesteld; een lelijk appartement zou symbool staan voor het wereldse compromis, voor in de bodem geslagen menselijke hoop. Tim had zich verbaasd over haar emotionaliteit; hij had zich altijd voorgesteld dat pasgetrouwden geen notitie namen van hun omgeving. Hij zei tegen haar dat ze toch alleen de liefde zouden bedrijven. Maar hij kwam tot de conclusie dat Anne-Sophie moest worden afgeschermd van een al te intensieve jacht op appartementen. Bovendien was hij degene met de flexibele werktijden.

Hij had geprobeerd om niet na te denken over de alledaagse praktijk van het huwelijksleven – hij ging ervan uit dat ze wel zouden zien als het zover was – maar de zoektocht naar een woning had hem met zijn neus op de feiten gedrukt. De details van de levens van anderen, zo troosteloos en verlopen, zo gammel en uitgeleefd, deprimeerden hem bijna net zozeer als haar. Franse appartementen waren klein. Wasruimten werden gebruikt als kinderkamers, keukens bevonden zich in kasten. Het begrip *cuisine américaine* stond hem tegen, het leek hem een te scherpe satire van wat de Fransen blijkbaar zagen als het strenge pragma-tisme van de Amerikanen: de keuken in de woonkamer als het niet anders kan. En al zag je in Amerika nooit een open keuken, toch had hij het idee dat deze benaming, *cuisine américaine*, op een talent voor improvisatie sloeg waarvan hij hoopte dat hij nooit gebruik zou moeten maken. Het zou een moreel falen inhouden, mocht het ooit zover komen. En er leek een beschuldi-ging van slechte smaak in besloten te liggen.

Aan de andere kant duidde de *cuisine américaine* op die vro-lijke vindingrijkheid van de Fransen, waarmee ze een positieve draai weten te geven aan het feit dat ze hun keukens in hun woonkamers moeten plaatsen, in de moderne wereld waarin een mooi oud herenhuis dat ooit aan een deftige familie had behoord, in zes appartementen werd gesplitst. Om hun hokjes bewoonbaar en persoonlijk te maken, schilderden de mensen hun muren marineblauw en verlaagden ze de plafonds met glasvezel panelen. Er was een periode geweest van roze en oranje. Tot welke etage kon je het stellen zonder lift?

Op een dag wist Tim plotseling dat hij hun appartement gevonden had, in de Passage de la Visitation – wat een charmante naam en wat een uitstekend arrondissement. Een appartement met vier kamers en een kleine keuken. Met een heuse eetkamer, iets waarin hij geloofde, omdat hij met eetkamers was grootgebracht. Hij had geleerd welk belang Fransen hechten aan bepaalde zaken – ramen bijvoorbeeld, op welke windrichting ze uitzagen, en of er kasten waren ingebouwd. De prijs was slechts een beetje aan de hoge kant voor hen, en hij wist zeker dat Anne-Sophie zou vallen voor het visgraatmotief van de vloeren, de schouw in de slaapkamer met zijn marmeren krullen, het tweede toilet en de grote hal. Zijn hart sprong op bij het optimistische toekomstperspectief dat alleen onroerend goed met zich meebrengt, en begon sneller te kloppen bij de gelijktijdige angst dat iemand anders het zou kopen voor Anne-Sophie het kon zien.

Hij belde haar op haar werk en sprak af met de makelaar dat ze die middag terug zouden komen. Nog voor ze binnen waren, was ze teleurgesteld toen ze ontdekte dat het appartement dat hij haar wilde laten zien op de eerste verdieping was. Niet op de begane grond maar ook weer niet zo hoog dat je met de lift zou moeten, een groot voordeel wat Tim betrof, maar volslagen onacceptabel voor haar.

'Zo donker', zei ze.

'Nee, er is veel licht', zei hij. 'Toen ik hier vanmorgen was, viel de zon binnen.'

'Ik heb me nooit kunnen voorstellen dat ik op de *premier étage* zou wonen', zei ze, een opmerking die hij volkomen onbegrijpelijk vond.

'Het is heel mooi, je zult het zien', zei hij. 'Daar is hij.' De makelaar schudde hen ernstig de hand, onderwierp Anne-Sophie aan een nauw verholen keurende blik en glimlachte betekenisvol naar Tim. Ze liepen de trap op.

'Meneer is de eerste die het appartement bezichtigd heeft', zei hij tegen Anne-Sophie.

Binnen gaf haar gedrag niets prijs over haar indrukken. Met scrupuleuze nauwgezetheid bekeek ze de kasten en inspecteerde de vloeren met wetenschappelijke aandacht voor de breedte van de spleten tussen de planken en hoeveel er vervangen moesten worden.

Toen ze weer buiten stonden, verwijderden ze zich van de makelaar en ze zei: *'Très bien*, alles bij elkaar genomen.'

'Bevalt het je niet?'

'Ja, toch wel. Maar er zijn nadelen. De straat is *très bien,* maar wonen op de *premier étage…*'

'Ik vind één hoog heel goed. Je zit niet aan de straat maar je hoeft ook niet de hele tijd met de lift.'

'Jij begrijpt niets van de Franse houding tegenover de eerste verdieping.' Ze zei het met vertedering, alsof ze iets probeerde uit te leggen aan een kind.

'Hoe kan ik dat ook begrijpen. Het is volkomen irrationeel', zei hij. Na een korte rationele discussie, die zich concentreerde op het prestige van de straat, de aangename en praktische elementen, zoals met name de *bibliothèque*, een fikse hoeveelheid ingebouwde boekenplanken, besloten ze om terug te gaan naar het kantoor van de makelaar en een bod uit te brengen. Ze begrepen dat ze niet moesten aarzelen, omdat echt goede appartementen weg waren voor je het wist.

Anne-Sophies vader, een arts, was al tien jaar dood, maar Estelle was in de familiewoning blijven wonen, een ruim negentiende-eeuws appartement in Montparnasse met uitsluitend ovale kamers die smaakvol in verschillende tinten grijs geschilderd waren. Er zou een nieuw boek van Estelle uitkomen, en de fotograaf die de foto voor het omslag maakte had meer tijd nodig gehad dan verwacht, zodat Anne-Sophie en Tim toen ze aankwamen Estelle tegen de fotograaf konden horen zeggen: 'Natuurlijk begrijp ik niks van mannen, ik heb ze nooit kunnen doorgronden, mijn hart wordt steeds opnieuw gebroken.' Een korte vlaag van verbijstering trok over Anne-Sophies gezicht, ofschoon ze allang had geleerd haar moeders fictionele karakter, de warme, wereldse, gevoelige vrouw die de vertelster was van haar boeken, los te zien van het gemoedelijke familielid dat haar de les las over haar carrièrekeuze en min of meer gelukkig getrouwd was geweest met haar vader.

Vanuit de hal, waar Elvira hen had binnengelaten, zagen ze de uitdrukking van gepassioneerde teleurstelling op Estelles gezicht, die blijkbaar te maken had met haar onvermogen in liefdeskwesties, hoewel voorzover Anne-Sophie het wist, de enige mannelijke vriend die haar moeder had de oude academicus Cyrille Deroux was. De fotograaf was zijn spullen aan het inpakken. Tim en Anne-Sophie konden alleen maar raden wat het onderwerp van hun gesprek geweest was, want Estelle merkte hen op en riep hen een begroeting toe. Ze droeg een spijkerbroek en een fotogeniek geplooid bloesje.

'Ah! *Ma fille* Anne-Sophie *et son fiancé* monsieur Nolinger', legde ze uit. Ze glimlachten naar de fotograaf en maakten een lichte buiging ter begroeting. Het kostte hem moeite de enorme paraplu van een soort zilverfolie in het kleine hoesje te frommelen. Estelle kuste hen.

'Anne-Sophie heeft vreselijk traumatische dagen achter de rug. Die afschuwelijke moord op de *puces,* heb je erover gehoord?' vroeg ze aan de bevriende fotograaf. Terwijl ze het verhaal vertelde, klapte de zilveren paraplu eigener beweging met een venijnige knal open, en de arme man was gedwongen er opnieuw het gevecht mee aan te gaan. 'Dat geval herinnert mij aan de spiraaltjes uit mijn vruchtbare dagen', zei Estelle.

Tim en Anne-Sophie besteedden geen aandacht aan de arme fotograaf, ze voelden aan dat hij zich schaamde voor zijn gestuntel. Estelle, die zich eveneens schaamde omdat ze door Anne-Sophie betrapt was terwijl ze de schrijfster uithing – die kant van haar leven probeerde ze tegenover *la famille* altijd te bagatelliseren – bezorgde hen snel de aperitiefjes en luisterde naar de beschrijving van het appartement. Ze vond dat het inderdaad goed klonk. Dat was belangrijk omdat ze Anne-Sophies deel van de koopprijs zou voorschieten.

12

Tranen op de tennisclub

Als Tim kwam eten, nodigde Estelle vaak andere Amerikanen uit, meestal Dorothy Sternholz en soms Ames Everett. Het gevolg was dat Tim zich eerder meer dan minder een buitenstaander voelde, vanwege de nadruk op het feit dat hij niet Frans was, alsof er rekening moest worden gehouden met zijn vreemde nationaliteit. Al snel, nadat prinses Sternholz en Ames Everett enkele minuten van hun port hadden genipt, leidde ze iedereen naar de tafel.

'We eten iets heerlijks, een uitvinding van mijzelf. Dat wil zeggen dat jullie moeten vertellen wat jullie ervan vinden.' Estelle was geen fantastische kok, maar ze ging er prat op eerlijke ingrediënten te gebruiken van uitstekende kwaliteit, net zoals haar personage gravin Morilly in haar boeken, waarin vaak de loftrompet wordt gestoken over een courgette of een suikerbiet. 'Dit is een *omelette aux truffes,* maar het is geen buitenissigheid, zoals jullie misschien denken, want het zijn Chinese truffels. Maar echt, ze ruiken hetzelfde en de groenteboer zweert dat ze hetzelfde effect sorteren in het gerecht. We zullen zien.

Ik hoop dat Tim eieren eet? Ik weet hoe Amerikanen zijn.'

Anne-Sophie bedacht dat ze Tim nog nooit een ei had zien eten, maar ze had geen idee of dit uit overtuiging was of omdat ze hem er nooit een te eten gegeven had. De vraag werd aan Tim voorgelegd, die zich verstrooid tot het eten van eieren bereid verklaarde, en hetzelfde deden Ames en Dorothy. Eigenlijk verkeerde hij in heftige beroering vanwege wat Anne-Sophie en hij zojuist hadden gedaan: zich verbinden tot de koop van een uiterst kostbaar stukje onroerend goed.

Iedereen betoonde de schotel het gepaste respect. Als een typische Française wist Estelle elke gunst, elke schotel, elk idee te presenteren alsof ze er speciaal voor de gelukkige gast opgekomen was. Misschien was dat ook de essentie van de literaire stijl, dacht Tim. 'Je moet deze heerlijke *confiture aux groseilles* eens proeven', kon Estelle zeggen alsof ze zei: 'Je moet dit zeldzame, volmaakte bijvoeglijk naamwoord eens proeven', en ze had gelijk dat de confituur, of het bijvoeglijk naamwoord, de indruk maakte extra speciaal te zijn, ook al merkte Anne-Sophie later kattig op dat die net als alle jam uit de supermarkt kwam.

'Anne-Sophie,' zei prinses Sternholz, 'mogen we weten hoe het met de trouwjapon staat?'

'Maar natuurlijk! Ik ben er erg blij mee. Van Inès de la Fressange. Hij heeft een bustier van *soie blanche*, met daarover een zuiver tulen jakje, lange mouwen, een ronde hals en de rok is van organza, met zijden linten. Heel eenvoudig, maar mooi, vind ik.' Het verbaasde Tim dat ze zei dat ze er blij mee was, want ze had de gewoonte die Franse vrouwen eigen was om wanneer ze een complimentje kreeg te zeggen: 'Ach, het stelt niet zoveel voor', waar een Amerikaanse 'dankjewel' zou zeggen.

Haar moeder grijnsde naar Tim. Zij tweeën deelden, dat nam Estelle tenminste aan, een geduldige zij het ook wat neerbuigende houding tegenover al dat ceremoniële gedoe. Gelukkig merkte Anne-Sophie het niet op. Als ze hen dergelijke samen-zweerderige blikken zag uitwisselen – Estelle was altijd degene die het initiatief nam – placht ze kinderlijk te pruilen en later tegen Tim te klagen dat hij haar als een kind behandelde, een *femme-enfant*.

'Ach, je moet toch ergens in trouwen,' zei Tim loyaal, Estelles zelfgenoegzame lachje negerend, 'en bovendien rekenen de gasten op een mooie jurk.'

'We krijgen een heel traditionele bruiloft', zei Estelle bitter tegen Ames en Dorothy. 'Ik vermoed dat Anne-Sophie Tim nog niet heeft verteld wat hij zal moeten dragen.'

'Mannen besteden graag aandacht aan hun kleding', beweerde Anne-Sophie. 'Denk alleen maar eens aan hun uniformen en jachtkledij. Kilts, hoofddeksels. Het is zo duidelijk als wat, man-nen zijn pas echt in hun element als ze een uniform aan kunnen trekken.'

Toen de discussie hierover wegebde, vulde Tim de stilte die in de conversatie was ontstaan. Doorgaans was het zijn taak, aangezien hij meer in de wereld stond dan Anne-Sophie, die de hele dag aan haar kraampje gebonden was, of dan Estelle met haar zittende professie, om met anekdotes of roddels te komen. Tim smukte zijn verhalen vaak op voor Estelle ten behoeve van haar reservoir van desperado's. Nog steeds streefde hij ernaar om haar ongereserveerde instemming te verwerven als echtgenoot van Anne-Sophie. En Estelle hoorde zijn verhalen graag, en gaf hem dan het gevoel over meer opmerkzaamheid te beschikken dan andere mannen. Ze leek zelfs enigszins bevreesd dat Anne-Sophie hem op den duur zou gaan vervelen. Hij vond dat ze Anne-Sophie continu onderschatte.

Hij vertelde hun dat hij Clara Holly had gezien met een vreemde man op de tennisclub Marne-Garches-la-Tour, bij Boulogne. Het was zijn gewoonte om op maandagmiddag, en als het even kon ook op vrijdag, met de Britse beeldhouwer Adrian Wilcox te tennissen op zijn nogal onhandig veraf gelegen tennisclub. Meestal versloeg Tim Wilcox, maar vandaag had Wilcox hem volledig van de baan geslagen, en hij was hiermee zo verguld dat hij voorstelde om samen een biertje te drinken in de bar. Hij wilde de wedstrijd natuurlijk evalueren, en Tim was te vriendelijk om te weigeren. Wilcox verbond winnen en verliezen te zeer met metaforische associaties van verval en impotentie of, nu hij zojuist gewonnen had, van verjonging, kunst en onsterfelijkheid, om zijn wensen gemakkelijk terzijde te schuiven.

Tim stemde in maar zei wel dat hij op tijd terug in de stad moest zijn voor het avondeten met Anne-Sophie en haar moeder, het vaste maandagavondgebruik waarvan Adrian op de hoogte was. Dus namen ze als voorafje een *assiette anglaise* – typisch Frans om aan deze een licht schuldgevoel veroorzakende snack van worst en rillettes een Engelse oorsprong toe te dichten – en een paar biertjes. Tim zat met zijn gezicht naar de deur, zodat hij Clara Holly meteen zag toen ze binnenkwam. Ze zag er zorgelijk uit, afwezig zelfs. Ze merkte hem niet op.

'Wat had ik moeten doen?' vroeg hij zich nu af. 'Ik had haar meteen moeten groeten, begrijp ik nu. Maar voor ik het wist, was het te laat. Ik had al te veel gezien.

De tranen stonden in haar ogen, en wat ze bestelde zag eruit als gin. Dat maakte het moeilijk. Ik dacht dat ze zo niet gezien zou willen worden, huilend alleen in de bar achter een glas pure gin.'

'Dat is zo Amerikaans', merkte Estelle op. Ze sprak Engels met een theatraal Frans accent – het Engels van Anne-Sophie was werkelijk veel beter dan dat van haar moeder; ze was zomer na zomer naar Londen gestuurd om het te perfectioneren. 'Waarom zou ze daar moeilijk over doen? Hebben vrouwen soms geen recht op een aperitiefje in Amerika? Is dat nou zo'n schande?'

'Ik spreek geen oordeel uit over wat ze dronk, maar ze was over haar toeren. Je dringt je niet graag op aan iemand die pijn of verdriet heeft.'

'Je bent vast de eerste verslaggever in de geschiedenis van de journalistiek die over dergelijke gevoelens beschikt', merkte Estelle op. Ze stak vaak de draak met Tims beroep, dat toch zo veel weg had van dat van haarzelf.

'Ze moet eraan gewend zijn dat haar verschijning een zeker effect heeft. Ze is erg aantrekkelijk. Bijzonder knappe mensen leven in een vissenkom', zei Ames Everett.

'Misschien was het wel wodka', viel Tim hem bij.

'Jullie zijn allemaal verschrikkelijk!' riep Anne-Sophie vrolijk uit. 'Die arme vrouw als een alcoholiste brandmerken. Ze zat alleen wat te drinken in de tennisclub! Misschien heeft ze wel om een glas water gevraagd! Straks gaan jullie nog beweren dat ze daar was om een man op te pikken.'

'Ik probeer juist uit te leggen dat mijn aarzeling om haar te begroeten grote gevolgen had, want je hebt het geraden. Even later kwam er een man binnen die naast haar ging zitten. Ik denk dat ze hem niet verwacht had of dat ze hem niet graag mocht, want ze knikte hem nogal afstandelijk toe, maar ze leken elkaar wel te kennen. Een Fransman, lid van de club, ik heb hem eerder gezien. Kalend maar goed onderhouden, rond de vijftig, misschien iets jonger.'

'Een antiquiteit', zei Estelle, die zelf halverwege de vijftig was.

'Zo'n oude man, dat kan toch niet anders dan volkomen onschuldig zijn?'

'Wat hij ook tegen haar zei, in ieder geval glimlachte ze.'

Adrian en Tim hadden nog een biertje besteld en tegen de tijd dat ze het hadden opgedronken, zat ze te lachen. Ze kenden elkaar niet goed, dacht Tim, kenden elkaar nauwelijks, maar ze leken wel gespreksstof te hebben. Hij voelde zich er ongemakkelijk bij dat hij zo naar hen zat te kijken, want er ontstond iets tussen hen, dat was duidelijk te zien aan hun stralende gezichten. Hun gezichten verrieden hen. Ze waren in de greep van onzekere gevoelens.

'In ieder geval heb ik niet hoeven laten merken dat ik er was, want voor we vertrokken, ben ik naar het toilet gegaan en toen ik terugkwam, waren ze allebei verdwenen.'

'Zijn ze samen vertrokken?' vroeg Estelle.

'Dat weet ik niet, en Adrian zat met zijn rug naar hen toe.'

'Waarschijnlijk was hij haar effectenmakelaar of haar tandarts', zei Estelle, waarmee ze deze onbekende Clara verdedigde tegen de suggestie, zo preuts en Angelsaksisch dat ze praktisch *in flagrante* betrapt was.

'Waarschijnlijk. Hij zag eruit als een bankier of iets dergelijks.'

'Heel nuttig om een bankier als minnaar te hebben', zei Anne-Sophie. 'Liefst eentje die in hypotheken doet.'

Tim voelde zich nooit echt op zijn gemak op deze etentjes bij zijn toekomstige schoonmoeder thuis, anders dan vele Fransen, die er plezier aan zouden beleven, roddelen en eten, en hij schaamde zich nu een beetje dat hij Clara Holly ter sprake had gebracht tegenover mensen die haar kenden. Het was ongetwijfeld een onschuldige ontmoeting geweest, en hij had er een roddel van gemaakt en een klein schandaal. Maar op de een of andere manier had het hem geraakt. Hij werd vaker geraakt door de gevoelens van anderen; hij wist dat dit bepaald geen goede eigenschap was voor een journalist. Als bij iemand de tranen in de ogen stonden, vulden ook zijn ogen zich. Zag hij verlangen, dan voelde hij het ook. Iedereen zou naar die knappe vrouw verlangen, zo vreemd was dat niet.

Om een uur of tien ging Tims mobiele telefoon. Hij verwijderde zich voor een ogenblik discreet van de tafel, kwam terug en zette zich wat ongemakkelijk aan zijn *tarte aux pommes*. Het was die Amerikaanse vrouw, Delia. 'Ze is bang', legde hij uit. 'Ze zegt dat er niemand in het hotel is, de beheerder is er niet, en ze hoort geluiden. Ik heb haar gezegd dat ze maar even in het café daarnaast moet gaan zitten tot de receptioniste terugkomt. Het is niet bepaald een goed hotel. Ik ga er morgen wel even langs.'

13

Wie is Tim?

Ze reden naar huis, Tim moest zijn lange benen ongemakkelijk optrekken in Anne-Sophies mini, waarvan het canvas dak weer was gesloten nadat ze eerder een kamerscherm had vervoerd. In de avondlucht was de kilte van de naderende winter voelbaar.

'Moeten we niet even langs het hotel van dat Amerikaanse meisje?' vroeg Anne-Sophie.

'Ze redt zich heus wel.'

'*Maman* was positief over het appartement. Ik zal het haar morgen laten zien als ik de makelaar kan bereiken.'

Tim voelde een zekere beklemming in zijn maag; hij had niet meer aan het appartement gedacht.

'*Comme je suis contente.*' Anne-Sophie zuchtte. Ze was zo euforisch door de gevoelens van liefde en geluk die werden opgeroepen door het nieuwe appartement, de goedkeuring van haar moeder, hun Amerikaanse vrienden Dorothy en Ames, beiden protestant maar niet te puriteins, Tims interessante beroep dat dramatische telefoontjes tijdens het eten met zich meebracht en de harmonieuze toekomst die in het verschiet lag, dat de ellende van het Amerikaanse meisje haar bedrukte.

'Het arme ding. Hoe heet ze?' vroeg ze.

'Wie?' riep hij schuldbewust, want in gedachten was hij bij de onbezonnen koop van het appartement en bij Clara Holly – bij de uitdrukking op haar gezicht toen ze de knappe man had aangekeken, en de onzekere blos die haar hals en gezicht in vlam had gezet.

'Die Amerikaanse die opbelde? Die de arme monsieur Boudherbe heeft gevonden?'

'Delia.'

'Waar was ze eigenlijk bang voor vanavond?' vroeg Anne-Sophie.

'Dat heeft ze niet verteld. Ik weet niet waarom ze me belde, behalve dan dat ze me ziet als een landgenoot in de Franse woestenij, en ik had haar mijn telefoonnummers gegeven.'

'Wat kan je nou gebeuren in een Frans hotel om tien uur 's avonds? Niets. *La pauvre*', zei Anne-Sophie. Ze vroeg zich af of ze niet moest vertellen dat zij die andere Amerikaan had gezien op de zolder van de opslagruimte, maar iets weerhield haar ervan. 'Natuurlijk moeten we helpen. Ik weet nog hoe angstig en bleek ze eruitzag toen ze naar het lijk stond te kijken.'

'Je hebt gelijk', stemde Tim in.

'Ze waren met z'n tweeën,' zei Anne-Sophie, 'ze was samen met een man.'

'De man heb ik niet gezien, hij was ergens geld gaan wisselen.'

Anne-Sophie was even stil. Uiteindelijk vroeg ze: 'Ga je Serge Cray echt interviewen?' Tim wist dat ze het interessant vond dat hij voor z'n werk soms met beroemde artiesten en politici te maken had.

'Morgen.'

'Ik zag dat je weer bijna ruzie had met *maman*', zei Anne-Sophie na een tijdje. Tim en Estelle bakkeleiden soms over politieke onderwerpen, waarbij ze allebei extreme posities innamen, hij meestal aan de linkerkant, ondanks zijn contacten met *Reliance*. Aanvankelijk kon hij zich niet herinneren dat er ruzie had gedreigd, hoewel er een aftastende discussie was geweest over het Amerikaanse karakter, die hij had ontweken.

'De Fransen worden er vaak van beschuldigd elliptisch te zijn', had Estelle gezegd op uitdagende toon, kort voordat Ames en Dorothy waren aangekomen.

'Elliptisch? Wat bedoelt u, niet oprecht, onberekenbaar?'

'Noem het hoe je wilt. Maar ik zeg dat, *au contraire*, wij Fransen veel directer zijn dan de Amerikanen met hun hardnekkige, ondoorgrondelijke glimlach. Hun orthodontie. Hoe ze beweren van elkaar te houden, om elkaar vervolgens om niks te vermoorden.' Maar Tim was niet in de stemming geweest om zich te laten verleiden tot een verdediging van de Amerikaanse moordcijfers.

'Waarom worden de Fransen ervan beschuldigd elliptisch te zijn?' had hij sussend gevraagd, hoewel hij vond dat dit gesprek een goed voorbeeld was van ellipticiteit. 'Ze kunnen bijzonder direct zijn.'

'Ja, jij denkt aan Anne-Sophie', zei Estelle, die Anne-Sophies gebrek aan nuance altijd betreurd had. Volgens Estelle was Anne-Sophie de directheid zelve en begreep ze door haar botheid absoluut niets van geflirt. Misschien lag het wel daaraan dat ze voor een Amerikaan was gevallen.

Maar verdergaande onenigheid was er niet geweest deze avond. Anne-Sophie irriteerde zich er altijd een beetje aan dat haar moeder met Tim over onderwerpen sprak waarover ze tegen Anne-Sophie nooit begon – algemene onderwerpen, volwassen gesprekken, alsof Anne-Sophie nog een kind was of hopeloos onintellectueel, terwijl Estelle en Tim allebei schrijver waren, en alsof dit de reden was, niet hun toekomstige wettelijke verbintenis, die hen samen leek te brengen.

Toch was Estelles schrijverschap op zich niet het probleem, het was wat ze schreef waaraan Anne-Sophie zich stoorde. Vaak was het fascinerend, maar ook weerzinwekkend en angstaanjagend. Toen ze jonger was, had ze bepaalde passages steeds opnieuw gelezen, bijvoorbeeld de beschrijving in *Estragon* van Pablo, die jonge minnaar van Maude, met zijn 'schattige anusje, een rozetje omgeven door de meest delicate, aanbiddelijke, pikzwarte haartjes. En als ze, extatisch onder hem gebogen, zich juist ver genoeg kon rekken om haar pink er een klein beetje binnen te brengen, dan bracht dat hem tot van die amusante spasmes van verrukking – gelukkig niet tot het ultieme, voordat zijzelf duizelend de toppen van het genot bereikte, maar...'

Zonder zichzelf in de kwestie te betrekken, vroeg Anne-Sophie zich af of Tim wel prijs zou stellen op een vinger in zijn achterste, maar al zou dat het geval zijn, dan was het fysiek uitgesloten vanwege hun respectievelijke lichaamslengte. Ze kon er niet bij. En er waren meer problematische passages, met de onvoorstelbare vragen die ze opwierpen.

Estelle had haar eigen dochter niets meer dan de meest alledaagse adviezen gegeven, bijvoorbeeld de raadgeving – even universeel als het moederlijke gebod omtrent schoon ondergoed – dat je uit liefde moet trouwen, maar dat je even gemakkelijk verliefd wordt op een rijke man als op een arme. Veel gemakkelijker, zouden sommigen hebben gezegd, maar Estelle niet, die ondanks haar comfortabele burgerlijke levensstijl een romantische visie had op de armoede als bevrijdend en zelfs nobel. Wat haar redenen ook waren geweest, tot voor kort had ze Anne-Sophie niet echt uitgevraagd over de informatie die zij wellicht had vergaard omtrent de mogelijkheid van Fitzgerald-achtige gazons in het Midden-Westen, portieken met pilaren, vuurvliegjes, bankkluisjes vol langetermijndeposito's, en wat ze verder nog allemaal was gaan hopen bij Tim. Want hoe nobel ook, armoede is niet noodzakelijkerwijs iets wat je in de familie wilt hebben.

'Zoals jullie weten,' zei ze tegen haar vrienden Dorothy Minor en Ames Everett, nadat Anne-Sophie en Tim vertrokken waren, 'heb ik geen intuïtie, absoluut geen gezond verstand, en ben ik zonder meer ongeschikt om de menselijke natuur te doorgronden…' Dit was een van haar poses, want hoewel ze scherpzinnig was, deed ze het graag voorkomen alsof ze over een beperkte opmerkingsgave beschikte en alsof de inhoud van haar boeken voortvloeide uit de bronnen van haar hart. Ze scheen te vinden dat er iets vulgairs en gluurderigs stak in pure observatie.

Ze hadden er eigenlijk geen idee van wie Tim was. Nu was haar belangstelling weer gewekt doordat Anne-Sophie haar dat zaklampje had laten zien waarop de naam Nolinger stond, en omdat er betaald moest worden voor een appartement. En natuurlijk kende Estelle als literator de vele archetypische verhalen – de studerende prins, Assepoester – waarin een vreemde uit het buitenland, als hij het huwelijk met je dochter eenmaal geregeld heeft, een rijk en adellijk persoon blijkt te zijn in zijn eigen land.

'Ik weet niets van zulke dingen, maar ik ben vastbesloten ervoor te zorgen dat Anne-Sophie gelukkig zal zijn. Als die miserabele Tim haar ongelukkig maakt, breng ik hem persoonlijk om het leven.'

'Waarom zou hij?' vroeg Ames. 'Hij zal haar uitstekend behandelen. Ik heb altijd het idee gehad dat de nogal wortelloze Tim moet verlangen naar de vredige rust van een Franse familie en de effectieve zorg van een ordelijke Franse vrouw.'

'Waarom maak je je nu ineens zorgen?' vroeg Dorothy.

Estelle aarzelde. Ze wilde niet dat er over haar gedacht werd als iemand die ook maar de geringste interesse had in geld. Ze was niet inhalig – ze minachtte geld, of in ieder geval mensen die openlijk op geld uit waren, en de personages in haar boeken die het probeerden te verwerven konden rekenen op een heleboel ellende, bijvoorbeeld monsieur Todeaux in *Plusieurs fois*. Tot nu toe, nog maar acht weken voor de bruiloft, nu de *liste de mariage* was opgemaakt en de meeste zaken geregeld waren, had ze een vreemde terughoudendheid getoond – misschien typisch Frans – om naar Tim te informeren. Ook bij haar bestond wel het Franse idee dat alle Amerikanen rijk waren. En dus kon ze maar moeilijk al te veel interesse tonen in de 'achtergrond' van Tim, behalve uit een soort moederlijke nieuwsgierigheid, want welke goede moeder ziet nou niet graag dat haar kind zal worden onderhouden door een veilig inkomen?

'Het is een beetje delicaat. We kennen Tiem, en zijn vader is een fantastische man, heel Amerikaans, en hij zit in de hotel-branche, daaraan is nooit iets geheimzinnigs geweest. Paragon Hotels.'

'Ik heb zijn vader een keer ontmoet', viel Ames haar bij. Hij begreep dat Estelle en Anne-Sophie geen idee konden hebben van Tims sociale achtergrond – ze waren geen van beiden ooit in Amerika geweest.

'Weten we of het een groot bedrijf is? Hebben we enige notie van de schaal?'

'Paragon Hotels, het is een keten – hoezo?'

'Zou er een relatie kunnen zijn met de naam Nolinger-Webb?'

'Dat is een hotelketen, tevens autoverhuur en dergelijke. Het lijkt me zeer onwaarschijnlijk dat Tim een voorname telg is uit het geslacht Nolinger-Webb, als je dat soms hoopt', voegde Ames er snel aan toe, terwijl hij voor het eerst bedacht dat het misschien wel zo was. Was Tim misschien een ongelukkige jonge zoon, een onteigende rebel die het grote fortuin misliep dat vergaard was met dienstverlening in de luchtvaartsector? Maar iets van de geur van een dergelijk groot Amerikaans fortuin dreef altijd wel over naar Parijs en niets van die geur omgaf Tim.

'Maar je weet het niet zeker!' zei Estelle op een toon die erg bemoedigd klonk.

'Nolinger is geen veel voorkomende naam. Het zou dezelfde familie kunnen zijn, maar dan weten we nog steeds niet of de vader van Tim verre of nabije familie is. Je zou het hem moeten vragen. Maar ik begrijp het niet. Zijn dat dan de sleutels van Tim?'

'Nee, nee, die hebben niks met Tiem te maken, maar het zette me aan het denken over zijn naam. Ik kan het moeilijk aan Anne-Sophie vragen – maar ik vraag me af of ze weet of Tiem banden heeft met een hotelketen.'

'Ze moeten over hun families gesproken hebben', zei Ames. 'Waarschijnlijk weet ze precies hoe de vork in de steel zit, Anne-Sophie is bijzonder scherp van geest.'

'Het is erg vulgair, nietwaar, om je te laten geruststellen door het vermoeden dat de eigenaren van die keten misschien familie zijn van Tiem? Maar toch...' Ames hoorde aan haar stem dat Estelle inderdaad gerustgesteld was. 'Wat denk jij? Hij is goedgemanierd, maar hij heeft dan ook een Franstalige moeder. Bovendien is hij in Zwitserland naar school geweest. Hij is grootgebracht in Istanbul, of iets in die richting. Wat worden we daar wijzer van? Niets.'

'Dat zijn vader jaren in Istanbul heeft doorgebracht, betekent volgens mij dat hij hoogstens een verre neef is – waarom vraag je het hem niet?' stelde Ames voor.

'Het hem vragen! Onmogelijk.'

'Het is een goede familie, *maman*, echt', had Anne-Sophie ooit gezegd. 'Ik heb foto's gezien van waar zijn ouders hebben gewoond, een heel aantrekkelijk wit houten huis in Amerika, maar de meeste tijd hebben ze in Europa doorgebracht vanwege zijn vaders werk, en monsieur Nolinger heb je ontmoet.'

'De portefeuille, dat was altijd een onmiskenbare aanwijzing voor de rijkdom van een man, maar tegenwoordig zijn ze vaak van een onduidelijk soort nylon. Met schoenen al net zo, van Reebok of Nike. Ik krijg er geen hoogte van', klaagde ze tegen prinses Dorothy en Ames.

In de taxi onderweg naar huis zei Ames tegen Dorothy: 'Het was niet bij me opgekomen, erfgenaam van een groot fortuin. Maar ergens is Tim een beetje anders en mysterieus. Zou het daaraan kunnen liggen?'

'Waarschijnlijk heeft hij ooit in de gevangenis gezeten', bracht Dorothy ertegen in.

Zij en Ames lachten met het schuldbewuste genoegen van mensen die weten dat ze een heilig taboe schenden – het taboe onder Amerikanen in het buitenland op het onderzoeken van elkaars verleden in Amerika of op het in twijfel trekken van het beeld dat zij, zoals hun goed recht is, van zichzelf ophouden.

'En dan is er nog Clara Cray en de mysterieuze man', zei Dorothy.

'Vertel eens wat meer over de dame die Tiems fascinatie heeft gewekt, naar wat ik van jou heb begrepen', had Estelle gezegd toen ze afscheid namen. Maar weinig Franse mensen hadden de obscure Hollywood-film gezien, waardoor ze onder de naam Clara Holly bekend was gebleven in haar geboortestad en bij enkele filmliefhebbers. Voor de Fransen was Clara madame Cray, zoals het hoorde. Bij Estelle was nu al een abstracte afkeer van deze vrouw gegroeid, uit bezorgdheid om Anne-Sophie en vanuit het reflexmatige wantrouwen dat bepaalde Franse vrouwen nu eenmaal tegenover andere vrouwen in het algemeen hebben, behalve voor gewaarmerkte vriendinnen, maar zonder uitzondering voor dergelijke vriendinnen als het om mannen gaat. 'Blond?'

'Nee, kort donker haar… krullerig. Ze heeft een nogal donkere huidskleur en een grote boezem, als die van een Italiaanse actrice.'

'Ja, dat is zo, nietwaar?' zei Ames Everett.

14

Waar is Gabriel?

Tim en Anne-Sophie troffen Delia Sadler aan terwijl ze aan een klein marmeren tafeltje zat in een donker hoekje van het café naast Hôtel Le Mistral met een leeg koffiekopje voor zich. Ze zag er verloren, opgejaagd en angstig uit. Haar kleine dunne schouders leken licht te beven onder het geribbelde overhemd en ze wreef over het tafeltje met haar servet om zichzelf te kalmeren. Toen ze hen zag, glimlachte ze en zwaaide hen opgelucht toe. Anne-Sophie stapte kordaat op Delia af en riep uit: 'Ik was er ook, weet je, ik heb je gezien! Op de vlooienmarkt. Ik heb alles gezien! Wat een vreselijk tafereel!'

Delia herkende haar, de knappe blonde jonge vrouw die gerookt had en die ook nu weer rookte. Anne-Sophie rookte altijd, alsof sigaretten haar als een soort ballast op de been hielden. Tim zag aan Delia's ogen dat ze Anne-Sophie herkende, hoe ze haar ogen op de sigaret richtte en vervolgens langs haar heen op hem. Ze was verbaasd over de connectie tussen Tim, de behulpzame Amerikaanse verslaggever, en de jonge Française die ze op de vlooienmarkt had gezien.

'Dit is Anne-Sophie', legde Tim uit.

'Ik heb je gezien, die ochtend', bracht Anne-Sophie haar in herinnering terwijl ze haar hand uitstak.

Delia Sadler maakte een wat gedesoriënteerde indruk en leek zich even af te vragen waarom Anne-Sophie eigenlijk haar hand uitstak, voordat ze hem schudde. Schudden vrouwen elkaar eigenlijk de hand in Amerika? Tim kon het zich niet herinneren. Ze leek blij te zijn dat ze er waren. 'Het spijt me dat ik u gestoord heb, ik had niet moeten bellen, maar ik was in paniek. Ik denk dat ze Gabriel hebben. Mijn collega', legde ze uit.

Anne-Sophie ging zitten en wenkte de ober. *'Je prends un café.'*

'Neem nog een koffie', zei Tim tegen Delia. *'Une bière, s'il vous plaît.* Wat is er gebeurd?'

99

Ze begon te vertellen.

Argeloos als ze van nature was, verzekerd van haar veiligheid, rechten en status als Amerikaans staatsburger, al was het dan zonder paspoort, en verliefd op Gabriel Biller, had Delia zich niettemin toen ze vanochtend wakker was geworden nog erger belaagd gevoeld dan gisteren. Ze had aan de FBI-mannen gedacht en aan de krantenman Tim – allemaal leken ze iets van haar te willen dat ze hun niet kon geven, informatie en theorieën, samenwerking, sleutels. Hoewel ze aanvankelijk de vriendelijkheid zelve waren, waren ze later naar gaan doen en hadden haar in de steek gelaten. De twee Franken hadden gezegd dat ze hier moest blijven en dat ze langs zouden komen om te kijken hoe het met haar ging.

'Maar ze zijn niet gekomen vandaag. Ik ben de hele dag hier geweest. Dit was mijn vierde dag in Frankrijk. Ik wilde in elk geval naar het Louvre, dat was mijn voornaamste reden om te komen', klaagde ze. 'Ik was van plan om elke dag te gaan, de hele week. Ik heb nog maar vier dagen over.'

's Morgens had ze getreuzeld met haar koffie in de piepkleine ontbijtkamer naast de lobby van het hotel tot de schoonmaakster haar kwaad had weggekeken. Handelaren en vertegenwoordigers slurpten hun koffie en aten grote brokken ongeroosterd brood zonder jam. Er was geen jus d'orange. Ze dacht aan haar paspoort en aan wat de FBI-mannen tegen Tim hadden gezegd: 'Het is waarschijnlijk beter dat u niet over deze zaak schrijft. Niet dat u dat van plan was, veel stelt het niet voor, maar de Fransen zijn snel gepikeerd. Als het in het nieuws kwam zou dat de zaken voor Miss Sadler alleen maar moeilijker maken.'

Dat had Tim betwijfeld, maar hij leek het te accepteren als een soort erkenning van wat de journalistiek vermocht, dat die de rechtsgang kon beïnvloeden en internationale complicaties teweegbrengen.

'Dat vroeg ik me ook af', zei hij nu. 'Waarom zou ik erover willen schrijven en waarom zou ik het niet moeten doen?'

'Vanmorgen had ik nog de vijfhonderd franc die Clara Holly me zaterdag geleend had, maar ik ben het restaurant van het hotel onderhand goed beu geworden, waar ik het eten op de rekening kan laten zetten. Toen bedacht ik dat er nu wel snel geld uit Oregon zou komen, en dus besloot ik om tussen de middag ergens te gaan eten, maar niet zo ver dat ik in overtreding zou zijn.' In de sjofele straat waren veel kleine cafés en op de hoek zat een vrij grote brasserie, Le Bon Tabac, ook weer zo'n cultureel raadsel.

'In Oregon zou je je zaak meteen kunnen sluiten als je een restaurant De Goede Tabak zou noemen', zei ze.

Ze had aan een tafeltje buiten gezeten want er was genoeg zon om de oktoberkilte te verdrijven, en als ze voor iedereen zichtbaar buiten zat, zou dat aantonen dat ze niet van plan was om te verdwijnen, mocht de politie komen. Omdat ze vegetariër was, bestelde ze een broodje kaas, wat een enorm geval bleek te zijn, een half stokbrood, wat geweldig was omdat ze er een uur over kon doen als ze rustig aan deed. Tweeëntwintig franc. Toen ze zich eenmaal geïnstalleerd had en bediend was, concentreerde ze zich weer op haar problemen, op de vraag waar Gabriel uithing, over wat ze van dit alles precies zou vertellen als ze weer thuis was.

Als ze weer in Oregon was, zou ze natuurlijk vertellen over de dode man op de vlooienmarkt. Ze zou ook kunnen vertellen over het weerzinwekkende voorval in de toiletten, in de kelder van deze brasserie toen ze naar beneden was gegaan om te plassen. Toen ze haar verhaal aan Anne-Sophie en Tim deed, lette ze goed op hun reacties, alsof ze wilde zien of ze geschokt zouden zijn.

'Het was een gemengd toilet, met van die kleine hokjes met stevige deuren, maar ze waren allemaal bezet en het kostte twee franc. Twee franc! Dus bleef ik even wachten tot er iemand uit zou komen, zodat ik naar binnen kon. Uiteindelijk kwam er een man naar buiten, maar toen ik probeerde de deur te grijpen om me die twee franc te besparen, verzette hij zich. Stel je voor! Wat een egoïst! Zoiets zou in Amerika nooit gebeuren. Een vrouw zou de deur voor je openhouden, ik weet niet hoe het met mannen zit!'

Maar deze man deed de deur stevig dicht, en toen ze probeerde om een muntje in de sleuf te stoppen, merkte ze dat het toilet nog op slot zat en dat ze geen geld kon inwerpen. De man waste rustig zijn handen bij de wasbak en ging naar boven.

Toen, terwijl ze stond te wachten tot er een ander toilet vrijkwam, ging de deur van het eerste weer open en kwam er een vrouw uit. Uit hetzelfde hokje als waar de man was geweest. Ze was geschokt. Misschien wist iedereen van deze plek, Le Bon Tabac, waar de toiletten geluiddicht waren en waar je voor twee franc kon neuken of spuiten of wat dan ook. Ze probeerde zich voor te stellen hoe het zou zijn om het staande op een toilet te doen.

De vrouw, nog geen dertig, had er niet uitgezien als een hoer. Ze maakte geen verlopen of geslagen indruk. Eigenlijk zag ze er nogal burgerlijk uit. Ze bracht haar haar in model voor de spiegel en glimlachte naar haar spiegelbeeld, waaruit niets viel af te lezen over haar gemoedstoestand.

Anne-Sophie en Tim moesten lachen om het verhaal, en hun gelach leek Delia nog meer te schokken.

Ze was terug naar boven gegaan, had een koffie besteld, zeven franc, en probeerde er zo lang mogelijk over te doen. Toen stak ze de straat over naar een terras en nam nog een koffie, zes en een halve franc. Er was van alles te leren! Wat vreemd toch dat er, tenzij je het slachtoffer werd van een moord (allicht), iets bijzonders stak in het kleinste reisdetail, er was een rijkdom aan dingen, als druk bewerkt brokaat, maar ook een smet, net als de antieke tafelservetten die ze in bundels verkocht in Oregon, waarop soms het monogram stond van de bruid, maar die ook de vervaagde vlekken vertoonden van theekransjes lang geleden, vlekken die er niet uit wilden. Alles wat ze zag vanachter haar tafeltje van zwart formica in de uitsparing in de muur van Café Le Destin, half binnen, half buiten, droeg het vage patina van vroeger eeuwen. In de etalage van de slagerij stond een schoolbord waarop met krijt was geschreven, onleesbaar, zelfs als je Frans kende.

Ze liep nog een stukje verder en overwoog of ze geld wilde uitgeven aan een tijdschrift, aangezien ze het niet zou kunnen lezen. Ze bleef lange tijd treuzelen bij een kiosk en vergeleek de prijzen. Omdat ze ze geen van alle kon lezen, zocht ze naar het blad dat de meeste foto's te bieden had voor haar geld. Uiteindelijk kocht ze de *Marie-Claire*, vijfentwintig franc, en ging ermee in de lobby van het hotel zitten. Ze bleef nadenken over het vreemde lot van de hoer die op het toilet moest neuken, en over een maatschappij waarin zulke dingen gebeurden. Weerzinwekkende, sinistere zaken in Frankrijk begonnen zich op te stapelen.

In feite begonnen de gruwelen van Frankrijk haar op een soort abstracte manier te fascineren. Ze had een klein notitieboekje waarin ze ze opschreef, te beginnen natuurlijk met het feit dat haar portefeuille en paspoort gestolen waren, maar dat was slechts een begin. Het hotel: het matras was te dun, de kamer lelijk en de receptioniste had een verwaande, vijandige manier van doen ook al sprak ze Engels. En hoewel ze Engels sprak, deed ze vaak net alsof het niet zo was. En de werknemers van het Amerikaanse consulaat waren geen Amerikanen maar Fransen, waarschijnlijk als gevolg van de een of andere Franse wet. Ze had meegemaakt hoe ze een arme oude man hadden gekoeioneerd, een onschuldige oude man die voor haar in de rij had gestaan, niet zo goed gekleed en met dun, geelachtig wit haar. Hij probeerde een geboortebewijs te krijgen of iets dergelijks in verband met de uitkering van zijn overleden vrouw. Hij wilde hertrouwen en moest een of ander papier hebben over zijn dode vrouw.

'U wilt zeker haar pensioen niet kwijtraken?' had het meisje geschamperd.

'Nou ja…'

'We willen alles hebben wat we krijgen kunnen', hield het meisje aan met een afschuwelijke neerbuigendheid.

'Alsof het haar wat aanging', protesteerde Delia. 'Alsof ze het geld uit eigen zak moest betalen. "U wilt er zeker van zijn dat haar hele pensioen bij u terechtkomt", zei dat meisje aan de balie spottend.' En hoe de bureaucraten hem hadden uitgelachen, dit was weer zo'n typisch geval van de akelige bemoeizucht en botheid van de overheid. 'Wat wist zij nou van het leven van die arme man?'

Om vier uur 's middags was ze alweer ziek van vermoeidheid. Hoelang hield zo'n jetlag aan? Ze wist dat ze niet moest slapen, maar ze kon gewoon niet langer opblijven. Ze had de kille sensatie dat er kwik uit haar hersenstam lekte, naar haar schedeldak steeg en haar gedachten uitwiste, dat haar oogballen in nachtschade en dollekervel gedrenkt waren. Ze hield zichzelf voor dat een gezond middagdutje deze ongemakken uit de weg zou ruimen. Ze dacht aan slaapmartelingen.

Slaap. Ze gaf toe aan het verleidelijke idee en stak de lobby van Hôtel Le Mistral over. De nukkige vrouw achter de balie sloeg haar gade. Delia was er niet zeker van of ze haar gunstig gezind was of niet. Het was dapper van die vrouw geweest om de FBI niet toe te laten in Gabriels kamer, dat was correct van haar geweest. Van de andere kant had ze het misschien niet zo op Amerikanen of toeristen. Die indruk maakte ze wel. Toen Delia langs de balie liep, zei ze op bijzonder nare toon: 'Weet u, madame, ook als monsieur zijn kamer niet gebruikt, zal hij moeten betalen zolang hij hem niet opgezegd heeft.'

Delia haalde haar schouders op en liep door.

'Tot nu toe ben ik niet onder de indruk van de vriendelijkheid van de mensen in Frankrijk, eerlijk gezegd ook niet van die op het Amerikaanse consulaat', zei ze tegen Anne-Sophie en Tim.

Ze had haar spijkerbroek uitgetrokken en was op bed gaan liggen met de rest van haar kleren nog aan, ten teken van haar voornemen om over een uurtje of zo alweer op te staan, en viel als een blok in slaap. Een tijdje later, ze had geen idee hoe laat het was, werd ze wakker, klaarwakker alsof het ochtend was, hoewel een patroon van neonlicht dat door het gordijn op het plafond viel haar duidelijk maakte dat het nacht was. 'Ik had geen flauw benul hoe laat het was, maar ik was zo helder alsof het twaalf uur 's middags was, en ik hoorde meteen dat er geluid kwam door de muur van Gabriels kamer. Misschien ben ik daardoor wakker geworden. Ik hoorde dat er rolluiken werden opgetrokken en weer neergelaten. Ik denk dat het die twee van de FBI waren', zei ze. 'Ze wilden zijn kamer zien en op de een of andere manier zijn ze binnengekomen.'

Anne-Sophie en Tim kwamen met tegenwerpingen en vragen. Wat moest de FBI in de kamer van Gabriel, die niets met de moord te maken had en die die nacht bij haar was geweest? Waarom zou Gabriel een antiekhandelaar vermoorden die hij niet kende? Ze begon te beseffen hoe fragiel haar zekerheid was, en ook haar veiligheid, die immers afhankelijk was van de afwezigheid van kwade wil, van hulp, van de goedgunstigheid van iedereen die erbij betrokken was. Met name van de twee Franken.

'Ik weet dat het paranoïde klinkt, maar ik bedacht dat de moordenaar Gabriel en mij misschien gezien had op de vlooienmarkt, en dacht dat wij hém gezien hebben. En dat hij ons achtervolgd had en Gabriel had vermoord. En nu moest hij mij hebben. Het was maar een paranoïde gedachte. Maar hij zou natuurlijk niet proberen me in de lobby van Hôtel Le Mistral te vermoorden. Of wel soms?' En dus was ze in de lobby gaan zitten en niet terug naar boven gegaan, naar haar te kleine kamer met de lelijke lichte meubels, de dunne groene dekens, de harde stoel en de golvende spiegel waarin haar gezicht leek te zwemmen, en ze had besloten om Tim te bellen.

'Ik heb hier zitten nadenken en geprobeerd het te begrijpen. Er is iets gebeurd, Gabriel is weg, gewoon verdwenen, en ik denk dat iemand hem te pakken heeft, de politie of de moordenaar van die man op de markt, en ze zouden mij ook iets kunnen doen.'

Tim wist niet of hij haar moest geloven. Waarom zou het iets anders zijn dan domme pech of toeval, of ze moest zelf ergens in verwikkeld zijn – het ging heel waarschijnlijk om drugs, of misschien kunstroof, het had immers plaatsgevonden op de vlooienmarkt.

'Waarom zou hij het niet zelf geweest kunnen zijn?' vroeg Tim, maar de suggestie dat Gabriel stiekem binnen zou glippen zonder haar iets te vertellen leek Delia te kwetsen.

Natuurlijk kon hij het niet geweest zijn, waarom zou hij anders niet even bij haar hebben aangeklopt, en met wie had hij dan gesproken? Misschien waren het de twee Franken geweest.

'Misschien moest je daar maar niet blijven', stelde Anne-Sophie voor. 'We kunnen iets anders voor je zoeken en de politie laten weten waar je zit. Misschien kun je naar een ander hotel gaan, waar je je veiliger voelt.'

'Dan zou Gabriel me niet kunnen vinden als – als hij terugkomt.'

Bij mij op zolder, bedacht Anne-Sophie en ze dacht aan

Gabriel. Ze voelde de opwinding van de kunstkenner die iets weet wat anderen niet weten. In zekere zin was Gabriel van haar, zoals elk geheim, alsof je op een rommelmarkt iets waardevols voor een koopje op de kop weet te tikken. Was het ontrouw van haar dat ze er Tim niets over vertelde? Ze wist het niet, ze wist alleen dat ze erover na moest denken. En ze wist dat dit Amerikaanse meisje in de tussentijd niets te vrezen had, want dit was immers Frankrijk. Tenzij die Amerikanen allemaal drugs-koeriers waren, maar deze jongedame wekte absoluut niet de indruk een misdadigster te zijn. En het zou doodzonde zijn als zo'n aantrekkelijke man er wel een was.

'Heeft hij nog niet uitgecheckt?' vroeg Tim. 'Zouden ze je nog steeds niet in zijn kamer willen laten? Misschien heeft hij wat geld daar. Misschien heeft hij een aanwijzing achtergelaten. Zou je het merken als er iets veranderd was daar?'

'Ik denk niet dat ze dat toestaan. Ze lieten die lui van de FBI ook niet binnen. Maar we kunnen het proberen. Kun jij het niet nog een keer vragen in het Frans? Zeggen dat het een noodgeval is, dat hij verdwenen is? Ik zou zijn spullen bij mij op de kamer kunnen bewaren, dan hoeven we in ieder geval niet voor twee kamers te betalen', zei ze.

'Ze zullen het in ieder geval vannacht niet toestaan', zei Tim. 'We vergezellen je nu naar je kamer en wachten tot de recep-tioniste er weer is. Maak je in de tussentijd geen zorgen. Er kan niet veel gebeuren in een Frans hotel.'

Het hotel was bepaald niet chic, vond ook Anne-Sophie terwijl ze door de schaars verlichte lobby liepen. Maar ze bedacht ook dat ze zelf wel op ergere plekken geslapen had op het platteland, als ze op spullen uit was geweest. Ze zag in dat Delia misschien extra timide was omdat ze een handicap had. 'Wil je misschien mijn mobieltje lenen?' vroeg ze. 'Dan kun je ons direct bellen als er niemand bij de balie is.' Ze gaf Delia haar mobiele telefoon en uitleg over de nummers van de politie. Toen liepen ze met haar mee naar haar kamer en inspecteerden hem – leeg. De zucht die Delia slaakte, onthulde haar angst en de tweespalt waarin ze verkeerde: blijven of vertrekken, maar ze nam dapper afscheid.

15

Het kistje met knipsels

Het eerste waaraan Clara dinsdagmorgen dacht, was niet zoals gebruikelijk haar zoontje, maar de Franse jager met wie ze de vorige dag gesproken had, monsieur De Persand. Ze was al over haar toeren geweest toen ze de bijeenkomst in de bibliotheek had verlaten, onderworpen aan gevoelens die ze niet wist te verklaren door de confrontatie met de burgemeester en de jagers. En daar kwam die ontmoeting op de tennisclub bij met de kalende Fransman die haar op de vergadering had aangesproken. Was hij haar gevolgd? Was het toeval dat hij naar de tennisclub Marne-Garches-la-Tour was gegaan? Noodlot of opzet? Maakte het haar wat uit? Hij was in ieder geval vriendelijk geweest en had geprobeerd haar op te vrolijken en haar aan het lachen te maken. Hij had gezegd dat zijn vrienden om te beginnen vreselijke schutters waren.

'Waar heb jij gezeten?' had Serge gevraagd toen ze thuiskwam. 'Ik dacht dat je na afloop meteen naar huis zou komen.' Even voelde ze een lichte irritatie om zo ondervraagd te worden over een vergadering waar hij zelf niet naartoe had willen gaan, alsof hij had geraden in wat voor toestand ze verkeerde.

'Ik vond het heel naar', zei ze. 'Ik weet niet waarom, het was weer het oude liedje. Ik durfde niet meteen achter het stuur te gaan zitten.'

En vanmorgen dacht ze er nog steeds aan hoe ze haar emotionele evenwicht had verloren op de vergadering, en later toen ze met die man had gesproken. Die paar minuten flirten, de verleiding, ze was er volkomen door verrast. Misschien had de ontmoeting hem ook overrompeld. Hij maakte niet de indruk een man te zijn die er een gewoonte van maakte rokken te jagen in de bars van tennisclubs.

Hij was getrouwd, hij droeg een ring. Ook zij was getrouwd.

Voordat ze het uit haar hoofd zette, stond ze het zich vanmorgen toe om zich nog enkele ogenblikken over te geven aan de herinnering aan zijn lange wimpers – sommige mannen hadden dat – en aan de suggestie van kracht die uitging van kaalheid, een kracht die misschien ook ten grondslag lag aan de mythe (of de realiteit?) van de grotere viriliteit die ermee gepaard scheen te gaan. Als een man er goed uitziet, dacht ze, heeft kaalheid een vreemde aantrekkingskracht. Grote grijze ogen, vrij zware oogleden, ze stelde zich voor hoe ze neerkeken op andere mannen in directiekamers. Ze schudde de dromerijen van zich af. Waarom had ze deze gedachten? Een oninteressante bourgeois, wellicht een directielid van een verzekeringsmaatschappij, misschien een bankier.

Haar gedachten waren nog steeds bij hem toen de telefoon ging. Het was Cristal die haar de tijd ontnam die ze wellicht nog aan haar eenzame bespiegelingen had willen wijden, voordat Serge naar beneden kwam. Het was ongebruikelijk dat Cristal 's morgens zo vroeg belde, en het betekende dat ze nog laat op was in Oregon – slapeloosheid of een crisis. Clara voelde de vertrouwde greep van de angst.

'Ik moet even mijn gal spuien', zei Cristal. 'Zo gaat het niet altijd, hoor. Maar soms kan ik amper ademhalen.'

'Waarover ben je kwaad dan? Moeder? Ik weet dat ze soms veeleisend kan zijn. Gaat alles goed met haar?'

'Uw moeder is een engel, ze is de goedheid zelve. We kunnen het uitstekend vinden samen. Ze is... Ik beschouw haar als mijn beste vriendin.'

'Dan begrijp ik het niet.' Clara vond dat Cristal nog veel vermoeiender was dan vroeger.

'Ik weet dat ik te gevoelig ben. Ik ben te gevoelig door wat me vroeger allemaal is overkomen. En dan nog de spanning van het dagelijks leven. Het is niet uw moeder, het is SuAnn, ze heeft nieuwe medicijnen maar die helpen niks en...'

Cristals dochter SuAnn was manisch-depressief en was al vaak opgenomen geweest. Ze had een dochtertje. Clara begreep wat een last dit moest zijn voor Cristal. Vanwege Lars, ze kende de constante knoop in je borst omdat er iets niet was opgelost, de zorg om je kind, het verlangen. Maar toch was Cristal wel erg zeurderig. En Clara stuurde haar altijd geld.

'Cristal, laat het me weten als ik kan helpen. Je weet dat ik zal helpen. Moet SuAnn naar iemand anders toe? Een nieuwe dokter?'

'Ik kan er niet steeds maar geld tegenaan blijven gooien. Uw geld, ha ha. Ze is al onder behandeling bij de beste dokters. Ze gebruiken haar als proefkonijn, als je het mij vraagt. Laten we er maar over ophouden.' Ze bracht verslag uit over de toestand van Mrs. Holly, die sliep.

'Goed', zei Clara, blij dat ze er vanaf was.

'De dokter heeft nieuwe medicijnen gegeven, ze gaat nu wat eerder slapen, goddank. Uw moeder, bedoel ik.'

'Maar jij bent nog op.'

'Dat ben ik tegenwoordig gewend', zei Cristal.

Net toen ze ophing, kwam Serge binnen met een stapel krantenknipsels in zijn hand. 'Hier', zei hij en hij liet haar een artikel zien dat hij zojuist uit de *Herald Tribune* had geknipt. Hij bewaarde deze knipsels zorgvuldig in een brandvrij kistje, en dat was bijna vol.

'Vier mannen hebben ingebroken in een wapenwinkel in Kansas. Dat is de eerste keer zo ver oostelijk', zei hij.

Clara las het door en legde het boven op de stapel. De vraag was waar zijn hypothetische film zich zou afspelen. Waarschijnlijk had hij er gisteravond over gesproken met Woly en de mannen van de studio. Hij had het er al een paar jaar over, terwijl het kistje met knipsels steeds voller werd en hij schijnbaar aan een scenario werkte, hoewel daar weinig bewijs van was.

'Kansas? Tarwevelden, die boerderijen, kan heel mooi zijn', zei ze bij wijze van bemoediging.

'Als je optelt wat er de laatste zes maanden over in de pers is verschenen, hebben die lui een behoorlijk wapenarsenaal vergaard', zei Serge. 'En dan tel ik Waco of Oklahoma niet eens mee.'

Hij stelde zich Amerika voor als de natie van de rechtse revolte, die bestond uit losgeslagen schoolbesturen, subversieve groepen padvinders, gedegenereerde kamers van koophandel, afdelingen van de Lions Club en de Elks die zich in het geheim bewapenden – een natie die op de rand van een revolutie stond. Serge wilde hierover de discussie met haar niet aangaan, hij achtte haar er niet toe in staat het in te zien omdat ze Amerikaanse was, of vrouw. In het kistje zaten knipsels over berovingen van wapenwinkels, bommen in dorpshuizen en muziektenten en de incidentele, met een maximum aan media-aandacht omgeven gruwelijkheden: Waco, Ruby Ridge. Natuurlijk, gaf ze toe, je had van die gekken, de tragedies. Hij stelde zich een film voor die een enorm breed terrein zou beslaan, al die prairieangst, en die bij uitbreiding een weerspiegeling zou zijn van al het protest in de harten van alle patriotten over de hele wereld, en de schande van alle onderdrukking.

Want film had, ondanks alle beperkingen als het ging om een soepele uitdrukking van ideeën, het voordeel van de beweging en van de breedte. Hij zag het kader en het scherm als iets van oneindige breedte, even ruim als de geest, als je het maar met het juiste beeld wist te vullen. Er bestonden beelden bij abstracties als vrijheid en karakter, bij het potentieel dat vanuit de menselijke inborst naar buiten streeft, naar het oneindige, als je het maar kon vinden en wist uit te drukken, en ook voor alle humor, schoonheid en zoetheid van het leven. Hij beschouwde 'het leven' altijd als een man die tevreden tegen een zonnige muur aan zit en met de sombrero over zijn ogen glimlachend toekijkt. Gehuld in een blauwe cape, de ogen alert. Wat een schoonheid vergeleken bij de benauwdheid en obscuriteit van boeken, met hun vergeelde papier en vlekkerige ruggen, hoewel hij ook van boeken hield. Hij hield ervan vanwege de rol die ze hadden als voorlopers van de film, onhandig, oppervlakkig, ruikend naar menselijke toewijding, inspanning en passie.

'Denk eraan dat vandaag die man komt, die journalist. Hij heet Tim Nolinger', zei Clara.

16

Verhelderende manuscripten

Tim nam de auto van Anne-Sophie voor de verschillende dingen die hij vandaag te doen had. Zodra hij achter het stuur zat ging zijn mobiele telefoon. Het was Delia, buiten adem en angstig. 'Iemand heeft vannacht geprobeerd mijn kamer binnen te dringen', zei ze. 'Ik weet het zeker – er zit iemand achter me aan, iemand heeft Gabriel te pakken...' Hij probeerde haar zo goed en kwaad als hij kon te kalmeren en zei dat ze op hem moest wachten in het café naast het hotel. Hij kon er niet voor één uur zijn.

Vanmorgen had hij een afspraak met de Crays. Hij volgde de aanwijzingen om bij hun huis te komen, die hij had gekregen van het Parijse kantoor van Monday Brothers Films. Het was vlak bij Étang-la-Reine, dichter bij Marne-Garches-la-Tour dan hij had gedacht, en ook niet ver van Val-Saint-Rémy, waar de familie van Anne-Sophie vandaan kwam, langs een zijweg door een bos met rododendrons en armetierige boompjes die in rijen waren geplant. Het was een prachtig groot huis, of een klein château, hoe je het ook wilde noemen, waarschijnlijk achttiende-eeuws, dat echter vanbuiten wel wat *ravalement* kon gebruiken, te midden van een prettig verwaarloosd bos van vele hectares met een paar zo te zien Engelse bloementuinen dichter bij het huis, waar nog een aantal late asters bloeide. Het huis was te bereiken over een lange oprijlaan door een imposant hek, of je kon je auto op de weg parkeren, die na de achttiende eeuw zo was aangelegd dat het huis er vlak langs stond, als gevolg waarvan het hek wat onduidelijke graffiti vertoonde. Hij vermoedde dat het de bedoeling was dat hij via het hek en de oprijlaan zou aankomen.

Het was Clara Holly zelf, geen dienstmeisje, die opendeed, hoewel hij elders in het huis een stofzuiger en stemmen kon horen. 's Morgens, in spijkerbroek, zag ze er nog aantrekkelijker uit dan gisteravond, haar schoonheid was overduidelijk een aangeboren fysieke eigenschap en geen handigheid met kleding of make-up: de grote schemerogen, de mond zonder lipstick rood alsof erin gebeten was, de glanzende, lumineuze huid. Hij kon niet uitmaken of ze zich herinnerde dat hij zou komen.

Clara ging hem voor naar een bijzonder fraai ingerichte salon, die eenvoudig wit was geschilderd – vroeger moest er hier lambrisering en verguldsel zijn geweest – en liet hem achter bij de haard. De kamer maakte een sobere maar bewoonde indruk, alsof het verdwenen achttiende-eeuwse meubilair in geest nog aanwezig was. Objectief waarneembaar waren enkele klassieke, zelfs wat voorspelbare moderne stukken – de lederen leunstoel van Eames, de koffietafel van Mies, een Noguchi-lamp, de onvermijdelijke Warhol stond tegen de muur, evenals het heldere blauw van een *Venus* van Yves Klein.

Haar aanblik deed hem terugdenken aan de gebeurtenissen van de vorige dag. Het was vreemd, het had hem gechoqueerd om Clara Holly te betrappen aan de bar als de eerste de beste sloerie uit een film, al was het de bar van een door en door respectabele tennisclub waarvan ze waarschijnlijk gewoon lid was. Steeds weer zag hij het tafereel voor zich. Het had niets te betekenen, maar toch kwam het vaker in hem op dan hem lief was. Toen die Fransman haar had aangesproken, had ze gebloosd als een juffertje. Een oude vriend? Nee, hij durfde er een eed op te zweren dat het een onbekende was, dat was duidelijk door de aftastende wijze waarop ze in gesprek waren geraakt, en haar glimlach was aanvankelijk terughoudend geweest. Hij dacht eraan hoe ze gedronken en gelachen had, en hoe haar gelaatsuitdrukking, die nu zo beleefd afstandelijk was, levendig en opgewonden was geweest toen ze met die man had gesproken. Ze had nogal kinderlijke kuiltjes in haar wangen. Het had een scène uit een film kunnen zijn. Hij kon zich voorstellen dat er iemand *'cut'* had geroepen en ze zou zijn teruggekeerd tot de afstandelijke beleefdheid die ze nu tegenover hem bewaarde.

Hij vond het opmerkelijk hoe het idee dat je je van iemands karakter vormt, beïnvloed kan worden door de films die je gezien hebt – of was het juist andersom, dat het beeld van een droevige vrouw aan de bar die opleeft als een man haar aanspreekt, door de film uit het leven is gegrepen als een effectieve manier om bedenkingen te wekken omtrent karakter? Hij moest Cray vragen naar dit archetype dat in films gebruikt wordt, ook in boeken trouwens – al die heldinnen bij Hammett en Chandler. Maar het waren geen heldinnen die aan bars zaten, dat waren slechte vrouwen, verleidsters, moordenaressen zelfs. Ze waren nooit goed.

Vrouwen aan de bar hadden nooit iets goeds in de zin volgens de overlevering, en zijn eerdere indruk van haar – correct, kalm, evenwichtig en nogal kuis in haar gereserveerdheid – was erdoor aangetast. Maakte hij zich misschien zorgen over Anne-Sophie, vroeg hij zich af of zij ooit aan de bar zat, in hotelletjes op het platteland bijvoorbeeld? Dat zou vast wel, waarom ook niet? Wat was er aan de hand met hem? Hij dacht aan Emma Bovary. Zou Anne-Sophie ongelukkig zijn als ze getrouwd waren? Was Clara Holly ongelukkig? Toen ze hem aankeek en zei dat ze Serge zou laten weten dat hij er was, was hij er zich pijnlijk van bewust hoe aantrekkelijk hij haar vond en dat hij deze gevoelens als verloofde man niet hoorde te hebben.

Enkele minuten later kwam Serge Cray hijgend naar binnen gestampt, als een beer, vol opgekropte energie, en schudde zuchtend en puffend zijn hoofd. Tim had deze blakende dierlijke energie niet verwacht – de filmstijl van de man was languissant en precieus. In levenden lijve leek Cray uit een kooi te barsten. Het was moeilijk om je zijn verbintenis (om preciezer bewoordingen te vermijden) voor te stellen met de afwezige bloem die Clara was. Moeilijk om je hun omhelzingen voor te stellen, maar het was altijd moeilijk om je andermans omhelzingen voor te stellen.

Cray was een forse man van gemiddelde lengte, misschien een beetje kleiner, potig, met dunnend peper-en-zoutkleurig haar. Hij droeg een trui van groene alpaca, een corduroy broek en aan beide polsen koperen armbanden. De glanzende, behoedzame uitdrukking in zijn ogen was buitengewoon, maar misschien alleen als je het bewijs zocht van zijn genie. Eerlijk, vroeg Tim zich af, als deze man ijsverkoper zou zijn of loodgieter, zou je dan iets bijzonders aan hem opmerken? Ja, die ogen waren vreemd. Dat was geen inbeelding.

'Jazeker', zei Cray op sarcastische toon, toen hij zag hoe Tim naar zijn vrouw keek terwijl ze de kamer verliet, 'het komt voor dat "één enkele persoon op bovennatuurlijke wijze wonderbaarlijk gezegend is met schoonheid, gratie en talent". Dat is wat Vasari over Leonardo te vertellen had.' Hij leek het over Clara te hebben en hij gaf de indruk een hekel te hebben aan kwaliteiten als schoonheid, gratie en talent.

'Leonardo was bovenmenselijk, vindt u ook niet? Er zit iets megalomaans aan het verzamelen van Leonardo's. Leonardo's zijn er voor de megalomanen. Bill Gates koopt Leonardo's. Zou je de koningin van Engeland van megalomanie kunnen betichten? Waarschijnlijk niet, een van haar voorgangers is die collectie begonnen. Ik heb ooit de man ontmoet die op de Leonardo's van de koningin past...

Kom mee naar boven. Ik laat niemand die spullen ooit zien, maar dit keer maak ik een uitzondering, op aandrang van Clara', zei Cray zonder nadere introductie. 'Deze kant op. Ik vermoed dat ze denkt dat ik behoefte heb aan medecollectioneurs en aan een kans om over mijn schatten te praten. Dat moet de reden zijn waarom ze u heeft uitgenodigd.'

Tim werd afgeleid door de dikte van zijn brillenglazen, die zijn ogen uitvergrootten tot een woeste, hypnotiserende blik. De trap was breed en steil, met boven een overloop die toegang bleek te bieden tot verschillende slaapkamers. Cray deed er eentje van het slot. 'Een voorzorgsmaatregel, deze sloten. Er wordt nogal eens ingebroken in Frankrijk.

Ze denkt dat ik te weinig andere liefhebbers ken', ging Cray verder. 'Natuurlijk zit ik als het om geld gaat niet in dezelfde divisie als Bill Gates, met z'n Leonardo's en Gutenbergs. Maar daar zit ook geen uitdaging in, al zou je het kunnen bekostigen.'

'Nee', stemde Tim in, die zag dat er verder geen antwoord verlangd werd.

'Wat wilde u precies zien?'

'Ik weet het niet, gewoon wat u hebt, niets in het bijzonder', zei

Tim. 'Zo veel weet ik niet over manuscripten. Misschien hebt u er een dat lijkt op het manuscript dat in New York is ontvreemd.'

Hij nam aan dat de politie al contact had opgenomen met Cray over de diefstal en over de mogelijkheid dat hij zou worden benaderd.

Cray had een kast met brede, ondiepe laden met deksels en stofhoezen. De eerste droeg het opschrift 'Apocalyps'.

'Er waren een stuk of wat van die apocalyptische profetieën in de middeleeuwen, op verschillende wijze verluchtigd. Sommige zijn bewaarheid in de loop van de eeuwen, sommige details ervan... De holocaust bijvoorbeeld, dat is voorspeld. Ik vind ze buitengewoon fascinerend, om niet te zeggen alarmerend naarmate we dichter bij de millenniumwisseling komen.'

Tim inspecteerde plichtmatig een groot, stijf, bruin gevlekt vellum in onleesbaar Latijn, en een paar andere perkamenten die in met linnen beklede houders zaten.

'Zuurvrije bekleding, enzovoort. De meest geavanceerde conservatietechnieken. Natuurlijk ben ik daar geen expert in, iemand van het British Museum geeft me advies.'

'Heel belangrijk.'

'Ik zal u iets interessants vertellen dat ik van Interpol gehoord heb. Er zijn vier of vijf van dergelijke apocalyptische manuscripten gestolen dit jaar, vooral uit Spaanse kloosters, een van het Isle of Wight. Vóór de centrale registratie van kunstdiefstallen zou zoiets nooit zijn opgevallen, maar nu is het toeval of de coördinatie opmerkelijk. Niemand weet of het toeval is of opzet.'

'Naarmate we dichter bij het millennium komen,' stemde Tim voorzichtig in, 'groeit de interesse.'

'Interesseert u zich voor bijbelse profetieën? Bent u gelovig?' vroeg Cray.

'Niet echt', gaf Tim toe.

'Begrijp me niet verkeerd', zei Cray. *'Moi non plus.* Ik ben een scepticus, geen gelovige. Toch moeten we ons gedragen alsof we geloven. Ik weet dat ik, als ik gelovig zou zijn, tijd en geld zou besteden aan dat waarin ik geloofde – religie, politiek. Dus doe ik het toch, met of zonder geloof. Ik geef toch geld. Ik heb het een en ander aan theologie gelezen en politieke theorie, en ik heb mezelf gecommitteerd aan een nogal willekeurige combinatie van overtuigingen en daar houd ik aan vast. Niet op basis van een geloof, maar van beslissingen. Die zijn niet zo afhankelijk van temperament en niet zo wankel als een geloof. Zou u uw geloof als onwankelbaar willen omschrijven?'

Tim was enigszins van zijn stuk gebracht door dit abrupte uitstapje naar de schooljongensfilosofie. Hij mompelde dat hij het tot dusver had vermeden zich vast te leggen op één rigide waardesysteem. Op de Zwitserse kostschool hadden Cees en hij een scheikundeleraar gehad, dezelfde die gezegd had dat gemengde nationaliteiten net zoiets waren als onstabiele verbindingen. In een andere context had hij gezegd dat je een diep wantrouwen moest koesteren jegens alles wat je als een vaststaand feit dacht te kunnen beschouwen. Dat advies had Tim ter harte genomen en al had hij dan aan bepaalde absolute ideeën vastgehouden – bijvoorbeeld dat het absoluut fout is om te doden – hij had afgerekend met morele uitgangspunten die hij als hersenschimmen zag, zoals ze door godsdiensten worden bekokstoofd, ten gunste van een solide instinctieve betamelijkheid – niet liegen of erger, niet onvriendelijk zijn en natuurlijk geen moord of diefstal.

Voor het overige werd hij gedreven door een mild hedonisme en een gevoel van verantwoordelijkheid dat alleen dingen gold die hem persoonlijk veel waard waren, met maar weinig in reserve voor de grote wereld, die volgens hem buiten de invloedssfeer van een broodschrijver lag, hoewel hij soms merkte dat er een betrokken toon in zijn artikelen over bepaalde voor de hand liggende onderwerpen kon sluipen – bloedbaden in Afrika of politieke corruptie in Frankrijk. Als hij het idee had gehad dat er ook maar iemand werkelijk las wat hij schreef, zou hij misschien wat vaker hebben toegegeven aan deze polemische neiging.

'Wat is de grote lijn in die manuscripten?' vroeg hij.

'Het einde van de wereld natuurlijk, in meer of minder detail, soms bijzonder kleurrijk, zoals de Spaanse profetieën over vuurdraken die het vuur zullen verspreiden door de wouden in brand te steken met hun geschubde, ontvlambare staarten. Hier is een kleine tekening van zo'n vuurdraak.'

De ochtend was voorbij voor Tim er erg in had. Cray was boeiend gezelschap en had een enorme kennis.

Om twaalf uur nam hij afscheid en ging op weg naar Hôtel Le Mistral. Zoals verwacht was de receptioniste verontwaardigd over het voorstel om de kamer van de verdwenen heer te openen, tot ze er de logica van inzag. Monsieur was nu al sinds zaterdagmiddag spoorloos, bijna vier dagen, zonder te hebben gemeld dat hij afwezig zou zijn. Het was strikt genomen geen overtreding van enige hotelwet om de kamer te openen en de spullen eruit te halen, als het er de schijn van had dat de huurder verdwenen was en niet van plan was om nog te betalen. Maar ze stemde er niet in toe om Gabriels bagage aan Delia af te staan. Die ging achter slot en grendel in de bagageruimte, dat was de juiste handelswijze voor een hotel, en de receptioniste stond erop dat ze met haar meekwamen om op de verwijdering toe te zien zodat het hotel niet aansprakelijk zou zijn of verdacht.

Delia ging met haar mee, en Tim met hen beiden, nieuwsgierig. Net als Delia had hij half verwacht dat de kamer overhoop gehaald zou zijn door de mensen die Delia die nacht gehoord had, maar er heerste niet meer dan een normale wanorde, een jasje dat over het bed was gelegd, verse zeep die de schoonmaakster had achtergelaten, een open koffer op het bagagerek, een papieren zak en een kleine rugzak in de klerenkast, scheermesje en kam op het plankje in de badkamer.

'Doe die koffers maar dicht, dan brengen we ze naar beneden', zei de receptioniste terwijl Tim afscheid nam van de jonge gevangene uit Oregon. 'Monsieur zal toch moeten betalen voor die vier nachten en voor het laat vrijkomen van de kamer vandaag, of iemand anders moet het doen.'

Fluisterend, alsof ze bang was dat de muren oren hadden, zei Delia tegen hem dat ze vastbesloten was om geen nacht langer te blijven. 'Ik weet zeker dat er iets mis is hier.'

'Dat zou kunnen, het is mogelijk', moest Tim toegeven.

'Ik zou naar een ander hotel kunnen gaan, maar er is nog geen geld gekomen, ze houden het vast op de een of andere manier tegen. En ze zeggen het ook niet altijd als ik telefoontjes krijg, of die houden ze ook tegen.'

Tim kon niets anders bedenken dan dat ze een nachtje bij Anne-Sophie kon verblijven.

17

De uitnodigingen

Het lag er niet aan dat Estelle harteloos was of onverschillig, ze was gewoon niet geschikt voor enig ceremonieel gebeuren, althans, dat was haar eigen verklaring. Ze had een paar keer met Tim gesproken over de bruiloft, zodat hij zich nu in de positie van tussenpersoon bevond, tussen haar en haar dochter, en haar bedenkingen uitlegde aan Anne-Sophie. Ze bekende tegenover hem dat ze het naar vond dat ze Anne-Sophie teleurstelde, doordat ze niet warm kon lopen voor de gelegenheid, laat staan echt behulpzaam zijn met kennis van ceremoniële details of door ten minste creatieve ideeën te opperen over plaats van handeling en bruiloftsmaal.

'Het vereist niet meer dan speelsheid of fantasie, dat weet ik best, het is gewoon dat ik niet voor ceremonieel in de wieg ben gelegd. *Au contraire*, rituelen roeren me tot sceptische tranen, over de misplaatste verwachtingen, de uiteindelijke doem over alle hoop. En toch ben ik evenzeer van hoop vervuld als jullie, lieve Tim, op een mooie *mariage*. Waarom zou het niet volmaakt zijn?'

'Het wordt ook volmaakt', verzekerde Tim haar. 'Bovendien, Anne-Sophie vindt het prachtig om de plannen te maken en ze kan uitstekend organiseren.'

'Vind je ook niet? Ik sta echt van haar te kijken, ze is *étonnante*. Tegen zo'n perfectie kan ik bijna niet op.' Hij wist niet zeker of ze dit ironisch bedoelde.

In verband met de uitnodigingen had Estelle zich genoodzaakt gezien om madame Nolinger, of eigenlijk beide mesdames Nolinger, in Michigan te schrijven, tenzij Tim informatie had kunnen verschaffen over hoe zijn ouders hun namen vermeld wilden zien. Tim had nooit veel verteld over de scheiding en was er niet zeker van of Anne-Sophie en Estelle wel echt beseften dat zijn ouders gescheiden waren, ook al hadden ze verschillende adressen in Michigan. Ook was er de vraag of er misschien titels waren of militaire onderscheidingen die vermeld moesten worden. Had zijn vader bijvoorbeeld gediend in de oorlog? (Als gewoon matroos in het laatste jaar van de oorlog, wist hij.) Hij kon dus zeggen dat zijn vader gediend had, en hoewel hij dacht dat zijn vader op jonge leeftijd het doctoraal theaterwetenschap gehaald had, betwijfelde hij of hij dit vermeld wilde zien op de uitnodiging. Wat zijn moeder betrof, hij had nooit over enige titel of onderscheiding gehoord die het zware velijnpapier van het te drukken boekje zou kunnen sieren.

Het leek Estelle beter om zijn ouders direct te schrijven, hetgeen ze toch al van plan was geweest, om te zien of ze iets kon regelen in verband met de hotels, en welke verwanten er verder zouden komen. Ze voelde zich niet volkomen zeker over haar geschreven Engels, en dus schreef ze Tims moeder in het Frans. Maar het antwoord was teleurstellend geweest, aangezien mevrouw Nolinger weinig interessants te melden had, behalve dat ze de Académie du Sacré Coeur in Brussel had doorlopen. Anne-Sophie ging met de antwoorden naar de huwelijksconsulente.

Madame Aix kwam tot de conclusie dat de invitatie aldus moest beginnen:

Madame Louis d'Argel

(wat verwees naar Anne-Sophies grootmoeder van vaderszijde, de oude dame die in Val-Saint-Rémy woonde, waar het huwelijk zou worden voltrokken)

Madame Philippe d'Argel

(ze bespraken of ze er 'en littérature Estelle d'Argel' aan zouden toevoegen, maar verkozen dat niet te doen)

sont heureuses de vous faire part du mariage de Mademoiselle Anne-Sophie d'Argel, leur petite-fille et fille, avec Monsieur Thomas Ackroyd Nolinger

et vous prient d'assister ou de vous unir d'intention
à la cérémonie religieuse qui sera célébrée vendredi le 10 décembre,
à 16 heures, en l'église de Saint-Blaise, Val-Saint-Rémy.
Le consentement des époux sera reçu par Monsieur l'Abbé François
des Villons, l'oncle de la mariée, et le Right Reverend Edward Marks.

Aan de ommezijde, die als voorzijde gevouwen zou worden voor verzending naar Amerika, zou in het Engels komen te staan:

Mr. and Mrs. Gerald Franz Nolinger
Mrs. Cécile Barzun Nolinger
are happy to invite you to the wedding of their son and stepson
Thomas Ackroyd Nolinger to Miss Anne-Sophie d'Argel

en dan de rest van de informatie. Anne-Sophie vond dat het er goed uitzag, maar vroeg zich af of de mensen haar moeder wel zouden herkennen in de onbekende 'madame Philippe d'Argel' en Tims moeder in 'Mrs. Barzun Nolinger'. Het was niet bij haar opgekomen dat zijn moeder misschien zijn vaders naam niet zou gebruiken.

Hoe dan ook, ze moest snel met deze voorstellen naar madame Aix, hoewel ze vandaag in gedachten niet volledig bij de bruiloft was maar bij een nieuwe ontwikkeling met de Amerikaan die nog steeds op de zolder op de vlooienmarkt bivakkeerde en 's morgens naar buiten glipte. Ook op dinsdag en woensdag was ze naar haar stalletje gegaan en had een beetje aangerommeld en gelezen, met één oog op de trap. Ze las *Jane Eyre*, het verhaal van een Frans meisje wier rijke vader, een kribbige Engelsman, zijn arme vrouw had opgesloten op zolder en het had aangelegd met een miezerige, achterbakse gouvernante. Donderdagmorgen vroeg, toen er nog maar weinig mensen waren, lapte ze op Franse wijze alle gevaar aan haar laars en besloot naar boven te gaan en de confrontatie met de indringer aan te gaan.

'Ik heb nooit begrepen wat gevaar betekent voor de Fransen', had Tim ooit geschreven. Ze had de passage verschillende keren gelezen. 'Ze lijken er op een andere manier door te worden aangetrokken dan wij. Misschien is het om goed te maken dat ze op een cruciaal moment in de nationale geschiedenis het gevaar grotendeels ontweken hebben. Of misschien verleent het feit dat je tot een oude cultuur behoort je een bepaald perspectief dat wij ontberen, kwetsbaar als we zijn in ons optimisme en ervan overtuigd dat we nog veel te leren hebben. Wij zijn voorzichtig, zij rijden te snel, jagen hun auto's dwars door woestijnen, zeilen in kleine bootjes alleen over open zee, bedwingen wolkenkrabbers, koorddansen, doen een aanslag op hun aderen met rillettes en patineren hun longen met Gauloises.' Estelle had hem gecomplimenteerd, ironisch, dacht hij, met deze passage, maar Anne-Sophie had hem volkomen onwaar en onrechtvaardig gevonden.

Ze ging eraan voorbij dat het gevaarlijk kon zijn een misdadiger in het nauw te verrassen, zocht monsieur Martin op, de bewaker, en gaf hem instructies om de deur naar de zolder vandaag niet van het slot te doen. 'Als er iemand naar boven wil, stuur ze dan maar even bij mij langs', zei ze. Toen er iemand kwam, monsieur Henron om een uur of twaalf, nam ze het heft in handen. Zij, Henron en Martin zouden samen naar boven gaan. Anne-Sophie beklom de zoldertrap met een pakje Marlboro in haar handje geklemd. En zoals ze geweten had, was de Amerikaan er. Hij zat op een stoel een krant te lezen maar stond op toen hij hun voetstappen hoorde. Na een ogenblik van ontsteltenis glimlachte hij beleefd en bleef rustig, bijna alsof hij hen verwacht had. Hij sprak Frans met een accent. Hij lachte naar haar en keek haar aandachtig in de ogen.

'*Excusez-moi*', zei hij. 'Iemand moet me hebben ingesloten. Ik hoopte dat er iemand zou komen voor ik hier nog een nacht moest doorbrengen.'

Opnieuw glimlachte hij, en met een kwiek aplomb nam hij zijn jasje en de krant en begaf zich naar de trap. 'Bedankt dat u me bevrijd heeft.' Hij had een donkere, Byroneske schoonheid. Anne-Sophie had de poëzie van lord Byron en andere Engelse dichters gelezen. Ze bewonderde zijn zorgeloosheid.

'Monsieur, kunt u ons alstublieft vertellen wat u hier doet?' begon ze.

'Is alles er nog?' riep Henron.

Ook de bewaker begon te protesteren en hem te bedreigen. Monsieur Martin voelde zich schuldig, vermoedde Anne-Sophie, omdat hier nachtenlang iemand had gezeten die er niets te zoeken had. 'Wilt u ons alstublieft uitleggen wat u hier deed, monsieur!'

Zonder antwoord te geven liep de man de trap af en probeerde zijn haast te camoufleren met een berekende kalmte.

Anne-Sophie keek een ogenblik rond in de opslagruimte. Haar hart bonsde maar een klein beetje. De teleurstelling begon al in te zetten. De mysterieuze gast stond op het punt te vertrekken. Ze zou niets meer te weten komen over het geheim van zijn aanwezigheid. Ze zag het kartonnen bakje van zijn pommes frites, wat sinaasappelschillen, een servetje. Hij had het hier nog dagen vol kunnen houden – hij had geplast in een aardewerk parapluhouder en had een bord gebruikt als deksel om de penetrante ammoniaklucht weg te houden die haar toewalmde toen ze het aarzelend oplichtte.

Toen zij en Henron beneden kwamen, hadden enkele *policiers* de Amerikaan al bij zijn armen, en meneer Martin stond te gebaren en te praten, terwijl de Amerikaan boos antwoord gaf in een Frans dat ermee doorkon.

'Als ik op de vlucht was geweest, dan zou ik toch niet hier gaan zitten, of wel soms?' Hij verdedigde zich op verontwaardigde toon, maar ook met iets van angst in zijn stem, vond ze. Anne-Sophie werd bij de aanblik van het tafereel door wroeging overmand.

Daarna nam de politie hem mee, en geen van de toeschouwers had enig idee waarom. Zo te zien waren het niet de agenten die normaal op de markt surveilleerden maar degenen die zich bezighielden met de moord op monsieur Boudherbe. De Amerikaan keek over zijn schouder terwijl hij werd weggeleid, en keek haar aan, een blik van verstandhouding als ze had geweten hoe ze hem moest interpreteren. Verwijtend? Smekend? Er lag poëzie, gekweldheid, intimiteit in deze blik.

Anne-Sophie beschikte over de Franse neiging om in de bres springen voor slachtoffers van bureaucratie en onverschilligheid, voor verdachten van een misdrijf of voor mensen die politiegeweld te verduren hebben. Dergelijke genereuze sympathieën zijn een morele luxe die in Amerika nagenoeg verdwenen is, zou Tim hebben gezegd. Maar wat wist hij ervan? Hij zat altijd in Frankrijk.

En dus was het nu haar impuls, nadat ze de ontdekking van de Amerikaan had uitgelokt, om te doen wat in haar vermogen lag om hem te bevrijden uit de klauwen van de politie, allereerst door te protesteren dat zij er geen bezwaar tegen had aangetekend dat hij op hun zolder had verbleven. In haar hoofd verdrongen zich scherpe formuleringen van bittere verontwaardiging aan het adres van de plichtsgetrouwe agenten. Maar omdat degenen die de ongelukkige man hadden weggeleid niet meer ter verantwoording konden worden geroepen, was ze genoodzaakt haar veroordeling te richten tot de agenten die waren achtergebleven in het nog steeds afgezette pakhuis van monsieur Boudherbe. Ze gaven haar te verstaan dat ze niets afwist van de situatie. Ze wilden niet zeggen waar de man naartoe was gebracht.

Anne-Sophies verontwaardiging groeide met het besef dat zij hem had aangebracht; ze was een collaborateur! Ze probeerde de gevolgen ongedaan te maken.

'Als getuige en buurvrouw, *je vous assure*.' Ze stond ervoor in dat hij kort na het misdrijf ter plekke was aangekomen en niets met de moord van doen had. En ook hadden zij en haar collega's er geen problemen mee dat hij op hun zolder had vertoefd. '*Non, non,* er is van niemand iets gestolen.'

De agenten luisterden onbewogen naar de opgewonden, aantrekkelijke jonge vrouw met het korte rokje in Schotse ruit, de mooie benen en de sjaal van Hermès met afbeeldingen van stijgbeugels en gespen. De sergeant gaf haar een vuurtje, liet zijn hand op de hare rusten en verzekerde haar dat zij niets te maken hadden met de arrestatie van de man, dat was een volslagen andere afdeling die al een paar dagen achter hem aan zat.

'Mademoiselle hoeft het zichzelf niet te verwijten.'

'*Quand même*', zei ze ontroostbaar.

18

De logé

Nadat Anne-Sophie afscheid had genomen van madame Aix, en hoewel ze vervuld was van onbehagen en schuldgevoel over haar recente rol in de arrestatie van de arme Amerikaan, ging ze bij de slager langs en wijdde zich vol overgave aan de inkopen voor het avondeten. Ze kocht een halve kilo *tendron de veau* voor een *blanquette*. Bij het groentestalletje kocht ze worteltjes, rapen en een handvol zilveruitjes. *Blanquette de veau* was een van haar meest succesvolle gerechten, het kon bijna niet misgaan en Tim vond het heerlijk. Ze zouden er gekookte rijst bij eten, en als toetje aardbeien met suiker maar zonder slagroom – een goede maaltijd, waarna ze zouden vrijen, twee bezigheden die in leven en literatuur nauw verbonden waren, zoals in de werken van Estelle d'Argel, waarin de wereldse *Anglaise* madame Foster bij-voorbeeld waarschuwt tegen slagroom en specerijen indien er voor achteraf seks wordt voorzien.

En waarom dan wel? Anne-Sophie herinnerde zich de rest van dit fragment uit *Les Fruits*, een bijzonder ontluisterend fragment waarin haar moeder een uitermate nauwgezette beschrijving geeft van wat ze *crème féminine* noemt, dat ze in haar opgeblazen detaillisme niet met zoiets als een delicate zeelucht vergelijkt, maar met *haddock fumé*, waarmee ze Anne-Sophies zekerheden omtrent persoonlijke hygiëne voor jaren wist te ondermijnen. Ze had *Les Fruits* voor het eerst gelezen toen ze achttien jaar oud was.

Ze wist dat ze het moment alleen maar voor zich uit schoof waarop ze de jonge vrouw in Hôtel Le Mistral moest vertellen dat haar vriend gevonden en weer verloren was, en zich nu waar-schijnlijk in handen van de politie bevond. Ze hield zichzelf voor dat ze onmiddellijk naar Hôtel Le Mistral moest gaan maar ze deed het niet. Ze was behoorlijk verbijsterd Delia in haar eigen woonkamer aan te treffen.

'Iemand probeerde in mijn kamer te komen!' legde Delia uit op een toon van heilige overtuiging. 'Ik weet dat het paranoïde klinkt, maar ik zag gisteravond de klink van mijn deur bewegen en elke keer dat ik naar buiten keek stond er iemand te wachten, steeds dezelfde man. Dus heeft Tim me hierheen gebracht.'

'Misschien heeft iemand aan de deur gevoeld', opperde Anne-Sophie. 'Zo van: je weet maar nooit. Dat overkomt mij de hele tijd als ik in het zuiden ben. Ik heb iets waarmee ik de deur vast kan zetten.'

Delia zat in de woonkamer terwijl zij het eten klaarmaakte. Tim kwam rond halfacht en schonk port voor hen in. Hij hield zijn vragen voor zich terwijl Anne-Sophie aan hen beiden vertelde over de arrestatie van de Amerikaanse man en haar aandeel daarin. Hoe de man op haar zolder de hele tijd in haar gedachten was geweest, hoe ze zich had afgevraagd of hij er nog steeds zat, dat ze gedacht had dat het waarschijnlijk Gabriel was. Ze kon niet verklaren waarom ze er tot nu toe niets over verteld had. Misschien was het nieuwsgierigheid geweest naar wat er zou gebeuren, of angst dat ze voor gek zou staan als ze het zich had ingebeeld, of de wens dat de man veilig zou zijn en niet gearresteerd zou worden, of onwil om het Amerikaanse meisje te geven wat ze wilde, hoewel ze hoopte dat dit niet de reden was dat ze er niet over gesproken had.

'Of misschien is hij een gevaarlijke moordenaar en krijg ik een onderscheiding!' Ze moest lachen, zo belachelijk was het idee. Delia leek niet te begrijpen dat ze een grapje maakte; plotseling stonden er tranen in haar ogen en haar stem trilde van woede.

'Ik wist dat hij me niet zomaar zou laten zitten', riep ze uit. 'Hij spreekt geen Frans, hij kan het geld van zijn ticket niet terugkrijgen, hij…'

'Hij spreekt heel behoorlijk Frans!' bracht Anne-Sophie ertegen in. 'Tim komt er wel achter waar hij zit.'

Anne-Sophie schepte voorzichtig het gelige schuim dat de blokjes kalfsvlees afgaven van de sudderende bouillon.

'Waarom hebt u hem niet verteld waar ik was?' vroeg Delia.

'Maar hij wist waar je was.'

'We moeten een advocaat regelen', ging Delia verder. 'Hoe doe ik dat? Moet ik naar het Amerikaanse consulaat gaan? Ook al had ik mijn paspoort, dan kon ik hem nog niet zomaar…'

Zo bleef ze doorgaan; haar angst was begrijpelijk. Anne-Sophie deed de worteltjes en de kleingesneden groenten bij de bouillon en luisterde naar wat Delia te vertellen had.

De nacht na de moord, haar tweede nacht in Frankrijk, stond haar nog levendig voor de geest. Delia had tot diep in de nacht wakker gelegen en nagedacht over hoe Gabriel haar kamer was binnengekomen en op haar bed was gaan zitten. Er was niets anders om op te zitten behalve de harde stoel, en Delia had naast hem gezeten terwijl hij erover door bleef gaan. Hij was meer aangegrepen door de gebeurtenissen van die dag dan zij, dat kon ze zien aan de manier waarop hij zorgelijk naar de hoek van de kamer staarde en aan zijn fronsende blik. 'Verdomme, waarom moesten ze die kerel vermoorden? Wie doet er zoiets?' Zijn ontzetting leek groter dan alleen op grond van het gruwelijke tafereel te verklaren was. Delia had ingezien dat er misschien meer achter zijn gezucht zat dan louter medegevoel. Hij zweette alsof hij in angst verkeerde.

'Wie? Gabe, zeg dan.'

'Wie? Ik weet het niet. Ik weet er niets vanaf, maar godsallejezus!'

'Heb jij er iets mee te maken?'

'Ik, nee, hoe zou dat nou kunnen?' zei hij. 'Maar hij lag daar dood, en ik had een afspraak met hem, hij was degene met wie ik zaken moest doen.'

Er was geen twijfel mogelijk dat Gabriel bang was. Hij was in het buitenland geboren en had vast en zeker gruwelijkheden gezien, die nu terugkwamen. Zij had nooit verschrikkingen meegemaakt en was dus minder verward. Natuurlijk was het vreselijk geweest – zij had haar ogen afgewend, ze zou de aanblik nooit vergeten – maar de vreemde onwerkelijkheid, de onwaarschijnlijkheid, maakte dat ze niet veel gevoel op kon brengen voor de onbekende materie aan haar voeten.

Ze had hem getroost. De rest vertelde ze Anne-Sophie en Tim niet. Hoe ze elkaar plotseling kusten. In zijn kussen lag iets van wilde spijt, van angst en geheimzinnigheid. Het gevoel van gevaar kwam voort uit het gebrek aan speelsheid, uit de kracht waarmee hij zich aan haar schouders vastklampte. Zijn opgewonden geprevel gaf haar het gevoel dat ze zijn reddingsboei was, een houvast in de zee die hen omspoelde. Hij was sterk. Zijn wenkbrauwen kwamen bijna samen boven zijn zwarte ogen, zoals de ogen van de zeerover in het gedicht, haar favoriete gedicht toen ze kind was. Had ze niet altijd al een vermoeden gehad van die wildheid onder de vermomming van de boekverkoper? En dat er altijd al meer was geweest tussen hen dan de vrolijke collegialiteit waarmee ze de reis gepland hadden? En toen waren ze naakt en was er veel meer dan vrolijke collegialiteit. Het was de meest fantastische nacht die Delia ooit had meegemaakt.

Nu ze erop terugkeek, zag ze in dat hij doodsbang was geweest, en dat kussen om de een of andere reden angst verdrijven. Nu liet ze al hun gesprekken nogmaals de revue passeren, op zoek naar een aanwijzing over wat er met hem gebeurd kon zijn, wat het allemaal te betekenen had en wat ze nu moest doen.

'We kunnen madame Cray bellen', zei Anne-Sophie, die warm begon te lopen voor de spanning en het gevaar verbonden met het onderdak bieden aan een voortvluchtige tegen de expliciete instructies van *les flics*. Ze kon er de rol die ze gespeeld had in de arrestatie van de man gedeeltelijk mee goedmaken. 'Ze wil je helpen. Tim zegt dat haar huis erg groot is, het is buiten Parijs, misschien kun je daar verblijven.'

Delia zuchtte. De paniek leek alweer toe te slaan. Een jonge gezagsgetrouwe Amerikaanse vrouw was niet gewend aan gevaar, behalve op parkeerplaatsen en dergelijke, waar je goed oppaste. En nu was ze een gezochte persoon, omdat ze niet had gehoorzaamd aan het bevel van de Franse politie en van de FBI, dat ze moest blijven zitten waar ze zat, zonder geld in een land waarvan ze de taal niet sprak. En nu zat ze dus in het appartement van een vrouw die ze niet kende. Had ze niet toch beter in het hotel kunnen blijven? Hoe somber het ook was, hoeveel stof er ook lag in de hoeken, hoe griezelig die vingers op de deurklink ook waren geweest, toch ging er iets geruststellends uit van het hotel, de hotellerigheid, de regels die niet toestonden dat zij zich meester maakte van Gabriels spullen, de receptioniste, de onvermoeibaar zwoegende kamermeisjes. Nou ja, echt hard zwoegen deden ze niet.

Ze begon ervan doordrongen te raken dat ze nu veel slechter af was dan in het hotel, want nu was ze ergens op een plek die niemand kon vinden, ook zij niet, in een appartement ergens in Parijs waarvan ze niet eens het adres of telefoonnummer kende.

Nadat ze Delia Sadler op hun bank geïnstalleerd hadden, gingen ook Tim en Anne-Sophie naar bed en vielen kuis in slaap en sliepen slecht. Anne-Sophie werd om één uur wakker en bleef wakker liggen. De slapende Tim nam het grootste deel van het bed in beslag. Het had iets van een invasie, zo'n forse buitenlandse aanwezigheid op jouw territorium, in je eigen bed. Dit zou de rest van hun leven het geval zijn. Ze bande elk spoor van trouweloosheid uit deze overweging. Tim was bezig met een verhaal dat bijzonder interessant klonk, over de gelijktijdige diefstal van verschillende oude manuscripten die te maken hadden met het einde van de wereld. Met het einde van de wereld in gedachten was het een hele geruststelling om een flinke man naast je in bed te hebben.

Bedden in Amerika, had ze gehoord, konden enorm zijn en zelfs rond. Tim en zij hadden kort overlegd of ze een normaal Frans bed zouden nemen van één meter veertig, zoals dat waarin ze nu lagen, of het meer moderne bed van één vijftig. Het laatste, hadden ze besloten, of zelfs een van één zestig, hoewel je daar moeilijk lakens voor vond, maar in Amerika makkelijker... Waarom hield ze zich met zulke gedachten onledig?

Hij moest misschien naar Spanje in verband met het verhaal over de gestolen manuscripten, om daar de kloosters te bezoeken waar de dieven zich als monniken-wetenschappers hadden aangediend en er met de gekoesterde perkamenten vandoor waren gegaan. Zij zou niet een van die domme, onzekere vrouwtjes worden die het erg vonden als hun echtgenoten verre reizen moesten maken. Vraag nooit aan een man waar hij gezeten heeft, zei gravin Ribemont in *Tegen de stroom in.*

Dat ze was voorgegaan naar de zolder op de vlooienmarkt, maakte dat ze zich voelde als Pandora die eerst had geaarzeld, maar toen de doos met furiën en boze geesten had geopend. Zo was er de geest van berouw toen ze zag hoe de politie de Byroneske jonge Amerikaan arresteerde, haar frustratie toen ze bezwaar maakte en zei dat ze geen klacht tegen hem zou indienen maar merkte dat niemand naar haar luisterde, en nu het feit dat ze de jonge Amerikaanse onder haar hoede had genomen, te eten had gegeven en de bank om op te slapen, en zich zo tegenover haar verplicht had en waarschijnlijk een misdrijf gepleegd. Zulke gedachten bleven haar kwellen tot ze om een uur of twee eindelijk in slaap viel.

Tim werd om vier uur wakker en probeerde zich een droom te herinneren. Hij had 's middags een mooie vrouw bemind... in een hotelkamer... Terwijl de droom vorm begon aan te nemen, herinnerde hij zich dat er een warm briesje door een open raam naar binnen had gewaaid, dat gezang met zich meedroeg. En hij bedacht dat zulke overpeinzingen eigenlijk al verboden waren, hij stond op het punt te trouwen. Want die vrouw was Clara Holly, wulps en met de teint van pruimen, niet de rozige, elegante Anne-Sophie. Moest hij zonodig de vreselijke freudiaanse stelling bevestigen dat een echtgenote nooit het object van verlangen kan zijn?

Maar de slapende Anne-Sophie wekte wel degelijk eerst zijn vertedering en toen zijn verlangen op. Helaas sliep ze als een blok, en wie weet wat hun gast zou horen, hoe omzichtig ze de liefde ook zouden bedrijven. Wat moesten ze in 's hemelsnaam met Delia beginnen? En hoe kon hij die vriend van haar vinden, wat Anne-Sophie voetstoots leek aan te nemen? Klaarwakker door deze onopgeloste kwesties dacht hij dat hij niet meer in zou slapen. Toen maakte Anne-Sophie een veelbelovende beweging alsof ze ontwaakte. Tim streelde haar slaap, toen voorzichtig haar borsten. Ze werd een beetje wakker en reikte naar hem. Ze fluisterde hem toe. Ze konden het doen als ze het heel zachtjes deden, zonder geluid, zodat ze hun gast niet zouden wekken.

Delia vond niet dat ze preuts was, maar er werd enorm veel geneukt in Frankrijk, op de openbare toiletten of met mensen die alles konden horen op een afstandje van een meter – want natuurlijk was ze wakker, om vier uur 's nachts, *l'heure blanche* van de jetlag. Ze hadden haar verteld dat ze moest rekenen op een dag voor elk uur tijdsverschil: negen – en het was waar, ze was nu een week in Frankrijk en nog steeds opende ze om vier uur haar ogen en kon ze ze om vier uur 's middags niet meer openhouden. En in de andere kamer hoorde ze duidelijk het beddengoed vallen, en het kletsende geluid van heimelijke, glibberige frictie, een gesmoord gegiechel, gezucht.

Mensen die vlakbij gemeenschap hadden terwijl zij oncomfortabel op een bank lag, de badkamer van anderen moest gebruiken, vreemdelingen, met hun tandenborstels, hun mondwater en andere spullen, en geen mogelijkheid om uit te zoeken wat er met Gabriel gebeurd was, behalve als zij haar wilden helpen. 'Denk erom, verlaat me niet', had hij op lichte toon maar toch serieus gezegd. Hij was bang geweest en de man op de vlooienmarkt was dood. Er was iets grimmigs aan de hand. Maar als de vriendschap en besluitvaardigheid van een vrouw Gabriel konden redden, zou zij vastbesloten zijn.

19

Bij madame Du Barry

Uiteindelijk sliepen ze allemaal in en vrijdagmorgen bij het ontwaken stonden ze allereerst voor de vraag wat te doen met de bezoekster uit Oregon. Anne-Sophie, die altijd een ochtendhumeur had als ze slecht had geslapen, stond erop dat Delia onmiddellijk naar Clara Cray zou vertrekken. Tim had zo zijn eigen redenen – zijn fascinatie voor Cray en voor zijn aantrekkelijke vrouw – om in te stemmen met Anne-Sophies idee om de Crays te bellen. Tot zijn verbazing was het Delia die zich ertegen verzette.

'Ik kan niet op haar zak teren. Ik had haar nooit moeten bellen. Ik realiseer me dat ik Clara zomaar om hulp heb gevraagd, terwijl ik nooit op bezoek ben geweest bij haar moeder, hoewel Mrs. Holly toch maar een paar deuren van mijn eigen moeder woont, en ik wist dat Mrs. Holly ziek was en aan huis gebonden. Want ze kwam vroeger altijd in de bibliotheek, ze was er altijd als ik naar de bibliotheek ging. En toen kwam ze plotseling niet meer, en dus vroeg ik de bibliothecaresse hoe het zat en die vertelde dat Cristal Wilson altijd boeken voor haar kwam halen.'

En dat nam Delia zichzelf kwalijk, ze had moeten begrijpen dat Mrs. Holly aan huis gekluisterd was en bezoek op prijs zou stellen. Ze kon soms zo onverschillig zijn.

'Maar Gabriel had me het nummer van Clara gegeven, en ik was in paniek en heb haar opgebeld.'

'Had hij hun telefoonnummer dan?'

'Ik weet niet hoe hij eraan kwam. Wel een beetje vreemd, ja, als je erover nadenkt', gaf ze toe. 'Hij heeft het mij gegeven, ik zie nu wel in dat hij geweten moet hebben dat hij niet terug zou komen.'

Anne-Sophie gaf Delia de telefoon met een bemoedigende blik. Clara klonk verrast, maar zei dat Delia welkom was en dat Tim haar deze ochtend nog met de auto kon komen brengen.

Toen hij met haar afsprak hoe laat ze zouden komen, kreeg Tim bijna de indruk dat ze hem graag wilde zien – iets in haar stem had die indruk gewekt. Anne-Sophie merkte wel dat Tim niet afkerig was van het vooruitzicht om het bekoorlijke domein nogmaals te bezoeken.

'Ik ga mee', zei ze. Vanwege Delia spraken ze Engels. 'Ik wil dat huis dolgraag ook eens zien, wie weet is Serge Cray er zelf wel.'

Ze aten hun beboterde toast op en maakten zich klaar voor de reis naar het château van de Crays, een leuk ritje door het bos via Saint-Cloud, de route waarlangs Tim altijd naar de tennisclub reed. Ondanks alles leek Delia te genieten van de kaler wordende bomen waar nog steeds veel gouden blaadjes aan hingen, het rossige tapijt van gevallen bladeren en de prettige aanblik die de weelderige, geordende *banlieue* van Parijs bood. Een glimlach verving de getergde blik en de uitdrukking van gekweld wantrouwen die ze van haar gewoon waren.

Het grote huis van de Crays verrees aan het einde van een laan met soldateske bomen, even buiten het dorpje Étang-la-Reine. Net als de eerste keer deed Clara zelf open en heette hen hartelijk welkom, al was het volgens Anne-Sophie niet echt van harte. Ze zag hoe Clara Delia opnam terwijl ze liep, had ze misschien nog niet opgemerkt dat ze kreupel was? Ze hoefden geen koffie, dus stelde Clara voor om Delia eerst haar kamer te wijzen. Delia leek onder de indruk van de omvang en ouderdom van het gebouw, maar ze had dan ook nog bijna niets van Frankrijk gezien.

'Zal ik de rest van het huis laten zien?' vroeg Clara hun. Anne-Sophie ging hier gretig op in. Tim zou met hen mee zijn gegaan, maar juist op dat moment kwam Cray binnen. Hij droeg slippers en een sweater.

'Kan ik je even spreken?' zei hij tegen Tim, zonder te groeten. 'Kom mee naar boven.' Terwijl de twee mannen zich naar de trap begaven, hoorden ze hoe Anne-Sophie in de hal tegenover Delia vrolijk uitweidde over de wetenswaardigheden van het château. *'Imaginez! La Du Barry même!* Wat was haar kamer? *La pauvre!* Weet je wat er met haar gebeurd is? Ze hebben haar onthoofd, hoewel ze helemaal geen verwaande verraadster van haar klasse was, ze was een sympathieke vrouw. Al legde ze het dan aan met een koning, ze is haar wortels toch trouw gebleven!'

De diepere stem van Clara beschreef wat zij en Serge aan het huis gedaan hadden, hier een balustrade hersteld, daar een kamer teruggebracht in de originele kleur, een nieuwe badkamer, lofwerk aangebracht waar het oude verdwenen was.

'Dit is de kamer van mijn zoontje', vertelde ze terwijl Tim en Cray achter hen de trap opliepen. 'Hij is momenteel op school.' Dit was de eerste keer dat Tim zich Clara als moeder voorstelde. Hij vond het ook moeilijk om zich Anne-Sophie in die rol voor te stellen, hoewel hij toch waarschijnlijk degene was die deze ommekeer in haar leven zou bewerkstelligen. Van tijd tot tijd drongen de consequenties van het huwelijk zich op en brachten hem even van zijn stuk. *'La Du Barry'*, hoorde hij Anne-Sophies vrolijke stem. 'Stel je haar voor op die trap!'

Toen klonken er andere stemmen en dichtslaande portieren beneden voor het huis. Uit het raam van Crays studeerkamer zagen ze hoe zich een groepje mannen verzamelde bij twee auto's op de voorplaats.

Clara liep met Delia en Anne-Sophie nog een trap op naar een mooie kamer op de kleine tweede verdieping, met bloemetjesbehang en kasten met spiegels. Toen Delia de kamer zag, straalde ze bij de gelukkige wending die haar lot leek te nemen. Ze begon meteen haar schaarse bezittingen uit te pakken, en hoewel ze bleef klagen dat ze iets moest doen aan haar problemen, zag ze ook wel in dat er absoluut niets was wat ze kon doen.

Het was de anderen duidelijk dat ze opgelucht was dat ze zich nu in een luxueus landhuis bevond en niet meer in een morsig hotel. Maar ze had nog steeds de Eiffeltoren niet gezien, of de Champs Elysées of het Louvre, vooral het Louvre. Ze klaagde dat het goed mogelijk was, misschien stond het wel in de sterren, dat ze op het vliegtuig terug naar huis zou stappen zonder ook maar één van de culturele hoogtepunten van Parijs te hebben gezien en zonder Frans te hebben gegeten, tenzij je de geroosterde boterham met kaas en ei meetelde die ze in de brasserie bij het hotel had gegeten, of de kalfsschotel die Anne-Sophie gisteren gemaakt had en die ze uit principe niet had aangeraakt.

Anne-Sophie legde het handtasje met Delia's bezittingen op de toilettafel. 'Wat mooi, *dix-huitième*', zei Anne-Sophie, terwijl ze de toilettafel met professionele aandacht bekeek.

'Serge is een vaste bezoeker van de vlooienmarkt', zei Clara Holly. 'Hij is er om de haverklap. Niemand herkent hem. Alle kroonluchters in de balzalen en restaurants uit *Queen Caroline* komen ervandaan. Heb je hem gezien?'

'Ja, *très bien, superbe*', zei Anne-Sophie.

'Nee', zei Delia. Maar ze had hem wel gezien. Ze wist niet waarom ze het niet wilde toegeven: of ze zich niet gedwongen wilde voelen te zeggen hoe fantastisch het allemaal was, of dat ze Clara's hoge connecties in de glamourwereld van film en geld niet wilde erkennen, voor het geval Clara mocht denken dat dit de eigenlijke reden was dat ze haar gebeld had.

'Toen de opnames erop zaten, hebben we al die prachtige rekwisieten hier naartoe gebracht', zei Clara. 'Het is waarschijnlijk allemaal afkomstig uit net zo'n huis als dit en ergens verkocht, en nu is het weer terug waar het hoort. We hebben niet echt geprobeerd het in de oude staat te herstellen. Je moet geen slaaf zijn van het verleden...' Het was alsof ze er niet echt bij was, alsof ze alleen maar herhaalde wat ze iemand anders had horen zeggen, waarschijnlijk haar echtgenoot.

Clara luisterde naar de auto's op de oprijlaan en keek uit het raam. 'Het zijn de jagers!' zei ze.

Anne-Sophie merkte aanvankelijk de afkeurende toon niet op. Ze kende een aantal lokale jagers, onder wie de voorzitter, monsieur Crépin. Ze liet Delia haar spullen verder alleen uitzoeken, volgde Clara naar beneden en naar buiten, en liep vrolijk op het groepje af om hen te begroeten. Ze had nooit geweten dat Antoine de Persand joeg; ze kende de familie De Persand uit Parijs, maar hier was hij met de anderen, een groepje mannen met groene vilthoeden. De Persand was zo te zien net aangekomen uit de stad, hij droeg een kostuum en een Burberry-regenjas met de obligate sjaal.

Toen hij de stemmen op de voorplaats hoorde, fronste Cray zijn wenkbrauwen, stond op en gebaarde Tim hem te volgen. Toen ze beneden waren, kwam Clara juist terug naar binnen, terwijl Anne-Sophie stond te babbelen met de mannen, die ongeduldig naar de bossen keken in hun gele jassen met groene kragen, laarzen aan hun voeten. Een van de vele dingen die Tim bewonderde aan Anne-Sophie was het gemak waarmee ze met iedereen omging, dat ze zich zonder bijbedoeling de namen herinnerde van de *Bottin mondain*, en de perfecte tact waarmee ze zich voorstelde aan mensen die zich haar niet herinnerden.

'Het is een delegatie van het gemeentehuis', zei Clara nogal grimmig tegen Cray. Tim wist toen nog niets van de geschiedenis van de impasse met de burgemeester. 'Morgen begint de jacht op klein wild en ze willen je spreken.'

Cray liet een geïrriteerd gesnuif horen. 'Ik dacht dat jij de zaak had afgehandeld.' Hij stevende haar voorbij en liep over het knerpende grind op het groepje af dat naar zijn bossen stond te kijken. Tim zag dat zich onder de bezoekers de man bevond met wie hij Clara zo hartelijk had zien spreken op de tennisclub, lang en kalend, en anders dan de anderen in stadse kledij. Ze leek zich bijzonder bewust van zijn aanwezigheid – haar aantrekkelijke gezicht was rood aangelopen en stond onzeker, dit in tegenstelling tot de languissante afstandelijkheid die hij eerst had opgemerkt, hoewel de reden ook kon zijn dat haar man haar zo bruut had toegesproken onder het oog van anderen.

'U een jager, monsieur!' zei Anne-Sophie plagerig tegen juist deze man, die ze blijkbaar kende.

'Maar geen toegewijde moordenaar van dieren, moet ik erbij zeggen', antwoordde de man, die Anne-Sophie op vaderlijke wijze kuste, met een steelse blik op Clara. 'Ik vind het niet erg als we geen hert te zien krijgen. Ik geniet van het dagje buitenlucht. Hoe is het met je moeder?'

'Zolang er niet geschoten wordt, wil ik u best toestemming geven om over mijn land te rijden, als het u om paardrijden gaat', bood Cray aan.

'Antoine de Persand', zei de man terwijl hij Cray de hand

schudde. 'Ik ben uw achterbuurman. U hebt monsieur de burgemeester nog niet ontmoet? Monsieur Briac.' Briac en Cray
gaven elkaar een hand, maar ze kenden elkaar al, ze waren oude
vijanden.

'Ik heb altijd uw huis al eens willen zien, men zegt dat het korte
tijd eigendom is geweest van madame Du Barry. Wist u dat?' zei
De Persand.

'Dank u dat u ons even te woord wilt staan, monsieur', zei
burgemeester Briac. 'Zouden we, zoals u ooit heeft voorgesteld,
de paden eens kunnen inspecteren?'

'Mogen we meekomen?' riep Anne-Sophie. 'Ik wil dolgraag
uw prachtige *forêt* eens zien.'

Tim en Anne-Sophie wandelden bedeesd achter het groepje
van de burgemeester aan, nieuwsgierig naar wat er aan de hand
was, maar ervan doordrongen dat zij er niets mee te maken
hadden.

'*Vous savez, monsieur*, de jachtmeester en de anderen zijn van
mening dat sommige van uw hekken illegaal geplaatst zijn en
inbreuk maken op het traditionele recht van overpad, en wel
zodanig dat de rechten van jagers en voorbijgangers geschaad
worden', verklaarde de burgemeester. Hij had een kopie bij zich
van een wetstekst, die hij Cray plechtig overhandigde.

Cray wierp er een blik op, gaf hem hooghartig terug en liep
verder het bos in in de richting van de omstreden hekken. 'U
kunt naar die hekken komen kijken wanneer u maar wilt', zei
Cray. 'Ze zijn volkomen legaal. Ik heb het uitgebreid besproken
met mijn advocaten.' Hoewel zijn Amerikaanse Engels volkomen
accentloos was, sprak hij Frans met een zwaar Pools accent.

Tim liep met Cray en de andere mannen mee, die wat sneller
liepen dan de vrouwen. Hij merkte op hoe De Persand achterom
keek naar Clara, alsof hij zich ervan wilde vergewissen dat ze zich
nog samen met Anne-Sophie achter hem bevond. Tim had het
gevoel, misschien was het journalistiek instinct, dat er verwikkelingen te verwachten waren. Waarschijnlijk was er nu nog niets
gebeurd, of wel? Er kringelden alleen nog maar kleine, versnellende stroompjes langs stenen, die later zouden samenkomen in

een krachtiger stroom, die dingen mee zou slepen – dingen die aanvankelijk zouden blijven drijven maar dan omlaag gezogen zouden worden, lucifers en zaadjes van paardebloemen. Het zou dubbel zo interessant zijn geweest om te speculeren welke, wie, er verzwolgen zouden worden. Maar de dingen lagen nooit voor de hand, behalve achteraf, als het te laat was om erover te schrijven.

Delia was de anderen naar beneden gevolgd, opgelucht dat ze een veilig onderdak had gevonden bij een oudere vrouw uit Oregon; nu kon ze haar gedachten met meer toewijding op haar arme vriend Gabriel richten, wat ze deed met een bijzondere intensiteit die voortkwam uit het schuldige besef dat ze hem enkele ogen-blikken compleet vergeten was. Zat hij ergens in een cel of op een politiebureau waar hij met gummiknuppels werd mishandeld, of werd hij naar het Vreemdelingenlegioen verscheept? Ze nam zich voor om Clara Holly van dienst te zijn en om deze mensen tegelijkertijd in te schakelen voor zijn bevrijding, want ze wist dat ze zelf machteloos was. Die Tim, bedacht ze, was de sleutel om uit te vinden waar Gabriel was, hij was journalist en had waarschijnlijk connecties. Het consulaat was een andere route, daar spraken ze Engels en waren ze misschien op de hoogte gesteld van de arrestatie van een staatsburger, of hij had hen zelf gebeld als ze hem een telefoontje hadden toegestaan. Was Gabriel een staatsburger? Ja, hij had een Amerikaans paspoort.

Ze werd in haar overwegingen bevestigd toen ze de stemmen hoorde die haar vanuit de hal tegemoet kwamen, waar Clara, Anne-Sophie en Tim in de kille ochtendlucht stonden te praten met dat groepje vreemde mannen, geen politiemannen, ook niet van de FBI. Ze bleef op een afstandje maar stond wel zo dichtbij dat ze kon horen dat iedereen sprak, zelfs Clara, en dat ze dus toch nooit aan het gesprek zou kunnen deelnemen. Plotseling begaf de groep zich in de richting van een pad dat leidde naar een bos met spichtige boompjes achter het huis. Ze werden aangevoerd door een vrij dikke man met een gezicht dat op zeven dagen onweer stond en waaruit viel af te leiden dat het hier niet om een pleziertje ging maar om een probleem. Moest ze meegaan of hier blijven? Het leek haar dat een behulpzame logé mee zou gaan.

In het bos – dit was het mooiste deel van Frankrijk, het had Oregon kunnen zijn, Frankrijk en Oregon waren door de goedgunstige schepper in gelijke mate met natuurschoon bedeeld – voelde Delia hoe de knoop van bezorgdheid in haar binnenste losraakte, hoe de uiteinden vrijkwamen. Ze wist dat ze de anderen niet kon inhalen, dus probeerde ze het ook niet, maar hinkte verder in haar eigen tempo en genoot van de verkleurende bladeren en de geur van winterse vochtigheid. In de zon moest het bos in dit seizoen een vuurzee zijn van gouden espen, maar nu, in het grijze licht van een dreigende hemel, was het naargeestig met donkere grotten van struikgewas.

En toen, terwijl de anderen bij de zware, geel geverfde kettingen stonden die Cray over zijn paden had gespannen, werd de Franse lucht, die zo schilderachtig menselijke gevoelens kan spiegelen, vijandig en joeg een plotselinge koude herfstwind de wolken op. Bladeren dwarrelden op, vielen onder het gewicht van dikke regendruppels en lagen doorweekt op de grond. Als in een opwelling van een vergramd gemoed sloegen de regendruppels in de kragen van de wandelaars en rolden over hun dunne mouwen. Waren het de jagers over wie de hemel zijn toorn uitstortte of waren het degenen die de jager zijn recht betwistten om een juiste balans in de natuur na te streven?

Regen! Veroorzaker van onmiddellijke verbroedering. De Fransen hadden natuurlijk paraplu's bij zich, waaronder ze stijfjes de hier niet op toegeruste Engelstaligen uitnodigden, en het gezelschap draaide zich om voor een sprint naar Crays huis. Tim nam Anne-Sophies paraplu en hield hem hoger, zodat hij zowel Anne-Sophie als Clara Holly beschutting kon bieden. Hij had gemerkt dat de Fransman naar voren was gestapt met zijn eigen paraplu voor Clara, maar zij ging ervandoor met Anne-Sophie, lachend met de uitgelatenheid die een plensbui soms veroorzaakt. Delia hinkte alleen achter hen aan, maar geboren als ze was in Oregon kon een stortbui haar niet deren.

20

Gastvrijheid

Aangezien ze vijftien minuten het bos in waren gewandeld, moesten ze omgekeerd dezelfde afstand afleggen, maar het leek veel verder. De bomen bogen en wuifden om de regen des te beter door te laten. Met of zonder paraplu, het groepje wandelaars arriveerde doorweekt, de jassen aan de ruggen gekleefd. 'Kom maar gauw binnen', zei Cray uitdrukkingsloos, terwijl hij hen gebaarde voor te gaan. De jagers kwamen stampvoetend en als natte honden hun hoofd schuddend de hal in. Clara zag dat Cray het niet prettig vond deze vijanden in huis te noden maar er niettemin plezier in had hen aan zich te verplichten voor een moment van warmte en droogte.

Maar monsieur De Persand kwam niet binnen. Hij mompelde een verontschuldiging tegen de burgemeester, schudde hem de hand en boog zich vervolgens boven Clara's hand. *'Madame... malheureusement, je suis pressé...'* Hij knikte naar de anderen en haastte zich naar zijn auto.

Antoine de Persand had zijn hele leven gejaagd, een tijdverdrijf dat hij had beoefend met zijn vader en broers, en dat deel uitmaakte van de plaatselijke traditie op het platteland in de omgeving van hun weekendhuis, een stimulerende bezigheid buitenshuis, wat hem van pas kwam als binnenman, bankier, vader en *responsable* van een uitgebreide familie. Eigenlijk was hij niet dol op het doden van dieren en at hij niet graag *gibier*, behalve dan bepaalde terrines van konijn, maar dat was kwestie van smaak. Hij hield er wel van om met zijn geweer door de velden te banjeren. Eigenlijk joeg hij niet, hij schoot, maar zijn sociale positie en zijn oprechte, ietwat stijve correctheid en morele autoriteit hadden hem een plaats opgeleverd in het bestuur van de plaatselijke jachtvereniging (evenals in verschillende filantropische en burgerlijke instellingen). En als hij op jacht was, raakte hij zijn geweer vaak niet eens aan. Dit had het paradoxale gevolg dat de anderen hem beschouwden als de belangrijkste onder hen, de enige die het zo druk had dat hij zich niet op het doel kon richten. Ooit schonken zijn jachtgenoten hem uit medelijden een *demi-biche*, een achterbout, en hij was genoodzaakt geweest om hem op de motorkap van zijn auto naar de slager te vervoeren.

Hij was getrouwd met *une Strasbourgeoise* van Duitse komaf, Trudi, en hij had twee kinderen. Een recente tragedie – de moord op zijn jongere broer door de echtgenoot van diens minnares – had een verwoestende uitwerking gehad op zijn moeder en van hem de beheerder gemaakt van het familiebelang – investeringen en dergelijke – in plaats van zijn oudere broer Frédéric, die een losbandig leven leidde in Nice. Antoine was zevenenveertig en bekleedde een hoge positie bij Maller et Cie, de bank waarvoor hij tevens een van de belangrijkste adviseurs was.

Zijn beslissing om het huis van de filmregisseur niet samen met de anderen binnen te gaan was beredeneerd. De tragedie in zijn familie, die in feite het gevolg was van overspel, was een les voor hem geweest, en hij wist dat hij het niet zou kunnen verdragen, noch het zich veroorloven om nogmaals met die mooie vrouw te praten. Hij hechtte veel waarde aan de deugd van zelfbeheersing.

Tim bedacht, toen hij De Persand zag vertrekken, dat hij zich misschien iets in het hoofd had gehaald met het idee dat er iets bijzonders was tussen hem en Clara Holly. Anderzijds maakte de man een bijzonder ongemakkelijke en terughoudende indruk. Tim dacht zonder aanleiding steeds weer terug aan die toevallige ontmoeting op de tennisclub – wat gepaard ging met de onbewuste suggestie dat ook hij haar moest kunnen krijgen als ze te krijgen was. Hij merkte hoe Anne-Sophie met haar hand in de zak van zijn regenjas voelde, op zoek naar een zakdoek die ze erin gestopt had.

'Ik ken dit huis, monsieur', zei de burgemeester tegen Cray. 'Het was vroeger eigendom van de gemeente. In de jaren zeventig is het verkocht. Dat is niet mijn beslissing geweest maar van een voorganger.'

'Ik ben eraan gekomen via een advertentie in *Maisons et Châteaux*', zei Cray. 'De eigenaar heb ik nooit ontmoet.'

De burgemeester snoof, misschien bij de herinnering aan de vorige eigenaar, die het huis van zijn achttiende-eeuwse grandeur had ontdaan.

Clara was handdoeken gaan halen. Ze kwam terug met een hele stapel. Maar de jagers weigerden: *'Non, non, ça va.'* Ook Tim en Delia weigerden maar Anne-Sophie en Cray droogden hun gezichten af.

'Sherry', riep Clara. 'Ik sta erop dat u allemaal een glas sherry drinkt en een boterham nuttigt terwijl u opdroogt, het is gevaarlijk om zo nat te zijn.' Ze wist eigenlijk niet waarom ze dit zei of waarom ze deze vijandelijke krachten gastvrij wilde bejegenen. Maar Serge en zij hadden zelden bezoek en het had iets te maken met een behoefte om mensen over de vloer te hebben. Bovendien herinnerde ze zich haar eerste sociale vergissing in Frankrijk, om de mensen niet binnen te noden. Op de grote barbecue die ze, kort nadat ze hier waren komen wonen, hadden georganiseerd ter gelegenheid van de vierde juli, hadden de mensen die hadden gehoopt het interieur te kunnen bezichtigen, zich eraan gestoord, wat Clara verward had, want zij had juist opgemerkt dat de Fransen hun feesten vaak buiten organiseerden en nog zo haar best gedaan precies het soort tent te regelen waarin ze vaak plaatsvonden.

Nu verbaasde het haar dat de burgemeester ermee instemde een glas sherry te drinken en ook een boterham niet afsloeg. Ze leidde hen door een gang naar de grote woonkeuken, een zonnige ruimte op het zuiden.

Anne-Sophie volgde haar en gaf babbelend een lesje met een aantal ideeën die ze aan Tim had ontleend: 'Het komt door het bestaan van de woonkeuken dat de Fransen, die niet beseffen dat de Amerikaanse woonkamer zich elders in het huis bevindt, in de veronderstelling verkeren dat keukens zich in Amerika in de woonkamer bevinden. Vandaar de *cuisines américaines* waarmee ze hun interieur verpesten.' Dat beweerde ze tenminste op een toon die blijk gaf van warme gevoelens voor Franse ideeën.

Hier konden ze opdrogen bij het vuur van de enorme stenen open haard (die origineel niet in de kamer had gezeten). Senhora Alvares zou boterhammen klaarmaken. Delia ging haar helpen, terwijl de doorweekte jagers op een kluitje in het midden van de kamer achterbleven. Tim wist er een of twee te verleiden tot een discussie over het fenomeen regen in oktober. Het was vaak regenachtig bij de start van het seizoen voor *petit gibier*, duif en patrijs, zeiden ze.

Cray was verdwenen. Tim had zijn boosheid opgemerkt toen Clara sherry aanbood en de woedende blik die hij haar had toegeworpen. Het had echter niets afgedaan aan haar impulsieve gastvrijheid. Ze hield ervan om mensen over de vloer te hebben in haar fraaie woning met het Aga-fornuis dat ze uit Engeland hadden laten komen vanwege de stralende, gastvrije warmte, en haar kleine servieskast waarin de servetten bij tientallen lagen opgetast, een toonbeeld van orde, en de stapel kleine bordjes die mensen op hun schoot konden houden.

Ze vonden verschillende ingrediënten waarmee boterhammen konden worden bereid, en Delia hielp senhora Alvares met pindakaas smeren en korstjes van het brood snijden. Ook Clara droeg het hare bij aan de noodboterhammen, smeerde boter en sneed komkommers – ze leek veel op haar moeder, veronderstelde ze, toen ze bedacht met hoeveel plezier zij altijd iets te eten had geregeld voor een grote groep, voor alle ouders van de football-club of voor haar bridgeclub of na de uitverkoop van de bibliotheek of als de stemlokalen sloten aan het einde van een verkiezingsdag.

Terwijl ze boter stond te smeren moest ze onwillekeurig aan die man denken, Antoine de Persand – gelukkig maar dat hij niet mee naar binnen was gekomen, en hoe kwam ze er eigenlijk bij dat hij een bijzondere reden had om dat wel te doen? Ze voelde zich een beetje dom dat ze zich had ingebeeld dat hij binnen zou komen, dat hij haar zou willen zien. Niet dat ze ooit in iets dergelijks verwikkeld zou willen raken. Maar in wat dan? Wat beschamend dat ze zich deze malle, ongemotiveerde gedachten had veroorloofd.

Clara bracht de sherry en senhora Alvares deelde de kleine glaasjes rond, de bordjes en de halve servetten met haantjes erop. Delia bekeek ze met professionele interesse en identificeerde ze correct als Amerikaans, jaren dertig.

'Lake Oswego', zei Clara.

Uiteindelijk schudde de burgemeester, opgewarmd en droog, Clara de hand en daarna Tim, Anne-Sophie en zelfs Delia, en al zijn mannen volvoerden een paar lange minuten lang hetzelfde ritueel van handenschudden en *au revoirs*. Ze vertrokken naar hun auto's. Op het laatst maakten de Fransen een joviale indruk en men converseerde luchtigjes over het weer, de dorpsbibliotheek en het ingestorte bruggetje bij de kruising en de plannen om het eindelijk te repareren. Over de jacht was met geen woord gerept. Clara begreep dat men angstvallig had vermeden misbruik te maken van hun gastvrijheid.

Ze begon de orde te herstellen, geholpen door Anne-Sophie en Delia. Ze verzamelden de glazen en borden, de gekreukte servetten en de asbakken. Vrouwen lijken er plezier in te hebben, dacht Tim, om op te ruimen als de gasten zijn vertrokken. Vooral Clara maakte een tevreden indruk. Op een schaal lagen nog een stuk of zes boterhammen – de boterhammen die ze met pindakaas hadden belegd, waren overgebleven.

'Het viel me op dat niemand vroeg of er in dit huis gerookt werd', zei Delia, terwijl ze bozig naar een asbak keek.

Ze zagen dat Serge Cray naar beneden was gekomen en met een regisseursoog het rommelige tafereel van borden, glazen en gekreukte servetten in zich opnam, terwijl de vrouwen ze verzamelden. Hem viel op wat ook Tim gezien had – dat alle boterhammen met pindakaas waren blijven liggen. Op een bord lag er een waaruit een hap genomen was. Cray glimlachte en zei sarcastisch tegen zijn vrouw: 'Alleen jij kan verzinnen om een stelletje Fransen boterhammen met pindakaas voor te zetten.'

Ze glimlachte een beetje en draaide zich om, misschien had ze het niet eens opgemerkt, maar Tim was geschokt door de onaangename toon en dit onbedoelde inkijkje in de relatie van Clara Holly en haar echtgenoot, en misschien wel in het huwelijk als instituut. Hij had nooit veel gedachten gewijd aan de alledaagse kant van het huwelijk, met de onvermijdelijke hatelijkheden, de gezamenlijke vreugde en teleurstelling. De grofheden die je jezelf misschien tegen je vrouw zou horen zeggen. Tot nu toe had hij nog nooit iets grofs tegen Anne-Sophie gezegd – hij had ook nooit de aandrang gevoeld. Op de drempel van zijn bewustzijn bevonden zich echter wel een paar van haar irritante trekjes. Roken bijvoorbeeld. En soms miste ze een eenvoudige Angelsaksische culturele verwijzing. 'Satchmo?' Hij was zich plotseling bewust (alleen jij!) van het explosieve potentieel van zulke dingen.

De openbaring dat haar echtgenoot wreed was en kortaangebonden maakte dat er ridderlijke gevoelens voor Clara in hem opwelden. Hij wilde deze arme mooie vrouw ervan overtuigen dat niet elke man haar zou kleineren en veroordelen en dat boterhammen met pindakaas heel goed als blijk van menselijke gastvrijheid konden dienen. Hij had de aanvechting haar in zijn armen te nemen en te troosten – wie zou dat niet hebben?

Ook Anne-Sophie ontwaarde iets onheilspellends en teleurstellends in de gemene uitlating van Cray. Alleen jij zou *une telle bêtise* uithalen. Met twee woorden kon een man je vernederen, en ook nog zo onterecht, want het was Delia geweest die de boterhammen gesmeerd had en hoewel ze weerzinwekkend waren en aan *caca* deden denken, was er niks mis mee en was het goed bedoeld. Het leek alsof madame Cray het nauwelijks had opgemerkt, alsof de gewoonte van haar man om grove kritiek te spuien haar niet meer kon deren, zo veel had ze al geleden.

Dus dit was nu het huwelijk! Het was de suggestie van vrouwelijke onderwerping die Anne-Sophie alarmeerde. Zij, Anne-Sophie, zou een bord op zijn hoofd hebben stukgeslagen. In plaats daarvan had Clara Holly voorgewend niet te merken – misschien had ze het echt niet gemerkt – dat haar man een grove, een vernietigende opmerking had gemaakt, die erop neerkwam dat ze de domste vrouw op aarde was. Alleen jij! En bovendien had hij zijn opmerking gemaakt waar iedereen bij stond – Tim, het meisje uit Oregon en een nieuwe man, die was voorgesteld als de tuinarchitect en die er nog steeds was. Anne-Sophie brandde vanbinnen van zusterlijk medeleven.

Anne-Sophie wisselde een blik met Tim. Daarin zag ze, hoopte ze, een impliciete belofte om van haar te houden en haar nooit op die manier toe te spreken. Hun omgang zou perfect zijn. Ze bedacht hoe aantrekkelijk haar geliefde was, hoezeer ze van hem hield, wat een geluk het was dat ze elkaar hadden leren kennen. Was zij zelf maar zo aantrekkelijk als hij verdiende! Kon zij zelf maar steeds zo inschikkelijk en kalm zijn als madame Cray blijkbaar was. Deze noten vormden het akkoord van haar liefde voor haar toekomstige echtgenoot. Jij alleen!

'Is pindakaas soms te Amerikaans voor hen of zo?' vroeg Delia, die zich afvroeg wie zich sowieso iets aan zou trekken van wat de burgemeester dacht. Wat een klootzakken. Wat moest het vreselijk zijn om getrouwd te zijn met zo'n dikzak, al was hij dan beroemd, die in een driftbui raakte vanwege pindakaas en die op zo'n manier tegen je sprak in het bijzijn van anderen, of zelfs onder vier ogen.

'Het is een cultureel verschijnsel', zei Clara.

21

De Dryadische Apocalyps

Cray wenkte Tim mee terug naar boven. Toen ze zich in zijn studeerkamer hadden opgesloten, zei hij met een opgewonden schittering in zijn wonderlijke ogen: 'Gisteren heeft iemand me gebeld over een manuscript, ik vermoed dat het ging om wat er uit de bibliotheek in New York ontvreemd is. Precies zoals je gezegd had.'

Tim knikte tevreden. Het verliep inderdaad zoals Cees had voorspeld.

'Ze vragen er veel voor, vijfhonderdduizend dollar. Ze stellen de gebruikelijke voorwaarden – niks aan de politie vertellen en zo.'

'Wat heb je gedaan?'

'Ik heb de voorwaarden geaccepteerd. Het leek me het meest verantwoordelijk het te kopen zodat de dieven het in ieder geval niet meer in handen hebben. Ik maak me geen zorgen over het geld – de verzekering van de bibliotheek zal het vast wel dekken en anders is er wel een beloning. Ik geef het natuurlijk terug aan de eigenaren. Ik heb hem aan het lijntje gehouden. Hij zou vanmorgen terugbellen om mijn antwoord te horen en instructies te geven. Tot nu toe heeft hij dat nog niet gedaan. Iemand zal het geld moeten brengen en het document halen. Ik wil het niet zelf doen.'

'Wil je dat ik het doe?' vroeg Tim zonder aarzelen. Waarom niet, dacht hij, hij zou niets illegaals doen en het was waarschijnlijk ook niet gevaarlijk. En er zat een artikel in. Natuurlijk zouden ze Cees waarschuwen.

'Graag.'

'Goed', zei hij. 'Laat me maar weten wanneer, en hoe ik kan zien of het document authentiek is.'

'Je kunt bestuderen wat ik erover heb. Interpol heeft met de oorspronkelijke waarschuwing een kopie meegestuurd van het gestolen manuscript.'

Tim bekeek de kopie en de informatie die de Amerikaanse autoriteiten hadden meegestuurd. Een vlekkerig handschrift in het Latijn, blijkbaar een kopie van een microfilm, witte woorden op een donkere achtergrond.

'Natuurlijk bestaan er slimme vervalsingen. Het zou kunnen dat ze een vervalsing proberen te slijten.'

'Misschien moet ik nog eens een paar originele manuscripten uit die tijd bekijken.' Noch het origineel noch een slimme vervalsing zou hier iets van weghebben.

Cray haalde zijn schouders op en liep terug naar zijn archiefkasten.

Tim dacht na over wat hem te doen stond. Gezien de gebeurtenissen van de afgelopen week leek het redelijk dat hij zich afvroeg of de diefstal, de moord op de vlooienmarkt en de verdwijning van de Amerikaan iets met elkaar te maken hadden, hoewel hij zich moeilijk kon voorstellen wat dan, omdat de Amerikaan bij Delia was geweest ten tijde van de moord, net zo onschuldig was als zij en nu vermoedelijk in handen was van de Franse politie, zodat hij niet degene kon zijn die Cray gebeld had.

Cristal ging naar de Ben Franklin Bank met de cheque van vierduizend dollar die Cray had uitgeschreven voor de dierenarts van Lady en stortte het geld op haar rekening, op duizend dollar na die ze zich liet uitbetalen. Ze keek naar de vijf stapeltjes met briefjes van twintig op de balie terwijl de kassier ze uittelde, en bedacht dat het meer geld was dan ze ooit bij elkaar had gehad. Ze vouwde het stortingsbewijs zorgvuldig op en stopte het in haar handtasje. Het geld legde ze onder in haar boodschappentas voor het geval iemand haar handtasje zou roven. Haar dochter SuAnn bewaarde altijd al haar geld in contanten en betaalde haar rekeningen, zelfs die van de dokter, contant. Dit was een van de overtuigingen van de groep waartoe ze behoorde en je kon er niets tegen inbrengen, het was een gezond principe, of dat zou het zijn in een volmaakte wereld. In een volmaakte wereld zou niemand je bestelen of bedonderen. SuAnn hield zich bezig met de strijd voor een betere wereld.

Cristal vond het maar eng om terug te rijden naar mevrouw Holly met duizend dollar in een tas maar er gebeurde niets. Mevrouw Holly zat tv te kijken in de woonkamer en dus ging ze met de stapels briefjes naar de slaapkamer van mevrouw Holly en legde ze in de kast onder de ondersteek en het rubberen onderlaken dat ze toen hadden moeten gebruiken, afstotelijke spullen die niemand aan zou willen raken.

Als Clara naar Lady zou vragen, kon ze zeggen dat ze na de operatie gestorven was, nadat de rekening betaald was. Ja, dat zou ze zeggen.

Toen ze elkaar weer spraken en Clara zoals zo vaak vol was van zelfverwijt dat ze er steeds maar niet toe kwam eens naar huis te gaan, probeerde Cristal dus elke suggestie dat Clara naar huis zou komen af te wenden.

'Ik kom naar huis', zei Clara, snikkend van wroeging over wie weet wat.

'Dat is niet nodig, kom maar beter in december met haar verjaardag, daar zal ze zo blij mee zijn.'

'Ja, december, dan kan ik mijn man nog even aan het idee laten wennen', zei Clara instemmend.

'Welja, één maandje maar.'

22

De arrestatie van monsieur Savard

De volgende morgen, zaterdag, de vlooienmarkt was open, nam Anne-Sophie, die alleen een map met prenten bij zich had, de bus naar Clignancourt en liep door de nog donkere straten naar de Marché Paul Bert. De stemming daar was opgewonden. Veel handelaren waren al open, er werden verstrengelde stoelen uitgeladen die met waslijn waren vastgebonden en een vergulde spiegel van ongeëvenaarde omvang die de indruk gaf de kleine Arabieren in blauwe werkkleding onder zijn gewicht te zullen verpletteren. Huguette Marsac spoorde hen druk gebarend aan. Maar het geroezemoes was vooral afkomstig van een groepje *antiquaires* in gele *imperméables*, de corduroy kragen opgezet tegen de kou, die geanimeerd stonden te praten terwijl ze hun verkleumde vingers wreven.

Huguette onderbrak haar bezigheden om Anne-Sophie het nieuws te vertellen. 'Monsieur Savard van stalletje negentig in Allée Vier is opgepakt voor de moord op die arme monsieur Boudherbe! Wat zeg je me daarvan?'

Ze was met stomheid geslagen. Gisteren was die Amerikaan nog opgebracht – om te worden ondervraagd in verband met de moord, had ze aangenomen. En nu was monsieur Savard, een vriendelijke, afstandelijke maar voorbeeldige handelaar in kleine bronsjes, in staat van beschuldiging gesteld.

'Het schijnt dat ze hem vannacht in zijn appartement hebben opgepakt!'

De hele dag en ook nog bij het zwakke zonlicht van de namiddag gingen er geruchten rond, die als het getij wegebden. Monsieur Boudherbe en monsieur Savard waren partners geweest in een misgelopen handeltje, een misdadige onderneming rond drugs, wapens voor de Ieren of Algerijnen, Russische prostituees, kunstroof in de opkomende Oost-Europese naties. Of ze hadden een verhouding gehad en het was een jaloerse ruzie geweest – hoewel niemand zich de forse monsieur Boudherbe met zijn nicotinevlekken ooit had voorgesteld als seksueel dier, en monsieur Savard al helemaal niet. Tegen het eind van de dag was vast komen te staan dat er bij Savard thuis in een lade drie miljoen franc gevonden was, waarschijnlijk gestolen van Boudherbe.

Anne-Sophie was volkomen verbijsterd. *'Ce n'est pas possible'*, zei ze keer op keer. Ze had voor de Amerikaan met zijn romantische uiterlijk een rol geconstrueerd als indringer, slachtoffer van politioneel onrecht, gestrande gevangene en zelfs als schuldige voortvluchtige uit een minder beschaafd en gevaarlijker land. Ze wist zeker dat hij ook een moordenaar was.

Maar de spijt die ze voelde bij het feit dat hij geen moordenaar was, werd goedgemaakt door de opwinding bij haar foute oordeel over monsieur Savard. De vergissing bracht een volslagen nieuw, geschokt besef met zich mee van de beperkingen van de menselijke intuïtie. Haar respect voor de politie steeg; ze hadden er blijk van gegeven vastberaden te zijn in hun onbevooroordeelde zoektocht naar de waarheid, zodanig dat ze nu een Fransman hadden gearresteerd in plaats van de verleidelijke vreemde Amerikaan. Hadden ze de Amerikaan laten gaan? Anne-Sophie hield zichzelf voor dat ze Delia op de hoogte moest brengen van deze nieuwe ontwikkelingen. Maar ze besefte dat ze het telefoonnummer van de familie Cray niet had en moest wachten tot Tim naar huis zou komen.

23

Bekentenissen

De week daarop nam het leven een nieuw maar vrij regelmatig patroon aan. De eerste ochtend bij de familie Cray was Delia vroeg naar beneden gekomen en was een beetje opgelucht dat er nog niemand wakker was, maar toch niet volledig op haar gemak zo alleen want stel je voor dat iemand dacht dat ze in hun keuken aan het rondneuzen was. Ze dacht na over de mensen bij wie ze nu verbleef. Die Cray was duidelijk een proleet als het om zijn vrouw ging. Ze begon in te zien dat er voordelen en nadelen waren aan een beroemde maar humeurige echtgenoot. De huishoudster of schoonmaakster die ze gisteren had gezien, klein en breedgeschouderd, kwam om acht uur binnen en knikte haar toe over de taalbarrière heen.

'*Bonjour*', zei Delia, zich ervan bewust dat dit, behalve dan *merci*, het eerste woord was dat ze sprak in het Frans.

'*Bom dia*', zei de vrouw in een taal die Delia niet herkende. De vrouw zette koffie en gaf Delia een bordje met croissants.

Ze had 's nachts wakker gelegen en in gedachten de dingen geordend die ze vandaag moest doen. Nu ze veilig weg was uit het hotel, moest ze het consulaat bellen, haar ouders laten weten dat ze verhuisd was en hun haar nieuwe telefoonnummer geven, Tim vertellen dat haar geld nog niet was aangekomen en de luchtvaartmaatschappij bellen, want morgen zou ze eigenlijk terugvliegen op haar niet te annuleren ticket dat maar één week geldig was. Het was een soort Catch 22-situatie, geen paspoort en geen hoop, tenzij ze een of ander bewijs kon loskrijgen waarmee ze haar ticket kon verlengen, maar je moest zo ongeveer dood zijn voordat ze je zoiets gaven, al zou een politiebevel waarschijnlijk even zwaar wegen als de dood.

Toen Clara beneden kwam – een vertrouwenwekkende figuur in haar ochtendjas, hoewel Delia vond dat ze met die grote boezem zonder beha een nogal slonzige indruk maakte – legde Delia haar al haar problemen voor.

'En het ticket van Gabriel kan ook niet geannuleerd worden.'

'We zullen een paar telefoontjes plegen', zei Clara nogal vaag, terwijl ze dacht dat het best prettig was om iemand in de keuken te hebben om 's morgens mee te babbelen, hoewel ze de schending van haar privacy aanvankelijk gevreesd had.

'Ik kan niet zomaar naar huis gaan zonder te weten waar hij is en wat er aan de hand is.'

'Hou je van hem?' vroeg Clara. 'Is hij je vriend?'

'Hij is niet echt mijn vriend', zei Delia. 'Hij woont samen met iemand anders maar die is een beetje gek. Ik denk dat hij vooral met haar te doen heeft en bang is dat hij haar over het randje zal duwen.'

'Ik denk dat we best op Tim Nolinger kunnen vertrouwen', zei Clara. 'Hij komt op me over als competent en verantwoordelijk, en hij schijnt z'n best te doen om te achterhalen waar Gabriel is.'

'Competentie en verantwoordelijkheid zijn verschillende dingen', merkte Delia op.

Mensen die een natuurlijke schoonheid bezitten vallen uiteen in twee categorieën: zij die er niets van willen weten en zij die van niets anders willen weten. Clara behoorde tot de eerste groep, maar toen ze wakker was geworden de ochtend na het bezoek van de jagers, had ze zichzelf lange tijd bekeken in de spiegel. Ze vroeg zich nog steeds af waarom de aardige Fransman die zo vriendelijk was geweest na de vergadering (hij heette Antoine de Persand) niet samen met de anderen binnen was gekomen. Ze had verwacht dat hij binnen zou komen, ze zouden een paar onschuldige woorden hebben gewisseld, hij zou haar smaakvol ingerichte huis hebben gezien en een boterham hebben gegeten.

Had ze zich laten gaan? Als ze door was gegaan in de film had ze de kleine veranderingen in de gaten moeten houden, de tekenen van een voorbij decennium; maar haar isolement, haar zorgen om Lars en zijn probleem hadden dergelijke preoccupaties tot nu toe verdrongen. Maar ze maakte zich ongerust dat de uitstraling die ze eens gehad had nu misschien verdwenen was, en ze nam zich voor haar oude plan nieuw leven in te blazen: wetenswaardigheden over de schoonheid en de seksuele geheimen van Franse vrouwen in een klein boekje optekenen. Getroffen door hoeveel verstand van zaken zij leken te hebben, was ze een paar jaar geleden ondeugend aan zo'n boekje begonnen omdat ze behoefte voelde aan een project; maar nu zou ze die geheimen ook ten uitvoer brengen, als ze ze tenminste kon achterhalen. Ze bedacht dat Anne-Sophie d'Argel een goede bron zou zijn, zo levendig en fris en knap, duidelijk de neerslag van eeuwen Franse vrouwenwijsheid. Ze vroeg zich af waar ze dat notitieboek gelaten had waarin ze was begonnen dingen vast te leggen. Ze vroeg zich af of madame Antoine de Persand erg aantrekkelijk was.

Tim en Anne-Sophie waren niet onverdeeld gelukkig met hun kennismaking met de Crays en hun protégée Delia. Toen hij voor het eerst over de diefstallen hoorde, had Tim het plan opgevat om in Spanje de twee kloosters en de bibliotheek in Sevilla te bezoeken waar de manuscripten van de Apocalyps waren gestolen door een man met Duitse geloofsbrieven die zich had voorgedaan als een monnik. Bij al deze diefstallen ging het om de bladzijden uit Johannes over het einde van de wereld. Tim had over dit alles informatie verzameld uit krantenartikelen, op internet en bij Cees. Maar nu had hij ermee ingestemd om op te treden als tussenpersoon voor Cray bij het verwerven van het laatste gestolen manuscript en moest hij de reis naar Spanje uitstellen.

Hij had zichzelf de vraag gesteld waarom en naar eigen tevredenheid geantwoord dat hij zich in zijn soort werk tot op zekere hoogte moest laten leiden door wat er zich voordeed, en de verhalen en artikelen die eruit voort konden komen waren een uitstel van een paar weken meer dan waard.

Zijn verbintenis met Cray had nog een bijkomend voordeel. Het voorstel was dat Cray hem zou betalen voor de tijd die hij erin stak – in feite zou Cray hem voor de hele periode op de loonlijst van Monday Brothers laten plaatsen als assistent voor de film waaraan hij werkte. Cray verzekerde Tim dat dit de gangbare praktijk was, voor het geval hij scrupules had, nog voor hij bij zichzelf kon nagaan of dit zo was. Het was makkelijk – hij kon het geld goed gebruiken, hij stond op het punt om te trouwen.

Elke dag rond het middaguur, als het pendelverkeer van de weg was, reed hij naar Cray en bleef er een uur of twee. Tim was er verbaasd over hoe gemakkelijk hij wende aan deze regeling, en hij begon erdoor na te denken over zijn roeping. Hij wist dat hij zijn verdere leven niet wilde slijten als iemands assistent, maar had hij eigenlijk zelf wel iets beters te doen? Moest hij niet een project van langere adem beginnen? Een roman schrijven? Waarover dan? Of een boek over de Europese politiek? Het enige waarover hij werkelijk iets wist was het leven in Frankrijk – de geschiedenis, wijnen, sociale omstandigheden. Misschien moest hij zich eens systematisch verdiepen in middeleeuwse manuscripten. Maar dan moest hij Latijn leren...

Blijkbaar moest hij hoe dan ook zijn reisplannen uitstellen, totdat de dieven opnieuw contact opnamen met Cray, en hij moest uitzoeken waar de vermiste man uit Oregon zich bevond, die waarschijnlijk in handen van de politie was en dus niet de Duitse kloosterdief of de verkoper van het manuscript kon zijn. Hoewel hij had toegezegd om zich met beide dingen bezig te houden – het contact met de dief en Gabriel zoeken – had hij helaas geen speciale contacten bij de Franse politie. Maar hij had een vriendin bij de *New York Times* die wel over dergelijke contacten beschikte en die hem vanmorgen had laten weten dat er zich verschillende Amerikanen in Franse gevangenschap bevonden – winkeldiefstal, een probleem met een visum en openbare geweldpleging – maar geen van hen heette Gabriel Biller. Cees had inmiddels vanuit Amsterdam bevestigd dat geen van de andere mensen op de lijst met verzamelaars was benaderd. Omdat er zich verder niets voordeed, schreef Tim een restaurantbespreking voor de *Wine Observer* en bracht enige tijd door in de bibliotheek, waar hij zich altijd in zijn element voelde, en las over de Apocalyps.

Clara Holly was minder afstandelijk geworden, ze was in ieder geval voorkomend, dronk koffie met hem voordat Cray naar beneden kwam en stelde vragen over zijn leven of over de bruiloft, zoals het een gastvrouw betaamt.

'Serge heeft me een paar artikelen van je te lezen gegeven', zei ze. 'Ik vind ze erg interessant!'

Tim was vereerd en verbaasd dat Cray zijn dingen gelezen had, maar het paste bij de reputatie van buitensporige grondigheid die de man had. 'Uit *Concern?*'

'In een blad dat *Reliance* heet. Ik krijg de indruk dat Serge en jij politiek verwante zielen zijn', zei Clara.

'Ik weet niet of ik wel politieke ideeën heb', zei Tim. 'Ik probeer objectief te blijven, zelfs voor *Reliance.*'

'Maar ik vind niet dat de journalistiek je een excuus geeft om geen politieke standpunten te hebben', bracht ze ertegen in.

Een andere keer begon ze over de bruiloft.

'Jullie huwelijk is vlakbij, in Val-Saint-Rémy', zei ze.

'Over zes weken', beaamde hij.

'Anne-Sophie is zo'n verrukkelijk schepsel. Zo Frans! Amerikanen zijn toch maar lomperds vergeleken bij hen. De Fransen lijken alles te weten over – nou ja, over alles wat belangrijk is. Gastronomie. Eros.' De vermelding van Eros deed Tims hart een beetje sneller slaan.

'Ik heb altijd gedacht dat dit huis heel geschikt zou zijn voor een huwelijksreceptie', vervolgde ze. 'Heel jammer dat we jullie nog niet kenden toen jullie je plannen maakten. Ik zou het fantastisch vinden als jullie het hier zouden doen.'

'Bedankt', zei hij. 'Het is helaas allemaal al in kannen en kruiken.'

'Heb je het gevoel dat je leven nu begint of eindigt?' Ze vroeg het op een lichte toon die de ernst van de pijnlijke vraag moest verzachten. Hij had het zichzelf ook afgevraagd en gaf antwoord.

'Ik zie het toch vooral als een begin.'

'Ik heb ergens gelezen dat het huwelijk voor de meeste mannen het belangrijkste is dat hun ooit zal overkomen, en nagenoeg de enige keer dat ze nieuwe kleren kopen en in het middelpunt van de belangstelling zullen staan.'

'Wat een vreselijk idee. Maar geldt dat niet net zo goed voor vrouwen?' vroeg hij.

'Vrouwen baren kinderen', zei ze.

Tim maakte zich eigenlijk een beetje zorgen over een detail uit zijn leven met Anne-Sophie. Hoewel Anne-Sophie tot nu toe een vrolijke en hartstochtelijke minnares was geweest, leek ze plotseling onzeker te zijn geworden over de seksuele kant van hun leven, hoewel hij attent was en aandacht had voor haar wensen – dat hoopte hij althans – en haar altijd verzekerde van haar schoonheid en seksuele aantrekkingskracht. Tot dusver hadden ze geen van de problemen gehad waarover je zo vaak hoorde bij anderen – frigiditeit, premature ejaculatie, te weinig passie, en waarschijnlijk waren er andere dingen. Toen hij haar bezorgdheid opmerkte, had hij eerst gevreesd dat het tekort misschien bij hem lag, maar hij vroeg zich ook af of de buitenissige seksualiteit in de geschriften van Estelle er misschien voor had gezorgd dat Anne-Sophie het allemaal een beetje vlakjes vond. Estelles woordgebruik was zoals het een dame betaamde, maar haar literaire personages stamden af van Huysmans en Pater, en gingen zich te buiten aan uiteenzettingen over het verschil tussen *parfum vert* en *parfum fruité,* of het scala aan sensaties dat aan de binnenkant van de dij ontlokt kon worden. Haar protagonisten gaven blijk van een zoele, aanhoudende seksuele honger in een verfijnd milieu waar het orgasme werd besproken tijdens luxueuze hasjfeestjes. ('Ah! Het gulzige kloppen van *le bouton,* het minuscule timpaan midden in het universum dat de tenen doet krommen voor die verrukkelijke toegang…') Dit alles zou Anne-Sophie best kunnen ontmoedigen.

Toen had Anne-Sophie dinsdagochtend tijdens het vrijen plotseling gezegd, in het Engels (dat detail stond hem helder voor de geest, omdat ze altijd Frans spraken als ze het over de liefde hadden): 'Ik wil dat je me neukt alsof je me nog nooit bezeten hebt.' Hij was verbijsterd geweest, ook nog terwijl hij haar van dienst probeerde te zijn, over deze voor haar volkomen onnatuurlijke uitlating, en in zijn gedachten zette zich een echo vast. Was het misschien een Engelse vertaling van een zin van Estelle? Of begon Anne-Sophie hun gebruikelijke scala standjes (hij boven of zij boven) beu te worden en had ze behoefte aan iets anders? *En levrette*? Wat voorspelde dit voor hun lange jaren samen? Hij had er geen antwoord op maar merkte de ontwikkeling op.

Ook was ze meer bezitterig geworden wat betreft haar auto en zei dat ze hem nodig had, vaak op dagen dat hij hem te leen had gevraagd, waardoor hij niet zo vaak naar de Crays kon gaan als hij gewend was geraakt. Hij begreep dat dit een symptoom was van het een of ander, hij wist alleen niet van wat, misschien was het slechts de druk van het komende huwelijk.

'Ik vrees dat het vrij normaal is dat een man voor het huwelijk rusteloos wordt en begerig naar andere vrouwen kijkt', zei madame Aix geruststellend tegen Anne-Sophie, die de oude dame vertelde over bepaalde zorgen die ze had omtrent Tim, met name dat hij al zijn tijd doorbracht bij de Crays en het vaak over mevrouw Cray had. 'Dat hoor ik heel vaak.'

'Ik denk niet dat er meer aan de hand is, maar…'

'Ik hoor soms gruwelverhalen. Mannen die ervandoor gaan met vroegere vriendinnetjes, die aanpappen met danseresjes en prostituees – het is een soort paniekreactie.'

'Prostituees! *Quelle horreur*. Dat zou Tim nooit doen.'

'Natuurlijk niet, ik wil alleen dat je weet dat er een breed spectrum aan gedragsvormen bestaat. Het is niet zo vreemd om hem begerig naar andere vrouwen te zien kijken.'

Het zette haar aan het denken over het probleem hoe je een leven lang de seksuele interesse van een man kon behouden. Altijd werd wild en ongeremd gedrag geadviseerd. Misschien meer *soixante-neuf*? Dat deden ze af en toe maar ze had gemerkt dat Tim de voorkeur aan *soixante* gaf boven *neuf*, een universeel mannelijk kenmerk, volgens gravin Ribemont, waaraan niet steeds moest worden toegegeven.

'Wist jij dat Tim Nolinger een erfgenaam is van Nolinger-Webb?' vroeg Dorothy Sternholz aan Vivian Gibbs bij de kapper (Nigel Coiffure, de Engelsman). 'Dat had ik nooit gedacht, hij is bescheiden, een lieve jongen.'

'Ik wist het niet, maar het verbaast me niet', zei Vivian. 'Maar of ik hem bescheiden vind en lief... Ik vind dat hij eerder iets prinselijks over zich heeft, al was het maar omdat hij zich overal thuis lijkt te voelen, en net als een prins heeft hij zelden geld op zak.'

24

De arrestatie

Clara en Delia maakten er een gewoonte van om 's morgens bij de koffie wat te kletsen. Clara had het dan over haar zoontje Lars of ze sprak over Lake Oswego om haar herinnering op te frissen aan bepaalde plaatsen zoals de supermarkt, het zogenaamde gemeentehuis of de Ben Franklin Bank, die Delia geen van alle erg bijzonder vond, maar ze was best bereid om Clara's herinnering eraan te corrigeren of te verversen. Dergelijke gesprekken leken bij Clara de tevredenheid te verhogen over het feit dat ze in Frankrijk woonde, waardoor Delia zich medeplichtig voelde aan het misdrijf van de onvaderlandslievendheid.

Al snel kwamen ze erachter dat de vriendin met wie de verdwenen Gabriel samenwoonde niemand anders was dan SuAnn, de vreemde dochter van Cristal – labiel, onder de medicijnen en met een voorkeur voor vreemde doelen en overtuigingen en, eerst en vooral, aanhangster van de millenniumgedachte. Deze verbinding via Cristal gaf hun een nieuwe, onvoorziene band.

Clara merkte dat Delia zich op de een of andere manier aan haar begon te hechten en haar behoefte aan een vriendin in haar vervuld zag. Ze vertrouwde Clara haar geheimen toe, haar angsten over wat haar overkwam. Het was niet meer dan natuurlijk. Clara kon zien dat ze nogal kwetsbaar was, zo ver van huis en haard, en dat ze de afhankelijke natuur had van een jongste kind. Bovendien was er haar handicap, wat die ook voor haar mocht betekenen. Delia volgde haar zowat op de voet, en Clara voegde zich vaak naar de trage gang van het meisje.

Clara ging met haar naar het Amerikaanse consulaat om over het paspoort te praten, nu er geen reden meer was om het niet te verstrekken, omdat er iemand was gearresteerd in verband met die kwestie op de vlooienmarkt. De beambten op het consulaat hadden nog niets gehoord van de Franse politie, maar ze zeiden dat ze het nu misschien in orde konden brengen. Clara en Delia kregen de indruk dat ze er plezier in schepten om zich tegen de Franse autoriteiten teweer te stellen als ze wisten dat ze het gelijk aan hun kant hadden.

'Maar ik wil zo graag naar het Louvre, daarvoor ben ik eigenlijk gekomen', bleef Delia zeggen en Clara beloofde haar er binnenkort naartoe te brengen.

Delia leerde van haar kant ook het een en ander over Clara, niet uit haar bekentenissen – want Clara was bijna vreemd gelijkmoedig – maar door gevolgtrekkingen. Delia kwam erachter dat ze geen bekoorlijk luizenleventje leidde, al was haar bestaan ook niet bepaald moeilijk. Behalve het enorme huis was het vrij normaal, zelfs met een treurig randje, vanwege haar kortaangebonden, afstandelijke echtgenoot en haar zoontje, dat naar een kostschool was gestuurd waar zelfs geen e-mail was toegestaan en niet meer dan één brief per week. Toch was ze een goede, hardwerkende vrouw met een haast puriteinse opvatting over het huwelijk. Ze zou haar echtgenoot nooit ontrouw zijn, vertelde ze, en toen ze het eens hadden over een schandaal dat zich in Lake Oswego had voorgedaan, zei ze: 'Waarom zou je alles op het spel zetten voor een ogenblik plezier? Het is onlogisch. Wat heb je eraan? Uiteindelijk maak je jezelf alleen maar ongelukkig, om maar niet van je man te spreken. Seks is immers seks, of je het nou met de een doet of met de ander.'

Toen Delia het eens over haar handel had, antiek linnen en groen aardewerk, en over hoe ze haar weg vond in de wereld, zei Clara: 'Ik weet het niet, ik ben getrouwd toen ik twintig was, ik ben nooit echt zelfstandig geweest. Ik zou waarschijnlijk geen idee hebben wat te doen.'

Delia vroeg zich af of het geen tijd werd om over God te beginnen.

Delia, die nog steeds niet langer sliep dan tot vijf uur 's morgens, wachtte tot zeven uur voor ze naar beneden ging. De hemel was nog donker en de maan helder, toen ze een auto hoorde aankomen en het raspen van de handrem. Het leek haar nogal vroeg voor bezoek en nog enger was dat ze nog aanbelden ook, maar toch deed ze open.

Buiten stonden twee mannen met radio's of telefoons, en een politieagente. Delia bibberde van angst in haar nachtpon en ochtendjas (eentje van Clara). Ze had altijd geweten dat ze haar zouden komen halen.

Maar de eerste man zei: *'Madame Clara Cray, vous êtes en état d'arrestation.'*

Delia staarde hem aan en zei: 'Eh, ik geloof dat u Clara moet hebben.'

'Je regrette, il faut que je vous prenne en garde à vue', vervolgde de man.

Delia deed een stap achteruit en ze kwamen naar binnen. Vreemd genoeg was Clara ook al op, ze stond achter haar en zag er slaperig uit. Hoewel ze niet kon verstaan wat er gezegd werd, begreep Delia uit de uitdrukking op Clara's gezicht dat ze voor haar waren gekomen.

Clara stond daar met een verbijsterde en besluiteloze blik in haar ogen. Ze wees op haar ochtendjas, beduidend dat ze zich zou moeten omkleden. Dat was allemaal duidelijk genoeg. De bezoekers zeiden iets en ze keerde zich naar Delia. Haar stem klonk geschokt.

'Zou jij Serge willen wekken en hem vragen om naar beneden te komen? Ik weet niet of ik verplicht ben om mee te gaan.' Toen sprak ze weer Frans tegen de mannen en ging de keukentrap op met de politieagente in haar kielzog. Verbluft rende Delia zo snel ze kon de hoofdtrap op en klopte op de slaapkamerdeur van Cray. De mannen bleven achter in de hal en keken toe hoe de vrouwen de trap op gingen.

Cray kreunde en ze hoorde het wegtrappen van de dekens. De deur ging open en Cray tuurde naar buiten. Hij droeg een pyjamabroek en een T-shirt dat over zijn dikke buik was opgekropen en hij verspreidde een slaaplucht.

'Er zijn een paar politieagenten gekomen. Volgens mij komen ze Clara arresteren', fluisterde Delia. 'Ik bedoel, ik denk dat het politie is. Zo zien ze er wel uit.' Cray kwam wat verder naar buiten en keek haar aan, knipperend als een mol achter zijn dikke brillenglazen.

'Kom maar gauw naar beneden. Misschien heeft het iets te maken met mijn aanwezigheid hier', voegde Delia eraan toe. 'Ze heeft de verantwoording min of meer op zich genomen bij het hotel. En bij het consulaat ook. Ze zijn in de hal. Clara is zich aan het omkleden.'

'Dat heeft met die verduivelde jacht te maken', snoof Cray en hij stormde de keukentrap af, zijn zware lichaam plotseling zo lenig als dat van een pony. Hij dacht aan de kettingen in zijn bos, die wellicht illegaal waren op grond van het recht op overpad of zoiets. Zijn Amerikaanse advocaten waren niet zeker geweest over die kettingen.

En dan was er nog die andere *loi*, de Loi Verdeille. Deze wet, waaraan Clara en hij zich nog het meest stoorden, bepaalde dat jagers en vreemdelingen het recht hadden om op jouw eigendom te jagen onder bepaalde omstandigheden die, voorzover hij kon zien, zo ruim mogelijk waren gedefinieerd, met als resultaat een totale vrijheid om onder het raam van je woonkamer te komen schieten, het porselein in de servieskasten te doen rinkelen en je gemoedsrust te verstoren door de kadavers van ooit statige dieren door bloederig struikgewas te slepen. Deze kwesties rond het privé-eigendom telden voor hem zwaarder dan zijn bezwaren tegen de jacht, en hij zou er niet voor terugdeinzen zijn advocaten dieper in de kwestie te betrekken als ze daar op uit waren. Zijn bloed begon te koken.

Hij had de twee mannen nooit eerder gezien, ze droegen geen politie-uniform. Clara was nog niet terug. *'Messieurs*, wat is er aan de hand?' vroeg hij. 'Wat moet u met mijn vrouw? Ik heb de burgemeester duidelijk gemaakt waar ik sta en mijn vrouw heeft niets met mijn standpunten te maken.' Een boze opvlieging maakte de tint van zijn donkere huid nog dieper, als bij een dikke, furieuze zigeuner.

'Mevrouw Cray is degene die is aangeklaagd', zei de eerste man beleefd. Ze keken bezorgd naar de trap, alsof ze bang waren dat ze ervandoor zou gaan.

'Neem alstublieft plaats', zei Cray, terwijl hij hen naar de salon leidde. 'Ik ga mijn mensen bellen.' Het was pas halfacht. Hoe laat verschenen advocaten op kantoor? Vast niet voor tienen. 'Delia, zou jij voor koffie kunnen zorgen?' De mannen gingen niet zitten. Geheel naar zijn gewoonte verliet Cray zonder een woord de kamer. Delia wachtte af of de mannen te kennen zouden geven of ze koffie wilden. Maar misschien hadden ze het niet begrepen. Ze bleven met strakke gezichten staan.

'*Café?*' vroeg ze. Ze schudden van nee en deden hun best een vriendelijk gezicht op te zetten, alsof ze de plooien van hun ongemak glad wilden strijken. Ze glimlachten naar Delia, alsof ze hun Gallische tact wilden onderstrepen.

Clara kwam naar beneden in een mantelpakje met nylonkousen en hoge hakken, een soort van kerkgangerkledij. Wat moest je aantrekken om je door de politie te laten wegvoeren?

'Heb je Serge gewaarschuwd?'

'Hij was net nog hier', zei Delia. 'Hij is terug naar boven gegaan om een advocaat te bellen of zo. "Zijn mensen", zei hij.'

Soms, wist Clara, betekende dit dat hij zijn advocaten in Los Angeles belde, die dan weer contact opnamen met het kantoor in Parijs, dat vervolgens Crays wensen uitvoerde. Maar op dit uur zou in Los Angeles niemand opnemen en Cray zou Woly uit bed moeten bellen.

'Ik weet niet waar het om gaat. Hebt u enig idee, *messieurs*?' vroeg Clara. Misschien waren het alleen maar deurwaarders, *huissiers*.

'Het schijnt om diefstal te gaan en over de schending van Franse eigendommen, madame. De vernieling van een gebouw op de monumentenlijst – er zijn verschillende punten.'

Delia zag dat Clara geen idee had wat ze bedoelden.

'Kunnen we wachten tot mijn echtgenoot weer beneden is?'

'Een paar minuten, meer niet. Ik ben bang dat we u deze zullen moeten omdoen. Ik weet dat het in uw land net zo gaat.'

Juist toen Clara weg werd geleid, kwam Cray terug naar beneden. Ze leek heel rustig maar ze had wel handboeien om. Ze keek hem smekend aan en probeerde hem tegelijkertijd een bemoedigende, zij het ironische blik toe te werpen. Een paar seconden bleef hij besluiteloos staan, toen haastte hij zich vloekend en tierend naar zijn auto. Hij vroeg Delia niet mee te komen.

25

Het gevang

Clara zat geboeid achter in het kleine Renaultje; de *magistrats du parquet* voorin keken steeds over hun schouder, alsof ze verwachtten dat ze uit de auto zou proberen te springen. Ze vroeg zich af waarom ze niet meer angst voelde, ongetwijfeld lag het aan de wetenschap dat ze onschuldig was, aan het besef een pion te zijn in de zich verhardende jachtcontroverse, aan de zekerheid dat Serge (beroemd en invloedrijk) zou weten wat hem te doen stond, of anders Woly's advocaten wel, en bovendien had ze het gevoel dat het allemaal niet waar kon zijn. Zojuist stond ze nog in haar ochtendjas in haar keuken en nu was ze met handboeien om haar polsen op weg naar de gevangenis in Versailles.

Het leek nutteloos om de mannen iets te vragen, ze zouden haar toch niets vertellen of ze wisten van niets, hoewel ze haar niet slecht gezind leken te zijn en een van hen haar bemoedigend toelachte. Ze vroeg zich af waarom ze haar hadden gearresteerd en niet Serge, of waarom niet hen allebei?

Ze leunde achterover en dacht aan haar zoontje Lars, zoals ze ontelbare malen per dag deed, en dacht dat het maar beter was dat hij niet wist wat haar nu overkwam, het zou hem bang maken. Of misschien zou hij het wel grappig vinden en spannend, net televisie. Eigenlijk was het ook wel grappig en spannend.

Ze kwamen aan bij de gevangenis, een gebouw waar ze drie keer per week langskwam op weg naar de markt, zonder ook maar een blik te werpen op de vuile getraliede ramen waarachter gevangenen zaten, sommige misschien net zo zuiver van geweten als zij. Ze wist niet hoe de gevangenis heette. De houten poort, zwaar als graniet, opende zich om hen op de binnenplaats toe te laten en – dreigender nog – sloot zich achter hen. Clara had nooit gedacht dat hout, zwart uitgeslagen oeroud eiken, getekend door de eeuwen van ellende die het gezien had, grimmiger en definitiever kon zijn dan metaal. De poort riep eeuwen van koninklijke macht en onverschilligheid op, van wreedheid, kokende olie. Ze voelde haar hart ineenkrimpen toen de deuren zich als kaken achter haar sloten. Ze was in een vreemd land en wist niet wat haar positie was, kende haar rechten en haar kansen niet. Ze hield het hoofd rechtop. Rechten had ze hoe dan ook.

De agenten, die bijna aardig voor haar waren geweest en zich hadden verontschuldigd vanwege de handboeien, werden plotseling ruw en hardhandig, ze trokken haar uit de auto alsof ze verzet had geboden en duwden haar met hun handen zwaar op haar schouders naar het gebouw. Ze stelde zich voor dat ze met goedkeurende blikken werden gadegeslagen, goedkeuring voor de daadkracht van de dienders tegenover misdadigers die een bedreiging vormden voor Frankrijk. Ze schudde de handen van zich af, die meteen werden teruggetrokken, en keek met een felle blik omhoog naar de onpersoonlijke ramen.

'U krijgt een vertegenwoordigster te spreken van de *procureur*, zij zal u vertellen waar u van beschuldigd wordt *et tout cela*', zei de man met de glimlach, terwijl hij zijn hand weer lichtjes op haar elleboog legde. Nu merkte ze zijn onverschillige blik op, de glimlach was niet meer dan een grimas. Ze droegen haar over aan een forse vrouw die in de hal stond te wachten en haar meenam naar een vestibule met bruin linoleum op de vloer. De vrouw begon Clara grondig te fouilleren. Dit schokte Clara pas echt. Ze had niets in haar ondergoed verstopt. Ze gaf haar handtasje af.

Aan het eind van weer een gang, in een gedeelte dat deed denken aan een ziekenboeg, stond nog een matrone te wachten, met een handdoek. 'Deze kant op.' De vrouw leidde Clara een kale ruimte binnen. *'Prenez une douche, madame.'* Een douche?

'Maar', begon Clara verontwaardigd. Ze had juist thuis gedoucht. Ze was net uit bed. Stonk ze soms? Dachten ze dat ze luis had? Haar aanvankelijke irritatie begon om te slaan in paniek. Met de inzettende paniek kwam het besef dat paniek nutteloos was. Ze probeerde het kloppen in haar keel te bedwingen toen ze haar naar de douche trokken, evenals de impuls om te schreeuwen en zich te verzetten. De vrouw knikte opnieuw naar de douche – een hok met een cementen vloer – en stopte haar de dunne handdoek toe.

In de doucheruimte was het koud. De vloer was koud en een beetje slijmerig, maar misschien was dat haar verbeelding, bijproduct van haar afschuw. De verf op de muren bladderde en er zaten blazen in en krassen die aan een primitief schrift deden denken. Iemand had kans gezien om 'Jacq-' in de verf te krassen. Clara deed haar jasje uit en knoopte haar bloes open, en toen de matrone zich had teruggetrokken, liet ze het lauwe water lopen. Kon iemand haar zien? Ze liet het water lopen maar ging er niet onder staan.

Je moest de knop ingedrukt houden. Haar arm werd nat terwijl ze buiten het bereik van het water probeerde te blijven. De vreselijkste doucheassociaties kwamen in haar op: concentratiekampen, *Psycho*. Wanneer zou de vrouw terugkomen? Toen ze dacht dat ze er lang genoeg gestaan had voor een douche, liet ze de knop los, droogde haar arm af en bleef wachten. Enkele seconden later kwam de vrouw terug, meesmuilend alsof ze heel goed wist dat Clara haar lichaam niet aan het gevangeniswater had blootgesteld.

Nog een paar stappen naar een cel. En cel! Een piepklein kamertje met een ledikant, een ruwe tafel en uitzicht op het toilet. Sigarettenpeuken op de vloer en een muffe tabakslucht. De hele ochtend bleef ze geschokt zitten, zonder één zinnige gedachte over wat haar nu te doen stond. Het was moeilijk om haar geest tot werkzaamheid te dwingen, de verveling van het wachten leidde tot een vreemde, inhoudsloze lethargie waaruit ze zichzelf steeds weer streng omhoogtrok om er net zo snel weer in terug te zakken. Er ging een uur voorbij, maar het leken uren en uren. Haar horloge hadden ze niet afgenomen.

Om negen uur was ze binnengebracht. Om halftwee werd ze door een eindeloze gang geleid, haar voetstappen klonken als in een film naar Kafka, holle, onheilszwangere weerkaatsingen. Ze realiseerde zich dat ze zich niet zomaar om kon keren, zeggen dat het nu wel mooi geweest was en ervandoor gaan. Naarmate dit besef zich dieper in haar verdoofde bewustzijn nestelde, werd het moeilijker om haar zelfbeheersing te behouden. In een kantoortje zat een slanke, zelfs chique dame aan tafel met een dossier, alsof het om een sollicitatie ging, en gebaarde Clara om tegenover haar op een klapstoeltje plaats te nemen. Clara merkte aan zichzelf dat ze een goede indruk wilde maken, alsof haar leven afhing van haar vlijtige bereidheid tot samenwerking.

'Weet u waarom u hier bent?'

'Ik heb geen idee', zei Clara met een voorzichtige glimlach.

'U wordt van diefstal beschuldigd', zei de vrouw. 'Van het stelen van Franse staatseigendommen en eigendommen van de gemeente Val-Lanval. Er is een lijst: negen open haarden, negen spiegels, de lambrisering in de salon en het parket. Er zijn nog enkele andere aantijgingen die te maken hebben met het schenden van een nationaal monument. Omdat u die haarden en de rest verwijderd hebt.'

Even had Clara geen idee waarover de vrouw het had, maar het ging natuurlijk om het huis. 'Maar er waren helemaal geen open haarden toen we het kochten,' protesteerde ze, 'geen spiegels of wat dan ook.'

'Dit zijn bijzonder ernstige aantijgingen, waarvoor een gevangenisstraf kan worden opgelegd. Maar ik denk dat de staat er genoegen mee zou nemen als u het château zou terugbrengen in de oorspronkelijke staat.'

'Maar ik heb ze niet! Er was helemaal niks', riep Clara.

Dit leek de functionaris niets te verbazen. Energiek ordende ze de stapel papieren en keek naar de agent bij de deur. *'Détention provisoire.* U wordt in bewaring genomen tot de zaak voorkomt. Wilt u nu een advocaat spreken? Hij zal u op de hoogte brengen van uw rechten en met u bespreken hoe het nu verder moet. Zet u alstublieft uw handtekening onder aan deze papieren.'

Clara bleef haar aanstaren. 'Heb ik het recht om mijn echtgenoot op te bellen? Kan ik mijn eigen advocaat te zien krijgen?'

'Uiteindelijk, ongetwijfeld. Dit zijn de procedures na een arrestatie, die gelden voor u net als voor ieder ander.' Haar stem was streng maar niet onvriendelijk, alsof ze een opstandige scholier een lesje las. Clara staarde naar de papieren. Ze wist niets anders te doen dan ze te ondertekenen. De vrouw wachtte af en leek zich te irriteren aan de traagheid waarmee Clara opstond en naar de deur liep, op zoek naar iemand die haar kon vertellen wat te doen. Toen was de forse vrouw er weer en nam haar bij de arm.

26

Heb je gehoord wat er met Clara gebeurd is?

Delia keek toe hoe de auto met Clara erin uit het zicht verdween en ging terug naar binnen. Ze bleef in de keuken staan, eerder verwonderd dan gealarmeerd door deze nieuwe ontwikkeling, geen onverwachte gebeurtenis in een onbetrouwbaar land dat procedureel tekortschoot, een land dat ook haar tot slachtoffer had gemaakt. Clara Holly die door de Franse autoriteiten werd opgebracht. Dit was dus blijkbaar een land zonder burgerrechten en dat baarde haar vooral zorgen met het oog op Gabriel, meer dan vanwege Clara. Ze dacht dat de arrestatie van Clara iets te maken moest hebben met de lotgevallen van Gabriel, of misschien met haar hotelrekening, of misschien met de twee Franken van de FBI, van wie ze niets meer gehoord had sinds de dag dat ze naar het hotel waren gekomen. Ze voelde de verantwoordelijkheid die ze had in de kwestie Gabriel; nu was het belangrijker dan ooit dat ze niet werd opgepakt, dat ze op de een of andere manier afstand bewaarde, zodat ze zou kunnen getuigen om de anderen te redden, eerlijke Amerikanen die zich in de klauwen van Frankrijk bevonden.

'Ik heb alles gezien', verzekerde ze Cray. 'Ze werd ruw behandeld.'

'Ik wil dat je alles onthoudt wat je gezien hebt', zei hij.

's Middags kwam burgemeester Briac op bezoek bij Cray, die de hele ochtend aan de telefoon had gezeten. Briac droeg een kostuum en hij werd vergezeld door zijn secretaris, een jongeman met een notitieboek. Cray nam hem mee naar het kamertje naast de salon, waar de boekruggen je aanstaarden. Er stonden een globe en lederen fauteuils, de rekwisieten voor een officiële consultatie.

'Wat bijzonder onaangenaam voor madame Cray', durfde de burgemeester te zeggen.

'Stelletje hypocrieten', snoof Cray. 'Wat moet u?'

'De wet maakt geen onderscheid wat betreft de uitvoering van zijn rechtmatige bepalingen. Ze moeten worden gehandhaafd, dat is alles. U hebt de Loi Verdeille overtreden door de jagers van uw landgoed te weren, bijvoorbeeld, maar de gemeenschap doet niets anders dan afdwingen dat de bepalingen over *monuments historiques* worden nageleefd, *c'est tout*. Er is niet één wet voor Amerikanen en een andere voor alle anderen, monsieur, al lijkt u een andere mening toegedaan.'

'Wilt u beweren dat er verband bestaat tussen die zogenaamde wet en wat er nu met Clara gebeurt?'

'Precies.'

De burgemeester verzekerde Cray dat de gemeente bereid was om de aanklachten tegen Clara opnieuw in beraad te nemen als Cray bereid was zijn opstelling tegenover de jacht te heroverwegen. Crays woedende gebrul was door het hele huis te horen. In de keuken keken Delia en senhora Alvares elkaar aan.

'Er wordt niet gejaagd op mijn land, monsieur', riep Cray. 'Lafaards, om een vrouw zo te vervolgen!' en meer van zulk fraais.

Een donkere vrouw kwam een schaars diner brengen, dat werd aangekondigd als *purée de pommes de terre avec cornichons*, de smaak was waterig, oneetbaar, met een paar brokken slijmerig vlees. Ze moest alleen eten, maar later werd ze door een gang geleid, samen met een paar andere vrouwen die met elkaar spraken. Was het tijd voor beweging, een privilege? Het waren allemaal blanke vrouwen zonder zichtbare tekenen van een hard bestaan. Ze zagen er verzorgd uit en droegen broeken of vormeloze jurken. Ze keken naar Clara, een of twee glimlachten en Clara glimlachte terug maar bleef afzijdig staan. Zelfs in de gevangenis bleven de Fransen Frans, dacht ze, gereserveerd en hoffelijk. Deze vrouwen zagen er niet uit als wilde hoeren of oplichtsters – ze kon niet uitmaken wat ze wel waren.

'Tu es Américaine, toi', zei er een, tevreden glimlachend. Zelfs

buitenlanders ontkomen niet aan de greep van onze machtige instituties. Daarna negeerden de vrouwen haar en spraken weer met elkaar.

Aan gevangenisfilms had ze de indruk overgehouden dat gevangenen altijd met hun misdaden te koop liepen als een manier om de gevaarlijke mensen bij wie ze terecht waren gekomen te intimideren. In zo'n film was het ieders streven om een hardere, cynischer indruk te maken dan de anderen. Maar deze vrouwen waren stuk voor stuk onschuldig, naar ze luidkeels verkondigden tegenover de directrice en elkaar. Een verlopen vrouw van zekere leeftijd vertelde Clara een verhaal – dat de anderen blijkbaar al te vaak hadden gehoord – over de vernedering van de ruwe behandeling door winkelpersoneel, dat haar ervan beschuldigd had dat ze wilde vertrekken zonder voor bepaalde zaken te betalen 'die niet eens waardevol waren, wat ik hun gezegd heb ook, madame, alleen maar wat persoonlijke vrouwelijke benodigdheden'.

'En hoe komen ze erbij dat ik een *pute* ben, *moi?*' lachte een ander, dik en met henna in het haar. 'Geen enkele prostituee heeft mijn lichaamsvormen.'

Clara wist niet hoe ze haar aanwezigheid moest verklaren zonder te onthullen dat ze in een fantastisch château woonde, wat haar niet erg solidair leek. 'Ze denken dat ik houtwerk heb gestolen uit een historisch monument,' zei ze, 'maar ik ben onschuldig.' Het was geen interessante misdaad en ze wekte dan ook geen belangstelling. Om halfnegen bracht een matrone haar terug naar haar cel.

's Nachts, terwijl ze haar gedachten probeerde te verzetten, dacht ze aan Edmond Dantès en het Château d'If, en aan *De gevangene van Zenda, Soul on Ice* en *De man met het ijzeren masker.* Ze dacht aan Serge en vroeg zich af wat hij zou doen om haar hier uit te krijgen; en ze dacht aan monsieur De Persand en stelde zich hem voor als een machtig advocaat of rechter die haar zou komen redden. Bij dit thema bleven haar gedachten het langst hangen. De activiteiten van Serge nam ze als vanzelfsprekend aan. Ze probeerde er niet bij stil te staan hoe Serge het huis om belastingtechnische redenen op haar naam had gezet, anders zou hij nu hebben gezeten. Uiteindelijk versmolten haar gedachten uit vermoeidheid tot een incoherente warboel en viel ze in slaap, en schrok weer wakker, ongelovig toen ze zich herinnerde dat ze in de gevangenis zat.

Tim Nolinger hoorde van Clara Holly's arrestatie van Ames Everett, die hij toevallig sprak in de Amerikaanse bibliotheek. Hij was niet van plan geweest om vandaag bij de Crays langs te gaan. Hij had werk in de stad en Anne-Sophie had weer gezegd dat ze niet wilde dat hij de hele tijd haar auto leende. Ze had er een paar keer om gevraagd en hij had geprobeerd haar ervan te overtuigen dat hij hem dringender nodig had, waaraan ze zich erg had gestoord. Het was nou eenmaal haar auto en hij gebruikte hem elke dag. Ze had altijd toegegeven. Haar onderliggende klacht, dat hij zoveel tijd doorbracht bij de Crays in Étang-la-Reine, had hij niet echt opgepikt.

Een van de telefoongesprekken die Serge gevoerd had, was met de Amerikaanse ambassadeur geweest, Charlie Nolan. Het nieuws van Clara's arrestatie verspreidde zich dan ook al snel over de staf van de ambassade en later ook naar anderen. Dorothy Sternholz hoorde het van Ames Everett en belde onmiddellijk haar vriendin Vivian Gibbs.

'Heb je het gehoord van Clara Holly?'

'Nee, wat?'

'Gearresteerd! Naar het schijnt omdat ze een Frans nationaal monument zou hebben geschonden. Dat wil zeggen, hun château. Waarschijnlijk om hen te dwingen om hun verzet tegen het jagen op hun landgoed te staken.'

'Ik wist niet dat ze zo tegen de jacht gekant waren.'

'Ze zijn mordicus tegen. Ze zit in het gevang, schat!'

Iedereen was het erover eens dat het op het eerste gezicht belachelijk was om Clara van schending van een nationaal monument te betichten. De Amerikaanse gemeenschap verenigde zich via hun politieke clubs, Democraten in Parijs en Republikeinen in het Buitenland, eensgezind in hun opgewonden verontwaardiging. Iedereen wist dat het gebouw een ruïneuze puinhoop was geweest, dat Serge het had gered en dat Clara Holly zich met heilzame en smaakvolle toewijding had toegelegd op het herstel van de tuinen en dergelijke. Zonder de Crays zou het zijn gesloopt, ondanks alle aandacht die Monumentenzorg eraan had besteed. Er werden comités opgericht op inderhaast bijeengeroepen vergaderingen over het principe van de rechten van inwoners van buitenlandse afkomst.

Natuurlijk waren er ook bedenkingen.

'Maar ik heb altijd al gedacht dat ze nogal eigenzinnig waren in hun *travaux*, zonder even langs te gaan bij de figuren die over de monumenten gaan', bekende Dorothy Sternholz tegenover Ames.

'Ik heb het altijd onwijs gevonden om er een lik witte verf overheen te gooien', zei Ames. 'Het past absoluut niet bij de periode.'

'Clara heeft de neiging om te denken dat alles wat ze doet perfect is...'

Ook andere Amerikanen schaarden zich achter de initiatieven. Hoewel Serge Cray uitstekend zijn eigen boontjes kon doppen, belde zowel Alena Coe – in haar functie van voorzitter van de programmacommissie van de Democraten in Parijs – als Maydie Bailey van de Union Interallié naar het kantoor van Monday Brothers Films met het verzoek om solidariteitsbetuigingen door te geven. Wat iedereen vooral interesseerde en verontrustte, was dat als dit de Crays kon overkomen, je nooit wist wie van hen de volgende zou zijn om 's nachts te worden opgebracht vanwege een spijker in een muur waar Chateaubriand ooit tegenaan had gepiest.

Maar al het gebulder van Cray vermocht het justitiële proces in Frankrijk niet te versnellen, hoezeer het in Californië de aarde ook kon doen beven. Iedereen was het erover eens dat hij er fout aan had gedaan om Biggs, Rigby, Denby, Fox in te schakelen, het Californische advocatenkantoor van de Monday Brothers-studio dat, ook al hadden ze een kantoor in Frankrijk, elke dag uren verloor vanwege het tijdsverschil. Alleen door de heroïsche manoeuvre om de werkdag in Los Angeles al om acht uur te laten beginnen (wat een overwerktoeslag inhield voor een advocaat die bereid was om zo vroeg al te verschijnen) konden de juristen een overlap met het Franse kantoor bewerkstelligen van hoogstens twee uur, als ze daar tenminste bereid waren om tot zeven uur 's avonds te blijven. Bovendien hielp het niet dat de Parijse afdeling van het deftige, oude advocatenkantoor het Franse tijdsbesef had overgenomen, evenals de Franse overtuiging dat gebeurtenissen zich op een voorbeschikte wijze ontrollen.

27

De gevangene

Er gingen drie dagen voorbij en, tot Clara's verbijstering en stijgende verontwaardiging, kwam niemand haar redden. Haar aanvankelijke ongeloof werd na een dag verdrongen door opkomende boosheid. Ze ijsbeerde, trok gekwelde gezichten en schudde aan de tralies van haar cel als gevangenen in films. Ze schreeuwde, waarop mensen kwamen aangerend, die vervolgens dreigementen uitten. Ze moest niet schreeuwen, anders zouden ze haar in een piepkleine *cellule isolée* stoppen, *un misérable cachot.* Ze staakte haar geraas.

De uren hielden op oneindig te zijn, waren alleen nog maar dof als dichte mist, ze voelde ze niet langer. Ze zat hier al een eeuwigheid en deed er beter aan het niet meer te voelen. Ze wist dat ze zich al had overgeleverd aan de diabolische krachten die misbruik van haar maakten, ze was niet uit het juiste hout gesneden. Als je dacht aan Edmond Dantès die Latijn had gestudeerd en andere talen, aan gevangenen die de grammatica van onbekende talen bestudeerden of uit het hoofd het periodiek systeem opdreunden! Zij had helemaal niets in haar hoofd, geen reservoir van erin gestampte herinneringen.

Maar ze kon niet geloven dat niemand probeerde haar vrij te krijgen; haar zaak moest wel onoplosbaar zijn, er bestond bewijs tegen haar in een of ander misdrijf, ze had een onverbiddelijke Franse wet overtreden waaraan niemand iets kon doen. Toen ze vroeg of ze Serge kon bellen, kreeg ze te horen dat de gevangenisautoriteiten haar boodschappen zouden doorgeven. Maar haar boodschappen misten overtuiging; ze had niets te zeggen. Ze wist dat hij natuurlijk bezig was haar te redden, en dus probeerde ze hem gerust te stellen dat met haar alles goed ging, dat ze goed te eten kreeg. Ze vroeg hem niets aan Lars te vertellen, die een zorgelijke natuur had en angst zou hebben om haar. Dat ze hier weg wilde sprak vanzelf.

Hoe was het mogelijk dat je al na drie dagen alle levenslust voelde wegebben, en dat wanhoop en lethargie als een bom konden inslaan?

Ze sliep slecht. Na de tweede nacht vroeg ze om een slaapmiddel en uiteindelijk mocht ze haar huisarts een recept laten sturen. Maar toch sliep ze niet, ze lag wakker en dacht over dingen na, ook over dingen die met haar netelige situatie niets te maken hadden, ze maakte 's nachts de balans op van haar zorgen, voornemens en mislukkingen. Haar moeder, Lars, haar moeder, Lars, de tuin, die arme herten en konijntjes, Lady de hond, de Fransman, haar moeder, Lars. De aantrekkelijke Fransman, Antoine de Persand. Serge.

Haar onschuld aan diefstal maakte dat ze 's nachts obsessief nadacht over de dingen waaraan ze waarschijnlijk wel schuldig was – dat ze haar moeder verwaarloosde door niet naar huis te gaan, en Lars, ze was te meegaand geweest toen Serge hem weg wilde sturen, en ook eerder al, die uitslag tijdens haar zwangerschap, waren dat de mazelen geweest? Maar nee, er was niets aan te doen geweest, dat hadden ze haar altijd verzekerd, maar was het waar? En nu was zijn leven een eindeloze stilte.

Serge vond dat het kind, nu het kon liplezen en gebaren, een min of meer normaal leven moest kunnen leiden en moest leren om met normale mensen om te gaan, alsof er niets aan de hand was, en zichzelf niet als anders moest beschouwen. En hij geloofde dat Engelse schooljongens niet gemeen zouden zijn tegen een doof jongetje, wat zij geen moment geloofd had. Niet dat ze iets had tegen de Engelsen maar... Ze zouden niet gemeen zijn tegen een jongen die de vriendelijkheid en schoonheid van zijn moeder had geërfd (zei Serge). Clara wist dat nog zo net niet. Ze maakte zich voortdurend zorgen om Lars op dat niveau van het onderbewuste waar zorgen worden weggestopt die niet zo gauw zullen verdwijnen. Deze zorgen zouden nooit verdwijnen en Lars zou ze nooit kunnen horen.

Hij zou al zo groot zijn als haar moeder hem weer zou zien, deze zomer moesten ze erheen, ze moesten beslist gaan; niemand mocht haar moeder hierover iets vertellen, ze zou Serge erop aankijken, ze mocht Serge toch al niet.

En had monsieur De Persand misschien iets te maken met haar arrestatie, was hij daarom niet naar binnen gekomen voor een boterham? Natuurlijk was het waarschijnlijk de burgemeester of een van de anderen die deze wraakactie had bedacht. Ze haalde zich hun kwaadaardige gezichten voor de geest en onderzocht ze op tekenen van verraad. Wat vreemd dat haar doorgaans zwakke geheugen nu plotseling zo scherp was als een steek in het hart, bijna fotografisch nauwkeurig zag ze de uitdrukking op hun gezichten, de ergernis in de ogen van de burgemeester of in die van de jachtaanvoerder met z'n rossige haar, die altijd laarzen droeg en vouwen had in zijn oorlelletjes, wat op een vroege dood scheen te duiden. Ze dachten ongetwijfeld dat alleen zij tegen de jacht was gekant, ze hielden geen rekening met Serge. Alleen jij. Wat een geluk dat ze had ontdekt dat De Persand geen bijzondere gevoelens voor haar koesterde, dat hij niet met de anderen binnen was gekomen.

Ze dacht aan mannenlichamen. Gratie en kracht wonden haar op. Ze was blij dat ze ondanks haar huwelijkstrouw deze abstracte erotische bewondering had behouden voor het uiterlijk van mannen, voor het potentieel van hun lichaam. Hoe ze bepaalde dingen had opgemerkt aan De Persand, onbetekenende dingetjes eigenlijk, dat hij, te oordelen aan de open kraag van zijn overhemd, een behaarde borst had, iets waar ze niet echt dol op was, maar waarom had ze het opgemerkt? Ze bleef zijn open kraag voor zich zien, de krachtige hals, zijn nogal rode huid, het plukje haar…

Ze dacht aan vrouwen die mannen aanraken. Zij raakte Serge nooit aan, hij was niet iemand die zich liet omhelzen. Ze wilde de harde schouder van een man aanraken en zijn rug strelen, ze wilde zijn harde geslacht strelen.

Twee dagen nadat hij van de arrestatie gehoord had, ging Tim Nolinger bij Cray langs – zodra hij de auto weer met goed fatsoen kon lenen – in de hoop dat hij op de een of andere manier behulpzaam kon zijn en nieuwsgierig of de dief nog had gebeld.

Steeds schoten hem redenen te binnen om op bezoek te gaan, al wist hij dat zij er niet zou zijn. Hij parkeerde langs de weg en liep naar het huis. Het huis ademde een soort wantrouwige hitte uit, iets vijandigs, elektrisch, iets geladens. Toen hij bij de deur stond, ontdekte hij dat er stilletjes en zonder dat het grind had gekraakt, een enorme rottweiler te voorschijn was gekomen uit het struikgewas, die hem met gespitste oren stond aan te kijken. De Crays hadden honden in huis, de blonde labradors Freddy en Taffy, maar deze hond had hij niet eerder gezien. Toen dook er een tweede rottweiler op, twee stille wezens die hem opnamen, allebei met stevige leren muilkorven om. Hij had het idee dat ze op hem af zouden zijn gekomen, hem mogelijk hadden aangevallen, als hij van het pad was afgeweken. Dit waren honden met instructies, onheilspellend en plichtsgetrouw. Het leed geen twijfel dat honden je een angst konden inboezemen die in geen verhouding stond tot wat ze je konden aandoen. Zonder muilkorf zouden deze je kunnen doden.

Senhora Alvares liet hem binnen. *'O senhor está em cima.'* Tim begreep uit haar afwezige manier van doen dat Clara nog in de gevangenis zat. Ze liet hem plaatsnemen aan de tafel in de ontbijtkamer en bracht hem koffie, en al snel kwam Cray naar beneden.

'Had je problemen met de honden? Ze zijn geïnstrueerd om geen mensen lastig te vallen aan de voordeur. Ze bewaken de bossen maar ik vermoed dat het hun hoofdinstinct is om het huis te beschermen. Er is een *maître-chien* die op ze past.'

'Nee, ze keken me alleen maar aan. Ze hebben muilkorven om.'

'Ik heb gehoord dat ze bijna net zo dodelijk zijn met muilkorf, ze vallen indringers aan met de harde leren punt. Ik had ze hier moeten hebben voor deze toestand begon.'

'Indringers, dat wil zeggen jagers?'

'Precies.'

De situatie was zonder twijfel aan het escaleren. Tim vroeg zich af of de plaatselijke jagers zich geroepen zouden voelen om zich op Crays terrein te wagen en de honden uit te dagen.

'Kan ik iets doen voor je vrouw, of voor jou?'

'Ik denk dat ze haar morgen op borgtocht vrij zullen laten. Dan zullen we eens zien', zei hij grimmig. 'Wat die andere kwestie betreft is er nog helemaal geen nieuws, niets dan stilte.'

Hij doelde op de Dryadische Apocalyps. Tim vond het wel best dat daarover geen bericht was gekomen. Later die dag stond hem een andere juridische kwestie te wachten, tekenen voor het appartement dat Anne-Sophie en hij hadden gekocht, hij was al genoeg verwikkeld in het troebele moeras van juridische zaken en schuldkwesties.

Hij bleef een paar minuten bij Cray hangen en vertrok toen voor een afspraak met Adrian Wilcox op de tennisclub. De volgende spelers waren te laat, waardoor ze de baan drie kwartier extra tot hun beschikking hadden, zodat hij zich sneller dan was toegestaan over de *périphérique* naar de *notaire* moest spoeden, in het zestiende arrondissement, om op tijd te zijn voor de ondertekening van de *promesse de vente*.

Hij zag onmiddellijk in dat het fout was geweest om in zijn tenniskleding naar de plechtigheid te komen, maar omdat het zo laat was en hij geen tijd had gehad om zich om te kleden had hij, onwetend van onroerendgoedtransacties in beide maatschappijen, gekozen voor de Amerikaanse houding bij dergelijke procedures, te weten dat het ondertekenen van een document waarin je je verplicht tot de betaling van honderdduizenden francs en tot een hypotheek voor de duur van het leven moet worden opgenomen met de onverschilligheid die we zo bewonderen in beroemde schurken op weg naar het schavot.

Anne-Sophie was op haar formeelst: hoge hakken en rood van opwinding; Estelle was er ook, en de verkopende partij, monsieur en madame Flieu, wier geboortedata, huwelijkse geschiedenis, afstamming en adressen allemaal waren opgesomd in het document, dat werd voorgelezen en vervolgens voor Tim werd neergelegd ter parafering van alle zevenenveertig pagina's, die een voor een werden omgeslagen. Iedereen had zich net als Anne-Sophie op de gelegenheid gekleed, ook de *notaire* achter zijn bureau. Tim nam toch ten minste een ernstige houding aan en voelde zich ook werkelijk serieus ongemakkelijk, op de hals gezeten door het spookbeeld van een vergissing, van te ver te zijn gegaan en niet terug te kunnen.

De Flieus drukten hen de hand, wensten hen geluk in hun huwelijk en merkten op dat ze nog een keer moesten afspreken om te praten over de kosten van dingen als de lichtarmaturen en boekenkasten, of stelden ze misschien geen prijs op die zaken?

'Wij hadden gedacht aan een prijs van dertigduizend franc voor het geheel', zei monsieur Flieu. 'Is dat in orde?'

Anne-Sophie zuchtte. 'We zullen erover na moeten denken.'

Tim had geen idee waar ze het over hadden, al waren er een paar ingebouwde boekenkasten in de eetkamer en een enorme kandelaber die hem sowieso te veel van het goede leek.

Opnieuw schudden ze elkaar de hand. 'We laten snel van ons horen', zei Anne-Sophie.

Buiten legde Anne-Sophie hem uit dat de verkopende partij voorstelde om dertigduizend franc extra te betalen voor de ingebouwde boekenkasten. Ze hadden er eerder over gesproken, bracht ze hem in herinnering.

'Ik kan de boekenkasten laten zitten voor u, als u dat wilt', had mevrouw Flieu vriendelijk gezegd, toen ze waren teruggegaan om bepaalde dingen nog wat beter te bekijken, waaronder de *cave*.

'Dat zijn prachtige boekenkasten', had hij gezegd, met een gelukkige voorstelling in zijn hoofd van zichzelf omgeven door zijn boeken, die zich momenteel in volslagen wanorde onder zijn bed en op het aanrecht in de keuken bevonden.

Een paar dagen later was er een briefje gekomen met een lijstje van alle dingen die madame Flieu bereid was achter te laten – boekenkasten, medicijnkastje, een verwarmd handdoekenrek. Maar ze had niets gezegd over dertigduizend franc, bijna vijfduizend dollar! Tim was met stomheid geslagen. Anne-Sophie minder, hoewel ze haar rode lippen zakelijk tuitte en nadacht over het bedrag.

'Daar moeten we wat vanaf zien te krijgen', zei ze toen ze het notariskantoor verlieten. 'Ik vind het veel geld.'

'Dertigduizend franc! Wat denken ze wel. We kunnen ook naar de BHV gaan en daar onze boekenkasten kopen.'

Anne-Sophie volgde de gedachtelijn van de handelaar: 'Ze willen dat wij die boekenkasten kopen, en die heb je nu eenmaal nodig, maar die *lustre* weet ik niet. Hij is achttiende-eeuws en zeker de helft waard van die dertigduizend. We kunnen zeggen dat ze die *lustre* kunnen houden en niet meer dan vijftienduizend betalen voor de boekenkasten. Een *lustre* krijg ik goedkoper op de *puces.*

'Wacht even, die dingen horen bij het appartement! Die boekenkasten zijn ingebouwd, nagelvast!'

'Soms komen mensen in hun nieuwe appartement en zijn alle deurklinken, zelfs het pijpwerk verdwenen', zei Anne-Sophie. 'Maar deze mensen lijken me bijzonder vriendelijk. Ik maak me absoluut geen zorgen. Bovendien zal de makelaar het controleren voor we definitief tekenen.'

Zo leerde hij dat niets is wat het lijkt en dat de Flieus, als ze niet oppasten, ervandoor konden gaan met de toiletten en wasbakken op grond van het feit dat je in Frankrijk alleen de muren koopt. Hij was geschokt dat hij nu vijfduizend dollar extra moest schudden voor precies die dingen die hen tot hun bod hadden gebracht, en hij wond zich er bijzonder over op dat hem van dit alles vooraf niets was verteld. Zou daardoor zijn enthousiasme voor de woning verminderd zijn? Hij wist het niet. Gelukkig leek Anne-Sophie er helemaal niets vreemd aan te vinden, dus liet hij het er maar bij, of beter, richtte hij zijn aandacht op het vinden van het extra geld. Anne-Sophie leek opnieuw vrede te hebben met het appartement, haar bedenkingen waren verdwenen door de opwindende realiteit van de belangrijke stap die ze gezet hadden.

Ze kusten elkaar gedag bij de ingang van de metro; Anne-Sophie haastte zich naar een openbare boedelverkoop.

'C'est fait', zei ze glimlachend.

'Madame la propriétaire.'

Maar ze gingen niet ergens champagne drinken, zoals Tim min of meer had verwacht. Ze hadden de kans gemist om een belangwekkend en gelukkig moment te vieren, dat ze als stel een verbintenis hadden getekend om ergens samen te gaan wonen, het soort gebeurtenis dat met het klinken van champagneglazen hoort te worden bezegeld. Hij vertrok met een melancholiek gevoel van verlies in plaats van succes.

'Tim Nolinger heeft een woning gekocht niet ver van jou vandaan', zei Vivian Gibbs tegen Kathy Dolan, wier echtgenoot cultureel attaché was van de Verenigde Staten. 'Passage de la Visitation. Wist je dat er achter de hekken aan het eind van die straat een Rothschild woont?'

'Een eenvoudig liefdesnestje voor pasgetrouwden?' vroeg Kathy zich af. Het gerucht van Tims afkomst had de ambassade bereikt, wat waarschijnlijk verklaarde waarom Tim en Anne-Sophie voor verschillende gelegenheden daar waren uitgenodigd, een diner voor advocaten en journalisten, een ander ter ere van de dirigent van een Amerikaans symfonieorkest. Tim verbaasde zich erover dat hij zich tamelijk vereerd voelde, hoewel hij zich tegelijkertijd afvroeg hoe en waarom Amerika hem had weten te vinden; België had hem nooit ergens voor uitgenodigd.

28

Aan verlangen ten prooi

De vierde dag was Clara nog dieper weggezonken in een trance van ellende en onbegrip, afgewisseld door momenten van verontwaardiging over haar vervolging vanwege een principiële kwestie, toen ze in haar overpeinzingen werd gestoord door een bewaakster. Plotseling werd ze van haar cel naar de bezoekruimte gebracht en gebaarde men haar in een stoel plaats te nemen aan één kant van de glaswand. Met kloppend hart staarde ze naar de lege stoel aan de andere kant in afwachting van Serge. Toen ging de deur achterin open en een man kwam binnen met een bewaker achter zich. Aanvankelijk dacht ze dat het een advocaat was die door Serge was gestuurd. Een man in een perfect gesneden donker pak, een sjaal, zijn kameelharen overjas over de arm. Het was Antoine de Persand.

Van verbijstering wist ze niets uit te brengen toen hij ging zitten en zich naar de kleine getraliede uitsparing in het raam boog. Absurd genoeg bedacht ze dat ze niet was opgemaakt en verfomfaaide kleding droeg. Ze moest een verlopen en neerslachtige indruk maken.

'Madame Cray.'

'U bent wel de laatste die ik verwacht had.'

'Ik moest komen. Ik weet niet waarom ik gekomen ben, ik heb niets te bieden. Alleen, het leek me…' Hij stokte, van zijn stuk gebracht, leek het.

'Het is allemaal erg vreemd, dat vind ik ook', zei ze.

'Ik wilde niet dat u zou denken dat ik er iets mee van doen heb, madame. Ik ben een vriend, wees daarvan verzekerd, en ik ben het oneens met de jachtcommissie wat betreft uw vervolging. Uw grond is echt niet zo belangrijk voor de jacht, het gaat inmiddels om het ego van de burgemeester. Ik ben bang dat de burgemeester een goed geheugen heeft, en hoewel hij niets persoonlijks tegen u heeft, gaat het nu om zijn *amour propre.*'

'Was het moeilijk om toestemming te krijgen om mij te zien?'

'Nee, in mijn geval was het gemakkelijk. Maar misschien is het over het algemeen moeilijk.'

'Mijn echtgenoot heeft nog geen gelegenheid gehad me op te zoeken.'

'Ah', zei hij.

'Wat moet ik doen om vrij te komen?'

'Ik heb geen idee. Ik kom niet als boodschapper van de burgemeester. Ik ben gekomen omdat... uit vriendschap. Ik heb geen idee wat ik hier doe', voegde hij eraan toe met verbazing in zijn stem.

'Hoe dan ook, bedankt. Ik zal vast snel weer vrijkomen.'

'Bent u... Gaat het wel?'

'Franse gevangenissen zijn niet erg comfortabel.'

'Ik zal bij uw man langsgaan. Natuurlijk heeft hij maatregelen getroffen. Feitelijk ben ik advocaat, ik heb bepaalde connecties. Als ik ergens mee kan helpen...'

'Dank u wel, monsieur. Ik weet zeker dat hij doet wat hij kan.'

Er lag veel meer betekenis in de intense uitwisseling van blikken. Voelde hij ook de onuitgesproken, lijfelijke sensatie van verlangen? Want het was verlangen dat in haar opwelde. Ze voelde hoe ongerijmd dit was. Misschien had het iets weg van wat gijzelaars soms gaan voelen voor hun gijzelnemers, een bizarre vorm van inprenting. Je raakt verliefd op de eerste man die je te hulp schiet. Clara vond de glazen barrière onverdraaglijk, en omdat zelfs een handdruk onmogelijk was, gaf hij aanleiding tot vurige, ongeremde uitspraken, die ze zo goed en kwaad als het ging inslikte. Wat ze zeggen wilde, was: 'Als ik toch maar één nacht met je door kon brengen, één middag...'

En toen hoorde ze het zichzelf, tegen haar wil en tegen elk vernuft in, nog zeggen ook. Vanuit een gevangeniscel deed zij, Clara Holly, een wildvreemde Fransman oneerbare voorstellen.

Monsieur De Persand verstijfde. Hij leek te verbleken, terwijl het bloed haar naar de kaken steeg.

'Ik moet sterker zijn', verontschuldigde ze zich. 'Ik bedoelde er niks mee. Ik begin losbandige dingen te zeggen en losbandige gedachten te koesteren, het ligt aan de gevangenis…'

'Ik moet een keer vertellen wat er vorig jaar in mijn familie is voorgevallen, dan zult u begrijpen waarom… waarom ik mezelf geen losbandige gedachten toesta. De dood van mijn broer, het verdriet van mijn moeder, de verweesde kinderen, de chaos rond de erfenis, de problemen van een oom en tante – en dat allemaal vanwege…' Hij zuchtte.

'Je hebt gelijk, je hebt gelijk, ik praat onzin', zei Clara. 'Je verliest je evenwicht hier. Het spijt me.' Maar hij moest precies begrepen hebben wat ze had bedoeld. Waarschijnlijk boden vrouwelijke gevangenen zich doorlopend aan hun advocaten aan, in hun wanhopige zucht naar vrijheid…

Op dat moment maakten de gebaren van de bewakers duidelijk dat iedereen moest opstaan en het bezoek zonder verdere plichtplegingen moest vertrekken. Clara en Antoine de Persand staarden elkaar door de glazen afscheiding wanhopig en geschokt aan. De Persand haastte zich naar buiten, de jas onder zijn arm geklemd.

Terug in haar cel verergerde Clara's getob zich. Voor de eerste keer rolden er hete tranen over haar wangen. Hoe had ze zoiets kunnen zeggen tegen Antoine de Persand? En vanwaar dat verlangen om in zijn armen te liggen? Het was een teken dat haar gedachten verwrongen raakten in de gevangenis. Ze zag zichzelf als een dorstige in de woestijn, kruipend op weg naar een waterige luchtspiegeling van liefde en wilde sensualiteit. En wat had dit visioen van droogte eigenlijk met haar leven te maken? Het was dat haar leven droog was, zonder wulps plezier, met plichtmatige liefde, af en toe, zonder echte intimiteit. De gevangenis leek haar een metafoor voor haar hele leven. Ze werd overmand door zelfmedelijden en verdriet. Vier dagen opsluiting hadden haar depressief gemaakt en ten prooi aan waanvoorstellingen.

29

Bericht van Gabriel

Inmiddels ging Tim om de andere dag met de auto van Anne-Sophie of per trein naar Cray om te horen of er nieuws was over het gestolen manuscript of over de juridische kwesties rond de arrestatie van Clara. Hij had inmiddels, in relatief korte tijd, de status verworven van vriend van de familie, steunpilaar voor Delia en manusje-van-alles. Hij zag in dat Cray afhankelijk was van Clara als tussenpersoon met de buitenwereld, en bij haar afwezigheid kreeg hij die rol toebedeeld. Waarom schikte hij zich erin? Hij wist niet of het nieuwsgierigheid was of behulpzaamheid of het verhaal of artikel dat eruit voort zou komen. Het was meer dan alleen het geld, hoewel hij, toen hij de eerste drieduizend dollar van Monday Brothers Films had ontvangen, het gevoel had dat hij zich schandalig liet overbetalen. Maar het kwam goed van pas voor de boekenkasten, dat stond vast.

En er was de eigenaardige aantrekkingskracht van macht en glamour die hem trok. Hierom verachtte hij zichzelf. Van die andere motivatie voor zijn aanwezigheid – om Clara te kunnen helpen – had hij slechts een vaag besef. Maar hij wilde zien hoe het allemaal zou aflopen, hij wilde blijven tot het einde van het toneelstuk.

Hij wist niet of hij Cray wel echt mocht. Hij was bruusk en kon maar kort zijn aandacht tot iets bepalen, waardoor een gesprek uitgesloten leek. Hij morste altijd op zijn kleren. Maar juist als deze eigenschappen begonnen te irriteren, richtte Cray zijn aandacht weer op het gesprek, verbijsterde iedereen met een of ander inzicht en bleek hij de hele tijd opgelet te hebben. Als hij over film sprak was hij indrukwekkend. Misschien was hij een genie. Hij maakte een zorgelijke indruk en belde om de haverklap naar Engeland of Californië.

Nu hij Cray beter leerde kennen, bevond hij zich in de uitzonderlijke positie dat hij verslag kon doen van de bezigheden van deze teruggetrokken en fascinerende figuur, maar wist hij zich door hun groeiende vriendschap tevens belemmerd om de privileges van de vertrouwelijkheid te schenden. Tegelijkertijd drong Cees er bij hem op aan om zich beschikbaar te houden voor een eventuele transactie met die dief, en dit gaf hem een gevoel alsof hij er een dubbele agenda op nahield, wat eigenlijk onzin was, aangezien zowel Cray als Cees uiteindelijk de dief wilde pakken en het manuscript redden. Cees had goed aange-voeld dat de omgang met Cray een afdoende stimulans voor Tim zou zijn om in de buurt te blijven – dat het interessant zou zijn om in een bevoorrechte positie te verkeren bij deze haast legen-darische figuur. Cray moest van dezelfde veronderstelling zijn uitgegaan, dat het voor Tim de moeite waard was om hem van dienst te zijn vanwege zijn persoon. En hij was eraan gewend om zich te laten helpen. Hij gaf Tim ook een nieuwe opdracht.

'Kun jij uitzoeken wat er gebeurd is met die ellendige lambrise-ring? Zou je dat kunnen doen voor me?'

Tim zei dat hij z'n best zou doen.

'Heb je nog meer te doen?'

Deze vraag verraste en kwetste Tim een beetje. Had hij meer te doen? Natuurlijk. Wat? Er was van alles wat hij eigenlijk zou moeten doen.

'Ik heb het een en ander van je gelezen', zei Cray. 'Ik heb het laten bezorgen. Aan welke kant sta je eigenlijk, van *Reliance* of van *Concern*? Bestaat er tussen die twee geen natuurlijke tegen-strijdigheid?

'Meestal kan ik voor beide kanten begrip opbrengen', zei Tim. 'Het is een soort vloek.'

Na een paar dagen had de dief of heler nog steeds niets van zich laten horen. Eén keer ging de telefoon maar het was Clara's moeder. Serge schudde zijn hoofd naar Delia en maakte kenbaar dat hij haar niet wilde spreken en dat Delia dat maar moest doen. 'Dag, Mrs. Holly, u spreekt met Delia Sadler. U weet wel, van een paar huizen verderop? Ik ben op bezoek bij Clara, maar ze is er nu niet.' Delia keek naar Serge voor instructies.

Ze speculeerden erover dat de millenniummanuscripten en met name het document uit de Morgan Library, de Dryadische Apocalyps, dat de dief aan Cray wilde slijten, op de een of andere manier iets te maken hadden met Gabriel, de verdwenen vriend van Delia. Was dat een te boute veronderstelling? Niet echt, dachten ze. Het kortstondige opduiken van de man, het feit dat hij zich verborgen had gehouden, al was hij vrijgepleit van de moord op de vlooienmarkt, en nu een mogelijk verband met millenniumsektes via zijn vriendin in Oregon, leken de suggestie sterker dan tevoren te rechtvaardigen. Tim overwoog om Delia eens aan te spreken over deze mogelijkheid, maar hij hoefde er niet over te beginnen, omdat de zaak zich vanzelf oploste.

Vrijdag, de dag waarop Cray hoopte dat Clara vrijgelaten zou worden, zaten Cray, Delia en Tim samen in de woonkamer. De kamer leek wel een commandocentrum, met drie telefoons. Toen er een overging, knikte Cray naar Delia, die er het dichtstbij zat, dat ze kon opnemen. (Vaak liet hij senhora Alvares opnemen, of een klusjesman die moest zeggen dat de beller een verkeerd nummer had gekozen.)

Vreugde en herkenning vestigden zich op haar gezicht nog voor ze iets gezegd had. Tim en Cray spitsten hun oren. Wie kon er nou opbellen voor Delia? Maar natuurlijk had ze het nummer aan honderden familieleden en vrienden gegeven, met wie ze zo ongeveer van minuut tot minuut in contact stond.

'Gabe, ik ben het!' riep ze uit. 'Wat vreemd allemaal! Hoe wist je dat ik hier zat?' Tim hoorde het haar zeggen en ging dichterbij zitten. Het was makkelijk je de verbijstering aan de andere kant van de lijn voor te stellen. Cray, die in de hoek zat te lezen, hoorde het ook en keek op. Gabriel, de geheimzinnige jongeman die Anne-Sophie weggesleept had zien worden door *les flics*. De diepte van Delia's gevoelens voor deze hen nog onbekende man was overduidelijk.

Toen deed ze de beller met veel omhaal het verhaal van wat haar was overkomen, en lange periodes zat ze stil te luisteren, waarschijnlijk naar wat hem was overkomen in de ongeveer twee weken sinds ze elkaar voor het laatst hadden gezien. Gabriel, de vermiste.

'Gaat het goed met je? Waar ben je nu? Ik moest weg uit dat hotel, het was er niet pluis', hoorden ze haar vertellen. Op haar gezicht lag de zekerheid dat het leven zijn vertrouwde loop weer zou hernemen, haar vriend was er, de telefoon deed het, een en al normaliteit en hoop.

Ze keek op naar Cray. 'Kan mijn vriend hier logeren? Alleen maar tot we zijn paspoort en spullen kunnen ophalen in het hotel en vliegtickets bemachtigen?'

Cray keek naar Tim. Misschien had hij eenzelfde vermoeden dat Gabriel ook de dief van het manuscript was, want hoe kon Gabriel weten dat Delia hier was? En waar had hij het telefoonnummer vandaan, dat geheim was maar wel bekend bij de dief?

'Natuurlijk', zei Cray. 'Hij is meer dan welkom. Zeg maar dat hij kan komen.' Ze gaf de boodschap door en knikte stralend naar Cray. Blijkbaar nam Gabriel de uitnodiging aan.

'Kunt u hem uitleggen hoe hij hier komt', vroeg ze, terwijl ze Cray de telefoon gaf. 'Hallo', zei Cray met een jovialiteit in zijn stem die Tim nog niet eerder had gehoord. 'Je bent van harte welkom hier!' Hij legde uit welke bussen hij moest nemen vanaf Versailles, hoe hij vanuit het dorp moest lopen en waarschuwde hem voor de honden. Cray was ingenomen met de honden. Hij schepte er behagen in ongelukkige bezorgers van het pad te sturen, zodat ze door grauwende rottweilers werden belaagd en onderworpen aan een verhoor door de *maître-chien*, een Belg met laarzen als een ss-officier.

'Wat een opluchting voor je, Delia', zei hij toen hij de telefoon neerlegde. 'Je vriend is in veiligheid, jullie tweeën kunnen Frankrijk verlaten zodra je de zaken geregeld hebt, en intussen hebben jullie hier een veilige haven.'

'Dat is zo lief van u', zei Delia geestdriftig. 'Godallemachtig, wat een opluchting.'

Maar Delia's uitgelatenheid over het opduiken van Gabriel leek haar ontluikende band met Cray niet te verstoren, want even later nam hij haar mee naar de andere kamer en sloot Tim nadrukkelijk buiten.

30

Op borgtocht vrij

Het duurde een week voordat Clara geschokt en woedend op borgtocht naar huis mocht. Een *juge d'instruction* verzamelde bewijs voor haar proces, dat aangekondigd was voor net voor Kerstmis. Cray kwam haar in de landrover ophalen met een van de advocaten – alsof hij haar oppikte van het station nadat ze had gewinkeld, merkte ze bitter op toen ze met wapperende haren buitenkwam en met haar ogen knipperde tegen het felle herfstlicht, vernederd, vuil en furieus. Dienaren van de Franse justitie posteerden zich stijfjes op de binnenplaats om haar te zien vertrekken. Cray voelde haar woede.

'Je had een limousine verwacht, een beetje ceremonieel.' Cray lachte. 'Ik had eraan moeten denken.'

'Nee hoor.' Maar vanbinnen was ze boos op haar echtgenoot dat het zo lang had geduurd, en hij was kwaad op haar omdat hij niet meer had kunnen uitrichten, hoewel hij had gedaan wat hij kon. Het gerucht ging dat de Amerikaanse ambassadeur namens haar zijn beklag had gedaan aan de Quai d'Orsay.

'Dat heeft Jean Beaumarché me zelf verteld', zei Christophe Oliver, de Franse advocaat van Biggs, Rigby, Denby, Fox.

In de dagen na de vrijlating van Clara, merkte Tim dat de sfeer in het château bleef veranderen en verzuren. Lag het aan de kwijlende rottweilers en hun gelaarsde oppasser, waardoor bezoek en vertrek met een element van gevaar waren omgeven? Lag het aan de energieke activiteit van Cray, die rusteloos van kamer naar kamer draafde, als een koortsige zieke, of naar buiten stapte om de waakzaamheid van de honden te testen, als een kasteelheer uit een van die Victoriaanse griezelromans die Anne-Sophie altijd las? Of lag het aan de irritatie, aan de woede zelfs, die de beheerste, damesachtige Clara uitstraalde?

Omdat ze zichzelf zag als iemand met een rustig karakter, herkende Clara het aanvankelijk niet als ze woede voelde. Toen Serge haar met de advocaat Chris Oliver kwam ophalen bij de gevangenis, was ze aan de ene kant blij om hen te zien, op een geruststellende manier verontwaardigd over wat haar was aangedaan, zij zouden dingen in gang zetten en aan de juiste touwtjes trekken. Ze wist dat het irrationeel was om het Serge te verwijten, hoewel de verwijten in haar opwelden, samen met andere fouten en teleurstellingen die er als zeepokken aan zaten vastgekoekt. Lars. Andere dingen.

Ja, aan één kant wist ze wel dat het niet aan Serge lag. Zelf had ze een nog grotere afkeer van de jacht dan Serge, en ze was tot op zekere hoogte blij martelaar te zijn voor een zo nobel doel. Maar als ze eraan dacht dat Serge niet de gevangenis was ingegaan, dat hij haar pas gered had nadat er vele dagen verstreken waren, hoe hij haar met zijn sluwe vooruitziende blik tot eigenaresse van het huis had gemaakt, hoe hij Lars had weggestuurd, hoe al haar ideeën werden vertrapt en verdrukt onder zijn omvang, zijn geld, zijn inactiviteit, de lethargie van artistieke wanhoop die ook haar leven omgaf als een giftig miasma, dan kwam een wanhopige woede in haar op, des te krachtiger omdat ze wist dat ze niets kon beginnen en het moest zien te verdragen.

De eerste keer dat Tim haar zag na haar vrijlating, stond ze op de voorplaats toen hij aan kwam rijden. Ze glimlachte op die zonnige manier van haar waarmee ze je hart kon doen breken en nam hem bij de hand toen hij uitstapte, alsof ze hem tegen de honden wilde beschermen. Ze leek hem vermagerd, haar gezicht ingevallen met een beetje schaduw onder haar ogen – maar dit alles diende er slechts toe haar schoonheid te verhogen door er een gedoemde en opgejaagde indruk aan te verlenen.

'Welkom, Tim. Je bent een hele steun geweest voor Serge', zei ze, alsof Serge een veeleisende gehandicapte was die ze met tegenzin alleen liet. Ze gingen naar binnen. Er was een andere advocaat aanwezig, Bradley Dunne, ook al van Biggs, Rigby, Denby, Fox, die bij haar in de buurt bleef, misschien wel om het toegebrachte leed in te schatten met het oog op een eventuele claim.

Hoe schudde je de gruwel van al die dagen en nachten in het gevang van je af? Deze vraag stelde Tim haar. Natuurlijk was hij nieuwsgierig naar de gevangenis, dat was iedereen, en zij had het verhaal, naar het scheen, ontelbare keren verteld in de vierentwintig uur sinds haar vrijlating. Haar verslag had nu al een ingestudeerde kwaliteit verworven, over waterige moten vis met graten, het ontbreken van koffie, zeven dagen lang had ze niets anders dan cichorei gehad.

'Heb je wel eens gehoord van koffieontwenningshoofdpijn?' vroeg ze. 'Een vreselijke vorm van hoofdpijn, niets helpt ertegen. Het begint op de tweede dag. Van dan af wil je niets anders dan op je bed liggen, zo vreselijk is de pijn. Het zal uiteindelijk wel verminderen, maar het eerste wat ik deed toen ik vrijkwam was een kop koffie drinken.'

'Ik vind het ongelooflijk dat ze iemand die niets misdaan heeft zoiets kunnen aandoen', hoorde Tim zichzelf zeggen, hoewel hij het zich natuurlijk best kon voorstellen.

'En natuurlijk lijd je er meer onder als je onschuldig bent. Voor schuldigen is er een zekere compensatie, een gelegenheid tot boetedoening', zei ze met een instemmende glimlach.

Maar niet alleen Clara's verblijf in de gevangenis leek de sfeer van vreemdheid en irritatie te veroorzaken die Tim bespeurde. Ze had ook nog ontdekt dat Cray in de week van haar afwezigheid gefascineerd was geraakt door Delia. Een van zijn telefoontjes naar Californië was naar Woly geweest met het verzoek aan Monday Brothers om Delia's verblijf in Frankrijk nog een paar weken te bekostigen om hem te helpen met onderzoek voor zijn film. Omdat ze zonder paspoort weinig andere keuze had dan te blijven en ze bovendien vastbesloten leek om te wachten tot haar vriend weer zou opduiken, zag Tim niet in waarom hij haar ook nog moest betalen.

'Die tengere lichaamsbouw – heerlijk. Die kleine, kreupele heupjes, vind je het ook niet…?' Cray gniffelde. Tim was er niet zeker van wat hij bedoelde. Vond hij Delia sexy? Of was het iets vreemders, een sadistische wens om Delia's tengere, misvormde botten te breken? Of was zijn bewondering voor de imperfectie een impliciete kritiek op de volmaaktheid van Clara? Of was het gewoon dat hij zich in afwezigheid van Clara had gericht op de enige dociele vrouw onder handbereik?

'Ze is lid van een sekte, wist je dat?' zei hij. 'Of eigenlijk van een consortium van sektes. Ze zegt dat het uitsluitend groepen betreft die in Oregon actief zijn. De gezamenlijke sektes van Oregon drijven de antiekmarkt waar zij en haar vriend hun winkeltjes hebben. Ze kent mensen uit de millenniumbeweging, mormoonse polygamisten, superpatriotten, mensen die geloven in zwarte helikopters, ze kijkt nergens van op. Het lijkt wel of ze gestuurd is.'

'Het Verre Westen', stemde Tim in. Hoewel hij nooit in het Verre Westen geweest was, was het welbekend dat die millenniumlui en dergelijke daar geconcentreerd waren. Maar hij had eerder aan Idaho en Montana gedacht en kon zich het weldenkende burgermeisje Delia niet voorstellen als fanatiek gelovige of lid van een sekte. 'Om wat voor sekte gaat het dan?'

'Ze zegt dat ze niet religieus is, maar ze is het wel eens met veel ideeën van de mensen die ze kent. Vraag haar er maar eens naar.'

Als Delia binnenkwam, troonde Cray haar mee naar de eetkamer om samen boterhammen te eten en sloot zowel zijn vrouw als Tim buiten. Tim vond dit niet erg, omdat hij achterbleef met Clara. In zijn bevlieging voor Clara – in serieuzere termen dacht hij er niet over – verwelkomde hij elk gesprek, elke toevallige aanraking, elke vertrouwelijkheid die zijn vriendschap een geprivilegieerde status kon verlenen. Natuurlijk wist hij dat Anne-Sophie doorkreeg dat deze belangstelling hem begon te verteren – hij merkte dat hij de smakeloze taal bezigde die de enig juiste leek voor dergelijke dingen: hij werd erdoor verteerd – maar hij kon Anne-Sophie maar moeilijk geruststellen door te zeggen dat zijn gevoelens voor Clara niet serieus waren. Daarmee zou hij haar verdenkingen alleen maar bevestigen en versterken.

De daaropvolgende dagen kwam de mysterieuze Gabriel nog steeds niet opdagen. Vaak zat Delia uit het raam te staren om op te springen als de telefoon ging – wat trouwens Cray en Clara ook deden om hun eigen redenen, die volgens Tim waarschijnlijk te maken hadden met de juridische ellende die Clara boven het hoofd hing. Soms schepte Cray er plezier in Delia te plagen.

'Dit is foie gras, Delia. Weet je hoe ze dat maken? Ze proppen een grote trechter in de hals van zo'n gans en strooien er graan in, zoveel als er in het beest past, en ze passen die dwangvoeding zo lang toe dat de lever enorm opzwelt – en dat is wat je nu zit te eten.'

'Jakkes', was de voorspelbare reactie. En dan: 'Ik weet dat je denkt dat ik van niks weet, maar ik weet toevallig heus wel wat foie gras is. Volgens mij zeg je het alleen maar om mijn bord leeg te kunnen eten.'

Hoewel hij wist dat hij wel wat beters te doen had, zoals uitzoeken hoe het zat met de verkoop van de lambrisering of zijn boeken op orde brengen of ergens over schrijven, werd Tim steeds meer kind aan huis bij de Crays, zodanig dat hij nu op z'n gemak in de keuken kon zitten, waar Cray graag zat te lezen, of in het ontbijt-kamertje naast de woonkamer, een kleine ruimte, opgesierd met silhouetten in smalle zwarte lijsten aan de geel geverfde muren, met stapels kranten en soms het geluid van de radio. Het warme Aga-fornuis in de keuken werd steeds aangenamer in de kille ochtenden – het was niet gemakkelijk om het château te ver-warmen. In de keuken zagen hoge ramen uit op een tuinland-schap van cementen potten en planten, verzilverd door een paar dagen vorst. En in het bassin van een defecte fontein verzamelden zich bruine bladeren. Senhora Alvares was Tim inmiddels gaan beschouwen als manusje-van-alles voor Cray (in plaats van bij-voorbeeld een bewonderaar van Madame) en begroette hem met die mengeling van ontzag en vertrouwelijkheid die lagere be-dienden doorgaans hebben voor hogere bedienden. Aangezien hij werd betaald, vond Tim dat Cray over hem kon beschikken. En hij hield zich ook beschikbaar omdat de alternatieven erger waren – zijn boeken naar de nieuwe boekenkasten verhuizen, bijvoor-beeld. Maar ze hadden niets naders gehoord van de dief van het manuscript.

Tim had alle kwesties die met Gabriel samenhingen besproken met Cees in Amsterdam, vanaf het moment dat ze Delia bij Cray hadden ondergebracht. Hij wist dat Cees geïnteresseerd was in de kwestie Gabriel, maar hij had niet gezegd of hij dacht dat er een verband was met de Dryadische Apocalyps. Tim had het met Cees gehad over de mogelijkheid dat Gabriel iets te maken had met het manuscript en Cees had hem verteld dat er inmiddels twee andere potentiële kopers per telefoon benaderd waren door iemand die hun het manuscript aanbood. Was dat Gabriel geweest of iemand anders? De andere gegadigden hadden net als Cray het verzoek gekregen om samen te werken met de dief en aan te geven dat ze in zijn handel geïnteresseerd waren, maar tot dusverre was geen van de potentiële kopers een tweede keer benaderd.

Tim was niet de enige die de deur platliep. En hij had nu eenmaal een reden, het mysterie van het manuscript. Twee keer kwam Antoine de Persand onder uiterst magere voorwendsels opdagen terwijl Tim er toevallig was. Hij en Delia waren getuige van de dynamiek – de mooie vrouw, de aantrekkelijke man, de dwang-matige blikken. Natuurlijk moest ook Cray hebben gezien dat de twee de indruk gaven in de greep te zijn van een of andere onzichtbare betovering. Maar hij gaf er geen blijk van.

Tim hoorde Clara in de hal op een ochtend net nadat hij was aangekomen, terwijl hij zijn jas ophing in de kast naast de ontbijtkamer. Hij ging de keuken binnen, waar Cray zat te lezen en senhora Alvares koffie aan het zetten was.

'Wilt u ook wat…? We stonden juist op het punt om…' stamelde Clara.

'Nee. Dank u – *merci, s'il vous plaît.*' Antoine de Persand zette een paar stappen de keuken in. Toen leidde Clara, die blijkbaar koos voor een wat geschiktere ontvangstruimte, hem naar de ontbijtkamer naast de keuken. De anderen aarzelden even, maar senhora Alvares bracht het hele dienblad met kopjes ernaartoe, en dus volgden ze haar: Tim, Cray en Delia. Clara had zich als een kasteelvrouwe aan het hoofd van de tafel geposteerd en stond over de kopjes gebogen. De Persand nam juist plaats, zo dicht mogelijk bij haar.

Opkijkend van het koffieschenken zag ze Cray binnenkomen. 'Mijn echtgenoot kent u al', zei ze tegen Antoine de Persand. De Persand ging staan en schudde Cray de hand en daarna Tim en Delia.

'En wat zullen de volgende stappen zijn van onze gerespecteerde burgemeester?' vroeg Cray.

De Persand aarzelde. 'Dat wilde ik u vertellen. Bent u zeker van de *surface* van uw landgoed? Ik denk dat hij van plan is om de juridische status van een deel van uw land aan te vechten, en misschien om het op recht van overpad te gooien.'

'Ga zitten, monsieur. Kunt u dat eens nader toelichten?'

Kopjes werden doorgegeven, het suikerritueel werd volvoerd door Clara, die zich had teruggetrokken in een cocon van meisjesachtige verlegenheid, haar ogen op de koffiepot gefixeerd. In gedachten was ze bij het vernederende moment waarop ze tegen haar principes in had geprobeerd deze man te verleiden – ze moest het onder ogen zien, dat was wat ze gedaan had – en afgewezen was. Iets waartoe ze zichzelf nooit in staat had geacht. Overmoed, overmoed. Maar ze had ook nooit gedacht ooit in de gevangenis te zullen belanden. Het hart klopte haar in de keel, haar hand – het was belachelijk – trilde als ze opkeek naar monsieur De Persand die bij haar aan tafel zat.

'Bent u bekend met de Loi Verdeille?' vervolgde De Persand.

'Natuurlijk. Een wet die gekenmerkt wordt door een verbijsterend fascisme…'

Cray had Delia uitgelegd dat deze wet inhield dat een eigenaar die over minder dan twintig hectare grond beschikte, niet kon verhinderen dat er jagers op zijn landgoed kwamen jagen. Cray kon geen begrip opbrengen voor een dergelijke schending van de private eigendom in een vrije, democratische natie. Toen hij had gezworen dat hij de zaak voor het Europees Gerechtshof in Straatsburg zou brengen, had men hem verteld dat anderen, die net zo verontwaardigd waren, hem waren voorgegaan. Maar het hof had nog geen uitspraak gedaan en in de tussentijd gold de

Franse wet dat kleine landeigenaren jagers niet konden weren, terwijl een grote eigenaar dat wel kon.

'Juist ja', viel Delia hem strijdbaar bij. 'Onvoorstelbaar.'

'Dat is een andere kwestie', zei De Persand stijfjes. 'De burgemeester vermoedt dat de oppervlakte van uw land wel eens nog geringer zou kunnen blijken te zijn bij een heronderzoek naar de juridische status van sommige paden langs de omtrek van uw *surface*. Misschien hebt u erfdienstbaarheden en dergelijke meegerekend. Hij zoekt naar andere mogelijkheden om u dwars te zitten.'

Cray bromde. 'Hebben mijn honden u lastiggevallen?'

'Ik heb ze gezien, monsieur. En zij mij.'

'Er lopen acht van die honden op mijn terrein, en hun oppasser heeft opdracht om ze af te sturen op indringers en hun honden. Ik vind het interessant dat ze blijkbaar het verschil kennen tussen indringers en welkome gasten en vrienden zoals uzelf. Misschien komt het doordat welkome gasten netjes over het pad komen. Of misschien weet de *maître-chien* het op de een of andere manier en geeft hij een teken.'

'De burgemeester heeft tevens de bevoegdheid om te bepalen dat delen van uw *surface* openbaar toegankelijk moeten zijn, waardoor de omvang van uw landgoed nog verder zou verminderen', zei De Persand.

Hier schrok Cray van, die eindelijk inzag waar het om ging. Hij fronste zijn wenkbrauwen, zijn ogen glinsterden, zijn kaken werden donkerder, alsof plotseling zijn baard doorbrak. 'Dus zo willen ze het spelen', zei hij.

De Persand wendde zich tot Clara. 'En u, madame? Hebt u de verschrikkingen van het gevang overleefd?'

'Het is een ervaring die ik iedereen zou aanraden', zei Clara met een luchtig glimlachje, bijna zoals Franse vrouwen zouden doen. 'Je ontdekt dingen over jezelf, en je zegt en doet dingen die helemaal niet bij je horen. Dingen die je nooit zou zeggen in de buitenwereld.'

'Dat kan ik me voorstellen. Ik denk dat we allemaal een verbeeldingswereld hebben die we niet durven te tonen.'

'Maar in de gevangenis mag het', zei Clara. 'Je kunt je allerlei verboden zaken voorstellen.'

De plannen voor het huwelijk vorderden gladjes, maar het probleem met het appartement verergerde.

'Zeg maar tegen madame Flieu dat ze haar planken mee mag nemen', zei de notaris koeltjes tegen Tim en Anne-Sophie, toen Tim zijn beklag deed over de extra kosten. Maar zo eenvoudig was het niet – ze wilden die boekenkasten best hebben. Het was een kwestie van het extra geld bij elkaar krijgen. Tim had een beetje geld op een Amerikaanse rekening en hij belde zijn moeder, die gemachtigd was om er geld vanaf te halen.

'Maar ze horen bij het huis!' Tim bleef erover klagen tegen eenieder die het horen wilde. 'De verkopende partij kan toch niet zomaar alles meenemen!' Maar dat konden ze dus blijkbaar wel, zo ging dat in Frankrijk, het enige wat Anne-Sophie en hij hadden gekocht waren immers de muren. Elke verfraaiing was een zaak van de goede wil van de verkoopster, madame Flieu. Tim kon de irritatie niet de baas die hij begon te voelen over die boekenkasten, weer een voorbeeld van de bevuiling van hun toekomstige nest door krachten waarover ze geen controle hadden, lelijke vogels die waren binnengedrongen en waren gaan zitten op de delicate eieren van het huwelijksgeluk, die op het punt van uitkomen stonden. Hij en Anne-Sophie vonden beschutting in extra gepassioneerde en frequente vrijpartijen, en onder een ervan zei Anne-Sophie plotseling: *'O God, I'm horny.'* Deze onfranse uitdrukking, volkomen onverwacht in haar preutse, Londense, nette Engelse vocabulaire, verraste Tim volkomen en hij vond het grappig, net als die keer dat ze *'fuck me'* gezegd had.

Dagen later, toen hij midden op de dag bij haar was, vond hij *Sexus* in haar appartement. Ze was Henry Miller aan het lezen, blijkbaar de bron van haar nogal ongelukkige pogingen om een sexy Engels te praten als ze de liefde bedreven. Hij vroeg zich opnieuw af of er wellicht iets aan de hand was met haar, of misschien dacht zij dat er met hem iets aan de hand was. Was zijn belangstelling voor Clara hem gevolgd tot in het bed? Hij dacht zelf van niet, maar het was moeilijk om over seks te praten zonder iets klinisch en weerzinwekkends te maken van wat tot nu toe een spontane en gelukkige activiteit was geweest. Precies wat hij nodig had – nog een bron van zorgen.

Estelle had met interesse het nieuws vernomen over de erfenis waaruit de boekenkasten bekostigd zouden worden. Ze had gehoord over een fiscale regeling waarvan Amerikaanse miljonairs gebruikmaken om hun behoeftige zoons en huwbare dochters te onderhouden.

31

Clara en Delia

Hoewel Clara aanvankelijk sympathie had gevoeld voor Delia, begon ze zich nu aan haar te ergeren. Tim dacht dat ze zich misschien stoorde aan Crays fascinatie voor het meisje – ze waren constant in gesprek – of het zou kunnen zijn dat Clara vond dat haar problemen veel groter waren dan die van Delia, die immers niet meer om het lijf hadden dan een gedwongen verblijf in Frankrijk in een luxueus château en een lichte ongerustheid over haar vriend Gabriel, terwijl Clara rekening moest houden met een hernieuwd verblijf in de gevangenis, dat had de Franse rechtsdienaar tenminste duidelijk gemaakt.

Aanvankelijk had Clara Delia het voordeel van de twijfel gegeven, omdat ze dacht dat gehandicapte mensen vaak boosaardig waren en sceptisch, gekenmerkt door een wat hypocriet geduld – wat niet meer dan normaal was – maar Delia maakte een oprecht lieve indruk, zelfs een beetje passief, iemand in afwachting van wat komen gaat. Misschien wachtte ze op de operatie waarmee haar leven kon beginnen. Aangezien Clara zelf onbekommerd rennend en springend was opgegroeid, zonder behoefte aan iemands geduld, wilde ze Delia niet veroordelen.

Maar het viel haar wel op dat Delia een verbijsterend talent had voor nietsdoen. Dat viel hen allemaal op. Ze kon urenlang bewegingloos in een stoel zitten. Ze vroegen zich af of ze deze inertie omwille van haar pijnlijke heup gecultiveerd had. Maar als ze zich bewoog, liep ze alleen maar mank en leek geen overdreven pijnen uit te staan. Ze gaf niet om de Franse televisie, las niet, keek soms kort naar CNN, wat ze zonder mankeren besloot met een verontwaardigd gesnuif en diep gezucht om deze nationale schande en het bedroevende intellectuele niveau van CNN.

'In Amerika is CNN niet zo stom', zei ze. 'Het lijkt wel of ze denken dat je dom moet zijn als je niet in Amerika woont.'

Ze hielp wel in huis, nam de telefoon aan en droeg kopjes naar de keuken. En ze had lange gesprekken met Cray. Wie wist waar ze zich mee bezighielden? Tim nam aan dat ze alleen maar praatten, maar hij had geleerd in het leven dat mensen van wie je het nooit gedacht had, het met elkaar deden. De onbehouwen Cray en de jonge vrouw met het vogeltjesskelet – het was bijna net zo onvoorstelbaar als Cray en Clara.

Delia leek zichzelf als een slachtoffer te beschouwen, en wel een van legendarische proporties. Over dit thema voerde ze geestdriftige gesprekken met de mensen thuis, gesprekken waar hij en de Crays naar hartenlust van mochten meegenieten. Tim merkte op dat ze haar telefoongesprekken niet langer met haar creditcard betaalde. In plaats van trouw de eindeloze rij cijfers te reciteren voor elk gesprek, belde ze nu direct op elk uur van de dag, met de kalme houding van de rechthebbende. Misschien had Serge toestemming gegeven. Ook had ze contact met ontelbare mensen in Parijs, van wie ze de telefoonnummers bij tientallen aangeleverd kreeg van mensen uit Oregon, die allemaal wel een Amerikaanse vriend in Parijs leken te hebben. Op deze manier raakten de lotgevallen van Delia wijd en zijd bekend in de Amerikaanse gemeenschap en werden deze zelfs net zo serieus genomen als die van Clara. Het meisje dat geen paspoort krijgt vanwege een geheimzinnige fout van de Franse bureaucratie, kwam op één voet te staan met Clara Holly, die gevangenisstraf moest vrezen vanwege het ontvreemden van een historische lambrisering.

Het Amerikaanse consulaat had Delia verzekerd dat de vertraging waarschijnlijk niet meer was dan een administratieve fout, waarbij de Franse politie haar vergeten was en dus ook was vergeten om het verzoek aan de Amerikanen in te trekken om haar geen paspoort te verstrekken, of was vergeten om de Franse vreemdelingendienst in te lichten dat ze haar niet langer nodig hadden. En daarom had de vreemdelingendienst het verzoek aan de Amerikaanse autoriteiten niet ingetrokken.

Tim vermoedde dat iemand Delia toch nog wilde vasthouden tot haar vriend Gabriel boven water kwam. En op een dag deed hij dat.

'Heb je gehoord dat *Mademoiselle Décor* aandacht gaat besteden aan het huwelijk van Tim Nolinger? Zijn verloofde is een Frans meisje van stand, maar je hebt vast ook wel van hem gehoord. Ben je uitgenodigd?' vroeg Vivian Gibbs aan Maydie Bailey op een gezamenlijke bijeenkomst van Democraten en Republikeinen ter gelegenheid van Thanksgiving en om de positie van buitenlanders in Frankrijk te bespreken na wat Clara Holly overkomen was.

'Zijn de uitnodigingen verstuurd?' vroeg Maydie behoedzaam.

'Ik ben dol op Franse bruiloften. Ik heb er een keer een meegemaakt die zes dagen duurde…'

'Ik ben bang dat ik Tim niet zo goed ken', bekende Maydie.

'Waarom lopen de Fransen zo achter met internet', zuchtte Delia, die niet veel kon uitrichten met Minitel, de primitieve Franse versie.

'Ze liepen zo ver voor met Minitel, heel Frankrijk was online, dat ze de opkomst van internet tot voor kort niet hebben opgemerkt. Bovendien willen ze de Amerikaanse culturele invloed zo veel mogelijk inperken – daarom waren ze sceptisch over internet.'

'Waarom hebben ze dan wel McDonald's? Waarom hebben ze voor McDonald's gekozen in plaats van voor internet?'

'Daarvoor bestaat geen verklaring', zei Cray.

Anne-Sophie vond Henry Miller een hele kluif en gaf het op. Ze was op zoek geweest naar anatomisch *slang* in het Engels, om haar erotische woordenschat in die taal uit te breiden. Ze was op het idee gebracht door gravin Ribemont in *Tegen de stroom in*: 'Het is geen geheim hoe je een man gelukkig maakt. Er komt niet meer bij kijken dan een hitsig stemgeluid en een *vocabulaire dur, alors*. Gebruik die woorden die hij je altijd heeft willen horen zeggen.' Het was echter verre van gemakkelijk om uit te zoeken welke dat waren, en een of twee probeersels die ze aan Miller had ontleend, hadden niet veel effect gehad op Tim, had ze geconcludeerd.

Eigenlijk vond ze dat de Engelse algemene woordenschat ernstig tekortschoot, zeker als het ging om de vrouwelijke anatomie, die in het Frans zo lieflijk te beschrijven was – *praline, petit pain, l'as de trèfle, lucarne enchantée* – terwijl de Engelse woorden vrij onaangenaam klonken.

'Ja, ik zie het voor me nu, alle puzzelstukken passen in elkaar, ik kan ermee beginnen, we kunnen van start', zei Cray vrolijk tegen Woly over de telefoon. 'Begin maar alvast een tweede unit te regelen voor de helikopteropnamen. Ik ben begonnen aan het ruwe script.'

32

Cave Canem

Gabriel kwam uit de lucht vallen op de dag dat Anne-Sophie gewond raakte. Tim en Anne-Sophie waren uitgenodigd om samen met Serge, Clara en Delia te lunchen en ze hadden het verzoek gekregen om ook Estelle mee te nemen, Anne-Sophies beroemde moeder, die door Cray bewonderd werd, althans dat zei hij. Tim had verwacht dat Anne-Sophie en Delia veel gemeen zouden hebben, aangezien ze allebei in de antiekhandel zaten, maar hij had hen er nog nooit over horen praten. Misschien was het niet in hen opgekomen dat ze dit gemeen hadden.

Anne-Sophie was opgewonden – uitgelaten zelfs – bij het vooruitzicht om met de beroemde Cray te lunchen, ondanks zijn gedrag de eerste keer dat ze elkaar hadden ontmoet. Tim vond de Fransen overdreven cinefiel. Voor de Fransen was Cray een groot *auteur* van legendarisch belang. En aangezien Anne-Sophie in zekere zin een compendium was van algemeen aanvaarde Franse ideeën, boezemde het haar nog steeds ontzag in dat Tim Cray zo vaak zag en op vertrouwelijke en intieme voet met hem omging. De Crays waren van hun kant onder de indruk van het feit dat Anne-Sophie de dochter was van Estelle d'Argel.

Het was zondag, de drukste dag voor Anne-Sophie, maar ze had geregeld dat monsieur Lavalle op haar stalletje zou passen, en rond één uur kwamen ze aan. Senhora Alvares was er, hoewel ze normaal niet werkte op zondag. De geur van de lunch in voorbereiding lokte hen verder terwijl ze behoedzaam de trap opliepen. Er was echter geen hond te bekennen. Estelle verklaarde dat ze overrompeld was door de late bloemen en de bosrijke ambiance, en door de bemoedigende geur van het eten.

Anne-Sophie zag eruit alsof ze uit een schilderij van Watteau was weggelopen toen ze Cray de hand schudde, rozig en met kuiltjes in haar wangen. Cray was helaas zwijgzamer dan gebrui-

206

kelijk, ongevoelig als hij was voor vrouwelijk schoon. Tim vroeg zich af of dit misschien een gedeelde eigenschap was van alle regisseurs, die er immers constant door werden omgeven. Toch was Cray voorkomend tegen Tim en zelfs warm en gastvrij tegen Estelle, die hij aansprak met het formele 'madame', alsof hij een Fransman was. *'Asseyez-vous, je vous en prie, madame'*, enzovoort.

Ze zaten op het terras bij de keuken in een waterig laat novemberzonnetje. Iedereen voelde dezelfde behoefte om er zo veel mogelijk van te profiteren en zich te wapenen tegen de komende winter. Aanvankelijk was Clara nergens te bekennen. Toen ze dan toch verscheen, was ze beleefd maar afstandelijk, vooral tegen Cray. Het was duidelijk dat ze nog niet bekomen was van de verschrikkingen van het gevang, wat waarschijnlijk niet zo vreemd was, en misschien vond ze het vervelend dat er mensen kwamen lunchen. Aanvankelijk zaten ze er wat stijfjes bij.

'Ach, het kwijnen van de natuur in de herfst, wat een raak commentaar op het menselijk bestaan, je loopt bijna over van opstandig libido', begon Estelle, maar niemand ging erop in. Tim beging de vergissing om over het steekspel rond de boeken-kasten te vertellen, en hij schrok er zelf van hoe bitter hij was over de vijfduizend dollar en de gehate verkopers, het echtpaar Flieu.

'Afkomstig uit de Provence, aan de naam te oordelen', zei Estelle, alsof dat iets verklaarde. 'Misschien uit Nice.' Het was Tim vaak opgevallen dat zij en andere Fransen over *'les Niçois'* of zelfs over 'de Fransen' spraken als een heel ander slag mensen. Vroeger zag hij het als een teken van vervreemding, maar uit-eindelijk kwam hij erachter dat het een geraffineerd omgekeerd symbool van sociale solidariteit was.

'Ik weet dat het aan mijn gebrek aan kennis ligt van de Franse gebruiken op het gebied van onroerend goed, maar dat maakt het er niet makkelijker op', zei hij.

'Je moet erg duidelijk zijn bij de Fransen', zei Cray. 'Als er mazen in een contract zitten, vinden ze die.'

'Het gaat om het principe', voegde Tim er zwakjes aan toe.

Estelle lachte. 'Bij Amerikanen gaat het altijd om principes', zei ze. 'Dat is hun meest onaangename eigenschap.'

'Als je nog terug kon, zou je het dan doen?' vroeg Clara. Haar toon was bedachtzaam, alsof ze door iets anders in beslag werd genomen.

'Ik denk het wel. Ik zou een andere woning willen vinden en beginnen met zelf boekenkasten in te bouwen.' Terwijl hij sprak, besefte hij dat het waar was, hij had een hekel aan hun appartement.

Anne-Sophie staarde hem verbijsterd aan. *'Alors,* Tim,' zei ze, 'jij was van het begin af aan dol op die woning! Ik heb nooit op één hoog willen wonen!'

Met een ongebruikelijk vertoon van tact, als het tenminste geen ongevoeligheid was voor deze mogelijk onplezierige wending in het gesprek, werd Cray opeens spraakzaam. Hij had vaker plotseling vrolijke buien, als een man die doorgaans op een onbewoond eiland woont, en door zo'n bui werd hij nu overmand. Hij sprak vaak over dingen waarover de meeste mensen na hun studie niet meer praten – over morele thema's, de zin van het leven, psychologie. Hij minachtte de psychoanalyse, hoewel hij toegaf dat anderen er misschien iets aan konden hebben. 'Dus je komt erachter dat je je vader haatte, of dat je homo bent' – een vreemd voorbeeld, vond Tim – 'wat maakt het uit? Je kunt zelf je gedrag bepalen.' Nou ja, misschien.

Maar Tim hoorde hem graag zonder terughoudendheid over kunst praten. Film was een kunst van beelden. Woorden moesten er geen of nauwelijks een rol in spelen. Het belangrijkste beeld van de moderne wereld was de explosie, net zoals de driehoek dat voor de Middeleeuwen was geweest (Tim had nooit begrepen waarom), of de wurgpaal. Zoals de wereld was ontstaan door het samenkomen van materie, zo zou hij in een omgekeerd proces ten einde komen. Hij vroeg Tim of hij dacht dat dit moment aanstaande was en of het overeenkomstig de apocalyptische profetieën van Johannes zou verlopen. Hij had er geen antwoord op.

Toen Cray zo begon te praten, over kunst en de Apocalyps, excuseerde Clara zich om iets te regelen in de keuken, en Anne-Sophie, die nog steeds geschokt was vanwege Tims mening over de woning, stond op en wandelde de tuin in en om het huis heen waar groenten waren geplant, uit het zicht van het meer formele deel aan de voorkant. Ze nam haar boek.

Vandaag las ze een verhaal dat veelbelovend begonnen was met een arm Frans meisje, net na de oorlog, dat amper genoeg te eten had en het geluk had een Amerikaan te ontmoeten die haar meenam naar een restaurant waar hij iedereen kende, en juist toen ze zich begon af te vragen of ze met hem naar bed moest, of met wie van de anderen, nam het boek helaas een andere wending en concentreerde het verhaal zich op het personage Jake, die in niets op Tim leek, en een goedkope Engelse vrouw, lady Brett. Anne-Sophies interesse voor deze personages was enigszins bekoeld maar lamlendig las ze verder en probeerde niet te denken aan wat Tim had gezegd. Op het omslag stond dat dit stomme boek verplicht leesvoer was voor elke nieuwbakken student in Amerika, stel je voor!

Ze hoorden haar gillen.

Ze sprongen op en stormden om het huis heen, Tim voorop. Anne-Sophie zat verdwaasd in een ijzeren tuinstoel, een vreemde man boog zich over haar bloedende arm. Tot grote verbazing van de man pakte de potige Tim hem bij zijn lurven en liet hem een metertje verder neerkomen op het grind. Toen begreep Tim uit de uitdrukking van onschuldige verbijstering op zijn gezicht en uit de tweede schreeuw van Anne-Sophie, dat dit niet nodig was geweest. De arm lag open en haar witte bloes en spijkerbroek raakten op het ritme van haar hartslag schoksgewijs doordrenkt van bloed. Tim aarzelde, hij had haar in zijn armen willen nemen maar hij was bang dat hij de pijn alleen maar erger zou maken. Iedereen begon door elkaar te roepen en te staren, ontzet, zonder te weten of en hoe ze de wonden moesten stelpen. Ze bleven allemaal tegelijk kreten van ontzetting slaken.

'Wat is er gebeurd?'

'Tim!'

'Ze is gebeten, hij heeft haar gebeten!' zei de vreemdeling terwijl hij opstond. 'De hond heeft haar gebeten.'

'O, mon dieu' (Estelle).

Cray kwam de hoek om gesjokt, met Delia hinkend naast zich. Anne-Sophie snikte. De vreemdeling had een zakdoek bij zich en gaf hem aan haar bij wijze van een verband.

'Gabriel!' riep Delia naar de man die door Tim opzij was gezet. Gabriel Biller was eindelijk aangekomen.

Tim vloekte. In haar arm stond de afdruk van de tanden, al was het misschien oppervlakkig. 'Die rothonden', zei hij met hulpeloze woede tegen Cray. Hij kon zijn ogen niet afhouden van de sliertjes bloed die Anne-Sophies mouw doordrenkten. Maar het was niet een van de rottweilers, het was de blonde labrador van de Crays zelf, de goedmoedige Freddy, die waakzaam met ontblote tanden bij de heg stond.

'Freddy, zit!' zei Cray, terwijl hij Anne-Sophies arm bekeek. De pretentie alles in de hand te hebben als het te laat is. 'Hij is tegen rabiës ingeënt.'

Anne-Sophie zat nog steeds te snikken maar, zagen ze nu, meer van de schrik dan van pijn. Het was des te pijnlijker voor haar om door een hond aangevallen te worden, omdat ze zichzelf zag als iemand die uitstekend met dieren kon omgaan.

'Sorry hoor', zei Tim tegen de vreemdeling, die het grind van zijn handen stond te vegen terwijl Delia vrolijk aan zijn arm hing.

'Het moet gehecht worden', zei Tim terwijl hij Anne-Sophie overeind hielp. Ze had haar gebruikelijke onverstoorbaarheid alweer hervonden, de galante sportiviteit van iemand die van een paard gevallen is. Ze zond Gabriel een charmante, dappere glimlach toe. 'De man van mijn vliering!' zei ze. 'We kennen elkaar. Ik had nooit gedacht u onder deze omstandigheden opnieuw te ontmoeten!'

Ze brachten haar naar het huis. In tweede instantie weigerde Cray te geloven dat Freddy zoiets vuigs gedaan kon hebben. Anne-Sophie, die hem verzekerde dat het wel zo was, was bereid het beest te vergeven, dat achter hen aan sloop en de rest van de middag kruiperig om vergeving bleef smeken.

'Hij probeerde waarschijnlijk uiting te geven aan zijn mannelijkheid of aan zijn hondendom, hij is jaloers op al die woeste professionele honden', zei Anne-Sophie, die probeerde er vrolijk bij te glimlachen. Hoe erger de dingen zijn die ze meemaken, die Fransen, hoe beter ze hun best doen om te glimlachen, dacht Tim.

Senhora Alvares had een schone handdoek gebracht voor de arm. Clara liep besluiteloos en aangedaan heen en weer en bleef herhalen: 'Zoiets heeft hij nog nooit gedaan!' Gabriel was met hen mee naar de keuken gekomen maar bleef stug in de deuropening staan, Anne-Sophie glimlachte ook naar hem en het werd duidelijk dat ze elkaar kenden van de vlooienmarkt. Ook Gabriel lachte, blijkbaar uit waardering voor de verbijsterende verrassingen die de wereld te bieden had. 'Het kleine loeder dat me erbij heeft gelapt!' zei hij. Het blondje met de sigaretten dat hem aan de smeris had uitgeleverd.

Hij stapte de keuken in. Delia droeg zijn rugzak (zat de Dryadische Apocalyps erin?), die ze als een eerstgeborene aan haar borst klemde. Ze kon haar ogen niet van het knappe, ongeschoren gezicht met de wilde ogen afhouden. Eindelijk hadden ze Gabriel.

Sommigen wilden een ambulance laten komen maar Cray stond erop om Anne-Sophie zelf naar de eerste hulp te rijden. De dichtstbijzijnde was in Marnes-Garches-la-Tour, een kwartier rijden. Anne-Sophie werd achter in de landrover gezet, met Tim naast haar, en Estelle zat voorin naast Cray samenzweerderig met hem te babbelen, alsof ze allebei ouders van de gewonde waren. In het ziekenhuis werd de wond gereinigd en verbonden, de arts accepteerde de verzekering van Cray dat Freddy tegen hondsdolheid was ingeënt, gaf voor de zekerheid een tetanus-injectie en liet hen toen weer gaan.

Anne-Sophie stond erop om terug naar Étang-la-Reine te gaan. Aangezien ze zich in Frankrijk bevonden, en ofschoon de groep voornamelijk uit Amerikanen bestond, ging de lunch gewoon door, hier werd immers nooit een maaltijd overgeslagen, zelfs niet na hondenbeten en de verschijning van een voortvluchtig crimineel. Maar Anne-Sophie was toch een beetje aangedaan en at weinig. Af en toe verschenen er tranen in haar grote blauwe ogen, ze namen aan van pijn, maar durfden haar niet aan te raken en te troosten, uit angst dat haar arm nog meer pijn zou doen.

Er was een plaats aan tafel vrijgemaakt voor Gabriel, een knappe man van rond de dertig, met een licht Oost-Europese tongval en een overdaad aan Amerikaanse manieren, waardoor je de vrij dikke *th* en de harde *s* wellicht niet zou opmerken, als je niet wist dat hij niet in de VS geboren was.

Onder een geïmproviseerd voorgerecht van sardines en vezelachtige herfsttomaten, ongetwijfeld een poging van senhora Alvares om hen een Iberische specialiteit voor te zetten, vertelde Gabriel zijn avonturen.

Hij was bang geweest om in het moordonderzoek betrokken te raken en hij moest klanten bezoeken, hij had dingen te doen, dus kon hij het zich niet veroorloven om gevangen te zitten. Het was deze mogelijkheid die hem het hotel had doen mijden. 'Eerst was ik bang', zei hij. 'Die man z'n keel was doorgesneden. Ik was er meer van ondersteboven dan Delia, omdat zij zoiets in Lake Oswego nooit had meegemaakt. Voor haar was het een soort televisie. Maar ik ben in Rangoon opgegroeid.'

'Rangoon?'

'Dat is een lang verhaal', zei hij, maar hij vertelde het niet.

'Het was geen televisie, het was afschuwelijk', protesteerde Delia.

'Afschuwelijk', viel Anne-Sophie haar bij. 'Ik was bijna in zijn bloed gestapt.'

Nu was hij op z'n gemak en spraakzaam, en hij leek de anderen als medelevende compatriotten te zien, zoals weggelopen slaven durfden te spreken op de tussenstations van hun vluchtroute, wetend dat ze op sympathie konden rekenen.

Twee weken was hij op de vlucht geweest in Frankrijk. Nadat hij verdreven was uit de veilige haven van de vlooienmarkt, had hij buiten geslapen, gebruikgemaakt van de vriendelijkheid van vreemdelingen – er was een suggestie van enkele seksuele avonturen, maar hij wijdde er niet over uit – of in goedkope hotels verbleven, met een krimpende voorraad francs. Hij had een paar uur op het politiebureau doorgebracht nadat Anne-Sophie hem had verraden op de vlooienmarkt. Dat had met zijn paspoort te maken gehad, zei hij, en ze hadden hem laten gaan toen hij hen ervan had overtuigd dat het in het hotel lag, dat hij niet gevlucht was en dat hij zich aan het bevel hield om niet te vertrekken. De politie had hem verteld dat zijn vrouwelijke metgezel Hôtel Le Mistral had verlaten, en dus had hij aangenomen dat Delia haar paspoort terug had en naar Oregon was vertrokken.

'Hoe ik mijn spullen uit het hotel moet krijgen is een andere vraag', zei hij. 'Gewoon ophalen waarschijnlijk.'

Tim vertelde hem waar ze die hadden opgeborgen, achter de receptie, en wat de rekening was. Tim bedacht dat de Dryadische Apocalyps zich wellicht ook in het hotel bevond, een document ter waarde van een half miljoen dollar dat in een brandgevaarlijke bagageruimte lag te sluimeren.

Gabriel legde niet uit hoe hij ertoe was gekomen om naar het privé-nummer van de Crays te bellen, waar zich toevallig ook Delia bevond. Ook legde hij niet uit hoe hij aan dat nummer gekomen was – had hij het misschien van Delia gekregen? Het nummer van Clara Holly, die vroeger in Lake Oswego woonde, als je ooit in Parijs bent moet je haar bellen. Hij sprak geanimeerd, overtuigend; Delia kon haar ogen niet van hem afhouden. Dat gold ook voor Clara en Anne-Sophie, Tim moest het wel opmerken. Hij was ongetwijfeld een fascinerend type, met diepliggende zigeunerogen, halflang haar en een poëtische duisternis.

Toen Delia Gabriel vertelde wat haar was overkomen, vermeldde ze ook het bezoek van de FBI en het komische duo De Twee Franken. Dit leek Gabriel te verontrusten. Even trok er een zorgelijk waas over zijn ogen.

'Ik wist dat ik weg moest blijven', zei hij.

'Maar waarom dan?'

'Nogal wiedes, ik probeer de FBI juist te ontlopen.'

'Maar waarom? Je moet toch een reden hebben.'

Hij aarzelde. 'Ik denk dat ze me voor iemand anders aanzien. Ik wil er niks mee te maken hebben, wat ze ook denken. Ik heb gezien wat er met die man op de vlooienmarkt gebeurd is.'

'Dat heeft monsieur Savard gedaan', zei Anne-Sophie. 'Hij zit in de gevangenis in afwachting van een proces. Vreselijk. Niemand weet waarom hij het gedaan heeft.'

'Ja, zal wel', zei Gabriel mistroostig.

Tim was van plan dit allemaal zo gauw mogelijk met Cees te bespreken om te horen wat hij ervan dacht. Vooral één detail:

'Je kunt hier logeren tot je alles hebt geregeld', zei Clara. 'We hebben ruimte genoeg.'

'Delia blijft ook nog een week of twee, om me te helpen met een scenario', zei Cray, terwijl hij Gabriel aandachtig opnam.

'Delia?' zei Gabriel, alsof hij verbaasd was om over Delia's onverwachte literaire gaven te horen. 'Geweldig.' En toen, zich plotseling bedenkend: 'Weet de FBI waar ze Delia kunnen bereiken?'

'Nee', zei Clara. 'Of Tim moet het verteld hebben in het hotel.'

'Ik heb ze in het hotel je adres niet gegeven', zei Tim. 'Wel heb ik mijn eigen telefoonnummer gegeven.'

'De jurk heeft nauwe mouwen, mijn arm *comme ça*, wat vreselijk', zei Anne-Sophie plotseling, terwijl ze naar het enorme verband keek dat de diameter van haar tengere arm verdubbelde. Zoals zo vaak als ze over de bruiloft begon, had Tim aanvankelijk geen idee waar ze het over had. O, haar trouwjurk.

Omdat hij vond dat Anne-Sophie zich niet mocht vermoeien, stond Tim erop dat ze kort na de lunch vertrokken. Gabriel zei dat hij graag een douche wilde nemen, het zag ernaar uit dat hij het zich gemakkelijk zou maken. Tim ving de betekenisvolle blik op die Cray hem toewierp toen ze vertrokken. Betekende het: bel me op? Ik spreek je nog? Zijn dikke brillenglazen in het licht van de late middagzon verborgen zijn gelaatsuitdrukking. Waarschijnlijk zou Cray zelf Interpol of de FBI bellen. Tim zou natuurlijk Cees bellen.

Toen ze alleen in de auto zaten, zei Anne-Sophie: 'Waarom kopen we dat appartement eigenlijk als jij er zo'n hekel aan hebt? Nu rust er een vloek op.'

33

De schaduw van het altaar

De Crays waren al in verzet tegen de Franse wet, zowel op het gebied van de jacht als vanwege het schenden van een nationaal monument, en nu verleenden ze ook nog onderdak aan een voortvluchtige Amerikaan. Dat namen ze tenminste aan, hoewel onduidelijk was of er wel echt rechtsdienaren achter hem aan zaten, en zo ja, welke precies en waarom. De Franse politie had hem laten gaan kort nadat hij was opgepakt op de vlooienmarkt – in feite hadden ze hem twee keer laten gaan, omdat ze hem ook niet hadden gearresteerd na de moord op monsieur Boudherbe. Ook Cees leek het niet erg waarschijnlijk dat Gabriel iets te maken had met het verdwenen manuscript. Gabriel zelf verspreidde niet langer de ongewassen, bittere paniekgeur van de opgejaagde maar de zoete aftershavegeur van een fris gedoucht en vanbinnen sereen manspersoon. Blijkbaar had hij reukwater van Cray gebruikt.

Er trad een vreemde impasse in. Er viel onmogelijk vast te stellen of Gabriel degene was die had gebeld om het gestolen manuscript te koop aan te bieden. Ze vermoedden van wel, want hoe was hij anders, net als de verkoper van het manuscript, achter het geheime telefoonnummer gekomen dat op Clara's naam stond? Cray liet Gabriel zijn verzameling manuscripten niet zien. En Gabriel zei niet dat hij een manuscript te koop had. Hij hield vast aan het verhaal dat hij gekomen was om een lading boeken in dozen te bekijken bij de arme man die ze dood hadden aangetroffen. Cray liet hem het verhaal verschillende keren vertellen, maar het was steeds hetzelfde.

Tim had zich in de tussentijd gestort op de taak om uit te vinden wat er met de lambrisering en met de andere ornamenten van het château gebeurd was. Dit bleek eenvoudig een kwestie van het uitpluizen van de archieven van het veilinghuis Drouot.

De lambrisering uit de salon en de eetkamer was kort voordat de Crays het huis hadden betrokken anoniem verkocht, en het zou makkelijk te bewijzen zijn dat ze daar niets mee te maken hadden gehad. Er moest wel aan een paar touwtjes worden getrokken om erachter te komen wie de anonieme verkoper geweest was, maar Tim was er zeker van dat dat hem wel zou lukken. Dus bracht hij nu dagelijks een groot deel van zijn tijd door bij Drouot of met het opbouwen van contacten met handelaren en *commissaires-priseurs* die zich de transactie wellicht konden herinneren, in de hoop zo de agent te vinden die de panelen in depot had genomen. Cray verlangde elke dag een verslag van de ontwikkelingen.

Tim was er niet zeker van of het het huwelijk was dat Anne-Sophie begon te bedrukken, of de bruiloft, twee dingen die van elkaar verschillen zoals een levenslange verbondenheid aan het theater verschilt van plankenkoorts. Of misschien was het de pijnlijke arm. Ze werd steeds prikkelbaarder. Ze mopperde over kleine dingen en zocht ruzie.

'Onze bruiloft interesseert jou hoegenaamd niets, je steekt geen vinger uit.'

Of: 'Natuurlijk mag ik de bedankbriefjes schrijven. Ik heb geen flauw idee waar het gebruik vandaan komt dat het altijd de vrouwen zijn die dat doen.'

Tim protesteerde: 'Maar de meeste dingen zijn ook voor jou, borden en zo.'

'En waarom zijn het mijn borden? *Merde.* Jij eet zeker niet van een bord?' En uiteindelijk sleepte ze zijn nationaliteit erbij: 'Een Amerikaanse man kan nu eenmaal geen interesse tonen in borden, is het niet intriest.'

'Je lijkt wel een feministe', zei hij dan plagerig, want hij had gehoord dat dit voor een Franse vrouw om de een of andere reden de ultieme belediging was. Ze protesteerde dan ook luidkeels.

'Natuurlijk ben ik geen feministe. Wil je soms zeggen dat ik niet goed ben in bed? Jij wilt eigenlijk helemaal niet trouwen, je begint spijt te krijgen. Nou, ik misschien ook wel!' Dan schrok ze van haar eigen woorden en kuste hem met haar meest beminnelijke, engelachtige glimlach.

Maar tijdens deze woordenwisselingen ving hij soms een glimp op van een innerlijke complexiteit die ze doorgaans probeerde te verbergen. In dit opzicht was zij het tegendeel van de weinige Amerikaanse vrouwen die hij gekend had: die wilden altijd over hun karakter praten, hun duistere angsten, hun problematische verleden. Huisde er ook in Anne-Sophie een wens om over dergelijke dingen te praten. Had ze duistere angsten te verbergen en een problematisch verleden?

De laatste tijd las Anne-Sophie de *Mariée*, een tijdschrift voor aanstaande bruiden dat, toen hij het doorbladerde, vol bleek te staan met artikelen met koppen als 'De mooiste dag van je leven' of 'Laten we nog een keer dromen over de sprookjesachtige dag die we nooit zullen vergeten'. Toen ze hem erin zag lezen, moest ze lachen. Hij vermoedde dat ze zich een beetje schaamde vanwege haar geestdrift, want het cynisme van Estelle temperde de ongecompliceerde vreugde die ze had kunnen koesteren bij het huwelijk. Eigenlijk was het immers onnozel, de dag zou voorbij gaan, de rekeningen zouden oplopen en er konden hongerige kinderen gevoed worden met de kosten van de plechtigheid en de receptie, enzovoorts. Een bruiloft was maar een feestje, beloofde niets, garandeerde geen gelukkige toekomst – dat moesten ze maar afwachten. Het was een concessie aan de eisen van de samenleving dat je trouwde en even in de watten werd gelegd, om vervolgens je plaats in te nemen tussen de eenvoudige verwekkers en loonslaven van de wereld.

'Ik vroeg me af of we geen *garçons d'honneur* moesten nemen, kleine pages en bloemenmeisjes die de offergave dragen', zei ze. 'Waarschijnlijk niet. Nee. Maar ze zijn wel lief.'

Veel van hun getrouwde vrienden hadden inmiddels kleuters van vier of vijf. 'Kleine kinderen zijn erg leuk bij een huwelijk, als het niet te laat is om het nog te organiseren', zei Tim bemoedigend.

'Ik zal erover nadenken. Ik zal het eens aan madame Aix vragen. Waarschijnlijk is het te laat.' Ze zuchtte.

Dat de bruiloft haar meer bedrukte dan hem was duidelijk, want Tim dacht er soms dagenlang niet aan. Hij dacht wel dat het allemaal veel makkelijker voor haar zou zijn als Estelle wat meer behulpzaam was. De oplopende druk was voor een groot deel aan Estelle te wijten. Hij wist zeker dat het aan haar populariteit als schrijfster lag dat *Mademoiselle Décor* had gevraagd om de bloemen en de tafeldecoraties te mogen fotograferen, het ontwapenende jonge bruidspaar dat de kerk uitkwam, de mensen die het op de receptie op een zuipen zetten en dergelijke. (*'Une bouteille de champagne pour deux personnes, c'est pas possible!'* had Anne-Sophie geprotesteerd toen ze de aanbevolen hoeveelheden las.) Hoewel ze het allebei ontkenden, zag Tim dat Anne-Sophie en Estelle vereerd waren dat een nationaal tijdschrift aandacht aan het huwelijk zou besteden, of het nou was vanwege het prestige van Estelle of vanwege hun sociale status. Ze geloofden allebei dat het hun carrière ten goede kon komen. De huwelijksconsulente, madame Aix, was in de zevende hemel. Navraag bij een Amerikaanse vriendin leerde haar later dat Tim Nolinger waarschijnlijk een telg was uit een rijk geslacht van hoteleigenaren, wat betekende dat de bruiloft op een breed lezerspubliek kon rekenen.

34

De wereld van de jacht

Tim begreep Clara Holly's houding tegenover de jacht. Het was een veel voorkomende opstelling onder Amerikaanse vrouwen – groen, teerhartig en stedelijk. Maar hoewel hij zelf geen jager was, had hij er nooit een probleem mee gehad. Het was eenvoudig niet een onderwerp waarvoor hij zich interesseerde. Nu hij erover nadacht, neigde hij naar de positie van de Crays tegen de jacht, vooral nu de burgemeester hard spel was gaan spelen met inspecties en gerechtelijke vervolging. En Tim was het hartgrondig met Cray eens over de kwestie van de private eigendom. Hij vond het een schande dat de hobby van jagers meer gewicht in de schaal kon leggen dan zoiets fundamenteels als het recht om mensen de toegang tot je land te ontzeggen als je ze daar niet wilde hebben, ook al hield je je wel aan principes als erfdienstbaarheid, openbare wandelwegen en stranden en dergelijke. Hij was begonnen aan een artikel voor *Reliance* over dit onderwerp, waarbij hij het thema wapens zorgvuldig vermeed, want *Reliance* zou de overtuiging huldigen dat Fransen bijna net zoveel recht hadden om wapens te dragen als Amerikanen, ook als dat niet in hun grondwet stond. Bij *Reliance* dachten ze dat ze op het onderwerp wapens God aan hun kant hadden.

'Hoe kun je nou schrijven voor een blad als *Reliance*, alleen idioten lezen dat', zei Delia. 'En dan ook nog voor *Concern*.'

'Dat gaat jou niks aan', zei Tim. 'Ik kan voor allebei schrijven omdat ik oog heb voor verschillende opvattingen.'

'Ook als het over wapenbezit gaat, of over abortus?'

'Natuurlijk.'

'Dat is verwerpelijk', zei Delia.

Wat de jacht betreft, stond Anne-Sophie dichter bij de opvattingen van *Reliance*. Ze droeg weliswaar geen ivoren armbanden meer, maar ze vond dat er niets mis was met de eeuwenoude praktijk van de jacht op fazanten, die je maar moeilijk een bedreigde diersoort kon noemen. Ze had niets persoonlijks tegen herten en konijnen, maar voor haar hadden jagen en schieten nu eenmaal alles met paarden en wapens te maken, met buiten zijn in het bos, met kameraadschap en jachtontbijten. Het was een sociale, zelfs zakelijke aangelegenheid. Het kwam mooi uit voor haar handel dat elke jager wel een paar jachtprenten wilde hebben, en een decoratief rek voor zijn wapens. Dit verschil van mening kwam nooit ter sprake tussen Tim en Anne-Sophie, maar het was er wel. Hij hoopte dat hij niet zo'n man was die vond dat zijn vrouw het in elk opzicht met hem eens moest zijn.

Ze waren allebei een beetje geprikkeld door de beslommeringen die voortvloeiden uit het werk dat ze aan hun appartement lieten verrichten. Ieder wilde om zijn eigen redenen de sporen van de vorige eigenaren, het echtpaar Flieu, zo grondig mogelijk uitwissen, Tim vanwege de boekenkasten en Anne-Sophie omdat Fransen nou eenmaal de gewoonte hebben om het verleden uit te wissen. En dus werd er geschilderd en werd de badkamer verbouwd. Op doordeweekse dagen hield Anne-Sophie toezicht op de werkzaamheden en verwaarloosde haar stalletje, zoals ze zelf inzag.

Clara was zich bewust van haar groeiende afstand tot de overige leden van het huishouden, waarvan er nu drie waren: Serge, Delia en Gabriel, als ze senhora Alvares niet meerekende, of de *maître-chien*, Patrick, of Fred Connolly en Marc Duvall, assistenten van Serge die kwamen en gingen, en een aantal nieuwe filmmensen die door een plotseling zeer energieke Serge naar believen werden ontboden. Al die mensen leken haar vreemden, zelfs haar echtgenoot, ongevoelige vreemdelingen met hun eigen zorgen die maakten dat ze de grote beroering niet zagen waarin zij verkeerde. Haar boosheid op Serge kwam er deels uit voort dat hij scheen te zijn vergeten welk lot haar wachtte. De officier van justitie was bezig een dossier samen te stellen over de dingen die uit het huis waren verdwenen en over de veiling bij Drouot waar, naar Tim had ontdekt, de lambrisering was verkocht een paar maanden voordat zij verhuisd waren. Het openbaar ministerie probeerde te achterhalen waar Clara destijds geweest was.

Helaas wist niemand wie de lambrisering te koop had aangeboden. Tim was diverse keren op een dood punt beland. Degene die verkocht had, had dat anoniem gedaan, via een agent die zelf ook niet wist, of deed alsof hij niet wist, wie de verkoper was geweest. Het spoor liep dood in de archieven van Drouot. Of de Franse justitie meer zou achterhalen stond te bezien, maar Tim had gedaan wat hij kon. Waarschijnlijk zou blijken dat de Crays er niet bij betrokken konden zijn geweest, maar het was mogelijk dat ze, op grond van een of andere mysterieuze omschrijving van aansprakelijkheid in de Franse wet, door de koop van een reeds geschonden monument juridisch verantwoordelijk waren voor de verdwenen open haarden en de kale muren. Hun advocaten onderzochten deze mogelijkheid.

Maar het gevaar dat Clara moest zitten, kon worden afgewend als ze jagers toelieten op hun land. Van zo'n regeling kon echter absoluut geen sprake zijn. En haar standpunt verhardde alleen maar. Ze had gruwelen gezien in het dorp – de gebroken karkassen van herten en zwijnen die bij de slager in de etalage hingen, met op hun kleine borstelige snuit nog de angst en pijn waarmee ze zich in hun laatste ogenblik naar de honden of naar de wapens hadden gekeerd – ze kon niet uitmaken of ze doodgeschoten waren of opgejaagd tot ze waren bezweken. Ze vond het buitengewoon smerig dat een jager zijn vangst ook nog aan een slager verkocht, waarmee de bewering werd gelogenstraft dat het om de traditie ging of zelfs om het eigen gezin te voeden. Het was niet meer dan commercie en bloeddorst.

Antoine de Persand kwam nog een keer langs, ditmaal om het echtpaar Cray uit te nodigen voor de lunch bij hem thuis de komende zondag. Hij had hun een voorstel te doen en hij wilde een gebaar maken van goede nabuurschap, gezien hun toenemende isolatie, belaagd als ze werden door een vijandige pers en juridische moeilijkheden.

Clara bleef zich storen aan Delia's lamlendigheid, evenals aan alle tijd die ze doorbracht met Serge en aan de eindeloze telefonische discussies die ze voerde met andere antiekhandelaren in Sweet Home, Oregon. Gabriel vond ze innemend. Hij kon met dezelfde passie over boeken spreken als over politiek – maar hij had het ook over het organiseren van de terugreis en dat hij Frankrijk wilde verlaten. Serge had hem aangeraden om het op veilig te spelen en de trein te nemen naar Brussel of Amsterdam om vandaar te vertrekken, voor het geval zijn naam op een of andere Franse lijst stond van mensen die moesten worden tegengehouden op het vliegveld.

Maar eerst moest Gabriel zijn spullen, waaronder zijn paspoort, zien terug te krijgen uit Hôtel Le Mistral. Dit wilde hij vandaag doen. Serge had hem geld gegeven en Clara had gezegd dat hij mee kon rijden naar Parijs als ze Delia naar het Louvre bracht.

Delia had elke dag naar het Louvre willen gaan. Een paar dagen eerder, toen ze het zelf had geprobeerd met de bus en de trein, was ze zo moe teruggekomen dat Clara had aangeboden om haar de volgende dag en in het weekend met de auto te brengen. Vandaag zouden ze met z'n allen naar Parijs gaan – Gabriel om de hotelrekening te betalen, Delia om naar het Louvre te gaan en Clara om die arme Anne-Sophie op te zoeken, die vanwege de beet in haar arm aan huis gebonden was, hoewel ze op maandagen doorgaans aan het werk was op de vlooienmarkt.

Dit zou de vierde of vijfde keer worden dat Delia het Louvre bezocht, per keer bleef ze niet langer dan een uurtje of zo, wat op Clara overkwam als een vrij gedisciplineerde en verstandige omgang met de enorme rijkdommen van die monumentale plek. Maar het verbaasde haar enigszins dat Delia er zo veel van haar gading vond. Ze had niet de indruk dat Delia zo'n diepe belangstelling had voor kunst, buiten verplichte kost als de Venus van Milo, de Nikè van Samothrace, de Mona Lisa en dat vreemde schilderij van twee gravinnen, of wat het ook mochten zijn, van wie er een in de tepel van de ander knijpt, waar altijd toeristen naar stonden te gluren en waarop Delia misprijzend commentaar had geleverd.

Voor Gabriel was opgedoken, had Clara een paar keer gedacht dat Delia hem daar misschien in het geheim ontmoette, ze had het er zo vaak over dat ze wilde gaan. Het Louvre was een volmaakte plek om iemand discreet te ontmoeten – zo dacht ze nu. Ze stelde zich voor dat ze met Antoine de Persand de Vlaamse meesters bezocht en luisterde naar wat hij van Van Eyck vond. Lunch in de Grand Vefour, dan lange middagen vrijen in het Hôtel du Louvre of misschien de Opéra Concorde, of misschien in een appartementje dat hij zou huren. Je hoorde wel dat Franse mannen *garçonnières* hadden waar hun vrouwen nooit kwamen. Als ze zulke gedachten had, werd haar ondergoed vochtig. Antoine de Persand was bijna net zo vaak in haar gedachten als de gevangenis.

Vandaag zette ze Delia af op de Rue de Rivoli vlak bij de ingang van het Louvre – 'Ik haal je hier weer op' – en ging op weg naar Anne-Sophie, waar ze wonderlijk genoeg een parkeerplaats vond precies tegenover het gebouw. Anne-Sophie was zo te zien bedankbriefjes aan het schrijven of ze las de reacties op de uitnodigingen voor de bruiloft. Er lag een stapel enveloppen op de koffietafel en kaartjes van verschillende grootte. Anne-Sophie liet er een zien.

'Vind jij dat het er zo goed uitziet? Madame Aix zegt van wel, maar zij kijkt ernaar met een Franse blik. De ouders van Tim zijn gescheiden, daarom staan monsieur Gerald Nolinger en madame Barzun Nolinger op verschillende regels. Zie je dat we hun pagina in het Engels hebben gesteld? Een vriendin van mij trouwt met een man uit Leuven en zij hebben de pagina van zijn ouders op de uitnodiging in het Nederlands gesteld.'

'Komen er veel mensen uit Amerika?'

'Veel meer dan ik gedacht had', zei Anne-Sophie. 'Ik denk dat veel van zijn familieleden hebben gedacht dat ze sowieso wel toe waren aan een lekkere vakantie in Frankrijk. De hotels hebben we al geboekt. Tim heeft een grote familie. Er komen ook wat studievrienden.'

'Wij zien uit naar ons aandeel – het oefendiner. Serge voelt zich erg betrokken, hoor. De plannen vorderen.'

'We vinden het ontzettend aardig van jullie', zei Anne-Sophie. *C'est si gentil.* Wat zou jij doen met de bruiloftstaart voor de receptie? Madame Aix zegt dat een bruiloftstaart met verschillende lagen chiquer zou zijn dan een *croquembouche,* zeker als je met een Amerikaan trouwt. Wit suikerglazuur met van die grappige poppetjes bovenop, en gedecoreerd met bloemen en suikerklokjes. Er zijn verschillende banketbakkers in Parijs die weten hoe ze zo'n taart moeten construeren.'

'Neem ze allebei', besloot Clara. *'Croquemboche* voor de Amerikanen, zoiets hebben ze nog nooit gezien.'

Om vijf uur haalde ze Delia op op de afgesproken plek in de Rue de Rivoli. Gabriel was er ook, zonder bagage.

'Het hotel wordt in de gaten gehouden', zei hij. 'Een man in het café ertegenover, het was zo duidelijk als wat. Ik ben niet naar binnen gegaan.'

'Maar ze hadden je en ze hebben je laten gaan. Waarom zouden ze dan nu dat hotel in de gaten houden?'

'Niet de Franse politie, de FBI', zei hij.

'Zo ingewikkeld kan het toch niet zijn', riep Clara uit, die de dekmantels en intriges plotseling beu was. Niet voor het eerst dacht ze dat Delia en Gabriel hun vreemde spelletje, wat het ook inhield, wel erg ver doordreven. 'Schrijf maar een *attestation* en ik haal die koffer zelf wel op.'

35

Uittrekken, uittrekken

De komst van de waakhonden bracht met zich mee dat de lokale postbode, die trouwens toch wel aan de kant van de burgemeester zou staan, weigerde om de post aan huis af te leveren en hem in plaats daarvan in de grote brievenbus bij de poort stopte. Als er een aangetekende brief kwam, moesten ze die zelf in het dorp ophalen. Toen er donderdag inderdaad een kwam, stelde Cray voor dat Tim samen met Clara zou gaan. Tim wist dat hij steeds meer op een boodschappenjongen begon te lijken, maar hij vond het niet erg, de hele situatie had zijn belangstelling, hij wist dat er uiteindelijk een verhaal in zou zitten en hij voelde zich bijzonder roekeloos in zijn fascinatie voor Clara.

Toch begon hij echt te lijden onder de tegenstelling in zijn eigen leven, zoals hij vastbesloten met Anne-Sophie opmarcheerde naar het altaar terwijl hij tegelijkertijd hoopte dat hij Clara kon verleiden, hoewel hij wist dat hij geen schijn van kans had. Hij wist dat hij voor haar gewoon een ambitieuze man was van haar leeftijd die altijd klaarstond voor haar echtgenoot. Ook was er haar (voor hem) vreemde gehechtheid aan het idee van huwelijkstrouw. Hoewel hij geen ontrouwe echtgenoot wilde zijn – al die ingebeelde heftige seks met de mooie Clara zou een achtergrondverhaal zijn uit de tijd dat het gehuwde bestaan nog geen vorm had aangenomen – begon het hem te verontrusten dat het beeld steeds maar weer opdook in zijn dromerijen.

Toen de vijfduizend dollar aankwam die zijn moeder van zijn rekening had opgenomen, kwam er iets in hem in opstand – een enorme som om neer te tellen voor een paar Franse boekenkasten waarvoor hij het geld feitelijk al eens geleend had en waarop hij een moreel recht had. Hij besefte dat hij zich waarschijnlijk kleinzielig gedroeg en hij wist dat hij onredelijk was, omdat het nu eenmaal gebruikelijk was in Frankrijk, maar hij bleef mokken. Er waren zo veel dingen waaraan hij het geld liever uit zou geven. Een grote diamant voor Anne-Sophie, een of andere dwaze reis voor hen allebei.

'Ha ha, je gedraagt je als een man die binnenkort gaat trouwen', had Cray op een dag gezegd. 'Wie heeft ook alweer gezegd dat vrouwen met het huwelijk hun naam veranderen en mannen hun karakter? Maak je niet druk. Het huwelijk is een fantastische regeling. Vooral voor iemand die zo dol is op zijn vrouw als ik.'

Was het waar dat het karakter van mannen veranderde? In het geval van Tim waarschijnlijk niet; hij wist dat hij gewoon zou blijven wie hij was, hoe graag hij ook de goede moed en de vurigheid zou willen hebben van de pasgetrouwde.

Clara reed hen naar het postkantoor. Op haar gezicht lag de onduidelijke, zorgelijke uitdrukking die haar al tekende sinds die week in het gevang.

'Wat denk je over de plannen van Serge? Denk je dat de film van de grond komt? Wat zegt hij erover?'

'Ik zou het niet weten. Hij praat alleen met Delia. Ze hebben het over niets anders dan de dag des oordeels en zwarte helikopters.'

'Ik kom niet vaak genoeg in Amerika. Eigenlijk zou ik meer over zulke dingen moeten weten.'

'Je hebt zijn doos met knipsels toch gelezen.'

'Als je alles moest geloven wat je leest, zou volgend jaar het einde van de wereld daar zijn. Volgens Serge zijn er miljoenen paranoïde mensen met wapens, enorme arsenalen ter verdediging van de blanke suprematie, eigen rechters, wraakzuchtigen met pijpbommen, die dan tevoorschijn zullen komen.'

'Dat het bestaat lijdt geen twijfel. Ik maak me er wel zorgen over wat hij ervan zal maken', zei Tim. 'Ik geloof niet dat ik begrijp waar hij politiek staat.'

Clara zuchtte. 'Ik ook niet.'

Clara parkeerde dubbel bij het postkantoor en ging naar binnen. Tim stapte uit om een beetje rond te kijken in het dorp, en zo zag hij dat drie of vier mannen in jachtkledij die tegenover de bakkerij uit een busje stapten, haar zagen en naar het postkantoor renden. *'C'est elle'*, riepen ze. *'Voilà la dame.'* De vrouw die de lambrisering uit het château had gestolen. Dat mens dat de jacht hinderde.

In de paar minuten die Clara nodig had om de brief op te halen, had zich voor het postkantoor een groepje van een man of twintig verzameld. Bezorgd ging Tim dichter bij de deur van het gebouw staan. Ze bleef staan in de deuropening toen ze het oploopje zag en vroeg zich af wat er aan de hand was. Hij liep op haar af, maar de anderen begonnen demonstratief te schreeuwen en boze beschuldigingen naar haar hoofd te werpen, dat ze een onruststookster was en maar beter terug naar Amerika kon gaan. Ze zagen er niet uit als ruwe boeren, eerder als stadse mensen in weekendkledij, maar hun gefoeter klonk wel degelijk ruw en boers. 'Dat is ze.' 'Dus dat is ze nou.'

Toen riep er een: *'On voudrait te voir déplumée.'* *'A poil!'* Strippen, je hebt ons ook te kijk gezet. Een ander voegde eraan toe: *'Oui, à poil,* we willen haar naakt zien.' Dit veroorzaakte gelach en meer geschreeuw. Tim herinnerde zich dat een vrouwelijke minister onlangs op dezelfde manier was lastiggevallen. Het geroep om ontering begon al snel obscene vormen aan te nemen, want Clara's schoonheid ontging het groepje Franse mannen niet. Uittrekken, riepen ze. Ze drongen verder op. Nu maakte Tim zich echt zorgen en baande zich een weg naar voren.

'A poil, laat maar eens zien wat eronder zit.' Het leek erop dat ze echt aan haar kleren wilden trekken. Iemand riep om een oplossing à la lady Godiva.

Clara kreeg Tim in het oog en strekte haar arm naar hem uit vanaf het trapje waar ze stond met de opdringerige mannen voor zich. Tim plantte zijn schouder in de meute en zette een man opzij die hem terugduwde. Hij had hem kunnen slaan, hij voelde de neiging om te vechten. Maar hij hield zich in. Daar had Clara niets aan. Opnieuw zette Tim zijn schouder in het gewoel en duwde een paar mensen opzij. Ze keken hem aan alsof hij excessief geweld gebruikte. Hij schermde haar af met zijn armen.

De meute week en ze haastten zich naar de auto.

Ze beefde en het angstzweet was haar uitgebroken. Hij hield haar onhandig in zijn armen en drukte zijn lippen op haar voorhoofd, dat vochtig was bij de haarlijn. Hij zette haar achter het stuur. Verder ging de omhelzing niet die hij zich zo vaak en in veel meer detail had voorgesteld. Hij stapte in aan de andere kant. In het korte moment dat hij haar vasthield, had hij gevoeld hoe haar hart bonsde. Er schoot hem een frase te binnen uit het huwelijksblad van Anne-Sophie: *coeur en chamade*. Dat hij haar innerlijke beroering kon voelen, suggereerde dat ze een vrouw was van een haast onnatuurlijke zelfbeheersing, die haar beschermde tegen het geweld of de passie die ze in zich had en die misschien op een dag tot uitbarsting zou komen. Hij was verloren. Tegen zijn wil was hij hopeloos verliefd op haar geraakt.

De jagers dromden half boos, half lacherig om de auto heen, maar deden geen pogingen om te beletten dat ze vertrokken. Toen maakte Clara een vergissing en zette de auto in de eerste versnelling in plaats van in z'n achteruit. Zodra hij vooruit schoot in de meute mannen, trapte ze op de rem en zette de motor af. De mannen sprongen achteruit bij deze gevaarlijke demonstratie van onbeholpenheid achter het stuur, op één na, die riep: *'Mon pied, mon pied! Madame!'* Ze was op zijn voet tot stilstand gekomen.

'O nee, verdomme', riep ze. 'Hoe krijg ik dat nou weer voor elkaar.'

Tim stapte snel uit en keek naar de voet, die beklemd zat onder het voorwiel. Het slachtoffer verroerde geen vin uit angst het nog erger te maken, of omdat hij zich niet kon verroeren. Tim gromde iets wat erop neerkwam dat hij moest maken dat hij wegkwam.

Dat was natuurlijk onmogelijk. Clara moest een stukje achteruit om van zijn voet af te komen. Ze keek naar de versnellingspook alsof ze bang was weer een fout te maken en hem echt te overrijden, startte voorzichtig de auto, zette hem in z'n achteruit en bevrijdde de voet. Ze reed een meter achteruit en was van plan uit te stappen om te bezien wat ze had aangericht. Maar de gewonde man hinkte weg met de dreiging van een aanklacht op zijn gezicht. Tim keek hem na, stapte in, en Clara draaide de weg op.

'Ik weet niet of je je voet kunt breken als eroverheen wordt gereden, misschien niet', zei ze.

'Waarschijnlijk niet, al die kleine buigzame botjes in je voet. Hij liep als een kieviet.'

'Ik merkte er niets van, ik had zijn voet moeten voelen', zei ze steeds. 'Weet je zeker dat je hem zag weglopen?' In ieder geval was ze in gedachten niet meer bij de lelijke episode op de stoep voor het postkantoor.

Maar de schrik zat er om verschillende redenen goed in en ze wilde later nergens meer alleen naartoe.

Het was geen verrassing dat de aangetekende brief van het stadhuis afkomstig was en een inspectie aankondigde van plaatselijke wegen en het terrein dat eraan grensde, waarvoor toegang van de inspecteurs vereist was tot de eigendommen van monsieur en madame Cray.

Clara raakte erg van streek door het voorval. De emoties waren plotseling erg hoog opgelopen, maar het gevolg was dat zij en Serge, ofschoon ze nog steeds werden toegeknikt in winkels of tijdens de kleine concerten die soms gegeven werden in de Bibliothèque Municipale, gehaat werden en vernederd waren. De insinuaties, het obscene geloei, het feit dat iemand had geprobeerd om haar mouw te scheuren, het was allemaal net zo vernederend geweest als de gevangenis, en in zekere zin angstaanjagender. Het onpopulaire spel dat Serge en zij speelden bleek gevaarlijk te zijn. Ze dacht aan geoliede geweren, de handgesneden lokeenden die voor duizenden francs in de etalages lagen, de laarzen en de knickerbockers – mannelijke privileges, gewoonten van de oude wereld, van een vreemd land, en zij waren gevangen geraakt in de onderstroom, in de verborgen barbarij en passies. Ze dacht aan het Amerikaanse Zuiden, aan de Klan – waren de brandende kruisen en verkoolde lijken denkbaar in het vreedzame, half rurale Frankrijk?

Ze belde haar moeder. Niet om over de gebeurtenissen te

praten, maar om te vragen of haar moeder jagers toeliet op het veld achter de wei in het fazantenseizoen.

'Ach, schat.' Mevrouw Holly lachte. 'Dat is jaren geleden. Sinds ze die afscheidingen hebben geplaatst achter de supermarkt, wordt er hier niet meer gejaagd, het zijn allemaal achtertuinen. Je vader ging wel fazanten schieten, maar op het laatst moest hij helemaal naar Medford', zei ze.

Na het voorval bij het postkantoor liet hij het besef toe dat hij niet alleen met Clara wilde slapen, maar dat hij tevens verliefd was geraakt op haar. Hij probeerde er niet te veel aandacht aan te besteden, omdat ook Anne-Sophie en Cray er nog waren, omdat hij geen idee had van wat er zich in Clara's hoofd afspeelde, en vanwege zijn algehele gevoel van onwaardigheid (hoewel hij zichzelf eerlijk gezegd minder onwaardig achtte dan de dikke Cray of een kalende Fransman als De Persand). De hete impuls van de begeerte, de puberachtige paniek en het verlangen waren nog juist tolerabel, maar hij betreurde de afstand die hij nam van de oprechte, vreugdevolle en gemakkelijke liefde die hij voelde voor Anne-Sophie. Hij was zich liever helemaal niet van zijn gevoelens bewust geweest. Hij piekerde. Hij voelde liefde maar hij zou genoegen nemen met seks. Als hij haar kon verleiden om één keer met hem te slapen, zou zijn ellende verminderen. Hij zou zich tevreden stellen met één keer. Daarmee zou de seks achter de rug zijn en de status van herinnering krijgen, een droom over het ideaal. Dan zou hij klaar zijn voor het huwelijk.

36

Tim en Antoine praten

Waar Clara ook van geschrokken was, was het besef dat ze niet volkomen per ongeluk over 's mans voet was gereden. Een ogenblik lang was ze in staat geweest om zonder wroeging, uit woede of uit paniek, recht op het groepje mannen in te rijden. Het zou haar deugd gedaan hebben. De mannen die 'à poil' hadden gezegd en die haar misschien betast zouden hebben. Ze hadden haar willen betasten uit kwaadheid, en onder die kwaadheid zat wat mannen met een vrouw konden doen. Het had haar goed gedaan dat Tim er een te grazen had genomen. Ze voelde dat ze afdaalde in de primitieve zones van angst en lust, en dat dit haar in zekere zin beter beviel dan de matheid van alledag.

In haar hart rijpte een gecompliceerde set rationalisaties: het leven is kort, je moet het geluk met beide handen aangrijpen, ook als dat geluk niet meer om het lijf heeft dan een moment van passie, een vluchtig liefdesavontuur, een koortsig paroxisme van zinnelijkheid en emotie dat niet voor herhaling vatbaar is, waarna je je aan goede doelen gaat wijden. Ze zou beloven om zich verder aan goede doelen te wijden, om Serge de toegewijde aandacht te geven die hij nodig had om zijn genie te doen gedijen, en aan Lars, als hij maar weer naar huis mocht komen, in ruil voor een beetje ongecompliceerde seks, voor wat vrolijk genot met een relatief onbekende, des te beter, geen complicaties in de toekomst. Dat de onbekende er niets van wilde weten was een andere kwestie.

Ze herkende de vrouw niet die dit allemaal dacht. Ze was zelf ook een vreemde geworden.

Clara begon zo vaak over huwelijkstrouw dat duidelijk was dat het een probleem voor haar was. Of liever, dacht Tim, ze speelde met de gedachte aan ontrouw, of ze het besefte of niet. Maakte ze zich er misschien zorgen over dat Delia en Cray zo vaak samen waren? Delia zat vaak een uur of twee achter elkaar bij Cray op de studeerkamer. Maar Clara ontkende dat ze zich zorgen maakte.

'Serge en Delia?' zei Clara. 'Waarom zou ik me zorgen maken? Het is misschien een teken dat zijn creatieve energie aan het terugkomen is. Zou dat niet belangrijker zijn dan die zogenaamde huwelijkstrouw? Trouw en ontrouw zijn geen thema voor mij – het is zo onbelangrijk met wie je slaapt. Ik begrijp niet waarom mensen hun leven vergooien. Maar Serge?' Toch was het duidelijk dat ze zich ergerde aan Delia.

Cray leek zich aan Gabriel te ergeren. 'Ik gooi die lamzak er zaterdag uit, over achtenveertig uur, of hij nou uitleg geeft of niet. Dit is geen pension. Bovendien wil ik de Fransen niet tegen me in het harnas jagen gezien dat probleem van Clara. Ze vinden het best als je het niet zo nauw neemt met de wet, maar openlijk verzet wordt niet op prijs gesteld. Als ze naar hem op zoek zijn, wil ik niet degene zijn die hem onderdak biedt.'

'Voorzover ik kan nagaan, is er niemand naar hem op zoek, behalve als hij dat manuscript toch zou hebben', zei Tim. Het was hem opgevallen dat Cray over 'het probleem van Clara' had gesproken en niet over een gezamenlijk probleem. 'Misschien moeten we hem gewoon vragen of hij dat manuscript heeft.'

'Zaterdag wijs ik hem de deur, manuscript of geen manuscript.'

Niet veel later, op de tennisclub Marne-Garches-la-Tour, werd Tim tot zijn verbazing vriendelijk gegroet door Antoine de Persand, die zich aan het omkleden was in de kleedkamer. Hij was naakt, trok juist zijn suspensoir aan. Tim nam hem onwillekeurig op – een stevige kerel, ongeveer even lang als hij, met het witte lichaam en de gebruinde ledematen van de tennisspeler, gespierd en zwaargeschapen, hoewel hij zich bedeesd afwendde toen Tim binnenkwam. De Persand liet hem beloven dat hij na de wedstrijd een biertje met hem zou drinken. Na zijn uurtje met Adrian wandelde Tim naar de bar. De Persand, die weer normale kleding droeg, stond in gedachten verzonken aan de bar een biertje te drinken. Hij groette Tim en bestelde meer bier. Tim bedacht verschillende dingen die De Persand hem te zeggen kon hebben. Het zou in ieder geval over de Crays gaan. Ze namen plaats aan een tafeltje.

'Ik heb gehoord wat er in het dorp is voorgevallen. Het is diep beschamend. Maar goed dat u erbij was. Mijn vrouw was in het postkantoor en heeft alles gezien.'

'Het had vervelend kunnen aflopen maar dat is gelukkig niet gebeurd', beaamde Tim. Hij bemerkte een vreemde onwil bij zichzelf om in te gaan op de wens van De Persand om alles over het voorval te horen, maar hij beschreef het toch in meer detail. Wat had hij immers tegen De Persand?

'Men is sterk tegen de Crays gekant, zelfs mensen die niet jagen. Dat geldt overigens niet voor mijzelf. Ik heb niets tegen hen. Ik begrijp de Amerikanen. Al was het maar omdat ik een Amerikaanse schoonzus heb', zei Antoine. Hij hoefde niet uit te leggen waarom de mensen tegen hen gekant waren. Ga toch naar huis, buitenlandse bemoeials.

'Volgens mij zijn ze behoorlijk aangeslagen – eerst wordt ze gevangengezet, vervolgens belaagd. En ze hebben natuurlijk niets te maken met die verwijderde lambrisering en open haarden.'

'We hebben hen uitgenodigd voor de lunch aanstaande zondag. Ik hoop dat u ook kunt komen met Anne-Sophie. Ik heb u nog niet gefeliciteerd met uw verloving. We kennen Anne-Sophie al sinds ze een klein meisje was. Haar vader was de huisarts van mijn vader.'

'Hebt u gehoord dat ze gebeten is door een van Crays honden?'

Dat had hij niet gehoord. De Persand keek hem aan alsof hij probeerde in te schatten hoe dit zijn relatie met Cray beïnvloed zou hebben. Ze bleven nog wat kletsen. Tegen zijn neiging in, begon Tim De Persand aardig te vinden. Hij maakte een beschaafde en sombere indruk. Tim verwachtte dat hij iets over Clara zou zeggen. Hij werd op zijn wenken bediend.

'Het moet erg moeilijk zijn voor madame Cray, stel ik me voor', zei De Persand. 'Bijzonder onrechtvaardig dat zij de gevolgen moet dragen van de onverzettelijkheid van die man.'

'Ik geloof dat ze het met hem eens is. Ze zijn allebei tegen de jacht.'

Hier had De Persand niets op te zeggen. Hij begon over andere dingen – de voorgestelde verhoging van de contributie voor de club, Chirac, de hoge leeftijd die de overleden René Lacoste had bereikt, in zijn dagen de grootste tennisspeler van Frankrijk, dit laatste als pleidooi voor de tennissport. De Persand was onderhoudend maar Tim was op z'n hoede, zich te zeer bewust van het onderwerp Clara. Hij accepteerde de uitnodiging voor de lunch.

37

De publieke opinie

In de dorpen van de gemeente Étang-la-Reine, in Val-Saint-Rémy vlakbij, in de gemeenschap Val-Lanval, zelfs in Parijs hielden de kwesties van de verdwenen lambrisering en van de jacht de gemoederen bezig. In een paar dagen was Clara Holly, in het denken van de jagers van Val-Lanval, het symbool geworden van hoe Amerika het gerechtvaardigde erfgoed van Frankrijk ondermijnde. Het woord *déplumer*, plukken, werd in de pers aangegrepen vanwege de goed van pas komende associatie met gevogelte. Er verschenen kritische artikelen over het echtpaar Cray in *Le Quotidien*, de regionale krant, en ook een sentimenteel stuk over de betekenis van madame Du Barry voor de streek. Het was toch een schande om de geschiedenis zomaar uit te wissen door zo'n huis te verbouwen.

Vrijwel onmiddellijk na Clara's vrijlating in afwachting van het rondkomen van het dossier, begonnen Franse politici en de Franse pers zich met *l'affaire Cray* te bemoeien. De groene pers beet zich vast in één bepaald feit dat aan het licht kwam: dat de jagers van Val-Lanval de jacht – vooral op eenden, maar ook op meer bedreigde diersoorten – begonnen vóór de door de Europese Unie bepaalde aanvangsdatum en er ook nog eens langer mee doorgingen. Deze uitstekende gelegenheid om de rechtse Franse president aan te vallen omdat hij toegaf aan de chauvinistische jachtlobby, werd met beide handen aangegrepen. Zoals *Le Monde* het omschreef: CHIRAC TROTSEERT STRAATSBURG VANWEGE HET RECHT OM TE SCHIETEN.

De rechtse pers viel van haar kant de socialistische minister van milieu aan in naam van het gezag, omdat hij niets ondernam tegen deze illegale jachtpraktijken, waardoor Frankrijk in zijn eer en goede naam werd aangetast. En zo waren de opinies van zowel de linkse als de rechtse pers overwegend tegen de jagers.

Maar de Franse publieke opinie richtte zich begrijpelijkerwijs ook tegen het echtpaar Cray vanwege de schending van een monument. Er waren zelfs groepen die vonden dat ze er nog gemakkelijk vanaf kwamen vanwege de beroemdheid van Cray, en anderen die dachten dat het systeem hem er om dezelfde reden juist van langs gaf, geïnspireerd door de protectionisten van de Franse cinema.

Het gerecht stelde de datum voor het proces tegen Clara vast op zeven december. De Amerikaanse ambassadeur, Charlie Nolan, beklaagde zich bij het Franse ministerie van justitie over het feit dat Amerikanen met al hun papieren in orde, onterecht werden vervolgd voor zaken waaraan ze part noch deel konden hebben gehad. 'In godsnaam, Jean-Louis, die arme zielen hadden dat huis nog niet eens gekocht!' De socialistische minister van milieu beklaagde zich tegenover de pers dat Amerikanen die Franse nationale monumenten schonden, op speciale bescherming konden rekenen van de oppositie – Amerikanen die, zonder zich om iets te bekommeren, een nationaal monument betrokken en verwoestten, die bovendien de traditionele Franse jacht belemmerden en die hun straf niet mochten ontlopen.

Brussel kondigde aan dat het overwoog om een klacht in te dienen over het schenden van de Europese regelgeving met betrekking tot het jachtseizoen, als een soort bijdrage aan het proces dat in Straatsburg aanhangig was gemaakt, en zo werd de kwestie in zekere zin een Europese zaak.

L'affaire Cray, zei Clovis Mornay, een invloedrijke Franse intellectueel, in een paneldiscussie over anti-Amerikanisme op Canal Plus, was een perfect voorbeeld van hoe het aangeboren Amerikaanse verlangen naar hegemonie, dat evenzeer in het handelen van burgers als in dat van de staat tot uitdrukking kwam, leidde tot inmenging in de eeuwenoude tradities van Frankrijk. Het was tevens een voorbeeld van de arrogantie van Hollywood, en Hollywood was de informele arm van de Amerikaanse staat, misschien zelfs in het geniep wel een echte arm.

'Hun uiteindelijke doel is de vereenvoudiging van het Franse gedachtegoed, om de Franse geest rijp te maken voor herprogrammering door Amerikaanse moralisten. Daarvoor moet je eerst de geschiedenis uitwissen – in dit geval de traditie van de jacht, die in dit land waarschijnlijk al dateert uit de Bronstijd.'

'Ja, er zit wel iets in, in wat hij zegt', zei Estelle tegen haar oude vriend Cyrille Doroux, lid van de Académie. 'Het Amerikaanse gebrek aan subtiliteit. Ze zijn eenvoudiger van geest.'

'Beslist.'

'Zelfs Tim heeft, hoewel hij best aardig is, iets van die neiging tot oversimplificatie.'

'Ze denken nooit in politieke termen', beaamde monsieur Doroux. 'Alleen moralistisch, Mornay heeft groot gelijk.'

38

Lunch bij de familie De Persand

Anne-Sophie was niet blij dat Tim had ingestemd met een lunch op het platteland bij De Persand op zondag. Ze had werk te doen, klaagde ze, ze had een zaak, zondag was de belangrijkste dag. Was dit een voorproefje van wat hij van haar verwachtte als ze eenmaal getrouwd waren, dat ze op zondag alles zou laten vallen voor een triviale sociale gelegenheid, of om Serge Cray ter wille te zijn? Maar toen het een mooie dag bleek te zijn, gaf ze toe, op voorwaarde dat Tim haar om zes uur 's morgens in het pikkedonker naar de vlooienmarkt zou brengen, om haar om twaalf uur weer op te halen na zijn boodschap in Hôtel Le Mistral.

Hij had beloofd dat hij deze ochtend de bagage van Gabriel zou proberen los te krijgen. Cray had de confrontatie met Gabriel uitgesteld in afwachting van het succes van deze onderneming, en Biller had bedacht dat er op zondagochtend na het wisselen van de receptiedienst een goede kans bestond dat er een receptionist zat die Tim en Gabriel niet kende. Voor alle zekerheid had Tim Gabriels creditcard en rijbewijs meegenomen, en hoewel hij absoluut niet op Gabriel leek, kon de boeventronie op de foto van hen allebei zijn of van ieder ander aantrekkelijk, mannelijk type van rond de dertig met een onbestemde huidskleur.

Het was geen enkel probleem. De man achter de receptie had Tim of Biller inderdaad nooit gezien. Hij berekende de kosten, opende de bagageruimte en kwam tevoorschijn met een jas, een rugzak en een kleine koffer, waarvan Tim zich herinnerde dat hij niet op slot had gezeten. In de auto keek hij erin. Er zaten wat papieren in, maar niets wat eruitzag als een waardevol middeleeuws manuscript. Hij stopte alles in de kofferbak en ging op weg om Anne-Sophie op te halen.

Ondanks zijn belofte was monsieur Lavalle niet gekomen,

vertelde Anne-Sophie, en dus moest ze het rolluik voor de rest van de dag sluiten, waardoor ze ongetwijfeld bijzonder veel omzet misliep. Ze had de wat zelfingenomen houding van iemand die zich grootmoedig betoont. Tim kuste haar, voorzichtig om haar pijnlijke arm niet te bezeren, die opnieuw was bekleed met een nog dikkere rol watten en verband, en ze vertrokken in de richting van de Porte de Saint-Cloud.

Tot de uitnodiging voor de lunch had Clara zich nooit gerealiseerd dat het land van De Persand op één plaats zonder hek overging in dat van hen. Door de bomen kon je juist een fraai stenen herenhuis ontwaren, achttiende-eeuws met een mansarde-dak en een forse lap grond eromheen, hoewel waarschijnlijk minder dan vroeger. Zij en Tim waren eerder die week langs de omtrek van het landgoed gelopen, op zoek naar bewijs voor de bewering van De Persand dat ze buren waren. Toen ze de volgende ochtend wakker was geworden, had ze haar toneelkijker in de zak van haar Eddie Bauer-jas gestopt en was alleen de bossen in gewandeld, voor Delia en Serge opstonden. Maar natuurlijk was het woensdag, en door de week woonde er niemand in het huis van De Persand.

Toen ze begreep dat het zijn huis was, voelde ze een schaamte die bijna zo erg was als toen ze zo vrijmoedig tegen hem gesproken had in de bezoekruimte van de gevangenis, die impulsieve woorden waar ze sindsdien in gedachten steeds weer op was teruggekomen in de hoop er enige ruimte voor ambiguïteit in te ontdekken, zodat hij als hij erover nadacht, kon denken dat ze helemaal niet had bedoeld wat ze bedoeld had. Dat hij zou inzien dat hij ongelijk had gehad om te denken dat ze er iets mee bedoeld had. Helaas waren haar woorden absoluut niet voor tweeërlei uitleg vatbaar geweest.

Cray, die corpulent was en niet van wandelen hield, kondigde aan dat hij en Delia met de auto naar de familie De Persand gingen. 'Maar ik ben niet uitgenodigd', protesteerde Delia. 'Volgens mij is het niet de bedoeling dat ik kom.' Maar Cray stond erop dat ze meekwam. Hij leek het geen punt te vinden toen Clara zei dat ze liever lopend door het bos ging. Het was een frisse, zonnige dag, ideaal om door rottende bladeren te struinen en om te genieten van de veranderlijke lichtvlekken tussen het struikgewas. Het was stil in het bos, zonder het geluid van jagers of opgejaagd wild. Ze vertrok eerder dan de anderen en zou hen daar ontmoeten.

Toen ze het terrein van De Persand opkwam, zag ze de achterkant van het stenen huis, een tennisbaan, een driewieler. Hij zou toch zeker geen jonge kinderen hebben? Haar hart bonsde van de consternatie. Dat zou duiden op een jonge vrouw. Misschien zijn tweede vrouw? Kleinkinderen waren niet onmogelijk. Haar stemming was aan constante verandering onderhevig, aan de ene kant hoopte ze iets teleurstellends aan te treffen wat haar fascinatie voor hem zou kunnen verminderen, en aan de andere kant hoopte ze op een belangwekkend moment, misschien een ogenblik alleen met hem – ze dacht aan bepaalde filmscènes waarin de heer des huizes de heldin de biljartkamer liet zien, of de wijnkelder... Tegelijkertijd vreesde ze dat madame De Persand mooi zou blijken te zijn, en zij lelijk, wat haar deed beseffen dat monsieur De Persand ook maar een bankier van middelbare leeftijd was, de buurman. Ze vond deze gedachten allemaal bespottelijk infantiel. Nog nooit was haar iets dergelijks overkomen.

Toen ze om het huis heen liep, zag ze dat Tim en Anne-Sophie er al waren, en de landrover van Serge draaide juist de oprijlaan op. Er werd meteen opengedaan, door monsieur De Persand, gekleed in een kaki broek en een open hemd, als een Amerikaan. Even was ze bang dat ze overdreven netjes gekleed was met haar mooie broekpak en kasjmier trui. Ze keek langs hem heen om te zien wat Anne-Sophie droeg – die perfecte Française – en tot haar geruststelling zag ze dat ook zij zich voor de gelegenheid gekleed had.

Clara glimlachte met een afstandelijke vriendelijkheid naar Antoine; hij had net zo goed de *boulanger* kunnen zijn. Ze legde haar jasje op de stapel jassen op de kleine canapé in de hal en keek om zich heen. Een comfortabel landhuis dat een wat wanorde-lijke indruk maakte – talloze modderlaarzen in allerlei maten, paraplu's en een mooie maar beschadigde porseleinen vaas op het tafeltje. In de kamer verderop zag ze boeken, en naast de hoge ramen hingen vervaalde paarsbruine velours gordijnen die zeker een eeuw oud waren. Maar ze slaagde er niet in de glimlach van volmaakt onverschillige vriendelijkheid lang vol te houden, want haar hart had een sprongetje gemaakt in haar borst bij de aanblik van de laarzen – dat moesten die van hem zijn, halfhoog, om paard te rijden en te jagen, laarzen die haar aan zijn krachtige kuiten deden denken, aan sterke mannendijen, aan mannen te paard, aan witte rijbroeken, aan... Ze merkte dat het bloed naar haar hoofd steeg. Was ze in een zo verhitte en kwetsbare gemoeds-toestand geraakt, dat alleen al de aanblik van modderlaarzen dit pijnlijke verlangen in haar los kon maken? Zijn handdruk was vriendelijk, zonder veel kracht. Hij kuste haar niet op beide wangen, zoals hij had kunnen doen, heel gebruikelijk tussen buren. Ze voelde dat het verlangen weer een andere vernedering was die haar stond te wachten; waarschijnlijk stonden er haar nog wel meer te wachten; ze was ertoe veroordeeld om met kwel-lingen te leven, zoals iemand bij Dante. Er verscheen een stra-lende glimlach op haar gezicht.

Er hingen geweien aan een kant van de hal, zag ze, boven een brede deur die toegang bood tot de salon, waar ze nu door De Persand binnen werden geleid, met vriendelijke en gastvrije, zij het vrij algemene woorden voor Serge en Delia, die ook waren binnengekomen.

'Mijn moeder is er dit weekend, evenals mijn dochter en twee neven, zoals gebruikelijk', legde hij uit. 'We maken de hele winter gebruik van dit huis als het mooi weer is zoals nu.'

In de salon begroette Anne-Sophie een oude blonde dame, klein en goed verzorgd, die een jurk en stadse schoenen met hoge hakken droeg. Even vroeg Clara zich af of dit de echtgenote van monsieur De Persand kon zijn. Maar het was natuurlijk zijn moeder. 'Mijn vrouw, Trudi', zei hij nu over een andere vrouw die binnenkwam. Ze was halverwege de veertig, bruin haar met blonde strepen, zoals de helft van de Franse vrouwen. Ze glimlachte vriendelijk.

'Ik ben Trudi, welkom', zei ze, duidelijk minder goed thuis in het Engels dan haar man.

De oude madame De Persand sprak de taal met grote precisie. 'We zijn nogal nalatige buren geweest, moet ik tot mijn spijt bekennen. We hebben nogal teruggetrokken geleefd hier, maar nu zijn we vastbesloten daar wat aan te veranderen. We hebben gehoord over die afschuwelijke vertoning bij het postkantoor, madame.'

'Dank u, zo erg was het allemaal niet', zei Clara.

'Het was afschuwelijk', zei Tim Nolinger. 'Ik was bang dat het helemaal uit de hand zou lopen.'

'Tim was erg galant.' Clara lachte. Ze onderwierp Trudi aan een nadere inspectie. Ze was langer dan zij, een aantrekkelijke vrouw, maar niets bijzonders.

Antoine wendde zich tot Serge en Delia, die stonden te treuzelen bij de huiskamerdeur.

'Wat willen jullie drinken?' Hij vertelde dat zij op zondag meestal kir dronken op dit uur. Een doodgewone zondagse lunch – Clara begon al wat rustiger te worden.

'Ik weet dat mensen van mijn leeftijd vaak afgeven op de omgangsvormen van de moderne tijd,' vervolgde de oude madame De Persand, 'maar heus! En denk maar niet dat het eenvoudige boeren waren, nee, het waren onze welgestelde buren in hun vrijetijdskleding. In ieder geval een aantal van hen. En natuurlijk imiteerden ze dat voorval van onlangs met die minister, wat een gevoel voor humor. Zo zouden ze zich in de stad nooit gedragen. *Déplorable.*'

'Het was vreselijk, hoe zeg je dat, de manieren van die lui. Ik heb alles gezien', beaamde Trudi. 'Ik was in het postkantoor. Ik stond op het punt de politie te bellen. Ik had mijn mobieltje bij me. Maar toen maakte meneer er een eind aan.' Ze lachte naar Tim. 'Natuurlijk dacht ik niet dat ze madame Cray echt iets aan wilden doen.'

'Ik wist ook zeker dat ze me niets zouden doen', zei Clara ruimhartig, hoewel ze daar helemaal niet zo zeker van geweest was.

'We zouden kunnen tennissen vandaag', merkte Antoine op. 'Hebben jullie je spullen meegenomen?' Tim was de enige die tennisspullen in de auto had, dus moesten ze enkel spelen.

De anderen dronken kir in de serre, die uitzicht bood op de tuin. Clara had de indruk dat ze alleen maar over narigheid spraken. Behalve het voorval bij het postkantoor was er nog de arm van Anne-Sophie, een ziekte in een kleine champagnewijngaard die de familie De Persand nog steeds in bezit had en de algehele verslechtering van de situatie op de Balkan. Tim en Antoine speelden een set. De spelers waren hiervandaan te zien. Tim had waarschijnlijk de overhand, maar niet zo duidelijk dat zijn gastheer zich eraan kon storen. De vrouwen zagen dat het een vriendelijke partij was en dat ze aan elkaar gewaagd waren.

Wat waren sportende mannen toch fraai om te zien, dacht Clara. Ze dacht aan Griekse vazen, aan naakte mannen met speren en aan worstelen.

De lange, ovale eettafel kon tot enorme proporties worden uitgebreid, leidde ze af uit de bladen die weinig ceremonieel tegen de muur stonden. Vandaag waren ze maar met z'n elven: Serge en Clara, Delia, Anne-Sophie en Tim, Trudi en Antoine, twee neven, een ongenaakbare veertienjarige dochter, Garance, en madame De Persand. Clara kreeg een plaats rechts van Antoine toegewezen, Anne-Sophie kwam links van hem te zitten. Madame De Persand zat tussen Cray en Tim in; de anderen zaten aan de zijkanten van de tafel, met Trudi ertussenin, zo dicht mogelijk bij de keuken en in een positie waar ze de orde kon handhaven onder de tieners. Clara keek met belangstelling en een tikje afgunstig toe hoe Antoine mosselen uit de schelp haalde voor de verbonden Anne-Sophie, waardoor hij zich vaker naar Anne-Sophie keerde dan naar haar. Zou Anne-Sophie hem aantrekkelijk vinden? Was ze zich evenzeer als Clara bewust van zijn mannelijke aantrekkingskracht? Of was het haar reflexmatige flirterigheid die maakte dat er kuiltjes in haar wangen verschenen en dat ze, oordeelde Clara, net iets te veel lachte? Ja, er lag beslist een extra schittering in de glimlach van Anne-Sophie, een besef van haar eigen vrouwelijkheid. Toch wendde Antoine zich geregeld tot Clara, en onderbrak het gebabbel van Anne-Sophie om een schotel door te geven aan Clara of om beleefd te informeren naar het een of ander.

Zij vroeg naar zijn Amerikaanse schoonzus, die ze vaag kende, en kreeg te horen dat het goed met haar ging. Ze probeerde te bedenken of ze nog meer gemeenschappelijke kennissen hadden. Ze complimenteerde hem met zijn backhand. Ze begon over een handelsconflict waardoor Amerikanen van de handtasjes van Vuitton verstoken dreigden te blijven.

'Waar bent u momenteel mee bezig, monsieur Cray?' vroeg madame De Persand. 'Kunnen we een nieuwe film tegemoet zien? Ik vermoed dat u een hekel hebt aan dergelijke vragen.'

'Helemaal niet, madame', zei Cray, die zijn best deed om vriendelijk en een goede buur te zijn. 'Ik ben bezig met een film over de rechtse protestbeweging in Amerika. Natuurlijk is het een beetje ingewikkelder dan alleen dat. Over gewone mensen in schuren en op bijeenkomsten die zich willen verschuilen voor de zwarte helikopters. Over mensen die voedsel hamsteren vanwege de millenniumwisseling als de wereld zal vergaan. Enorme stukken land in Montana en Idaho waar ze hun wapens verbergen. *De verrukking*, ik probeer het er allemaal in te stoppen. Een film over Amerika. Klinkt het bescheiden?'

Hij lachte, en met zijn vreemde, intelligente ogen nam hij zijn toehoorders op om de uitwerking van zijn woorden in te schatten. Die uitwerking was dat de anderen er even stil van waren. Clara hoorde de ingestudeerde frasen van een promotiepraatje, alsof ze zich in een groep studiobazen bevonden. Niet dat Serge ooit op studiobazen hoefde in te praten. Ze lieten hem doen wat hij wilde, als hij maar wilde.

'Welke sterren hoopt u te contracteren?' vroeg Trudi de Persand uiteindelijk.

Cray fronste zijn wenkbrauwen.

'Sympathiseert u met al die mensen of bent u juist tegen hen?' vroeg Antoine aan Cray.

'U hebt waarschijnlijk mijn ambivalentie wel opgemerkt. Je kunt ze bewonderen maar ook vrezen. Ze zijn beangstigend en nobel tegelijk. Fanatisme heeft een nobele kant.' Hij sprak met de intonatie van iemand die een interview geeft.

'Daar kan ik moeilijk mee instemmen, monsieur', zei De Persand bedachtzaam. 'Fanatisme lijkt me nooit goed.'

'Delia heeft me er veel over geleerd. Ze zit er middenin.' Cray glimlachte naar haar. 'Vooral dat millenniumgedoe. Zij denkt dat de wereld eind 1999 ten onder gaat.'

'Niet echt. Ik weet niet wat ik ervan moet denken', zei Delia. 'Er is veel bewijs, er zijn mensen die het onderzoeken. Ik denk er zelf gewoon niet zoveel over na. Sommige mensen zijn nu eenmaal religieuzer en spiritueler dan anderen. Als morgen de wereld verging, zou ik alleen maar denken: verdorie, ik heb nooit wat aan die heup van me laten doen. Maar ik heb respect voor hun zorgen.'

'Wie wil er nog *moules*? Willen jullie nog?' vroeg Trudi, terwijl ze aanstalten maakte om naar de keuken te gaan.

'Fanatisme is altijd verwerpelijk – en uiteindelijk is het zinloos. Heeft de geschiedenis dat niet bewezen?' vervolgde Antoine met een korte blik van verstandhouding naar zijn vrouw.

'Helemaal niet. De geschiedenis laat juist zien dat het uiteindelijk effect heeft', zei Serge.

'Natuurlijk heeft Amerika niet veel belangstelling voor de geschiedenis, dat realiseer ik me', zei De Persand.

'Wij hebben net zo goed een geschiedenis', protesteerde Delia.

'Het is niet juist om over "Amerika" te spreken', protesteerde Clara tegelijkertijd. 'Het is zo groot en verscheiden.'

'Dat is zo', beaamde Tim. 'Europeanen zien het vaak als één plek.'

'Waar bevindt zich dan het echte Amerika?' vroeg madame De Persand met beleefde belangstelling. 'Washington waarschijnlijk. Of New York?'

'O nee!' riepen Delia en Clara en Serge ieder voor zich uit.

'Niemand is het daarover eens', legde Tim uit. 'Er zijn zoveel Amerika's. Europeanen beseffen dat niet. Ik heb geprobeerd over het verschijnsel te schrijven.'

'Misschien komt het daardoor dat niemand verantwoording lijkt te nemen voor de donkere kanten van Amerika', overwoog madame De Persand. 'Als je Amerikanen vragen stelt over wat hun land in Bosnië heeft gedaan of in Vietnam, staren ze je aan alsof ze zich afvragen wat zij daar in godsnaam mee te maken hebben.'

'Ik dacht altijd dat ik me niet schuldig voelde als het om Amerikaanse problemen ging, omdat ik in Europa was opgegroeid', zei Tim. 'Maar tijdens mijn studie begon ik te beseffen dat men zich niet schuldig voelde voor het gedrag van Amerika omdat het zo groot is. Iedereen is zo ver van de politiek verwijderd. Amerika is veel te groot voor solidariteit.'

'Hij bedoelt dat we allemaal vinden dat het aan die vervelende anderen ligt, aan de zuiderlingen of aan de New Yorkers. Maar Europeanen denken dat we allemaal hetzelfde zijn, allemaal vervelende klootzakken.' Cray lachte.

'Hebt u nog nooit *moules* gegeten, mademoiselle? U moet er echt een proberen', zei Suzanne tegen Delia toen ze zag dat Delia's bord nog steeds vol lag met mosselen in de schelp. Misschien wilde ze een serieuze discussie afwenden.

'Ik ben allergisch voor schelpdieren', zei Delia. 'In Oregon hebben we ook mosselen. Ze worden er gekweekt.'

'Echt waar?' zei madame De Persand.

'Geef maar aan mij', zei Serge en hij trok het bord naar zich toe. Clara kon niet aanzien hoe hij de schelpen oppakte en de afschuwwekkende klompjes vlees in zijn mond stak.

'Geschiedenis is niet het juiste woord. Het is misschien eerder dat Amerika geen geheugen lijkt te hebben', begon Antoine. 'Het lijkt in het heden te leven.'

'We eten fazant. We hebben ze net gekregen, misschien hadden ze eerst moeten hangen', zei Suzanne, die bleef proberen het gesprek een andere wending te geven. 'We zullen zien.'

Clara zag voor haar geestesoog fazanten hangen in de etalage van de slager, de schittering van hun borst gedoofd, hun kammen slap en hun ogen gebroken. Had Antoine de fazanten misschien zelf geschoten? Haar keel was plotseling erg droog, zodat ze het

246

eten moeilijk wegkreeg. Was het soms een grapje of een vorm van kritiek op hun verzet tegen de jacht? Of hadden ze er gewoon niet bij stilgestaan? Ze at niet. Ze dagdroomde dat ze ergens anders was, alleen met hem.

Toen ze haar aandacht weer op de tafel richtte, zei Antoine juist tegen Serge: 'Mijn idee is om u een paar hectare achter het huis te verkopen, waarmee u meer zeggenschap over uw domeinen zou krijgen. Ik kan wel twee of drie hectare missen zonder dat ik zelf onder de twintig hectare zak en voor u is het precies genoeg.'

'Dat is bijzonder vriendelijk van u', zei Serge verbijsterd.

'Ik kan het u natuurlijk niet schenken.' Antoine glimlachte. 'Grond is duur in deze contreien. Het zou u wel wat kosten.'

Suzanne en Trudi staarden hem ongelovig aan.

'*Mais c'est vrai,* dit is niet het juiste moment. We kunnen het er later nog over hebben.' Plotseling leek hij zich te schamen dat hij zo'n lucratief aanbod had gedaan, alsof hij hen opmerkzaam wilde maken op zijn goede inborst. Of misschien was hij van zijn stuk gebracht door de afkeurende verbazing van zijn vrouw en zijn moeder.

'Dat is een goed idee', zei Serge. 'Daarmee zou de burgemeester mooi schaakmat komen te staan.'

39

Een boswandeling

Zoals alle Franse zondagmiddaglunches werd ook deze afgesloten met een wandeling, het verplichte kwieke blokje om, goed voor de gezondheid en verkwikkend, over landweggetjes of door het groen erlangs, in het park of desnoods op straat als je aan de stad gebonden was. Zelfs Cray kon zich hieraan niet onttrekken. Het groepje ging samen het openbare *forêt* in dat zich tussen het huis van De Persand en het dorp Étang-la-Reine bevond. Bij algemene overeenstemming kon de sociale etiquette nu worden losgelaten. De beschaving kent de grenzen van zijn reikwijdte. Uitwijdingen, intieme bekentenissen, persoonlijke observaties en de behoefte aan ontnuchtering hebben ook hun plaats. In de perfecte vrijheid na de lunch vielen ze uiteen in groepjes van twee of drie al naargelang hun tempo en belangstelling, raakten achterop, scheidden zich af, sloegen gezamenlijk andere richtingen in. Suzanne de Persand had haar schoenen verwisseld voor een paar laarzen uit de hal en wandelde al botaniserend kalmpjes met Garance en Delia over de paden en legde Delia uit hoe dingen in het Frans heetten.

Ze was de schok van Antoines aanbod om Cray een stuk grond te verkopen blijkbaar nog niet te boven. Het was duidelijk dat hij het er vooraf niet over gehad had. Ze was in gedachten verzonken, duidelijk minder geanimeerd. De ervaring had haar geleerd om Amerikanen met problemen te associëren, en dit waren Amerikanen.

Trudi de Persand had er samen met Tim en Anne-Sophie stevig de pas in gezet, en hield later de pas weer in om haar schoonmoeder gelegenheid te geven haar in te halen. Cray liep een tijdje op met De Persand, misschien om over de aankoop van de grond te praten, en sloeg vervolgens af om zijn auto op te zoeken.

'Zullen we naar Étang-la-Reine gaan en bij de manege een stel paarden huren voor een uurtje of twee', stelde Anne-Sophie voor aan Tim. 'Het lijkt me heerlijk om een stukje te rijden. We zouden helemaal tot de *grands rochers* kunnen gaan.' Dat waren een paar enorme rotsblokken die ooit door een gletsjer midden in het bos waren achtergelaten. Hoewel Tim niet echt dol was op paardrijden, had hij er geen bezwaar tegen, behalve dat het gevaarlijk kon zijn voor Anne-Sophie om te rijden met één arm. 'Op stalpaarden? Onzin, *pas de problème*.'

Ze waren het er niet over eens in welke richting Étang-la-Reine lag. Anne-Sophie had geen goed gevoel voor richting maar nu wist ze zeker welke richting ze moesten nemen en ze was het volkomen oneens met Tim. Hij legde uit dat het ruim drie uur 's middags was en dat de zon snel zou zakken in het westen, in de richting van het dorp, te weten een richting tegenovergesteld aan die zij wilde inslaan. Zoals gebruikelijk won Tim het pleit, maar nu stond tot zijn opluchting ook vast dat het te laat was om nog te gaan rijden. De avonden vielen vroeg in, het was immers bijna december.

Ze schrokken op van een laag gegrom en het breken van twijgjes voor hen in het struikgewas. Tim, die voorging op het pad, stak zijn hand op ten teken dat Anne-Sophie moest blijven staan. Eerst kon hij de bron van het verontrustende geluid niet ontdekken, maar toen ontwaarde Tim door de dichte begroeiing een man en een vrouw die stokstijf bleven staan van de schrik, en vlak voor zijn voeten een van Crays gemuilkorfde rottweilers, die hen in de gaten hield. Hij keek op naar Tim en terug naar zijn prooi, heen en weer, onzeker wat hem te doen stond.

Tim begreep dat hij toevallig een gebaar had gemaakt dat het beest in bedwang hield. Toen hij zijn arm liet zakken, hurkte het beest nog wat dieper en maakte zich opnieuw op om het ongelukkige stel tussen de braamstruiken aan te vliegen. Toen hij zijn hand weer bewegingloos omhooghield, bevroor het dier en hield zijn ogen strak op de hand gericht. Het beest moest Tim geassocieerd hebben met Cray, met de *maître-chien* of met andere betrouwbare types in de omgeving en was bereid zich door hem te laten commanderen.

'Blijf staan', zei hij tegen Anne-Sophie, die voldoende naderbij geslopen was om te zien wat hij had gezien. Even was Tim bevreesd dat ze hem zouden ontdekken en denken dat hij hen bespioneerde. Anne-Sophie trok een pruillip en deed of ze giechelde. De figuren in het struikgewas maakten zich schielijk uit de voeten.

Het had maar een paar seconden geduurd. De *maître-chien* kwam achter hen het pad op en floot naar de hond.

'*Ça va?*'

'*Ça va, gentil chien.*'

'Heb je gezien wie dat waren?' vroeg Tim aan Anne-Sophie. Anne-Sophie dacht dat een van hen een kaki broek had gedragen en een wit overhemd, en de ander een duifgrijs topje en zwarte broek. De twee waren voor iedereen met een geheugen voor kleding volmaakt herkenbaar.

'*Pas vraiment*', zei ze. Eerst vond ze het amusant – ze herinnerde zich Tims verhaal over de ontmoeting in de tennisclub Marne-Garches-la-Tour. Maar toen moest ze denken aan de toneelstukken van Feydeau, waarin ondeugende overspelige echtelieden gedurig opduiken uit kasten en onder bedden kruipen. En dat heette dan Franse komedie. *Alors*, hoezo Frans?

Een gevoel van diep onbehagen bekroop haar. Franse mensen glipten in en uit kasten, terwijl in Amerikaanse stukken de vrouw altijd in tranen was, zonder vrienden behalve een hond of een kat, en altijd aan de drugs of aan de drank. Wat was je liever, een vrouw in een Frans toneelstuk of een Amerikaans? Moesten een Amerikaanse man en een Franse vrouw eerst bepalen in wat voor stuk ze zouden figureren? In wat voor stuk traden de Amerikaanse madame Cray en de Franse Antoine de Persand dan op? En zij, Anne-Sophie, wilde helemaal niet in een toneelstuk staan, maar in het leven dat binnenkort zou beginnen, een echt huwelijk.

Hoe kwam het toch dat je de ene vrouw begeerde boven de andere, vroeg Tim zich schuldbewust af, en waaraan lag het dat zij de voorkeur gaf aan een andere man boven jou? Het was meer dan aantrekkelijkheid, het had met chemische stoffen te maken, met voorbije ontmoetingen, met dromen en vroege inprenting –

je had er geen controle over. Waarom deed je dingen die absoluut niet in je bedoeling lagen? Stonden die mensen in het bos op het punt om te doen wat niet in hun bedoeling lag?

Cray was met de auto vertrokken en dus brachten Tim en Anne-Sophie Delia terug. Delia was uitgelaten; ze had duidelijk genoten van de middag, van het huis met zijn ordelijke grandeur en van de salade. Ook de wandeling had ze plezierig gevonden.

'Ik heb zeker drie kilometer gelopen. Hebben jullie het gemerkt? Een paar weken geleden had ik dat niet volgehouden. Het helpt dus wel.'

'Wat helpt?'

'Naar het Louvre gaan. De laatste week ben ik elke dag gegaan. Als ik het nog een week kan volhouden, weet ik zeker dat de vooruitgang blijvend zal zijn.'

Tim moest lachen om het idee van de genezende kracht van kunst, en hij merkte dat hij Clara erover wilde vertellen. Anne-Sophie zou er de humor niet van inzien.

Toen ze aankwamen bij het huis van Cray, trof Tim daar tot zijn verbazing zijn vriend Cees – zijn kleine Renault, die eruitzag als een dienstauto, stond bij de voordeur geparkeerd en Cees zelf stond ertegenaan geleund. Op de achterbank van een andere auto zat Gabriel. Delia stoof op hem af. De bestuurder leek zich geen zorgen te maken over de jonge vrouw die tierend op hem afkwam.

'Ik hoopte dat ik je hier zou treffen', zei Cees.

'Je hebt niet gezegd dat je in Parijs zou zijn. Wat is er aan de hand?'

'Ik heb je thuis opgebeld. Hier ook, maar iemand zei dat je er niet was.'

'Een weekendje Parijs? Is Marta er ook?'

'Nee, nee, voor het werk. We komen je gevangene ophalen, op verdenking van diefstal van het manuscript. Als hij jullie niks vertelt, wil hij misschien wel met ons praten. Hij heeft genoeg boven zijn hoofd hangen om hem zeker een paar dagen vast te houden op andere verdenkingen. Ik begon te vermoeden dat hij geen stappen zou zetten in de richting van Cray.'

'Waar breng je hem naartoe?'

'Het opsporingsbevel is in Amsterdam afgegeven, daar brengen we hem naartoe. We hebben toestemming van de Fransen.'

'Maar…' Tim was met stomheid geslagen, hij had niet gedacht dat Cees dit kon en zou doen.

'Achterbakse klootzak', schreeuwde Delia naar Tim.

Tim was ontzet. Hij had Gabriel feitelijk in de val gelokt. Dat was niet zijn bedoeling geweest. Het smaakte naar verraad, naar verlakkerij, naar het lievelingetje van de meester, naar collaboratie – naar smerige, verachtelijke handelwijzen die de eer van een man te na zijn. Niet dat hij het overtreden van de wet wilde billijken, maar hij zag voor zichzelf geen rol als informant weggelegd. Toch zag hij ook wel in dat hij feitelijk de hele tijd als informant was opgetreden door Cees op de hoogte te houden. Hoe had hij kunnen vergeten dat Cees professioneel zou optreden? Hij was verbijsterd.

'Ik denk dat hij alleen maar de heler is, niet de dief.' Cees lachte. 'Als hij ons helpt het manuscript terug te vinden, zullen we weinig tegen hem in te brengen hebben en kan het meevallen met de verdenking van wapenhandel die de Amerikanen tegen hem koesteren. Want dat is blijkbaar iets uit zijn verleden.'

Ook Anne-Sophie was geschokt. Ze protesteerde tegen Tim en Cees. 'Maar het is een nette jongeman, hij heeft dagen op de *grenier* doorgebracht in Clignancourt. Ik wist dat hij daar zat en ik heb hem niet aangegeven. Niet echt, tenminste. Ik hield het in de gaten. En het is duidelijk dat hij de moordenaar niet is. Hij heeft absoluut geen moeilijkheden of schade veroorzaakt. Verraad is iets afschuwelijks.' Op dit punt herinnerde ze zich dat zij hem in feite zelf had laten oppakken op haar zolder. 'Denk maar eens aan de mensen die dat in de oorlog deden, bijvoorbeeld.'

'Ik heb hem niet verraden. Ik weet niet of hij iets fout heeft gedaan', zei Tim aangedaan. 'Waarom zou ik hem willen verraden?'

'Wat een klootzak!' Delia kwam op hem af en veroordeelde hem op een hoge jammertoon. 'Je hebt nooit gezegd dat je voor de politie werkte.' Ze begon te huilen.

'Maar dat doe ik ook niet', protesteerde Tim. 'Ik heb alleen… Cees is een oude vriend, we spreken elkaar vaak.'

'Misschien is er niets aan de hand, jongedame,' zei Cees, 'maar als u eerlijk vertelt wat u van deze zaak weet, zou hij daarmee geholpen kunnen zijn. Eh – is dit Anne-Sophie?'

'Nee, dit is Delia, een vriendin van Gabriel uit Amerika. Dit is Anne-Sophie. Dit is Cees, mijn vriend uit Amsterdam.'

'Bonjour, monsieur', zei Anne-Sophie op onvriendelijke toon.

'Dit is afschuwelijk, hij was zo blij, hij was veilig, ze hebben hem opgejaagd als een hond', vervolgde Delia.

'Ze hebben hem helemaal niet opgejaagd', zei Cees. 'Wat zijn reden ook was om zich zo lang verborgen te houden, de politie kan het niet geweest zijn. Hij is twee keer ondervraagd en weer vrijgelaten.'

'We kunnen toch in zijn koffer kijken', zei Tim. 'Die ligt in de kofferbak.' Vastbesloten om recht door zee te zijn en in de hoop het zeldzame manuscript onder ogen te krijgen, bracht hij de koffer naar de keuken en opende hem, met Cees, Delia en Anne-Sophie eromheen geschaard. Een scheermesje, schoon ondergoed, een tandenborstel, verschillende boekcatalogi. Niets wat tegen Gabriel kon pleiten.

'Wat heb ik gezegd', zei Delia.

40

De Amerikaanse geestesgesteldheid

De dagen daarop kwam de woede van Delia regelmatig tot uitbarsting, een ongecontroleerde razernij, heftig en schril, maar niet echt op Tim gericht. Ze had zijn verontschuldiging geaccepteerd, verontschuldigde zich en zei te weten dat hij Gabriel niet had willen verraden. Ze zat constant aan de telefoon of sloot zich op met Cray, die zich tot een medestander van Gabriel begon te ontwikkelen. In de loop van de vele telefoongesprekken die ze voerde met haar collega-antiquairs in Sweet Home, Oregon, viel de beslissing dat ze langer in Frankrijk moest blijven om Gabriel te helpen. Wat een geluk dat ze gratis verblijf had. De antiquairs zouden geld sturen, en Sara Towne zou Delia's werkzaamheden zolang overnemen, iedereen in Oregon leek het erover eens dat het voor een goed doel was. Forby Anderson, die juristen had in haar kennissenkring, verzamelde de namen van enkele internationale advocaten in Parijs. Niemand had enig idee van het tarief dat zo iemand in rekening bracht; daar begon de solidariteit een beetje te verflauwen. Maar Gabriel kon het geld waarschijnlijk zelf wel opbrengen of kon het later terugbetalen of – maar dit werd nooit hardop gezegd – kon dit toch zeker doen als hij eenmaal verkocht had wat hij monsieur Boudherbe had willen verkopen.

Over haar persoonlijke toewijding aan Gabriel zei Delia weinig. Tim en Cray mochten één keer met hem spreken, vanuit de gevangenis in Amsterdam, en met zijn Nederlandse advocaat, die tegenover hen op zijn hoede was. De advocaat was een vriend van Cees, en dus hing om alles wat met de hechtenis van Gabriel te maken had de sfeer van een onderonsje, bijna van een herenclub.

'Hij is bang om uitgewezen te worden', zei zijn Nederlandse advocaat. 'Hoewel de Amerikanen geen verzoek hebben ingediend. Waarom zou hij zich daar zorgen over maken als hij onschuldig is? Hij is vooral bang voor de FBI.'

'Hij weet waarom de FBI die arme vrouw dood wilde hebben', verklaarde Delia.

'Welke vrouw?'

'Mevrouw Weaver. Bij Ruby Ridge. En hij weet nog wel meer.'

Tim ergerde zich eraan dat Delia zich bleef gedragen alsof ze niets wist van Gabriel en het verdwenen manuscript, en hij koesterde verdenkingen tegen haar. Op een dag wachtte hij haar op bij de badkamer en, alleen met haar op de gang, greep hij haar bij de arm en draaide hem op pijnlijke wijze achter haar rug, duwde haar hoofd tegen de muur en siste haar toe.

'En nu ga je me alles vertellen wat je weet over Gabriel en dat rotmanuscript, en over die moord.'

Ze worstelde en probeerde hem met haar andere hand te slaan, dus nam hij ook die in de klem en hield haar twee kleine polsen in één hand achter haar rug.

'Laat los. Ik heb Serge alles verteld.'

'Wat! Zeg op.' Hij sleurde haar een slaapkamer in. Terloops merkte hij op dat dit de kamer van Clara moest zijn. Er stond een groot bed, dat om de een of andere reden een eenzame indruk maakte, bedekt met een Amerikaanse quilt en met geborduurde kussens erbovenop. Er stonden foto's in zilveren lijstjes van wat haar zoontje moest zijn. Delia geloofde blijkbaar dat hij haar pijn zou doen. En dat zou hij ook, dacht hij, hij zou haar armen zo ver omdraaien dat ze bij haar heupen pasten. Ze zag er angstig uit maar ze gilde niet.

'Heeft Gabriel dat manuscript gehad?'

'Ik weet niet wat hij had. Hij had iets waardevols te koop voor die man op de vlooienmarkt.'

'Had hij het gestolen?'

'Nee! Hij verkocht dingen. Hij is een boekhandelaar, een tussenpersoon, zoals hij gezegd heeft.'

'Zonder veel acht te slaan op de herkomst van zijn spullen?'

'Weet ik niet. Laat los.'

'Krijgt hij commissie?'

'Natuurlijk.'

'Hoeveel commissie krijg je op vijfhonderdduizend dollar?'

'Weet ik veel.'

'Zeg de helft. Hij neemt een risico. Wat doet hij met het geld?'

'Misschien is het voor SuAnn, of voor die groep van haar, hoe moet ik dat weten? Hoe dan ook, hij heeft het geld niet gekregen, of wel soms? De moordenaar moet het hebben, denk je ook niet? Hij heeft die man om het geld vermoord.' Ze wierp zich achteruit en trapte hem tegen zijn schenen. Hij liet haar armen los en blokkeerde de deur.

'Kom op, Delia. SuAnn – is dat die gekke dochter van Cristal, de gekke hulp in de huishouding?'

'Ze zijn niet gek. Nou ja, SuAnn is misschien technisch wel gek. Ze zijn lid van een groep, maar ze zijn niet gewelddadig of zo. Ze kopen land op in het oosten van Oregon voor de millenniumwisseling, of voor als ze de politie op hun dak krijgen, of het is een soort ashram – ik ben geen aanhanger van die groep van SuAnn.'

'Wat heeft het dan allemaal te betekenen? Je bent betrokken bij een geraffineerde diefstal, bij internationale helingpraktijken, bij moord en bij een zootje hippies in Oregon. Wat voor verband bestaat er tussen al die dingen.'

'Ik weet het niet, Tim. Doe de deur nou maar open.'

'Hoe is de relatie tussen Gabriel en SuAnn?'

Op dit punt was Delia kwetsbaar. Ze moest niks hebben van de relatie die Gabriel met SuAnn had. 'Ik denk dat hij medelijden heeft met haar', zei ze.

'Goed, dan over naar Gabriel in Amsterdam. Waarom is hij bang om uitgewezen te worden?'

'Ik heb je verteld dat hij bang is voor de FBI. Hij weet dat hij de terugreis niet zal overleven. Ze zouden hem vermoorden en zeggen dat hij probeerde te ontsnappen. Zulke dingen gebeuren de hele tijd.'

'En waarom zouden ze dat willen doen?'

'Dat heb ik verteld. Hij weet waarom ze mevrouw Weaver hebben vermoord en nog zo het een en ander. De FBI financiert een aantal van die groepen en ze willen niet dat het bekend wordt.'

'Dus iets weet je er toch vanaf.' Hij was er niet zeker van of Delia dezelfde waanideeën koesterde als de mensen die ze beschreef, of misschien gelijk had. En wie was eigenlijk mevrouw Weaver?

'Ik lees ook kranten, net als iedereen. Net als Serge. Vraag het maar aan Serge. Serge heeft bedacht waarom Gabriel bang zou zijn voor de FBI.'

'Dat heb je niet van Gabriel of SuAnn of – weet ik veel – van je vriendin Sara?'

'Nee! Sara en ik hebben een zaak, we huren van… Ik denk dat de eigenaren Moonies zijn.'

'Godallemachtig', zei Tim, die er geen touw meer aan vast kon knopen.

'Ik hou het allemaal niet bij', zei Delia. 'Het kan ook dat het de Kerk der Getrouwen is. Volgens mij is dat het. Maar het maakt niet uit, het is allemaal lood om oud ijzer, ze verkondigen allemaal ongeveer hetzelfde. Ze willen de problemen van onze samenleving verhelpen. En ze hebben geen van alle veel op met de overheid of de politie. Maar met de Russen hebben ze nooit moeite gehad. Wel zijn ze mordicus tegen geboortebeperking en dergelijke dingen. Maar het mis hebben is niet hetzelfde als geschift zijn. Ze zouden ook gelijk kunnen hebben, hoor.'

De Kerk der Getrouwen. De naam fascineerde Tim. Waar zouden ze in geloven? En wat was Delia eigenlijk voor figuur dat ze dit allemaal maar vanzelfsprekend leek te vinden en een totaal gebrek aan beoordelingsvermogen leek te hebben? Ze vond niets vreemd. Was dit de normale geestesgesteldheid in Oregon? De normale geestesgesteldheid in Amerika?

41

Cécile

Anne-Sophie had haar doordeweekse dagen besteed aan het schilderen van hun nieuwe appartement en had geen aandacht besteed aan de inkoop voor haar stalletje op de vlooienmarkt. Gelukkig had ze nog een voorraadje beeldjes en jachtprenten op haar zolder, maar ze moest inkopen. Maandag zorgde ze voor haar stalletje en dinsdag gingen zij en Tim naar een antiekmarkt in Arles, waar ze wat aardige spulletjes op de kop hoopte te tikken, en Tim begon aan een reisverslag. Het was prettig om er eens samen uit te zijn, terug naar normaal, zoals het geweest was zonder dat er over Oregon, het echtpaar Cray of over de bruiloft gesproken werd. Anne-Sophie zag eindelijk in dat hij de arme jongeman niet verraden had, niet echt, en voorlopig kon hij alle toestanden even uit zijn hoofd zetten.

Maar bepaalde problemen op de achtergrond maakten dat ze niet te lang weg konden blijven. Ten eerste waren er de *ennuis* rond het appartement. Voorzover Tim het begreep, vond Anne-Sophie dat het volkomen uitgewoond was door de vorige bewoners, en ze was vastbesloten om alle sporen van de geschiedenis uit te wissen – en dat voor een antiquair! En dus schilderden ze en knapten de boel op, maar ze lagen ver achter op het schema voor de badkamer, terwijl ze de verhuizing in de week voor de bruiloft hadden gepland.

Daar kwam nog bij dat Tims moeder donderdag aan zou komen, eerder dan de andere gasten uit Amerika. Ze was van plan om in Brussel enkele familieleden op te zoeken, verre neven en nichten, te ver om voor de bruiloft te worden uitgenodigd. Ook wilde ze zich weer eens onderdompelen in de Franse taal en winkelen, en natuurlijk wilde ze Tim en Anne-Sophie helpen en de moeder van Anne-Sophie ontmoeten, van wie ze een paar boeken had gelezen, waarbij ze haar best had gedaan om geen conclusies te trekken over die arme Anne-Sophie, die ongetwijfeld heel anders was.

Hoewel hij dol op zijn moeder was, was het vooruitzicht van haar komst een last voor Tim. Zijn moeder was alweer iemand voor wie hij op de een of andere manier verantwoordelijk zou zijn. In zijn kudde bevonden zich naast Anne-Sophie nu ook Cray, Delia, Clara en zelfs Gabriel Biller. De laatste drukte zwaar op zijn geweten. Hij wist dat deze meervoudige last op wereldschaal weinig voorstelde, maar hij voelde het wel. Hij hoopte dat zijn moeder een leuke tijd zou hebben, dat zij en Anne-Sophie het goed zouden kunnen vinden, dat zij en Estelle het goed zouden kunnen vinden, dat er geen onaangenaamheden zouden voorvallen tussen haar en zijn vader, of tussen zijn moeder en zijn stiefmoeder, dat hij zich zou kunnen vrijpleiten van de aantijging dat hij Gabriel had verraden, dat hij zou genezen van het verlangen dat zijn maag deed krimpen als hij Clara Holly zag of alleen maar aan haar dacht, dat *Reliance* zijn artikel zou accepteren over het groeiende anti-Amerikanisme in de Franse buitenlandse politiek, dat *Travelling Light* interesse zou tonen in zijn observaties over Arles, dat hij de tijd zou vinden om die Spaanse kloosters te bezoeken – wanneer in godsnaam – en dat zijn vader in goede gezondheid zou verkeren – er was een vermoeden geweest dat hij emfyseem had. In willekeurige volgorde braken deze zorgen als brokken piepschuim uit een desintegrerend scheepswrak door de oppervlakte van zijn normale gedachten en verstoorden zijn nachtrust en overdag zijn concentratie.

Estelle had hen uitgenodigd om op de eerste avond van zijn moeders bezoek vroeg te komen eten, vanwege de mogelijke jetlag van Cécile, en Tim en Anne-Sophie hadden geaccepteerd, omdat ze inzagen dat de ontmoeting van de twee moeders een horde was die genomen moest worden en hoewel ze het erover eens waren dat ze waarschijnlijk een hekel aan elkaar zouden hebben, ook al waren ze allebei Franstalig – de een neerbuigend over het Amerikaanse moralisme en overgewicht, de ander een conventionele golfliefhebster, die in de ogen van Estelle een onvergeeflijke misstap had begaan door niet terug te keren naar Europa na te zijn bevrijd uit het huwelijk. Wat zou daar toch achter zitten? Estelle had nooit met zoveel woorden gezegd dat de vrouw niet goed wijs moest zijn, maar in de teneur van haar vragen was de suggestie impliciet: 'Zou je moeder teleurgesteld zijn als we niemand vinden die lid is van een golfclub in de buurt van Parijs? In Normandië ken ik natuurlijk wel mensen – Jacky Borde zal wel weten…'

Tegen Cécile Barzun Nolinger pleitte verder dat ze na de scheiding in Michigan was blijven wonen, in Bay City, terwijl de vader en stiefmoeder van Tim in Grosse Pointe woonden, een voorstad van Detroit. Zowel Anne-Sophie als Estelle vond het vanzelfsprekend dat je de voorkeur gaf aan een stad die zich op een Franse naam kon laten voorstaan, en daarom hadden ze de duistere conclusie getrokken dat Tims vader, al sprak hij geen Frans, van de twee onbekende ouders waarschijnlijk de intelligentere was. Grosse Pointe en Detroit spraken ze uit op z'n Frans, wat Tim irritant vond.

Hij had zijn moeder twee jaar lang niet gezien en hij verbaasde zich erover hoe blij hij was dat hij haar weer zag. Hoewel ze in Michigan woonde, had ze de uiterlijke kenmerken van de Française behouden – ze was slank met kortgeknipt, geblondeerd haar. En al rookte ze niet meer, ze had nog steeds de stem van een rookster en haar zware Franse accent, hoewel ze nooit meer Frans sprak.

'Weet je dat het vier jaar geleden is dat ik hier voor het laatst was!' riep ze steeds weer uit in de taxi. Ze was opgewonden en streelde continu Tims hand. 'Eindelijk kan ik die lieve Anne-Sophie leren kennen!'

De familie Nolinger had zonder verbazing gereageerd op zijn keuze voor een Franse vrouw. Hij had een Belgische moeder en verbleef al zo lang in Europa dat het logisch was dat hij met iemand zou trouwen die hij er had leren kennen. Maar pas toen de huwelijksplannen werden aangekondigd, begon men zich werkelijk af te vragen wat voor vrouw deze Française zou zijn. Cécile had zich voorgenomen om dol op Anne-Sophie te zijn. Ze vatte Tims keuze voor een Franstalige vrouw op als een compliment aan haarzelf en zelfs als een verwijt aan zijn vader, en ze beschouwde het als niet meer dan natuurlijk. 'Ik hoop dat ik een keer met haar naar de *marché aux puces* kan gaan – ze moet er veel verstand van hebben.'

Het was waar dat ze volkomen in de ban was van golf – haar sport, haar handicap – maar ze verzekerde Tim dat ze tijdens deze drukke reis geen tijd zou hebben om te spelen. Tim bracht haar direct naar het hotel en raadde haar aan om een dutje te doen, voor ze naar Anne-Sophie en naar Estelle zouden vertrekken, zodat ze het op z'n minst tot een uur of tien zou kunnen volhouden op deze eerste avond.

'Je zegt het maar, lieverd, ik leg mijn lot in jouw handen', zei ze en Tim begreep dat dit inderdaad twee weken lang zo zou zijn.

Anne-Sophie bleef thuis wachten toen Tim om zes uur zijn moeder ging ophalen met haar auto. Cécile viel haar direct in de armen en brak uit in een geestdriftige spraakwaterval. Zij was *ravie* en Anne-Sophie was *ravissante*. Ze spraken Frans.

'Net zo mooi en charmant als ik verwacht had!' Hoewel het niet in de aard lag van een Franse schoonmoeder, zei Cécile, om onmiddellijk in te stemmen met de keus van haar zoon, deed zij dat toch. Het was waar. Cécile en Anne-Sophie keken elkaar aan – slank, blond en sportief – en ze zagen zichzelf. De gelijkenis tussen Anne-Sophie en zijn moeder verbijsterde Tim – waren de dingen dan toch voorbestemd?

'Wat een ontzettend leuk appartement. Laat me je jurk eens zien!' riep Cécile. 'Ik wil alles zien.'

De ontmoeting tussen Estelle en Céline was er echter niet een van onmiddellijke genegenheid. Verre van een band te scheppen tussen de twee vrouwen, maakte de gemeenschappelijke taal de verschillen eerder irritanter. De kleine Estelle, smaakvol gekleed in een broek en coltrui, nam de eenvoudig geklede Céline de maat. De violette fluwelen blazer die ze droeg, had ze misschien wel zelf gemaakt. Dit was op zichzelf al alarmerend, maar het kon bovendien een indicatie zijn voor de gierigheid van

Angelsaksische mannen, zelfs van puissant rijke exemplaren als monsieur Nolinger, als het om hun voormalige vrouwen ging, hetgeen weinig goeds voorspelde voor Anne-Sophie als Tim naar zijn vader zou aarden en de dingen niet zo harmonieus verliepen als je zou hopen, wat de schrijfster in Estelle niet onwaarschijnlijk achtte.

'Wat dapper van u dat u in Amerika blijft. Denkt u er nooit eens over om terug te komen naar Frankrijk, dat wil zeggen, België?'

'O, ik woon al zo lang in Amerika, al mijn vrienden en vriendinnen wonen er', zei Cécile vriendelijk.

'Ik heb Amerika altijd al eens willen bezoeken. Ooit zal het ervan komen. In ieder geval New York', zei Estelle.

'Er komen maar weinig Fransen naar Michigan', verzuchtte Cécile. 'Speelt u bridge?'

'Bridge? Nee!' zei Estelle. 'Jammer genoeg', voegde ze er op onoprechte toon aan toe.

Cécile liet het onderwerp rusten. 'Ik wil dat u me belt als ik ergens mee kan helpen. De bruiloft is al over twee weken, u moet op zijn van de zenuwen. U hoeft het me maar te laten weten.'

Tim en Anne-Sophie wisselden ongemakkelijke blikken uit. Estelle was bepaald niet op van de zenuwen, ze had zich er nog absoluut niet mee beziggehouden.

'Ik zal uw hulp zeker kunnen gebruiken als we wat verder zijn', verzekerde Anne-Sophie. 'Ik zal u de *liste de mariage* laten zien en de cadeaus die tot dusver al gekomen zijn.'

'De familie van Tom zijn vader heeft prachtig porselein. Ik hoop dat ze het aan jullie geven', zei Cécile. 'Ik heb zelf niets gehouden, ik heb alles teruggegeven. Het zilver ook, maar ik heb altijd gezegd dat de vrouw van Tom het zou moeten krijgen.'

'Vader komt naar de bruiloft, weet je. Vader en Terry', zei Tim, die plotseling bang was dat ze het niet wist. Uit de korte wijziging in haar gelaatsuitdrukking kon hij niet opmaken of ze het geweten had of niet.

'Dat mag ik hopen!' riep ze vrolijk uit.

42

Principes

In feite zat Clara de hele tijd bij de telefoon te wachten en overdacht steeds weer dat moment van afgelopen zondag met Antoine de Persand op die open plek. Waren ze een paar stappen dieper het bos in gelopen en hadden ze nog zo'n moment gehad, dan hadden ze elkaar misschien gekust. Ze had zich naar hem toe gebogen en hij naar haar en bijna hadden hun lippen elkaar geraakt, allebei ten prooi aan een krachtige onwillekeurige behoefte waarover niets kon worden gezegd, maar die hun lichamen stuurde. Toen volgde het lage grommen van het dier, het breken van een twijgje, het snelle besef dat er mensen in de buurt waren, dat hun impulsen wetteloos waren, en dat het Serge wel kon zijn, of Trudi daar achter hen. Ze waren achter de rots weggeschoten alsof ze *en flagrant délit* waren betrapt.

'Ik bel je. Mag ik je bellen?' had hij op gekwelde toon gezegd.

'Ja', had ze gefluisterd. 'Ja.' En ze haastten zich in tegengestelde richtingen daarvandaan.

Maar toen de telefoon maandag overging, was het een verslaggever van *Le Monde* die zich afvroeg wanneer het Lady Godiva-incident precies had plaatsgevonden. Clara hapte naar adem; hoe hadden zij van dat lelijke voorval gehoord?

'Hebt u de *Paris-Match* niet gezien, madame?'

Clara wierp onmiddellijk een blik in het blad. Er was een foto van haar (vrij goed gelukt) op de stoep van het postkantoor van Étang-la-Reine terwijl ze werd belaagd door een meute van op het eerste oog Tirools plattelandsvolk. In kleur.

Cray was woedend, veel woedender nu hij het in een groot weekblad zag staan dan na haar verslag van het incident. De Amerikaanse gemeenschap las het en de verontwaardiging leefde weer op: het begon erop te lijken dat Amerikanen niet eens meer veilig waren in het postkantoor. Ook Fransen waren verontwaardigd over wat Clara overkomen was. Clara en Serge hadden zich niet gerealiseerd dat er ook mensen waren die aan hun kant stonden, maar met alle publiciteit over het incident wekte de pers onder delen van de bevolking sterke gevoelens op tegen de jacht, en ook ervóór, en al gauw kreeg het echtpaar Cray bezoek van de Société Saint Hubert, de Société Saint Eustache, de Ligues des Opposants à la Chasse en de Association pour la Protection des Animaux Sauvages, mensen die zich verzetten tegen het doden van vogels vóór de paartijd, mensen die het recht op eigendom verdedigden, mensen die petities aanboden aan het Europees Parlement, mensen die bepleitten dat er niet op woensdagen werd gejaagd, als er veel kinderen op straat waren, of niet onder invloed van drank op zondagmiddagen. Ontroerd ontvingen Clara en Serge al hun sympathisanten en gaven hun thee, en Clara nam alle brochures aan met verzoeken voor donaties. Het LOC liet grote posters achter die ze konden ophangen:

REFUGE, CHASSE INTERDITE

Nul n'a le droit de chasser sur la propriété sans le consentement du propriétaire ou de ses ayant droit

ICI COMMENCENT LE RESPECT DE LA VIE ET
L'AMOUR DE LA NATURE

Al snel ondernam de burgemeester van Étang-la-Reine ook stappen tegen deze tegenstanders van de jacht – van wie sommigen grote landgoederen bezaten – door het verzamelen van paddestoelen te verbieden in openbare natuurgebieden waar de jacht was toegestaan. 'En in de lente zullen we zien wat we tegen het plukken van bloemen kunnen doen', kondigde hij aan op dreigende toon.

De Europese editie van *Time* publiceerde een artikel over de kwestie en plaatste een paar oude studiofoto's van Clara. Toen ze zag hoe ze sindsdien veranderd was, duizelde het haar bij de gedachte hoe snel haar leven voorbijgleed. Hoe kon ze denken dat monsieur De Persand op haar zou vallen, waarom zou hij? Ze zag in dat het vreemd was om ziek te zijn van verliefdheid terwijl je je zorgen hoorde te maken over de gevangenis, of over je kind in Engeland, of over het lot van de onschuldige schepselen van het bos.

Maar tegelijkertijd was het niet onaangenaam om heldin en embleem te zijn van de strijd voor een goed doel. Op initiatief van Dorothy Sternholz organiseerden Amerikanen een inzameling voor het Amerikaanse Freedom Defense Fund.

'Arthur Pearlberg heeft uitgelegd dat er meer op het spel staat dan alleen deze zaak', zei Dorothy Sternholz *née* Minor tegen Ames Everett. 'Als Amerikanen op oneigenlijke gronden kunnen worden vervolgd, dan zal het gebeuren ook. Het is een reflex van de onofficiële Franse buitenlandse politiek. Arthur zegt dat het belangrijk is dat de Fransen er van tijd tot tijd aan worden herinnerd dat we een heleboel geld steken in de Franse economie, om nog maar te zwijgen over hun exportbelangen.'

'Ik weet zeker dat er genoeg Fransen zijn die er net zo over denken als wij', beaamde Martha Jacobs, bibliothecaresse van de American Library.

'Niet dat Serge Cray haar verdediging niet zou kunnen bekostigen, maar niemand kan zich verdedigen tegen een volkomen irrationele vervolging door een hele natie. Iedereen weet dat Serge en Clara Cray in een lege huls zijn getrokken, een casco, een ruïne.'

'Is het niet zo dat ze dat geval met die lambrisering opblazen om hen onder druk te zetten in dat jachtgeschil?'

'Waarschijnlijk. Toch heeft iemand die lambrisering verwijderd en verkocht. De gemeente en de Franse geschiedenis schieten erbij in en iemand moet ervoor boeten. Helemaal ongelijk kun je ze niet geven.'

'Ik vraag me af of we Tim Nolinger voorlopig kunnen noteren voor tienduizend dollar – hij gaat veel om met het echtpaar Cray.'

'Dan zou ik het hem nu vragen. Hij is vast een gullere gever vóór zijn huwelijk dan erna.' Ames lachte. 'Het gezegde luidt immers: Als u een goede boekhouder zoekt, trouw dan een Franse vrouw.'

Arthur Pearlberg arriveerde voor de anderen, en men stond genoeglijk te praten. Het was altijd een verrassing als de grote advocaat, die zo klein en grijs oogde achter zijn hoornen brilmontuur, zich in welbespraakte uitweidingen verloor – zoals ze eerder hadden meegemaakt en zoals hij ook nu weer deed – over hoe het zich ontwikkelende anti-Amerikanisme in Europa een paradoxale parallel vertoonde met het opkomende antiregeringssentiment thuis in Amerika.

'Als je als Amerikaan niet eens meer veilig bent op het postkantoor...' Dorothy huiverde.

'In een Amerikaans postkantoor zijn ze ook niet veilig, vergeet dat niet. Nooit over razende postbeambten gehoord?' bracht iemand haar in herinnering.

Tim en Anne-Sophie woonden de inzamelingsavond bij en bleven voor het muzikale gedeelte, dat bestond uit liederen van Samuel Barber. Anne-Sophie, die niet meer dan een gemiddelde muzikale belangstelling had, zat er rusteloos bij en bij hun vertrek zei ze humeurig tegen Tim: 'Geef het maar toe, Amerikaanse muziek is eigenlijk heel lelijk. Behalve dan jazz en populaire muziek. We hebben een keer iets van Ferde Grofé gehoord en ik dacht dat ik erin bleef.'

'Vind je echt dat Samuel Barber minder is dan Gabriel Fauré of Ravel? Luister jij uit vrije wil naar *L'Enfant et les sortilèges?*' bitste Tim. Voor zijn gemoedsrust was het maar goed dat hij het voorgestelde bedrag verkeerd had gelezen en met een groot gevoel van rechtschapenheid tien dollar had toegezegd.

Een nieuw aura van activiteit hing om Cray heen, en het had met de film te maken. Hij belde met verschillende mensen die bij eerdere projecten met hem hadden samengewerkt, onder wie Les Chadbourne, die art director was geweest voor *Queen Caroline*, en Gus Gustafson, een cameraman die de tweede unit had geleid, met wie hij sprak over de zoektocht naar locaties in Frankrijk of desnoods Spanje, die dienst konden doen als het Amerikaanse Westen. Hij voerde lange gesprekken met Delia, en er werd gediscussieerd over het tijdstip waarop de diensten van een scenarioschrijver moesten worden ingeroepen. De bewegingen van zijn zware lichaam waren lichter geworden en hij hing niet meer als hij aan de keukentafel zijn krant las. Clara was er niet zeker van of dit allemaal met de film te maken had, met het dispuut over de jacht, dan wel of er misschien een verband was en het een het ander versterkte. Een paar keer wilde hij vrijen, een uiterst zeldzame gebeurtenis.

'SuAnn is niet gek. Ze is een opgewonden standje en ze loopt snel warm voor dingen. Ze kan in de war zijn als ze haar pillen niet slikt, maar ze heeft goed door wat daar aan de hand is. Er zijn genoeg aanwijzingen voor wat de FBI van plan is als de problemen beginnen. Dat is namelijk hun excuus, rellen en voedseltekorten, dan grijpen ze in. Ik geloof niet dat het een buitenlandse macht zal zijn, natuurlijk niet, het is onze eigen regering. Natuurlijk zijn er mensen die denken dat het buitenlanders zijn, en nu ze daar bij jou het vriendje van SuAnn hebben gearresteerd, ga je je toch afvragen of de Fransen er niet bij betrokken zijn.'

'Delia probeert te achterhalen hoe het zit', zei Clara vaagjes.

'Delia Sadler?'

'Ja.'

'Dat meisje van hier? Ze loopt weg met het vriendje van SuAnn, ze is een nogal moeilijk geval', zei Cristal.

'Het arme ding, met zo'n heup…'

'Wil je je moeder spreken?'

'Eventjes maar.'

'Er zijn tanks gezien in de buurt van Hood River. Het is veel erger hier dan je denkt. Je weet niet half hoe erg het is.'

'Geef me nu mijn moeder maar, Cristal', zei Clara.

43

Zelfverloochening

Toen Antoine de Persand na een paar dagen dan toch belde, klonk hij als een goede buurman, zij het wat kortaf. Zij bedankte hem voor de lunch van zondag. Hij vroeg of ze doordeweeks ooit in Parijs kwam.

'Tegenwoordig wel. We hebben een logé die veel tijd doorbrengt in het Louvre. Maar natuurlijk, je hebt haar ontmoet. Ik breng haar er bijna elke dag naartoe.'

'Zullen we een keer samen lunchen? Donderdag misschien?'

Haar aarzeling was oprecht. Ze wist dat het geen goed idee was. 'Goed.' Haar antwoorden werden haar ingegeven door een diep bevredigende passiviteit.

'*Bien.* Om één uur bij Pierre Traiteur? Het is op de Rue de Richelieu tegenover het Palais Royal. Het is dicht bij het Louvre, dus dat komt mooi uit.'

'Goed, in orde', zei ze. 'Om één uur dan. Tot ziens.' En ze hing op. Ze hoopte dat hij zou denken dat haar gebrek aan gespreksstof te wijten was aan een meeluisterende echtgenoot en niet aan een diepgewortelde saaiheid. Ze was zo opgewonden over het gesprek dat ze half verwachtte dat Serge haar had afgeluisterd of de telefoon had afgetapt.

In afwachting van die donderdag zakte Clara weg in een wonderlijke verdoving van verwachting. Ze verwachtte dat zijn conversatie tijdens deze lunch neer zou komen op 'we moeten het niet doen' en 'dit is idioot'. Ze hoorde zijn argumenten en kon er niets tegen inbrengen. Anderzijds had ze iets gezien in zijn berustende glimlach op die open plek in het bos, waaruit ze afleidde dat zijn bedenkingen achter hem lagen. Het kon haar niet schelen waar het allemaal toe zou leiden; ze zouden tenminste tijdens die lunch samen zijn, zij met degene met wie ze het liefst wilde praten en die ze het liefst als vriend wilde hebben.

Het leven kan soms volkomen onverwacht glans krijgen. Er lag een schittering over de dingen die spookbeelden als de gevangenis, Lars, Serge en haar moeder in ieder geval tijdelijk op afstand hield, en het hoefde niet eens per se met seks te maken te hebben. Wat verwachtte ze eigenlijk, nu ze een afspraakje had voor een clandestiene lunch?

Woensdagochtend werd ze badend in het zweet wakker. 's Nachts was het besef tot haar doorgedrongen dat zij toch degene was die de lambrisering verkocht had. Bij lambrisering had ze altijd gedacht aan fantasierijk gesneden panelen van blank hout, of misschien waren ze geschilderd en verguld en ingelegd met Chinees behang of muurschilderingen van Watteau. Maar nu zag ze voor haar geestesoog werklui erwtgroene gehavende triplex platen van de muren halen met van die verzonken rechthoeken, zoals je wel bij deuren zag. Was dat de lambrisering? Bibberig overwoog ze om het Serge te gaan vragen. Hij zou het zich misschien herinneren. En wat was er gebeurd met die groene platen? Ze dacht aan de vuilstort of brandhout. Muurplaten zoals je ze altijd zag als er een huis gesloopt werd, met lappen behang eraan en bedekt met vochtplekken en stof van kalk, het afstotelijke overblijfsel van voorbije levens.

Ze zou Tim Nolinger bellen en het hem vertellen. Ze zou hem vertellen dat ze misschien toch de lambrisering ontvreemd had, hoewel daarmee nog niet was opgelost wie die had verkocht op een veiling bij Drouot. Maar als hij de koper kon vinden, konden ze de lambrisering misschien terugkopen, en daarmee zou alles makkelijker worden.

Op donderdagochtend werd ze opgelucht wakker omdat ze 's nachts tot de definitieve beslissing was gekomen om geen relatie te beginnen met Antoine de Persand, mocht dit aan de orde komen. Het was onzinnig om een nieuwe relatie te beginnen, zelfs als er geen praktische en morele bezwaren tegen bestonden. Misschien moest ze het gevang in of zou ze worden uitgezet, ze moest zich op haar eigen redding richten; het was een kwestie van prioriteiten evenzeer als van deugdzaamheid. Er waren een aantal dingen waarin ze geloofde, en een daarvan was dat je je moest houden aan de beloftes die je in je leven deed, bijvoorbeeld de huwelijksgelofte. Ze zou zich verontschuldigen voor de gedachteloze liefdesverklaring in de gevangenis. Een gevangenisverklaring. Ze stond op, geestelijk gezuiverd en rein, verlost van de wellustige, onverklaarbare hoop op een omhelzing, hoe kort ook. Ze was opnieuw een Diana, kuis, tegenstander van de jacht.

Ondanks haar zorgen om Gabriel en haar constante besprekingen met Amerika over zijn lot, wilde Delia nog steeds enkele uren per dag in het Louvre doorbrengen. Tot opluchting van Clara was dit ook het geval op de dag van haar lunch met Antoine, zodat ze geen excuus hoefde te verzinnen. Delia stemde ermee in om rond het middaguur te vertrekken.

Hoewel haar intenties zuiver waren, baadde en kleedde Clara zich zorgvuldig. Ze had ideeën over wat een Française zou dragen onder dergelijke omstandigheden, een lunchafspraak met een aantrekkelijke man met wie je geen affaire zou beginnen. Enkele jaren geleden, toen ze nog maar kort in Frankrijk was, had ze als in een openbaring het een en ander geleerd over geschikte kleding, toen ze in een boetiek had gezien hoe een gewone, nogal mollige vrouw van middelbare leeftijd, met de eerste vouwen in haar hals, haar hoofd uit de paskamer stak om iets te vragen, en je kon zien dat ze gekleed was in een zwarte beha afgezet met roze biesjes, een zwart kanten slipje en bijpassende nylonkousen met kousenband. Onder haar gewone jurk was deze Franse huisvrouw gekleed als de madam in een western of een revuedanseres! Clara was ervan onder de indruk geweest. De onderkleding van de vrouw riep de suggestie op van een erotisch universum, een universum van genotzucht en waarschijnlijk ook van zelfrespect, waarvan iemand uit Oregon geen weet had. Misschien had de vrouw die sexy spullen aangetrokken om de winkelmeisjes versteld te doen staan, maar daar had het niet de schijn van. Ze droeg het om metafysische redenen. Clara droeg normaal wit Amerikaans ondergoed van Olga of Warner's.

Nu rommelde ze in haar laden op zoek naar panty's en een beha die ten minste bij elkaar pasten, als het even meezat met een beetje ongerafeld kant. Natuurlijk had ze geen kousenband. Ze bibberde een beetje; haar kamer was koud, het château van madame Du Barry was koud geweest. Deze aandacht voor haar kleding was absurd omdat er niet gevrijd zou worden – nooit! – maar inwendig zou ze zich beslist zekerder hebben gevoeld met van die roze accessoires van satijn.

Ze zette Delia af op de gebruikelijke plek tegenover het museum, parkeerde haar auto in de ondergrondse parkeergarage en liep het kleine stukje langs Les Tuileries, over de Place du Palais Royal en de Rue de Richelieu, een Parijse buurt waar galanterie en seksuele ontmoetingen al sinds de zeventiende eeuw of nog langer hadden gefloreerd.

Estelle was over het geheel genomen teleurgesteld in Cécile. Inspectie had geleerd dat ze normale, goedkope kleding droeg, zelfs als je de Amerikaanse slonzigheid in aanmerking nam, en dan was er dat Belgische accent en de weinig tot de verbeelding sprekende aspiraties. Aan de andere kant had ze overduidelijk bewondering voor Anne-Sophie, was ze bereid van haar te houden en zou ze geen lastige schoonmoeder zijn.

'Zijn vader komt pas op de dag voor het huwelijk, waarschijnlijk zo'n typisch Amerikaanse man, die altijd de schijn van drukte ophoudt', zei ze lachend tegen Cyrille Doroux. 'Hij heeft die arme Cécile ongetwijfeld slecht behandeld – zij is immers de moeder – en zijn nieuwe vrouw zal haar de loef willen afsteken. Tiem heeft nooit laten blijken wat hij van zijn stiefmoeder vindt. Ze is een mysterie, hopelijk geen catastrofe.'

44

De lunchafspraak

Monsieur De Persand was juist aangekomen in het restaurant en maakte een praatje met de maître d'hôtel, die hem blijkbaar kende (at hij vaker hier, met minnaressen?). Hij droeg een donker kostuum en een zijden streepjesdas, en hij gaf met de zwier van de habitué zijn aktetas af aan het meisje van de vestiaire.

'Ah,' zei hij toen hij Clara zag, *'bonjour.'*

Ze glimlachte naar hem en naar de maître d'hôtel, die met een zeer discrete blik van verstandhouding aan Antoine liet blijken dat hij onder de indruk was van haar schoonheid en van het goede oordeel en geluk van monsieur De Persand. Antoine boog zich naar haar hand. Ze volgden de hoofdkelner naar hun tafel. Een klein restaurant, iedereen was zichtbaar voor de overige gasten. De mensen merkten de mooie vrouw op met dat verzorgde mantelpakje en die prachtige parels, die nu haar tasje liet vallen. Rood tot over haar oren nam Clara plaats.

Antoine de Persand maakte een kalme indruk, ervaren als hij was in het genieten van een goede Franse lunch. 'Een aperitiefje, port?' Ze spraken Frans, wat maakte dat ze zich nog ongemakkelijker voelde. Hoewel ze inmiddels nagenoeg perfect Frans sprak, stond ze gewoonlijk met haar mond vol tanden als ze gespannen was.

'Een kir royal', stelde hij voor. Nu voelde ze zich nog ongemakkelijker. Dat was de drank van de verleiding en uitbundigheid.

'Je ziet er fantastisch uit, Clara. Mag ik Clara zeggen?'

'Antoine', droeg ze het hare bij aan deze escalatie. Haar vastbeslotenheid verminderde onder zijn aantrekkelijkheid, door het kuiltje in zijn kin en zijn afstandelijkheid, en door die houding van hem alsof hij haar toevallig in zijn imposante zoeklicht had gevangen. Moest ze niet gewoon onmiddellijk zeggen wat ze op haar hart had? Meteen haar hart uitstorten, zich verontschuldigen en uitleggen dat ze kwetsbaar was geweest, wie zou dat niet zijn in de gevangenis, dat ze niet zichzelf geweest was? Maar hoe verklaarde ze dan het geladen moment in het bos toen ze in zijn armen had kunnen vallen?

Hij bestelde de drankjes. Ze kregen de menu's maar hij liet het zijne ongeopend. 'Is er nog nieuws over je zaak?'

Ze vertelde hem wat ze wist over de vorderingen van de *juge d'instruction*, dat de beslissing eraan zat te komen, en over de zoektocht naar de waarheid over degene die de lambrisering had verkocht.

Antoine lachte. 'Jullie Amerikanen hebben een bizar idee van de waarheid. In Frankrijk geven rechters niets om de waarheid. Wat is immers waar. Iedereen heeft een ander idee van de waarheid. Een Franse rechter probeert een situatie te creëren waarin men weer met elkaar overweg kan. Dat geldt ook voor advocaten, ze zijn uit op een regeling waarbij de mensen weer met elkaar kunnen leven. Sociaal evenwicht, sociale stabiliteit. Daar draait het allemaal om. De waarheid doet er niet toe. Napoleon heeft dat al ingezien.' Hij sloeg zijn menu open.

'Het is omdat we Amerikanen zijn, nietwaar, dat ze ons vervolgen?'

'Het begint inderdaad weer in zwang te raken om Amerikanen te haten. Het komt in golven. Op het ogenblik is het nog in de vorm van handelsconflicten en nieuwe bezwaren tegen de NAVO. De Fransen zijn altijd nationalistisch, rechts is uitgesproken nationalistisch en links – tja, links komt langs een andere weg tot dezelfde conclusies. Het wil dat iedereen zichzelf kan zijn, laat ons dus maar Frans zijn, en dus weg met *Jurassic Park* en andere uitingen van de Amerikaanse culturele hegemonie.'

Ze zuchtte. 'Toch kan ik niet inzien hoe ze kunnen beweren dat wij iets verkocht hebben wat we nooit gehad hebben.' Ze vertelde hem niet dat ze twee nachten geleden gedroomd had dat ze het toch had gedaan. De groene triplex panelen stonden haar nog even duidelijk voor ogen als die nacht. 'Wat denk jij dat we moeten doen?'

'Jij en ik?' grinnikte hij.

'Ik bedoelde Serge en ik, aan al die problemen.'

'Ze maken hier uitstekende *oeufs meurette*. De niertjes in mosterdsaus zijn ook heerlijk.'

'Ik neem een salade en dan de *steack de thon*', zei ze, bijna zonder acht op het menu te slaan.

'Wil je een lichte rode wijn bij je *thon*? Of heb je liever een Pouilly Fumé?'

'Rood, dat spreekt vanzelf.' Hiermee waren de gespreksonderwerpen uitgeput die het menu bood.

'Ik ben heel tevreden over mijn idee om jullie twee hectare grond te verkopen. Hoewel ik vrees dat mijn moeder wel eens bezwaar zou kunnen maken. Niettemin zou daarmee het dispuut over de jacht gesloten zijn. Er staan trouwens genoeg Franse mensen achter jullie, er zijn genoeg tegenstanders van de jacht. De natie bestaat niet uitsluitend uit jagers.'

'Waarom doe je het eigenlijk?' vroeg Clara.

'Jij hebt die typisch Amerikaanse directheid.' Hij lachte. 'Waarschijnlijk vooral omdat ik verliefd op je ben. Ik moet er niet aan denken dat je zou wegkwijnen in de gevangenis.' Hij zei het op flirterige toon en blijkbaar niet geheel serieus. 'Ik wil je aan me verplichten. Natuurlijk ben ik er niet op uit om je man aan me te verplichten. *Au contraire.*' Ook dit zei hij op een lichte toon die haar de adem benam. Een toon die inhield dat dit niet al te serieus genomen moest worden, of een beetje maar.

'We moeten praten over – over wat we te bespreken hebben. Dan hebben we dat gehad en kunnen we van de lunch genieten', zei Clara, die met haar Amerikaanse directheid het trage tempo van een zo belangrijk gesprek onverdraaglijk vond, vooral nu het zo openhartig was geworden, hoe licht ook van toon. De lijfelijke aantrekkingkracht, het potentieel voor onbezonnen daden en hitsige impulsen mocht niet voortduren. 'Het spijt me dat ik toen zo met je gesproken heb, ik heb me gewoon… vergist.'

'Dat spijt me', terwijl hij de kelner toeknikte dat hij kon inschenken.

'Ik meende het, ik meende het,' zei ze, 'maar we kunnen er

toch niets mee. Ik had niet zo onbezonnen moeten zijn om het te zeggen.'

'Waarom ik eigenlijk naar de gevangenis gekomen ben? Omdat ik je moest zien. Omdat ik in de greep was van "losbandige gedachten". Ik ben het met je eens dat het een vrij ongemakkelijke passie is.' Hij glimlachte om aan te geven dat hij 'passie' tussen aanhalingstekens plaatste. Hij leek het evenzeer te betreuren als zij maar was kennelijk tot de tegenovergestelde conclusie gekomen en leek te willen zeggen dat ze misschien aan het verlangen toe moesten geven. Ze schudde ferm haar hoofd om te kennen te geven dat het niet zou gebeuren en kwam met een ongevaarlijke vraag. Hield hij behalve van jagen wellicht ook van skiën of zeilen?

Ze raakten verzeild in een kennismakingsgesprek. Hij wist niet waar ze vandaan kwam of dat ze een doof kind had. Zij wist niet wat hij precies voor werk deed en dat hij de belangen behartigde van Roxy de Persand, een Amerikaanse die Clara vaag kende. Hij vroeg hoelang ze al met Cray getrouwd was en hij vroeg naar Lars. Hield ze van koken? Was zij degene die zich om de prachtige tuinen bekommerde? Ze spraken verder niet over hun gevoelens. Buiten hetgeen ze elkaar hadden opgebiecht, het soort gesprek waarbij je zo makkelijk in de valkuilen van overdrijving of onoprechtheid liep, kenden ze elkaar niet goed genoeg.

Ze spraken niet over hun partners of over geluk en ongeluk. Clara verlangde naar de vrolijkheid die ze zo bewonderde in Françaises en voelde zich werkelijk opgetogen dat er zich een nieuwe vriendschap ontwikkelde, wat een geluk dat ze buren waren, allebei liefhebbers van honden en bewonderaars van het werk van La Tour. Clara kende niet veel Franse mensen, realiseerde ze zich. Ze kregen bezoek uit Californië, bewonderaars van Cray, en andere Amerikanen, zoals Tim Nolinger of het echtpaar Pace – anglicanen, want soms ging Clara in een opwelling naar de muziek luisteren in de Amerikaanse Kathedraal – en journalisten. Maar geen Franse mannen, behalve burgemeester Briac of de *commerçants* in het dorp. Met Franse vrouwen had ze wat meer omgang.

De Persand kende genoeg Amerikaanse vrouwen – de familie van zijn overleden broer – en vond hen vaak niet om uit te staan met hun onoprechte, kostbare, gladgestreken glimlach. Ook Clara lachte op de Amerikaanse manier als iets haar amuseerde. Voor het overige vond hij dat ze een fraaie bezonnen manier van doen had.

Dat was een aanwijzing voor de diepte van haar gevoelsleven, iemand over wier bestaan echte schaduwen hingen, schaduwen waarvan hij af en toe een glimp opving door de kieren van haar vrolijkheid. Het beviel hem dat ze hield van lekker eten, dat ze elk gerecht op waarde schatte en opat. In New York, waar hij af en toe kwam, aten mensen, spilziek en onbeschaafd als ze waren, hun bord maar half leeg. Dit viel hem altijd op, het resultaat van een opvoeding door ouders die de oorlog hadden meegemaakt. Mensen die een oorlog hadden meegemaakt, lieten nooit iets op hun bord liggen. Zij at haar bord helemaal leeg en ze was heel mooi, en diep vanbinnen koesterde ze een diep verlangen – zo leek het althans, niet dat iemand echt iets van haar wist – een behoefte om uit haar sluimer opgewekt te worden.

Uiteindelijk spraken ze als geliefden – twee mensen die elkaar niet eens gekust hadden, ze onderzochten de omstandigheden van hun ontmoeting, elke syllabe die ze elkaar hadden toegevoegd en wat ze ermee hadden willen zeggen. Natuurlijk moest het ophouden. Toch ervoer ze een tomeloze vrijheid, als op een zeiljacht in de volle wind dat dreigde op de klippen te lopen. Ze verlangden zo naar elkaar – zouden ze kunnen zeggen – maar in plaats van geliefden te worden, konden ze beter vrienden worden. Dat op zichzelf zou al waardevol genoeg zijn en een groot geluk. Ze dacht dat een dergelijke uitkomst misschien een opluchting voor hem zou zijn.

Een stijve, zelfs wat preutse man aan de andere kant van de tafel, in een mooi kostuum, donkerblauw, bijna zwart, met een heel bescheiden streep, de volmaakt witte boord van zijn overhemd, grijze stropdas, de vage geur van scheerzeep. In zijn donkere, vreemd omrande ogen bespeurde ze iets van pijn of verlangen naar een basis van oprechtheid onder de cynische manieren van het Franse sociale leven, onder de scherts en de koketterie en de goede neus voor wijn. Beschaving is iets pijnlijks, dacht ze, ze dwingt ons om in onze stoelen te blijven zitten. Ze wilde weten – ze vroeg – hoe hij aan dat litteken kwam op de rug van zijn hand (een excuus om hem aan te raken). Ze vroeg naar de talenten van zijn kinderen.

De koffie kwam. De Persand vroeg om de rekening. Ze keken elkaar aan met een grenzeloze spijt en een troostend gevoel van rechtschapenheid, kusten elkaar op z'n Frans op de wang, drie aarzelende kussen op haar geparfumeerde wangen, niet in de lucht, en Antoine kreeg zijn aktetas terug.

'Goed dan, madame Cray', zei hij. Ze hadden er niet over geredetwist of het al dan niet mocht gebeuren, hij de ene opvatting, zij de andere, om vervolgens van positie te wisselen, ze hadden niet alle argumenten uitgewisseld, moreel en familiair en wat al niet meer. Ze hadden het kunnen doen, ze kenden alle argumenten uit het hoofd. Ze haalde haar schouders op en glimlachte en bedankte hem opnieuw voor de lunch.

Hoe dan ook, waar zou het eindigen? Het was beter om er niet aan te beginnen, dacht ze opnieuw, alle tentatieve argumenten opzij schuivend, dezelfde die ze uitentreuren had afgewogen, over hoe kort het leven is, hoe gemakkelijk het geluk je door de vingers glipt, over de dwangmatigheid van het verlangen als je verliefd bent – Eros, de god die zijn gezicht slechts toont aan de gelukkigste stervelingen, waarvan er zo weinigen zijn.

Eenmaal buiten keek Clara op haar horloge. Hoe was het mogelijk dat het al vier uur was. Delia zou haar korte aandachtsboog voor kunst allang weer zijn afgedaald. Clara haastte zich naar het Louvre. Ze merkte dat ze een vreselijke hoofdpijn had, zij, die nooit hoofdpijn had. Deze begon in een knoop in haar nek – was dat de hersenstam, waar ook primitieve functies als de ademhaling zetelden? – en plantte zich als over een breuklijn voort tussen de twee helften van haar schedel over de bovenkant van haar hoofd naar een punt tussen haar ogen. Aan beide zijden van deze snijdende hoofdpijn voelde ze een doffe, uitbreidende pijn die ze nooit eerder gehad had. Het kwam zo plotseling – kon het misschien zo'n eng aneurysma zijn, je hoorde wel dat jonge vrouwen erdoor getroffen werden. Ze wilde naar huis en overgeven, ze moest liggen. Ze liep langs de lange rij ongedurig wachtende toeristen, legde de gids uit dat ze een afspraak gemist had en zocht de piramidevormige ruimte af naar Delia.

45

Kastanjes van Suzanne de Persand

Tim had Cees gebeld voor nieuws over Gabriel. Hij wilde zich ervan verzekeren dat de ongelukkige Amerikaanse gevangene in Amsterdam niet was afgeranseld of uitgewezen.

'Een vreemd detail', zei Cees tegen Tim. 'Wist jij dat Cray een terroristische groep in Oregon heeft gefinancierd?'

Dit leek Tim uitgesloten, hoewel Delia misschien een donatie van hem had weten los te krijgen voor een van de goede doelen waarover ze hem verteld had.

'Ja, ja. Geen enorm bedrag, maar er blijkt een cheque van vierduizend dollar te zijn gestort op de rekening van iemand die banden heeft met een groep die verdacht wordt van een bomaanslag op een kerk in Lake Grove, in Oregon, een paar jaar geleden.'

'Jullie zijn geweldig', zei Tim, die er geen touw aan vast kon knopen.

'Er zijn vorig jaar in Amerika aanslagen geweest op achthonderd kerken. Wat denk jij dat er aan de hand is, Tim?'

'Geen idee', zei Tim opgewekt. 'De opkomst van het antiklerikalisme?' Hij had bij Cray geen bijzondere weerzin tegen religie bespeurd. Nee, het was onmogelijk dat Cray mensen steunde die kerken opbliezen.

In Étang-la-Reine stond Cray, na een lunch met Chadbourne, de Britse artdirector, juist op het punt om naar zijn werkkamer boven te gaan, toen madame De Persand werd aangekondigd. Zijn eerste impuls was om het aan Clara over te laten, maar Delia had hem iets verteld wat hem van gedachten deed veranderen; bovendien was Clara in het Louvre. De bezoekster bleek de moeder en niet de vrouw van de beminnelijke buurman Antoine de Persand te zijn. Ze droeg een maatkostuum van grijs tweed met decoraties in een knoopsgat die duidden op een of andere verdienste voor Frankrijk.

'Monsieur Cray, wat fijn om u weer te zien. Ik hoop dat u het me vergeeft dat ik zo kom binnenvallen. Ik heb wat kastanjes meegenomen voor madame Cray. Ik heb ze in de hal gezet.'

'Eh – gaat u zitten, madame. Ik neem aan dat u iets te bespreken heeft', zei Cray, die de gelegenheid om over kastanjes te babbelen liever liet passeren. 'We hebben hier te maken met wat vijandigheid vanuit de buurt. Hebben de honden u lastiggevallen?'

'Uw mannetje heeft ze in toom gehouden.'

'Mooi.'

'Ik zal vrijuit spreken', zei madame De Persand terwijl ze plaatsnam. 'Ik werd nogal overvallen door dat idee van mijn zoon om u twee hectare grond te verkopen.'

'U vindt het geen goed idee.' Het was een vaststelling, geen vraag.

'Hij is zo goedhartig, natuurlijk wil hij een buurman helpen. Dit hele gedoe is uit de hand gelopen, zowel het geschil over de jacht als de kwestie over het château. Het moet allemaal bijzonder enerverend zijn voor u, dat begrijp ik. Maar ik ben er zeker van dat ik mijn invloed kan doen gelden bij *monsieur le maire*, burgemeester Briac, en ik denk dat ik uitkomst kan bieden.'

'We kunnen alle hulp gebruiken.'

'Ik ben in ieder geval bereid hem te vertellen dat wij, met onze meer dan twintig hectare, ook niet meer zullen toestaan dat er op ons land gejaagd wordt – waarmee we zouden afstappen van een gewoonte van jaren – zolang hij zijn koppige pogingen om hier te komen jagen niet staakt. Dat zou ervoor moeten zorgen dat ze u met rust laten, aangezien onze bezittingen zodanig aan elkaar grenzen dat het onpraktisch zou zijn om in uw bossen te jagen zonder toegang tot die van ons. Begrijpt u de redenering achter mijn dreigement? Hij moet er wel mee instemmen. Het is niet nodig dat u land koopt, noch dat wij verkopen. Als ik het zeg, wordt er niet op uw land gejaagd.'

'Dat zou heel goed uitkomen, madame De Persand. Maar wat hebt u eigenlijk tegen de verkoop?'

'De gebruikelijke dingen. We hebben een grote familie, er zijn verschillende kleinkinderen, het zou onverantwoordelijk zijn om nu land te verkopen.'

Cray lachte. 'Daar kan ik inkomen. En is uw zoon altijd zo'n vriendelijke buur?' Cray herinnerde zich wat Delia had opgemerkt na de lunch bij de familie De Persand: 'Meneer De Persand is duidelijk verkikkerd op Clara, heb jij dat ook gemerkt?'

Suzanne de Persand zei niets. Iets in haar manier van doen duidde erop dat haar zoon helemaal niet zo'n aardige vent was, en dat ze zich kopzorgen maakte over zijn onverklaarbare gedrag.

'Wat betreft de vervolging van mijn vrouw door de burgemeester, madame, u weet ongetwijfeld dat wij het niet waren die dit huis hebben toegetakeld.'

'Ja, dat is een ingewikkelder kwestie. Ik ben *inquietée* over de arme madame Cray', zei madame De Persand. 'Wat dat betreft heb ik nog geen goede inval gehad, want als het instrumentarium van justitie eenmaal in werking is getreden, is de geest moeilijk terug in de fles te krijgen. We moeten nadenken.'

46

De kracht van de piramide

Clara trof Delia aan zittend in het midden van de enorme benedenverdieping van de gigantische glazen piramide die boven de onderaardse ingang van het Louvre was gebouwd. Ze zat daar met haar jas, haar grote handtas en notitieboek naast zich op een hoop, zodat de mensen om haar heen moesten lopen. Het viel nog mee dat de suppoosten haar zo lieten bivakkeren, maar de grote ruimte, helder zelfs in het grijze licht van de late herfst, had wel iets van een kamp, het krioelde er van de mensen die de lange roltrappen opkwamen of juist afdaalden om dieper in het oude paleis door te dringen, mensen die stonden te wachten, te eten of hun gidsen stonden te lezen, of die zich in begeleide groepjes verzamelden in het lumineuze bouwwerk dat zich boven hun hoofden in een punt verenigde.

'Hallo Delia, ben je klaar?' vroeg Clara, terwijl ze haar tranen in bedwang probeerde te houden en zich afvroeg of de pijn van haar gezicht was af te lezen.

'Kan ik nog tien minuutjes? Ik ben niet op tijd begonnen omdat ik eerst de Venus van Milo ben gaan zien', zei Delia. 'Ik vond dat ik toch in ieder geval een beetje kunst moest zien.'

Waar had ze het over? 'Is dat dan niet waarom je hier bent?'

'Eigenlijk meer voor de behandeling', zei Delia. 'Eén uur per dag wordt aanbevolen of gewoon zolang je kunt blijven zitten. Het Louvre?' vroeg ze toen ze Clara's onbegrip zag. 'De kracht van de piramide? De concentratie van universele energie? Ik doe dit al meer dan een week. Als ik nog een week door kan gaan, weet ik zeker dat ik beter word.'

'Lieve hemel, Delia', zei Clara, ondanks alles ontroerd. Opnieuw verschenen er tranen in haar ogen en ze wilde lachen ondanks de vreselijke hoofdpijn. De kracht van de piramide! 'Het is me opgevallen dat je wat makkelijker loopt.' Dat was niet echt zo, maar als placebo's effect konden hebben, dacht ze, waarom dan ook niet. Toen wonnen de tranen het bijna van haar vrolijkheid. Ze moest een tissue uit haar tasje pakken. Nu had ze weer hoofdpijn.

Toen ze terug waren in Étang-la-Reine, kon ze haar tranen niet meer de baas en haastte ze zich naar haar kamer.

Enkele minuten later klopte Cray aan op de slaapkamerdeur. 'Clara, er is iets akeligs gebeurd in Oregon. Kom eens naar buiten.' Maar hij kwam naar binnen. Zittend op bed wachtte ze gelaten op het nieuws dat komen ging. Er was iets aan de hand met haar moeder, een gevolg, begreep ze, in de grote karmische samenhang der dingen, van haar koketterie.

'Mijn moeder?' Het was onvermijdelijk dat ze moest boeten voor haar plichtsverzuim en gebrek aan loyaliteit, en voor het toegeven aan de verlangens van haar hart. Had haar moeder haar dit niet op indirecte wijze heel haar leven voorgehouden, dat we hoe dan ook moeten boeten?

'Het lijkt erop', zei Serge. 'Ze schijnt ontvoerd te zijn.'

'God bewaar me!'

'De moeder van Delia heeft gebeld. Ik heb met haar gesproken. De politie weet nog van niets, misschien is er niks aan de hand. Kom naar beneden, Delia kan je meer vertellen.'

Clara haastte zich de trap af om te horen wat Delia te vertellen had.

'Mijn moeder vertelde dat ze bij het huis van uw moeder was gestopt omdat ze mensen zag op de oprijlaan die spullen naar binnen droegen. Eerst dacht ze dat het een inbraak was. Hoe dan ook, mijn moeder vroeg zich af wat er aan de hand was. Ze dacht dat er misschien nieuwe mensen in het huis trokken, maar ze had niet gehoord dat uw moeder verhuisd was. Dus draaide ze het raampje open en vroeg waar Cristal was, en iemand zei dat Cristal weg was en dat ze alleen wat spullen naar de kelder brachten. En toen vroeg mijn moeder waar mevrouw Holly dan was, en die man zei dat ze bij Cristal was. En hij zei dat hij verder van niets wist. En dus heeft mijn moeder opgebeld om het aan u te vragen.'

'Heeft ze de politie gebeld?'

'Ik geloof het niet, ik denk dat ze dacht dat u wel zou weten wat er aan de hand was.'

'Er moet iets mis zijn! We moeten de politie bellen. Ik moet ernaartoe!' riep Clara, die diep vanbinnen voelde dat er iets mis was en dat er gevaar dreigde. Ook herinnerde ze zich de vreemde dingen die Cristal de laatste tijd allemaal gezegd had.

Het laatste wat ze gezegd had was: 'Binnenkort gaat er iets gebeuren. Ik wil dat u weet dat wij hier veilig zijn. Er zijn mensen die beloofd hebben om uw moeder en mij te beschermen.' Deze woorden stonden haar nu even helder voor de geest als toen ze ze gesproken had.

'Dat is waarschijnlijk inderdaad het beste', zei Delia. 'Mijn moeder is niet iemand die snel alarm slaat.'

'Natuurlijk ga ik', zei Clara terwijl ze haar gedachten probeerde te ordenen: vliegtuigen, dienstregelingen, waarschijnlijk een nachtvlucht deze nacht. 'Ik moet toch iemand kunnen bellen in de tussentijd.'

'Is er niet iets wat je vergeet?' hield Cray haar voor. 'Je bent in staat van beschuldiging gesteld in Frankrijk. Je kunt het land niet uit.'

Hij had natuurlijk gelijk. Ze zou de borgtocht verbeuren. Ze zou op de internationale opsporingslijst komen te staan. Ontzetting vermengde zich met een duistere opluchting. 'Ga jij dan', smeekte ze. 'Er moet onmiddellijk iemand naartoe.'

Tot haar verbazing zei Cray: 'Ik denk dat dat het beste is. Ik ga. Delia en ik gaan.'

'Ik sta er niet van te kijken', zei Delia. 'Volgens mij zijn de plannen flink gewijzigd nu Gabriel gearresteerd is. De mensen zijn bang voor wat hij zal gaan zeggen. Ze zullen eerder vertrekken dan ze van plan waren.' Maar ze kon of wilde het niet uitleggen, en Cray wilde haar niet onder druk zetten. Hij leek behagen te scheppen in haar meest enigmatische uitspraken en van mening te zijn dat deze net als delfische orakelspreuken niet al te nauw moesten worden genomen, vanwege het gevaar dat daarmee de fundamentele betekenisloosheid ervan zou komen bloot te liggen en de kracht ervan verloren zou gaan.

47

Neem me mee naar de zilveren kust

'Jij zit de hele tijd bij Cray', had Anne-Sophie gisteravond snibbig gezegd toen ze op straat op een taxi stonden te wachten, na een dineetje met voornamelijk Franse vrienden van haar. Nu de bruiloft eraan kwam, hadden haar vrienden Tim geaccepteerd als een permanente toevoeging aan hun kringetje en werden ze om de haverklap uitgenodigd.

'Over een paar dagen verhuizen we, je moeder komt terug, er moet zo veel geregeld worden, je hebt geen idee. Nu de bloemen weer, ik moet elk wissewasje voor je uitspellen. Wat is er zo bijzonder daar? Ach, laat ook maar, geef daar maar geen antwoord op.'

'Het gaat vooral om Gabriel', zei Tim niet geheel naar waarheid. 'Ik vind dat het onze fout is dat die arme kerel in de gevangenis zit – mijn fout. Ik vind dat ik moet doen wat ik kan om hem te helpen, ik moet met mezelf kunnen leven.'

'Je moet je boeken verhuizen. Alleen jij kunt die boekenkasten inrichten zoals je ze wilt hebben.'

'Ja, de beroemde boekenkasten', zei Tim nors.

En nu was Tim de boeken in de boekenkasten aan het zetten. Zijn slechte humeur week door de aangename kanten van het klusje: boeken die hij vergeten was, boeken die hij nooit gelezen had. Anne-Sophie was in de pas geverfde keuken toen Tims mobieltje overging. Het was Cray. Cray probeerde Tim ertoe te bewegen om hem te vergezellen naar Oregon, hoogstens drie dagen. Cray moest zich bekommeren om een probleem met de moeder van Clara, Les Chadbourne, de artdirector, moest een aantal locaties bekijken, en Delia kon hen voorstellen aan enkele alternatieve denkers en paranoïde new age-aanhangers in de antiekhal van Sweet Home en terugkeren naar huis. Cray zou Tim natuurlijk doorbetalen op dezelfde basis als voor het detectivewerk dat hij deed in verband met de verdwenen lambrisering. En er zat nog een verhaal in ook. Tim dacht dat dit van al zijn argumenten het allersaaiste was, maar zei desondanks ja, en hij maakte z'n borst nat voor de reactie van Anne-Sophie. Ze zouden waarschijnlijk de volgende ochtend vertrekken, zodra Monday Brothers het vliegtuig paraat kon hebben.

'Drie dagen!' riep Anne-Sophie. 'Perfect. Dan kan ik het een en ander aan americana op de kop tikken waar Delia werkt, zij zal wel weten waar. En liefste, dan kan ik jouw geboorteland met eigen ogen aanschouwen, al is het dan niet Michigan. Is Oregon heel anders dan Michigan?' Want Tim had het altijd over regionale verschillen in Amerika.

'Niet zo heel anders', gaf hij toe. 'Beide staten liggen in het noorden en hebben naaldbomen en beren.' Hij had er geen bezwaar tegen als Anne-Sophie mee zou komen, hoewel hij geen idee had hoe groot het vliegtuig van Monday Brothers was. Hij belde Cray terug.

Estelle was verbijsterd en optimistisch gestemd over het doldwaze plan van Anne-Sophie om een week voor haar huwelijk voor drie dagen naar Amerika te vertrekken. Dit spontane, volkomen onverwachte, impulsieve idee duidde, hoopte Estelle, op een nieuwe vrijheid bij Anne-Sophie, een spontaniteit en avontuurlijkheid waarop ze altijd had gehoopt. Misschien was Tim toch een goede keuze voor Anne-Sophie. Ze was echter niet geheel vrij van moederlijke bezorgdheid over het kleine privévliegtuigje.

'Ik ben benieuwd of alle Amerikanen zijn zoals, nou ja, zoals Tim, *alors*. Of ze allemaal jasjes dragen die niet bij hun broeken passen en sportschoenen in de stad, zulke dingen', zei Anne-Sophie vrolijk.

'O, zeker', zei Delia. 'Ik ben blij dat ik naar huis kan maar ik vind het niet leuk om Gabriel achter te laten. Eigenlijk is het hier afschuwelijk. Ik bedoel, niet dat het niet mooi is, maar als je er even bij stilstaat, is het ook verwerpelijk. Neem jullie nou, twee mensen in een enorm huis, groot genoeg om twintig mensen te herbergen. Iedereen hier is rijk, het eten is ongezond met vet en room, de mensen hebben bedienden, zwarte mensen moeten de straat vegen, of Algerijnen, en Amerika zou net zo goed niet kunnen bestaan. Niemand hier weet iets over Amerika, de Amerikanen die hier wonen zijn nog het ergste. Ze vergeten hoe het thuis is, waar de mensen hongerig zijn en boos, en dat het hele land in beweging is als een grote berg die door de geologische activiteit vanbinnen op barsten staat als een grote gepofte aardappel. Serge wil de mensen tenminste wakker schudden. Hij kan het zich voorstellen. Geen Amerikaan die ik hier heb ontmoet, kan het zich voorstellen, en geen enkele Fransman kan het zich voorstellen, vergeet het maar.' Er lag een vrolijke, hoopvolle, bijna stralende uitdrukking op haar gezicht terwijl ze deze constateringen opdreunde.

'Prairieangst in Kansas onder de creationisten, polygamistische woede in Utah, moordlustige agenten en huursoldaten die zich schuilhouden in Montana, die arme idioten die ze in Texas te grazen hebben genomen', hield Serge haar voor als een oplettende ouder die een intelligent kind aanmoedigt.

'En de FBI gebruikte een licht ontvlambaar gas, daarover hebben ze gelogen. Het was de bedoeling om die mensen te verbranden', riep Delia opgewonden.

'En de Fransen hebben zo hun eigen problemen. Het Front National, de skinheads', zei Serge.

'Ja, maar zulke mensen bedoel ik niet. Geen racisten of zo', zei Delia. 'Ik ken niemand die zulke gedachten aanhangt. Je hebt natuurlijk van die mensen, maar wij hebben niets met hen te maken. Niet dat de regering daar een boodschap aan heeft. Nu we het toch hebben over groepen die aanzetten tot haat – de regering haat iedereen. Het maakt ze niet uit wie ze vermoorden, of je nou racist bent of religieus…'

Ze vervolgden hun feestelijke orgie van veroordelingen. Als ze dit allemaal hoorde, schaamde Clara zich bijna dat ze zich slechts druk had gemaakt over het doden van herten. Ze stond zelf te kijken van de bescheidenheid van haar verontwaardiging. Maar je moest nou eenmaal in het geweer komen tegen het kwaad om je heen. Ze had nooit geweld meegemaakt dat tegen een persoon gericht was. Het voorval bij het postkantoor, dat tegen haarzelf was gericht, was het ergste dat ze ooit had beleefd.

'Als het niet zo onbeleefd was, zou ik zeggen dat jullie verwerpelijk waren. Jullie wentelen je in weelde zonder ooit iets terug te geven', zei Delia tegen Clara.

Natuurlijk had ze gelijk. Clara dacht aan wat ze gezien had in de metro. Aan de gebogen muren had een enorme poster gehangen van de liefdadigheidsorganisatie Alliance Faim, die opkwam voor Afrika. Twee foto's van een lachend Afrikaans meisje van een jaar of zeventien. Op de eerste zag ze er verlopen uit, haar tanden waren enorm in het aangetaste tandvlees. En haar waterige ogen verleenden haar een ziekelijke uitstraling. Hetzelfde meisje zag er 'met honderd franc van u' veel mooier uit en goed doorvoed, haar tandvlees was niet meer zichtbaar en ze blaakte van gezondheid. Maar waar Clara door geraakt werd, was dat het meisje op beide foto's lachte. Ook uitgehongerd was ze een menselijk wezen dat op een beter leven hoopte. Misschien dacht ze dat je leven kon verbeteren als je een foto van je liet maken, en natuurlijk was dat in dit geval ook zo gegaan, want ze hadden haar te eten moeten geven en medicijnen, zodat ze gezond zou zijn voor de tweede foto.

Clara hield niet van fotografen, vooral niet van het type dat kiekjes maakt van een stervend kind of van een bevende antilope die bijna besprongen wordt, in plaats van het dier te redden of het kind een schuilplaats te bieden omdat het er te veel waren. Clara wist dat het niet de fotograaf was geweest die het kind honderd franc had gegeven.

Ze wist ook dat het niets uithaalde om het gevang in te gaan om te verhinderen dat jagers een reekalf afschoten bij jou voor de deur, dat het maar een kleine daad van verzet was tegen een onuitroeibare en ingesleten wreedheid, en zo onbeduidend vergeleken met het leed van mensen – dat wist ze allemaal. Haar hoofdpijn was nog niet echt verminderd en dreigde nu opnieuw in intensiteit toe te nemen.

'Ik weet het, je hebt volkomen gelijk', zei ze.

48

Lust

'Tot ziens, tot ziens', zei Clara en ze omhelsde iedereen toen de taxi's aankwamen om hen naar vliegveld Le Bourget te brengen. 'Jullie kunnen me altijd bellen, ik ga hier niet vandaan, ik wacht bij de telefoon.' Er stonden tranen in haar ogen uit vrees voor wat ze zouden aantreffen en om haar eigen falen als dochter die haar moeder niet kon helpen.

Toen ze vertrokken waren, schreef ze een brief aan Lars, las humeurig *Le Monde* van gisteren en dronk haar ochtendkoffie. Ze liet senhora Alvarez de deur opendoen. Haar hart sloeg over van verbazing toen Antoine de Persand binnenkwam, die er uitermate grimmig uitzag, hoewel hij haar beleefd op beide wangen kuste.

'Kom binnen. Ga toch zitten.'

Hij volgde haar een paar stappen de salon in. 'Ik zou graag uw echtgenoot spreken, madame – Clara – als het kan. Mijn moeder blijkt hem opgezocht te hebben met een monsterlijk voorstel.'

'Monsterlijk? Lieve hemel, hoe kom je erbij!'

'In ieder geval onacceptabel. Idioot.'

'Is het zo niet veel eenvoudiger?' vroeg Clara, die niet inzag wat er zo vernederend was aan het voorstel van madame De Persand.

Hij schudde zijn hoofd en zijn gelaatsuitdrukking werd nog donkerder dan hij al was. 'Ik doe waarschijnlijk al twintig jaar mee aan de jacht, ik ben zelfs secretaris. Om nu plotseling tegen mijn kameraden, tegen het hele dorp, te zeggen dat ze niet langer op mijn land kunnen jagen… Onmogelijk, dat is ondenkbaar. Het moet via een verkoop, en stilletjes, als het al gebeurt. En dan is er nog de kwestie van mijn moeder. Ze kan de verkoop niet verhinderen maar… Ik kan je niet zeggen hoe ergerlijk en beschamend dit allemaal is…'

'Mijn man is een paar dagen weg', zei Clara.

Er viel een stilte. De stilte duurde. Zodra ze de woorden had gezegd, hoorde ze ze terug met volle orkestrale begeleiding, met het geweld van bekkens, onheilszwanger tromgeroffel, fraaie climactische akkoordenreeksen. Ook hij leek de paukenslagen te hebben gehoord of gevoeld, op de lichamelijke manier waarop men pauken hoort.

Nu de kansen zo duidelijk voor het grijpen lagen, smolten de bezwaren weg en de verdedigingswerken verkruimelden. 'Onsterfelijke woorden, "mijn echtenoot is weg"', zei De Persand. 'Boccaccio en dergelijke. Heel wat toneelstukken beginnen ermee.' Onzeker pauzeerde hij.

'Ja, zo begint menig verhaal', beaamde ze.

'Hoelang?'

'Drie dagen, misschien langer.'

Ze keken elkaar aan. Het leek zinloos om het langer uit te stellen; ze zouden handelen en later de gevolgen onder ogen zien, het moest zo zijn.

'Dus…'

'Ja', zei Clara instemmend, uiterlijk beheerst, maar haar wilde uitgelatenheid bleef groeien.

'Ik…'

'O…'

Antoine wierp een blik naar de keuken.

'Senhora Alvares,' riep Clara, 'zou u bij de slager mijn bestelling kunnen ophalen?'

Senhora Alvares stak haar hoofd om het hoekje. Er ontging haar niet veel. Haar gezicht stond uitdrukkingsloos.

'Nu meteen?'

'Ja, ik heb gezegd dat ik er om een uur of tien zou zijn. En het brood ook.'

Toen ze de voordeur hoorden dichtgaan, legde Clara haar hand op zijn arm. Ze liepen de trap op. 'Een keertje maar, om dat vreselijke gevoel te verdrijven', zei Clara.

'Ja, één keer.'

Na enkele stappen legde hij zijn hand lichtjes op haar elleboog. Boven aan de trap begonnen ze elkaar gretig te kussen en aan elkaars kleding te trekken, waarvan ze een spoor achterlieten op weg naar Clara's kamer, en zuchtend lieten ze zich neer op haar bed, eindelijk, God, wat waren ze beiden uitgehongerd. Hij hapte naar adem uit bewondering voor Clara's weelderige boezem, en zij vanwege zijn imposante, bereidwillige lid; ze spreidde onmiddellijk haar benen.

Ze hoorden het niet eens toen senhora Alvares na een paar uur terugkwam, nadat ze alle tijd genomen had in het dorp. Ze hoorde het hijgen en bonken, de extatische kreten, in de kamer van madame. Ze verzamelde de blouse van madame, de stropdas van monsieur, en hing ze aan de deurknop van madames slaapkamer.

Het liep tegen drieën toen ze naar beneden kwamen voor de lunch. Ze konden hun ogen niet van elkaar afhouden, en op hun gezicht lag een besmeurde maar tevreden glimlach. Hun handen raakten elkaar als senhora Alvares niet aan tafel bediende. Ik praat later wel met haar, dacht Clara. Ze waren allebei enigszins verrast, zij en Antoine, over hun seksuele voorkeuren, en vroegen zich af wat deze heftige episode zei over wat ze beiden hadden gemist en over wat ze voelden voor elkaar. Als ze elkaar aankeken, hadden ze de neiging zomaar in lachen uit te barsten, vanwege alle geheime dingen die ze niet hoefden uit te spreken.

Na de lunch gingen ze nog even naar boven. Antoine vertrok om een uur of vijf. Toen hij ging, nam hij haar op met een intense, een beetje gekwelde blik en zei: 'Ik heb altijd min of meer gedacht dat een man zich dit geluk hoort te ontzeggen.'

49

Oregon

Anne-Sophie reisde comfortabel in de Hawker-Siddley 800 zes-
persoons directiejet van Monday Brothers en beleefde geen enkel
angstig moment. De piloot straalde competentie en achting uit
en sprak het lijzige Amerikaans van alle piloten. De stoelen waren
ruim en van leer. De copiloot bracht tafeltjes waarvan ze konden
eten, het rook er naar nieuwe auto's of luxeboetieks. Er was een
minuscule pantry en een barretje. Onder hen was uit het raam
een schitterende Oude Wereld te zien, een Frankrijk van kastelen
en velden en van de kerncentrales van Picardië, dat erbij lag als
een bordspel. Ze vlogen naar het westen, naar de Nieuwe Wereld.

Ze vond het prachtig. Ze wist dat het niet Tims vliegtuig was
en dat het ook niet aan zijn positie te danken was dat ze hier zaten,
maar ze zaten er, dus lag het toch in zekere zin aan hem, aan de
mensen die hij kende. Als intimi van Cray, dacht ze, waren ze de
wereld van privé-vliegtuigen genaderd, een exclusief wereldje,
niet bepaald het hunne maar leuk om van te proeven.

Uiteindelijk nam ze een kijkje in de cockpit, waar ze met een
gastvrije glimlach ontvangen werd. De piloot liet zich betoveren
door haar Franse tongval.

'Ach, is dat *Iengland*?'

'Yep.'

Cray was een rusteloze passagier die vaak zijn gordel los deed
om door het middenpad te lopen en hij speelde patience. Tim
probeerde wat te werken aan zijn artikel voor *Concern* over het lot
van Afrikaanse immigranten in Frankrijk. Ze dronken wijn bij
een lunch met zalmpaté en kleine, verzorgde sandwiches die
waren besteld bij Fauchon, waarna hij insliep. Chadbourne en
Cray voerden plichtmatige gesprekken over wat voor locaties ze
eigenlijk zochten in Portland. Delia hield haar ogen de hele tijd
gericht op de kleine digitale snelheidsmeter die hen vanuit de

cabine toelonkte, die hen aanspoorde door de zonbeschenen hemel, die hen naar huis bracht.

Ze waren om zeven uur 's ochtends uit Parijs vertrokken, en hun route kruiste de tijdzones, een verwarrend terug-in-de-tijd dwars door seizoenen en weg van de nacht, steeds vroeger volgens de klok, zodat ze, toen ze in het sombere regenachtige Oregon uitstapten, wat beduusd waren maar bijzonder energiek, en het was pas tien uur 's ochtends.

Anne-Sophie was enthousiast dat ze Amerika eindelijk in het echt zag. Ondanks wat je hoorde en las, moest het land dat haar lieveling Tim deels had gevormd, meer dan genoeg intelligente en vriendelijke inwoners hebben, en rustige buurten en prachtig natuurschoon, want Tim was *intelligent, gentil* en *beau*. Haar eerste indruk was gunstig – de *sympa*, bescheiden, kleine hangar, de vriendelijke beambte die vluchtig hun paspoorten bekeek, en het redelijk schone damestoilet waar ze zich optutte. Delia's ouders kwamen hen afhalen. Ze zagen eruit als Amerikanen in een film: vader droeg een geblokt overhemd, moeder een katoentje met opdruk, ze droegen allebei parka's. Hun auto was een groot jeepachtig voertuig dat 'Explorer' heette.

Ze omhelsden Delia uitgelaten en opgelucht, alsof ze zojuist was vrijgelaten na een onterechte opsluiting in een buitenlandse gevangenis.

'Delia, schat, wat loop je vlot!' zei vader.

'Wat een genoegen om u te leren kennen', zei Mrs. Sadler tegen Cray. 'Ik was helemaal weg van *Queen Caroline*.' Een beetje onzeker zeiden ze *bonjour* tegen Anne-Sophie en tegen Tim, van wie ze blijkbaar aannamen dat hij ook Frans was.

Het echtpaar zei dat er verder geen nieuws was over Mrs. Holly en Cristal Wilson. Ze hadden de politie gesproken en enkele vrienden van Delia in de Sweet Home Antiques Barn. De politie maakte zich niet al te veel zorgen. Hun naspeuringen hadden opgeleverd dat de mensen die de spullen bij Mrs. Holly hadden binnengebracht SuAnn Wilson en nog een paar handelaren waren geweest, en SuAnn had gezegd dat Cristal en Mrs. Holly een uitstapje maakten naar Hood River.

'Maar ik ben er zelf niet zo zeker van, en ik begrijp dat Clara doodongerust moet zijn', zei Mrs. Sadler meelevend. 'Volgens mij zijn SuAnn en Cristal allebei niet honderd procent.'

Vader en moeder Sadler wilden natuurlijk alles horen over Frankrijk en over de gevaren die Delia er had doorstaan. Ze leken niet echt te kunnen geloven dat ze een hele maand had doorgebracht in een luxueus château, hoewel de beroemde Cray hier voor hen stond en ze het privé-vliegtuig gezien hadden – het was al te ongelooflijk en opwindend. Delia zelf leek haar terugkeer nu te beschouwen als een ontsnapping op het nippertje, en haar verblijf in het statige Franse château als niet meer dan normaal. In Frankrijk liep je overal gevaar. Haar vriend Gabriel had zich moeten verbergen voor de Franse politie, zelf was ze bedreigd in een hotel, de autoriteiten hadden geweigerd haar een nieuw paspoort te verstrekken...

Hoewel het koud was en regenachtig, bloeiden er overal bloemen. Anne-Sophie gaf in de auto luidkeels blijk van haar bewondering voor de aanplant langs de kant van de weg en in de middenberm en voor de overdaad aan groen overal. Het was een en al lover en naald, zelfs het gras was fris en nieuw; het was alsof het in Oregon eeuwig lente was en alsof alles in goede conditie bleef door de koelte, zoals bloemen in de koeling van een bloemist. Anne-Sophie vond het allemaal prachtig, net als in *Sylvie et Bruno*. 'Ja, de rododendrons zullen vroeg zijn dit jaar', stemde Mrs. Sadler in.

Ook Cray leek zich tegoed te doen aan elk detail onderweg van het vliegveld – de snelweg, de auto's met vierwielaandrijving die hen inhaalden. Steeds opnieuw stootte hij Chadbourne aan om hem op het een of ander te wijzen. 'Het is bijna twintig jaar geleden dat ik voor het laatst in de vs was', zei hij een paar keer. 'Twintig jaar geleden was ik hier voor het laatst.'

'Tiem, *chéri*, ik wil beslist naar een *supermarché* hier', fluisterde Anne-Sophie tegen Tim. 'Een *mall*, alle typische dingen.'

'Wat zijn de auto's hier groot', zei ze hardop.

'Dat valt mij ook op. Allemachtig, het is echt belangrijk dat je zelf af en toe eens een kijkje neemt. Het oog is vergeetachtig', riep Cray. 'Kijk, Chadbourne, moet je daar zien.'

'*Quelle belle rivière*', zei Anne-Sophie toen ze de rivier overstaken. 'Hoe heet hij? De Willamette? *Un nom français!*'

'Amerikanen zijn fantastisch in het verkeer!' riep ze uit. 'Moet je zien, ze stoppen voor voetgangers. En ze laten verkeer dat links af wil slaan gewoon voorgaan. Echt goed geregeld. Daar moesten de Fransen een voorbeeld aan nemen.'

Behalve Delia zouden ze allemaal logeren in een pension dat Mrs. Sadler kende in het centrum van Lake Oswego, vijf minuten van waar Mrs. Holly woonde, met uitzicht op het fraaie meer.

In zijn vertrouwde omgeving had Cray nooit een bijzonder vreemde indruk gemaakt op Tim, maar in Oregon tekenden zijn terughoudendheid en excentriciteit zich scherp af. Bij de Tualat-Inn schreef hij zich in als Stan Carson, hij wilde een binnenkamer in plaats van een met uitzicht op het bekoorlijke, zij het wat winterse meer, en hij liet de anderen alle telefoontjes voor hem afhandelen.

Mrs. Sadler hoopte dat ze een aangenaam verblijf zouden hebben en vertrok zodat zij zich rustig konden installeren. Als ze hun bagage hadden uitgepakt zou ze een ritje met hen maken. 'Er zijn ook goede hotels in het centrum van Portland, maar niet zo mooi gelegen. Jullie willen vast direct naar het huis van Mrs. Holly', zei ze.

De TualatInn was een gerenoveerd Victoriaans huis, met koperen bedden, eiken wastafels met gedecoreerde porseleinen wasbakken, stoffen van Laura Ashley en een oneindige hoeveelheid gehaakte overtrekken en kleedjes, die de eigenaresse, Mrs. Barrater, zelf had gemaakt.

'Prachtig', riep Anne-Sophie uit. 'Ik ben dol op houten huizen! Verrukkelijk!'

En nu konden ze meemaken wat de gaven van een groot regisseur zoal inhielden. In de kleine salon van de TualatInn ontwierp en organiseerde Cray een programma van drie dagen om Mrs. Holly op te sporen, locaties te zoeken voor een film en om toegang te verkrijgen tot de bastions van mensen die in zwarte helikopters geloofden, survivalisten en religieuze fundamentalisten, zoveel als Delia er maar wist op te hoesten. Anne-Sophie en Delia zouden er die middag nog naar op zoek gaan. Hij regelde een lokale politieagent en een slotenmaker om de keukendeur van het huis van Mrs. Holly open te maken, en een paar kennissen van Delia die de plaatselijke weggetjes goed kenden. Tim had de indruk dat het opsporen van Mrs. Holly duidelijk de tweede plaats innam op Crays prioriteitenlijstje, na het onderzoeken van de details van het Amerikaanse millenniumprotest. Maar ze zouden beginnen bij Mrs. Holly. En hoewel slaperigheid en jetlag al begonnen op te komen, zouden ze meteen beginnen, zonder uit te pakken.

'Het moet niet langer duren dan drie dagen, want tegen die tijd heeft de pers er vast lucht van gekregen dat ik hier ben en dan krijg ik de belastingdienst en de rest op m'n dak', zei Cray.

Het huis van Mrs. Holly stond op een heuveltje bij een landweggetje waarlangs braamstruiken stonden en berijpt wintergras, en respectabele huizen op discrete afstand van elkaar dankzij de van overheidswege vastgestelde kavels van een hectare. Het huis maakte een verlaten indruk – de gordijnen waren dicht en de garage gesloten, en er lagen een paar folders en kranten op de stoep aan het einde van de lange oprijlaan. Cray en Tim, die bij Mrs. Sadler in de auto zaten, reden achter de politiewagen de oprijlaan op, die uitkwam achter het huis, waar de ingang was, maar ook daar zat alles op slot, ook het lage hek naar het terras. De politieman boog zich over het hek, frunnikte wat aan het slot en het hek zwaaide open.

Toen ze aankwamen bij het huis, wist Tim zeker dat Cray hier nooit eerder was geweest, dat hij Clara's moeder nooit had bezocht en niet al te nieuwsgierig was naar haar verdwijning. Tim was wel nieuwsgierig, hij hoopte Clara's meisjeskamer te zien en aanwijzingen te vinden over hoe ze was geweest als schoolmeisje, misschien zelfs babyfoto's. Hij had het soort romantische nieuwsgierigheid naar Clara die Anne-Sophie hier leek te hebben naar hem. Uit haar indrukken van Oregon extrapoleerde ze een beeld over hoe het er in Michigan moest hebben uitgezien, waar Tim in haar verbeelding was opgegroeid, hoewel hij er in feite bijzonder weinig tijd had doorgebracht.

De politie had er geen bezwaar tegen dat Cray, de schoonzoon, het huis van Mrs. Holly binnenging, hoewel ze dat zelf niet hadden gedaan toen Mrs. Sadler hen enkele dagen geleden uiteindelijk had gebeld. Toen hadden ze in het halfduister met hun zaklampen de struiken beschenen en niets verdachts geconstateerd.

Mrs. Sadler kwam met hen mee naar binnen. Toen de slotenmaker de deur open had gekregen en ze de keuken instapten, voelden ze allemaal onmiddellijk dat er iets veranderd was of niet pluis. Mrs. Sadler, die er eerder was geweest, bevestigde het. In de eetkamer was allerlei troep opgeslagen: een warwinkel van hometrainers, barretjes, televisies, lappenpoppen – dingen die daar absoluut niet op hun plaats waren. Mrs. Sadler en Delia maakten zich allebei boos ten behoeve van Mrs. Holly. Ze hadden Mrs. Holly's meubels opzij geschoven, het was schandalig, wat had dat te betekenen? Iets droevigs en sinisters tegelijk. De gehavende kandelaars en lampen gemaakt van geweien, gipsen lampenstandaards en goedkope meubels waarover lakens hingen, waren dingen die alleen waarde hadden voor iemand die verder niet veel van waarde had. Er was iets wanhopigs aan het verzamelen van deze troep, laat staan om het in de eetkamer te zetten van een oude dame, een soort huisinvasie, daarover hoorde je soms.

Ze werden enigszins gerustgesteld toen ze ontdekten dat de slaapkamer er netjes uitzag en dat haar toiletartikelen verdwenen waren, alsof ze rustig haar spullen had gepakt voor een reisje. Maar veel zekerheid bood het niet.

In de keuken, tussen de koelkast en de muur onder een chenille sprei, vonden ze drie halfautomatische geweren en twee jachtgeweren.

'Goed mensen, jullie hebben gelijk', zei de agent tevreden. 'Vanaf nu is dit een zaak voor de politie. Het eerste wat we moeten doen is op zoek gaan naar Mrs. Holly.' Hij begon aan zijn radio te prutsen.

Cray ging de woonkamer in om met Clara te bellen.

'Dat rotding doet het niet', klaagde hij.

'Amerikaanse mobiele telefoons werken nergens anders en de Europese doen het hier niet', bracht Tim hem in herinnering. 'Net als televisies. Men heeft nooit voorzien dat een Amerikaan in het buitenland zou willen bellen.'

'Ik moet bellen voor het te laat is in Frankrijk', zei Cray tegen de agent. 'Ach, dan betaal ik toch de telefoonrekening van die vrouw', zei hij en hij nam de hoorn op.

Clara had blijkbaar naast de telefoon zitten wachten, want er werd meteen opgenomen. Tim hoorde dat Cray haar vertelde dat ze in Oregon waren aangekomen en dat hij haar moeder niet had aangetroffen, maar ook dat de mensen hier niet al te bezorgd waren en niemand echt rekening hield met een misdrijf of dacht dat ze in gevaar was. De mensen hier dachten niet dat Cristal Wilson gevaarlijk was. Te oordelen naar Crays antwoorden ontving Clara het nieuws over haar moeder met ontzetting maar ook met bange hoop.

Nu er aanwijzingen gevonden waren voor een misdrijf, wilde de politie Cray en zijn aanhang liever uit de buurt hebben en dus reed Mrs. Sadler Cray en Tim terug naar de TualatInn, waar ze op Chadbourne en Anne-Sophie zouden wachten, die met Delia naar de Sweet Home Antiques Barn waren gegaan. Tim ging op zoek naar een huurauto.

In de Antiques Barn heerste enige wanorde, wat Anne-Sophie niet erg vreemd vond voor een plek waar in tweedehands spullen gehandeld werd. Pick-ups en bestelbusjes hoorden er nou eenmaal bij, net als meubelstukken gewikkeld in schuimrubber die versleept en opgeslagen werden. Op zulke plekken was het altijd een chaos. Maar het leek wel alsof er een heleboel mensen uit de Sweet Home Antiques Barn vertrokken. Er stonden stalletjes leeg, zaagbokken en achtergelaten stoelen blokkeerden de ingangen. Delia weigerde uitleg te geven.

Haar zakenpartner, Sara Towne, een dik meisje in een opoejurk, kwam aanstormen en omhelsde Delia en ook Anne-Sophie, hoewel ze elkaar nooit eerder ontmoet hadden. Het was een zusterlijk welkom, dat te maken had met hun gezamenlijk metier. 'Ik heb altijd geweten dat deze reis Delia goed zou doen. Moet je toch zien hoe ze is opgeknapt. Ik weet dat het aan u te danken is, het was fantastisch, het klonk fantastisch...' zei ze. Anne-Sophie begreep niet waar ze het precies over had, maar ze verheugde zich over de Antiques Barn, die vol stond met heerlijke americana, waaronder veel dingen die met paarden te maken hadden. Ze kocht tinnen dienbladen met afbeeldingen van paarden of hoefijzers, lampen met standaarden in de vorm van paarden, een lamp die van een stijgbeugel gemaakt was, mokken met beroemde prijspaarden erop, objecten die van hoefijzers gemaakt waren. Hippische zaken schenen de hele cultuur in hun greep te hebben. Dit had Anne-Sophie zich niet gerealiseerd, ze had altijd aangenomen dat de Amerikanen meer belangstelling hadden voor auto's, hoewel ze, nu ze erover nadacht, inzag dat er daarvan veel naar paarden waren vernoemd: Mustang, Bronco en Pinto.

Chadbourne kocht een aantal rekwisieten, schijnbaar zonder enig thematisch verband: vaantjes van Amerikaanse highschools, tinnen prullenbakken, een poppenwagen. Sommige dingen vond Anne-Sophie nogal vreemd, maar Chadbourne zei dat ze voor monsieur Cray waren, voor de film.

'Is er een recessie?' vroeg Anne-Sophie terwijl ze naar de lege stalletjes keek.

'Ik denk dat ze gehoord hebben over Gabriel', zei Delia.

'Iedereen ziet eruit als in de films van Clint Eastwood', riep Anne-Sophie half grappend uit. Ze zat in hun kamer wat te zappen de eerste avond, in afwachting van het avondeten. In haar opwinding merkte ze niet dat Tim zich zorgen maakte over de arme Mrs. Holly en wat hij die middag had gezien. Haar huis was in beslag genomen, haar tandenborstel verdwenen, een vrouw van in de zeventig, de politie in staat van alarm, radioboodschappen die werden uitgezonden.

'*Ravissants*, met die parka's en laarzen. De mannen hier zijn erg aantrekkelijk, net Bruce Willis, net Tiem! Nu vind ik wel dat je maar een gewone Amerikaanse man bent, niets bijzonders. Jullie zijn allemaal *tres beaux.*

Wat hebben de Amerikanen toch een fantastisch gevoel voor humor – de programma's zijn zo gevarieerd en zo dom, heerlijk.'

Na de Antiques Barn, terwijl Tim en Cray zich bezighielden met het probleem Mrs. Holly, had Anne-Sophie de rest van de dag samen met Chadbourne en Delia doorgebracht met het bezichtigen van andere dingen. Ze had een supermarkt gezien en een filiaal van Tower Records dat afgeladen was met onvoorstelbaar goedkope cd's en cassettes. Tim begon zich aan haar geestdrift te ergeren, die volgens hem blijk gaf van enkele nogal paternalistische aannames, bijvoorbeeld dat de overdaad aan kant-en-klaarmaaltijden een zegen was voor een land dat erom bekendstond dat vrouwen er niet kookten. Die grote, omvangrijke auto's – logisch als je bedacht hoe Amerikanen het in het pittoreske Verre Westen moesten doen met wegen vol kuilen en gaten en dat ze zulke onhandig grote afstanden moesten overbruggen, terwijl er geen treinen waren.

'Er staat een enorme *camion* op het parkeerterrein van de supermarkt, hij heet Recycling, en de mensen brengen er niet alleen hun flessen naartoe zoals bij ons, maar ook hun papieren zakken en blikjes! Wat een deugdzaamheid! Daar kunnen de Fransen nog wat van leren.'

Tim had geen sterk besef van nationaliteit. Hoewel zijn paspoort in niet mis te verstane termen verklaarde dat hij Amerikaan was, had hij zelf nooit de behoefte gevoeld om te beslissen of hij in zijn hart eigenlijk Amerikaan was of toch eerder Europeaan, en hij vond dat het hele thema nationaliteit uit de lucht gegrepen was en tweedracht zaaide. Maar nu Anne-Sophie juist die dingen in Oregon loofde die hijzelf verwerpelijk vond, versterkte dit paradoxaal genoeg juist zijn gevoel Amerikaan te zijn. In plaats van zich vervreemd te voelen, merkte hij dat hij zich betrokken voelde en zich kwaad maakte over de dwaasheid van *strip malls*, en de enorme betonnen warenhuizen en snelwegen. Je vond er bepaald geen politiek correct voedsel, niks dan junkfood, en Anne-Sophie beweerde dat ze het geweldig vond, misschien vond ze het wel echt geweldig. Of ze probeerde hem te manipuleren en speelde de vrouw van de typische, onhandige televisievader, traag van begrip, die alles gelooft wat zijn vrouw hem vertelt.

Tegen etenstijd was het te laat om Clara nog een keer te bellen, vijf uur 's morgens in Frankrijk, en ze waren zelf doodop en toe aan nachtrust. Maar Cray stond erop dat ze tot tien uur opbleven en nam hen mee uit eten. Het echtpaar Sadler en Delia had hij ook uitgenodigd en ze gingen naar het restaurant dat als het beste van Lake Oswego bekendstond. Ze aten er Pacifische zalm, gekookte aardappels en koolsla ('...een zalmfilet waarvan de huid blijft zitten, slechts aan één kant gestoofd in gereduceerde balsamicoazijn, licht gekruid met kervel en sjalot, geserveerd met rode aardappels, geroosterd met zout en wat olijfolie, en een puree van rode paprika op een bedje van sla...'). Wat betreft de wijn: 'De Lorne Cellars heeft wat meer eik dan de Knickerbocker Farm. Houdt u van vol en zacht of hebt u liever de koppige wijn?' vroeg de serveerster over de chardonnay.

Tim keek toe hoe schattig Anne-Sophie haar best deed om de kleine aardappeltjes op de Franse manier van de schil te ontdoen. Ze had niet gemerkt dat de anderen hun aardappels niet schilden. Maar ze was vol bewondering. 'Saumon à l'unilatéral, de keuken hier is erg verfijnd.' Ze vond het helemaal niet erg om naar de foyer te gaan om te roken, ze had er rekening mee gehouden. Chadbourne ging met haar mee.

Terwijl ze slaperig achter hun cafeïnevrije koffie zaten, bespraken ze de komende dag, waarop Tim, Cray en de politie opnieuw zouden proberen Mrs. Holly te vinden, en een aantal aanhangers zouden ontmoeten van ideologieën waarmee Delia bekend was. Anne-Sophie en Chadbourne zouden nog een dagje aan sightseeing besteden.

Onder het eten was de temperatuur buiten plotseling gezakt, en een miezerig regenbuitje sloeg om in een hevige sneeuwstorm, die de mensen in het restaurant verraste, zo vroeg in het seizoen, maar de bezoekers uit Parijs vonden het opwindend. De mensen aarzelden bij de deur voor ze naar hun auto's renden. Cray en zijn gevolg liepen rustig het korte stukje naar de TualatInn met hun jassen over hun hoofden.

Terug op hun kamer kropen Tim en Anne-Sophie in bed en keken tv tot ze in slaap sukkelden. De weersverwachting werd op de respectvolle toon uitgesproken die altijd werd gebezigd voor het voorspellen van rampen, maar in de TualatInn was het knus.

'Morgen wil ik naar de Taco Bell', zuchtte Anne-Sophie terwijl ze Tim goedenacht kuste. 'Het is net of we op huwelijksreis zijn vóór de bruiloft. Konden we Las Vegas ook maar bezoeken...'

Om vier uur werden ze wakker, *l'heure blanche* van de jetlag. Buiten hoorden ze de wind fluiten boven het meer en ergens vandaan klonk als kanonvuur het klappen van een zeil of zonne-scherm. Op weg naar het toilet trok Anne-Sophie het gordijn opzij om te kijken. Alles was wit en glinsterde in het maanlicht; sneeuw lag in hoopjes in de goten en op de reling van de veranda en bedekte het raam. Hoe was het mogelijk dat de natuur zo'n extreme omslag kon maken in slechts enkele uren? Tim stond op om een kijkje te nemen, daarna kropen ze terug in bed, slapeloos en gedesoriënteerd in Oregon, en luisterden naar de storm die nog steeds in kracht leek toe te nemen. Vrijen was te veel gedoe.

50

Overspelige zorgen

Toen ze 's morgens wakker werd, werd Clara door paniek overvallen en was ze er zeker van dat haar moeder zou sterven als gevolg van wat zij met Antoine de Persand had uitgevoerd. Ze overwon deze irrationele maar vreselijk realistische angst en probeerde in bed aan Lars te denken en aan haar moeder, maar voor de honderdste keer dacht ze aan vrijen met Antoine. Ze dacht aan al die legendarische voorbeelden van echtgenoten die van huis waren geweest: koning Mark, was dat niet in *Tristan en Isolde?* Koning Arthur was ook afwezig geweest, op zoek naar, was het de graal? Of naar het zwaard in de rots? Het leken haar geen van beide slechte metaforen voor de reis van Serge naar Amerika en voor wat haar overkomen was. Ze vroeg zich af wat Antoine ervan zou denken. Was hij al op? Dacht hij eigenlijk wel aan haar?

Ze dacht na over seks in het algemeen, hoe mysterieus het eigenlijk was. Veel ervaring had ze niet. Er waren een paar jongens geweest op de middelbare school, en toen was Serge gekomen en was ze getrouwd, en alles was in orde geweest, maar voor gistermiddag had ze geen adjectieven paraat. Haar ogen waren geopend, eindelijk begreep ze de verrukte passages in boeken, had ze een idee van de zonde en de eeuwige aantrekkingskracht ervan, en begreep ze waarom mensen ervoor naar de hel gingen. Waarom ze er bewust voor kozen om naar de hel te gaan vanwege hun seksuele hartstocht. Natuurlijk geloofde ze niet echt in de hel! Al haar ideeën over plezier moesten op de helling. Je moest een houding vinden tegenover plezier, en je moest inzien dat het goed was dat je er een beter mens van werd. Ze dacht aan passages uit het werk van D.H. Lawrence, die ze ooit misschien belachelijk had gevonden, maar die ze nu begrijpelijk vond. Zelfs die domme guirlandes… Hoe moest ze het evenwicht bewaren tussen haar geluk en de overtuiging dat ze haar moeders dood had veroorzaakt?

Ze stond op. Ze moest met senhora Alvares praten en ze had nog niet besloten of ze een onschuldige verklaring zou verzinnen of haar zou omkopen.

Ingesneeuwd

Om zes uur 's ochtends in Oregon, toen voor Clara de dag al ver gevorderd was, stonden Tim en Anne-Sophie op en zetten de tv aan. Zelfs op dit vroege uur werd het scherm al in beslag genomen door beelden van auto's die vast waren komen te zitten, agenten in gele oliejassen, sneeuwruimers, strooiwagens en stampvoetende mensen.

'Het is allemaal zo goed geregeld hier, je krijgt het nieuws onmiddellijk op je bord. In Frankrijk zou je vertrekken en vast komen te zitten', zei Anne-Sophie. Tim wees er maar niet op dat je in Parijs nooit een sneeuwstorm hoefde te trotseren.

Om zeven uur dronken ze koffie in de lobby. Juist toen Tim zich afvroeg of het te vroeg was om Cray te wekken, kwam hij naar beneden. Zijn gezicht stond zorgelijk.

'Mr. Cray, ik ben een groot liefhebber van uw films', zei Mr. Barrater, die net binnenkwam met blokken hout in een canvas schoudertas. Aangezien Cray zich had ingeschreven onder de naam Carson, wierp hij de man een woeste blik toe en gaf hem geen antwoord.

'Als de wegen begaanbaar zijn, kunnen Anne-Sophie en ik naar de antiekmarkt gaan en proberen uit te zoeken of iemand weet waar de dochter van Cristal is', stelde Tim voor. Ze hadden het gisteravond besproken.

Cray snoof. 'Ze is vast nergens te vinden. Ze hebben natuurlijk gehoord dat de politie op zoek is naar Clara's moeder.'

'Ik heb zin in een Amerikaans *petit déjeuner*', zei Anne-Sophie.

'Ik hoop dat u niet van plan bent om ver weg te gaan vandaag', zei Mrs. Barrater. 'Dit is een ijsstorm, onze lokale specialiteit.' Bij wijze van illustratie viel het licht uit, evenals de computer achter de balie, die al had staan te zoemen, en de televisie. 'De stroomdraden komen naar beneden', zei ze. 'Het gebeurt elk jaar en elk jaar worden ze er weer door verrast.'

Tegen negenen was het licht geworden en had Mrs. Barrater een omvangrijk Engelsachtig ontbijt tevoorschijn getoverd met scones, gestremde room en olalabesjam uit Oregon ('O la la', zei Anne-Sophie). Het licht deed het nog steeds niet. Mrs. Barrater belde het energiebedrijf maar ze kon er niet doorheen komen. 'We hebben in ieder geval telefoon en een gaskachel', zei ze. 'De stormroutine.' Het begon kil te worden in de TualatInn, daarna koud, en Mr. Barrater kwam binnen met een nieuwe voorraad hout voor de open haarden op de kamers.

'Is dat wel veilig in een houten gebouw?' vroeg Anne-Sophie.

De telefoon ging. Het was de politie met de boodschap dat ze Cray en Nolinger zouden komen ophalen; met de wegen in deze conditie moesten ze zelf niet gaan rijden. En ze vertelden dat er niet alleen geweren waren gevonden in het huis van Mrs. Holly; er was ook nog zeshonderd gram Semtex aangetroffen. Het bureau voor alcohol, tabak en vuurwapens was erbij geroepen.

Hoewel Anne-Sophie had gehoord dat de afstand naar het centrum van Lake Oswego te belopen was, was er niets om naartoe te gaan, geen voor de hand liggend doel. Er was een benzinepomp, een wasserette, twee winkels – allebei gesloten – en geen warm koopparadijs te bekennen. Anne-Sophie had nog nooit zulke straten gezien, bedekt met een solide plaat ijs, waarin alle steentjes en alle vuilnis voor eeuwig gevangen leken te zitten als mammoeten in de permafrost. In Parijs waren de straten meestal warm door de metro. Niemand kon lopen op dit ijs maar de grote Explorers en Tahoes en Bronco's kropen voort, met slippende wielen. IJs hing aan de stroomdraden, die nu diep doorhingen boven de straat, verzamelde zich op de daken en balustrades, deed takken en struiken breken en bedekte alles met een gelijkmatige laag glazuur. Bomen leunden tegen huizen aan, takken lagen op de daken. Zij en Chadbourne gleden uit. Ze greep zich aan Chadbourne vast, die houvast vond aan de deurknop van een tandartspraktijk.

'Jezus christus, wat een plek', zei hij.

In haar luchtige Parijse *manteau* maakte Anne-Sophie een breekbare indruk, zeker vergeleken bij de paar avontuurlijke Amerikanen die in hun opgeblazen donsjacks voorzichtig voort schuifelden, hun autoruiten met geïmproviseerd gereedschap van ijs probeerden te ontdoen en zich in de handen sloegen tegen de bittere kou.

'Alleen met zo'n stomme jeep kom je hier vooruit', zei Chadbourne. 'Gaan we verder?'

'Mais oui.' Ze schuifelden naar de stoplichten. Een politiewagen kwam langs en stopte bij de TualatInn, misschien om Tim en Cray op te pikken. Uit sommige schoorstenen van de huizen die ze passeerden kwam rook, dat waren de beter voorbereide huishoudens. Geen lampen, geen neonlicht, niets elektrisch werkte. Toen ze de etalage van de dierenwinkel bekeken, maakten ze zich zorgen dat de eigenaar niet in staat was geweest om een nest puppy's te voeren, waarschijnlijk labradors, die smekend naar de gezichten bij het raam keften.

'Stel dat er geen verwarming is daar', zei Anne-Sophie. 'Wat doen we dan?'

'Dat zijn labradors, vat je 'm?' zei Chadbourne.

Ze gingen Main Street op. Er was een supermarkt geopend, redelijk warm maar donker. Ze slenterden door de paden. Anne-Sophie verbaasde zich over de overvloed, hoewel ze moest toegeven dat Chadbourne wel een punt had toen hij zei: 'Toch zou ik er niks van willen proberen.' Maar stilletjes dacht ze ook dat een Engelsman niet over afschuwelijk eten moest beginnen, al hoorde je wel dat het Engelse eten stukken beter was geworden sinds er Franse chefs naar Londen waren gegaan. Zulke dingen bespraken ze en ze kochten spullen om sandwiches te maken – de lokale variëteit van *pain de mie* en vreemd gesneden kaas in kleine verpakkingen, en een paté die er aanvaardbaar uitzag van een fabrikant met een geruststellende Franse naam. Vrolijke Amerikanen vertelden hun meer over de ijsstorm: de stroom was uitgevallen van hier helemaal tot Gresham, en het kon nog dagen duren voor de boel gerepareerd was, zeven auto's op elkaar op de snelweg, de reddingsoperatie om zieke en oude mensen op te halen en hen naar een warme plek te brengen. Vier tieners waren doodgevroren in een hut op Mount Hood. Arme Clara Holly, dacht Anne-Sophie, zij zou dit ook horen en zich nog meer zorgen maken om haar moeder. Zelf maakte ze zich zorgen om de puppy's.

'Over vijf dagen ga ik trouwen', zei ze verschillende keren, ze kon het nauwelijks geloven.

Om halftien stapten Tim en Cray samen met twee agenten in een politieauto met vierwielaandrijving, die niets beter gewapend leek tegen de verbijsterende hoeveelheid ijs die de buitenwereld bedekte dan de andere auto's. Ze zouden bij een aantal adressen langsgaan die ze hadden gekregen van mensen in de Sweet Home Antiques Barn: het huis van SuAnn, een zomerhuisje langs de Beaverton Highway en een plek bij Mount Hood. Cristal en Mrs. Holly bevonden zich in de derde woning. Omdat ze 's middags hadden gepauzeerd voor hamburgers, was het al laat in de middag en donker als de nacht, toen ze de oprijlaan opdraaiden van een houten huisje met spouwloze muren en een veranda, een stukje van de weg af, met een paar stijf bevroren theedoeken en schorten aan de waslijn. Tim merkte dat de agenten hun hand aan hun wapen hielden toen ze aanklopten en Cristal Wilson riepen.

'Politie', zeiden ze.

'Ik kom eraan', zei iemand. Een vrouw opende wantrouwig de deur.

'Cristal Wilson? Is Cynthia Holly hier?'

'Ja. Waarom? Is er iets aan de hand?'

'We zijn naar haar op zoek. Iemand heeft haar als vermist opgegeven.'

Cristal deed de deur verder open. Een magere vrouw in de veertig, met jeans en een parka. 'Ze is hier. Waarom zou ze hier niet zijn?'

Het was koud in het huis. Ze begeleidde hen naar de keuken. De pitten van het fornuis brandden en er waren aarden bloempotten overheen geplaatst die een beetje warmte verspreidden. Bij het fornuis zat een mager vrouwtje, waarschijnlijk Mrs. Holly, op een stoel onder een stapel dekens, en in een stoel naast haar zat een kind, net zo ingepakt, dat afwezig naar de zichtbare hitte staarde die de bloempotten uitstraalden.

'We hebben niks verkeerd gedaan', zei Cristal. 'We zijn hier naartoe gekomen, we wisten natuurlijk niet dat er een storm zou komen.'

'We zijn bij Mrs. Holly thuis geweest', zei de oudste politieman.

'Ja?'

'We hebben de wapens gevonden.'

Cristals houding was er een van onschuldige onbezorgdheid. 'Daar heb ik niks mee te maken en Cynthia Holly net zomin. U moet mij niet vragen wat ze daar hebben binnengebracht. Ze hebben ons er gewoon uitgezet. Ze hebben ons weggestuurd. De goeroe van SuAnn.' Haar hoon was niet overtuigend, een bange vrouw.

'Mrs. Holly, is alles in orde met u?' vroeg de agent.

Ze keek naar Serge. 'Dat is toch de man van Clara, niet? Waar is ze? Is er iets aan de hand?' Haar stem klonk verongelijkt, ze maakte een ongewassen indruk.

'Ja, ik ben het, Serge, met Clara is alles in orde', zei Cray. De tederheid in zijn stem verraste Tim.

'We hadden moeten bellen, ik heb het nog zo gezegd', zei Mrs. Holly tegen Cristal.

'Luister, Thelma en Louise', zei de agent, 'jullie kunnen hier niet blijven, het ziet ernaar uit dat het nog wel een paar dagen blijft vriezen.'

'We willen hier graag weg, neem dat maar van me aan', zei Cristal.

'Wie zijn die mensen die uw huis zijn binnengedrongen, Mrs. Holly?' vroeg de agent.

'Ik weet niet wie het waren.' Mrs. Holly begon te huilen, kleine, makke tranen, waaraan Cristal zich leek te ergeren.

'Ze slikt medicijnen, weet u, soms kan ik geen redelijk gesprek met haar voeren', zei Cristal.

'Wie is dat kind?'

'Dat is mijn kleindochtertje Tammi, van SuAnn. Om de een of andere reden zijn die mensen vorige week in rep en roer geraakt, en toen wilden ze ook die spullen in ons huis zetten', zei Cristal. 'Wij hebben er niks mee te maken. Ze kwamen gewoon en stuurden ons weg. Ze zien overal signalen en voortekenen, ik kan het allemaal niet bijhouden.'

'Vooruit dan maar, pak uw spullen, u kunt hier niet blijven', zei de agent.

'Moet je die schommelstoel zien en die oude Arvin-radio', zei Cray tegen Tim. 'Ik zou graag een foto hebben van dat fornuis en van de spullen aan de waslijn.'

'We brengen Mrs. Holly naar het ziekenhuis', zei de agent. Niet zozeer, zei hij tegen Cray, omdat ze ziek was, hoewel ze een zwakke indruk maakte, maar omdat het ziekenhuis over nood-aggregaten beschikte en het er warm was. Er waren al een aantal oude mensen naartoe gebracht en het Rode Kruis zorgde voor veldbedden. De politie zou intussen beslag leggen op de spullen in het huis van Mrs. Holly en Cray kon ervoor zorgen dat de boel werd schoongemaakt voor haar terugkeer. Cray wist niet zeker of ze wel terug moest keren naar haar eigen huis – hij zou zijn vrouw bellen vanuit de TualatInn en het met haar bespreken.

Cristal en het kleine meisje haalden hun kleren, stopten ze in papieren zakken en liepen naar de oude Civic van Cristal. Ze leken verdwaasd, maar misschien lag het gewoon aan de kou dat ze zo traag waren.

'Waar gaat u naartoe?' vroeg Tim, die een doos droeg voor Cristal. Er zaten weckflessen in en schoenen.

'Ik denk naar SuAnn', zei Cristal. Hij vond het ontnuchterend dat ze zo onverschillig bleef onder de vriendelijkheid die hij in zijn stem legde. Het was de botheid van iemand die geen vriendelijkheid verwachtte.

Ze zagen eruit alsof ze wel wat geld konden gebruiken. 'Hebt u geld?' Hij had zelf niet veel op zak, maar hij gaf hun wat hij had, vijfendertig dollar. Hij wist zelf niet waarom.

'Wel in de buurt blijven, Cristal, tot we het hebben uitgezocht', zei de agent.

'Ik wil hier morgen graag iemand langs sturen,' zei Cray tegen de agent, 'om een paar foto's te nemen. Het is een prefect decor, die tuin, die bevroren dingen aan de waslijn.'

Chadbourne en Anne-Sophie gingen terug naar het pension om de boterhammen klaar te maken. Het was nog kouder geworden. Mr. Barrater kon het niet meer bijhouden met de open haarden en ze zetten toch al niet veel zoden aan de dijk. Anne-Sophie bleef lange tijd met haar rug naar de open haard in haar kamer staan maar het vuur werd zwakker. Ze dacht dat ze misschien beter in bed kon kruipen en iets lezen of zo. Het begon donker te worden.

'Ik denk dat we beter af zijn in bed, Les', zei Anne-Sophie, terwijl ze de mollige Chadbourne bekeek, zijn ronde lichaam dat blaakte van de calorieën. Chadbourne was het ermee eens. Ze deden hun schoenen uit, kropen in het bed van Anne-Sophie en lieten wijselijk de deur open, zodat Mr. Barrater binnen kon komen met blokken hout. Ze legden het dekbed van Chadbourne boven op dat van haar. En aangezien het vier uur was, een dieptepunt voor hun verstoorde bioritme, vielen ze direct in slaap.

Tim was even van zijn stuk gebracht, toen hij samen met Cray rond zeven uur terugkwam en Anne-Sophie en Chadbourne samen in bed aantrof. Maar dat was juist goed van de Fransen, dacht hij, geen valse preutsheid in geval van nood.

De slapers kwamen in beweging en gingen rechtop zitten.

'Verdorie, ik ben in slaap gevallen, nu doe ik de hele nacht geen oog meer dicht', klaagde Anne-Sophie.

'Allemachtig, volgens mij is het hier nog kouder dan buiten', zei Tim.

'Misschien kunnen we diner op bed krijgen', opperde Chadbourne.

Serge wachtte tot tien uur – zeven uur 's morgens in Frankrijk – om Clara op te bellen en te vertellen dat haar moeder in veiligheid was. Clara ging rechtop zitten in bed, tranen verschenen in haar ogen en rolden over haar wangen. Ze droogde ze met het laken.

Wonder boven wonder was ze aan haar straf ontkomen, haar moeder was in veiligheid.

'Je zult wel iets moeten doen aan die Cristal', zei Serge. 'Die vrouw is niet goed wijs.'

Toen ze om vier uur wakker werd, moest Anne-Sophie een gevoel van verlatenheid onderdrukken. Ze zat tienduizend kilometer van Frankrijk in de donkere vrieskou van een vreemd land. Ze staarde naar de maanbeschenen muur, waar ze de geborduurde spreuk kon lezen: 'De liefde van de man gaat door de maag.' Precies het tegenovergestelde van wat gravin Ribemont placht te zeggen in *Tegen de stroom in*: 'Het enige waaraan de man behoefte heeft is geëxalteerde aanbidding van zijn geslacht.' Anne-Sophie bevond zich in een wereld waar alles anders was en omgekeerd.

De slapende Tim leek op mysterieuze wijze in een Amerikaanse cowboy te zijn veranderd. Uit zijn koffer was een gewatteerde anorak van L.L. Bean tevoorschijn gekomen, waarin hij elk restje Europees kosmopolitisme verloor. Hij sprak de hele tijd Engels, zelfs met haar. Ze realiseerde zich dat ze hem zelden Engels hoorde spreken, eigenlijk alleen bij Serge en Clara Cray. Hier zei hij 'yeah' en een keer zelfs 'okey-dokey'. Hij kocht een fles bourbon voor op hun kamer. Zijn aantrekkelijke gelaatstrekken leken te zijn weggesmolten of minder geprononceerd te zijn geworden, waardoor hij nu wel wat weg had van de mannen op de reclameborden in Oregon: blond, saai en vlezig met van die kleine neuzen en krachtige kinnen.

Over een paar dagen zou hij haar echtgenoot zijn. Ze zouden in een appartement wonen op één hoog, maar wel in een chique straat, met onzekere inkomens, maar goddank niet in Oregon.

Toch was Oregon heerlijk, zij het koud. Ze wist dat ze alleen maar van slag was door het ontbreken van elektriciteit, door een besef van de woestheid van de natuur dat gelukkig voor Parijs niet opging, het idee dat ze zich aan de rand bevond van een vreemd continent vanwaar sommigen nooit terugkeerden. Ze zei tegen zichzelf dat Oregon echt bijzonder mooi was, met prachtige brede straten en handige benzinestations... In de zomer had je ongetwijfeld veel golfbanen, een groot voordeel, en echt goed eten. Wat zou ze graag weer in slaap vallen, en als het morgen dooien wou, kon ze misschien op zoek naar Amerikaanse *objets* en *antiquités*.

Tim hield zich van zijn kant voor dat Oregon niet veel indruk op hem maakte door de ongemakkelijke omstandigheden. Hij had verwacht dat het meer – ecologisch zou zijn. Daar ging het immers prat op, of niet soms? Anders dan de afzichtelijke verlaten steden van Michigan, zei men, lagen de robuuste, vrolijke, kleine stadjes van Oregon dichter bij de natuur, wat prettig was voor de mensen; hun enige sociale vijanden waren de Californiërs en de vreemde groep zigeuners die hier om de een of andere reden was neergestreken. Het was een land van individualisten en van vrijheid. Helaas ook met alles wat daarmee gepaard ging, zoals een slechte organisatie en ander ongerief, lelijke winkelcentra, ongecontroleerd groeiende buitenwijken, fastfoodcomplexen, een bebouwing waartussen de prachtige grote bomen strijd leverden en een enkele plant zijn bestaansrecht verdedigde. Waarom zagen de mensen niet in wat ze hier aanrichtten?

Het irriteerde hem dat Anne-Sophie ervan leek te genieten. Wilde ze hem niet voor het hoofd stoten of was ze oprecht? Hij wilde haar door elkaar schudden en zeggen: 'Vooruit, geef het maar toe, je kunt het eerlijk zeggen.'

'Ach Tiem, ik heb in een Circuit City rondgekeken.' Ze zuchtte. 'Dat is het paradijs. Wat heb ik verder nog te wensen in het leven?' Ze moest zelf lachen om deze belachelijke hyperbool.

Cray wilde niet vertrekken voor hij een aantal personages uit zijn film kon ontmoeten, om de overdrijvingen van zijn fantasie te corrigeren, de details van hun retoriek te registreren en hun normaliteit te observeren. 'De karikatuur is de vijand van het pijnlijke realisme dat ik voor deze film wil hanteren', zei hij. Ze zouden SuAnn bezoeken, als Delia tenminste echt wist waar ze woonde.

Het was een soort kamp, vroeger was het een motel geweest,

met huisjes in een halve cirkel aan een straat in Westmoreland. Er stond een verscheidenheid aan oude busjes en auto's geparkeerd bij de huisjes of op het gras van een zijterrein. Ze klopten op goed geluk ergens aan en vroegen naar SuAnn. De gezette vrouw, die er vrij normaal uitzag, had haar niet gezien. Ze dacht dat ze misschien bij haar moeder was. 'Maar kom toch binnen, het is veel te koud. Misschien kan ik iemand bellen die het wel weet. Misschien ligt ze wel weer in het ziekenhuis.' Ze gingen het kleine huisje binnen. Vier kinderen zaten op kleine stoeltjes in de woonkamer.

'Ze hebben les', zei ze. 'We geven ze zelf onderwijs.'

'Heel goed, geweldig', zei Serge Cray, die zichzelf nog net niet in de handen wreef.

'Ach, op een goed moment zie je in dat er mensen zijn op deze aarde die zijn gevormd met sadistische opvoedmethodes van buiten, mensen die in niets op ons lijken en van wie je zou wensen dat ze tot een andere soort behoorden. De mensen in Rwanda, bijvoorbeeld, die elkaar in mootjes hakken. Nee, wij geven liever zelf les', zei de vrouw zakelijk. 'Wilt u misschien een kopje koffie?'

'Vertelt u eens wat meer over het curriculum', zei Cray verlekkerd.

52

Ondertussen in Parijs

Clara leerde Antoine kennen als een aardige man. Dat was niet per se nodig geweest – hij was immers een aantrekkelijke man – maar ze raakte hierdoor volkomen in haar liefde verstrikt. Hij was haar mannelijke tegenhanger, een bescheiden, correct persoon, die tot nu toe een voorbeeldig leven had geleid. 'Stille wanhoop' was een belachelijk grimmige omschrijving om op twee zo bevoorrechtte mensen van toepassing te kunnen zijn. Een voorbeeldig leven, een aangenaam leven, en dan plotseling een leven vol drama en genotzucht, voortspruitend uit tot nu toe onontdekte verlangens. Drie dagen maar, beloofden ze zichzelf, en in de toekomst steelse blikken in het dorp, glimlachjes, het vaste plekje voor altijd in het hart. Zo zou het moeten zijn. Maar hun harten kwamen in opstand tegen deze kille afspraak, of in ieder geval dat van haar.

God mocht weten wat Antoine zijn vrouw vertelde of wat hij zei op kantoor om zijn vreemde afwezigheid te verklaren, zijn plotselinge vertrek zonder reden, zo onverwacht van zo'n waardige en beheerste man. Op kantoor wisselden de secretaresses betekenisvolle blikken uit.

Hij kwam ontbijten, ze bedreven de liefde, ze luncten samen, ze bedreven de liefde, ze dineerden vroeg en maakten een wandeling in het bos. Ze lachten en ze praatten, liepen hand in hand – ze hadden heel wat in te halen. Ze hadden het gevoel alsof Plato vanuit het hiernamaals met een tevreden glimlach toezag hoe deze twee mensen als in een test zijn theorie bewezen. Antoine kon natuurlijk 's nachts niet blijven. Clara woelde van verlangen alleen in bed en bleef tot twee uur op om vanuit Oregon het geruststellende nieuws te horen van Serge dat haar moeder veilig was.

Antoine kwam 's morgens uit Parijs en nam Clara mee naar

zijn huis. Ze wandelden door het bos. De rottweilers lieten hen met rust, ze waren aan hen gewend geraakt.

'Ik wil je daar zien. Ik wil je in mijn huis zien. We zijn met z'n tweetjes. Door de week komt hier nooit iemand.' Net als Clara had hij plezier in het gevoel zijn sporen te moeten uitwissen. Hij was altijd het brave jongetje geweest thuis, verkenner en vredestichter. Trudi was hij hoogst zelden ontrouw geweest, en hij was al helemaal nooit een bron van zorg geweest voor haar, noch voor zijn moeder of enige andere vrouw, tot nu toe...

De geweien in de hal wilde ze niet zien, de symbolische betekenis ervan in haar leven was te groot om onder ogen te zien. Hij haalde een Gevrey-Chambertin 1985 uit de kelder, zij sauteerde de wilde paddestoelen die door de dorpelingen waren verzameld, hij maakte de toast die ermee belegd zou worden. Ze aten in de keuken en babbelden, en uiteindelijk vrijden ze op het bankstel in de woonkamer. Misschien vreesde hij dat de aanblik van het echtelijk bed te kwellend zou zijn voor haar, of kon hij zelf de privacy van de slaapkamer niet schenden. Ze wist het niet, maar ze vond het wel best dat ze de twee kussens, de twee nachtkastjes en de tandenborstels in de badkamer niet hoefde te aanschouwen.

Nu, aan het einde van de derde dag, nu Serge morgen terug zou komen, begon het idee van het einde zwaarder te wegen. Hoe kwam het eigenlijk dat het vooruitzicht van een toekomst zonder plezier het aanstaande plezier kon vergallen?

'Dat zou wel eens met een protestantse achtergrond te maken kunnen hebben,' zei Antoine, 'maar voor mij is het ook een probleem.'

'Het is niet echt verliefdheid, het is alleen...' Geen van beiden hadden ze verwacht ooit een onstuimige verliefdheid mee te maken. Er waren andere woorden dan liefde – verslaving, verlangen – die ze liever gebruikten. Maar ondanks hun omzichtige woordkeus wist Clara dat Antoine en zij zichzelf niet in de hand hadden, dat ze in een toestand van pijnlijke vervoering verkeerden. Het was alsof ze te horen hadden gekregen dat ze nog maar drie dagen te leven hadden – voor de duur van Crays afwezigheid.

En aangezien de wereld over drie dagen zou vergaan – wat maakte het uit wat je deed? Was dit een tijd voor voorzichtigheid en zelfbeheersing?

Werd de impulsieve affaire alleen maar zoeter door de zekere afloop? Hoe dan ook verleenden deze kostbare momenten betekenis aan allerlei dingen die ze nooit begrepen hadden. Over die dingen spraken ze. Clara wist dat ze vanaf nu een betere moeder zou zijn en een betere vrouw in de toekomst, al was moeilijk onder woorden te brengen hoe dan. En zelfs als het zo was dat hij haar alleen iets had geleerd over seks en genot – dat waren ontzagwekkende dingen, waarvan ze nu de waarde kende. Antoine was zo ingenomen met zijn eigen metamorfose van bezadigd *banquier* tot romantisch minnaar, dat hij haar bezwoer dat hij nooit rechtsomkeert zou maken, dat hij voor eeuwig vogelvrij zou blijven in zijn hart. Mensen veranderden. Was zij veranderd?

De derde dag, laat op de middag, hoorde Clara van Serge, die net was opgestaan, dat hij en de anderen later die dag uit Oregon zouden vertrekken en morgen voor het middaguur in Parijs zouden aankomen. Het zou haar laatste avond worden met Antoine. Ze moesten feestelijk uit eten gaan – ze zou hem meenemen naar het geweldige restaurant Taillevent. Hij moest maar een excuus vinden voor zijn vrouw, daarna konden ze ergens vrijen, bij hem op kantoor of in een hotel, bij wijze van afscheid. Je zou denken dat ze het vele geneuk beu zouden worden, maar dat was niet het geval.

Clara zag er zelfs in haar eenvoudige zwarte jurkje zo opvallend mooi uit, dat Antoine zich – ook in een restaurant waar men hem niet goed kende – niet volledig op zijn gemak voelde. Ze zag eruit als een Venus; wie haar zag moest haast wel wellustige gedachten koesteren. Hij hoopte vurig op een discreet tafeltje, maar hij was blij en een beetje verdwaasd dat hij dit verrukkelijke schepsel het zijne kon noemen. Ze hadden geen van beiden honger, merkten ze, maar op de een of andere manier moesten ze drie gangen wegwerken. Wat een vergissing om van *haute cuisine* te willen genieten als je aandacht er niet helemaal bij is. Uitstekende restaurants waren voor gevestigde en saaie mensen.

Clara wist dat ze zou huilen als ze zouden praten over hun afscheid, bijzonder beschamend in een restaurant, en dus glimlachte ze en roerde algemene onderwerpen aan. Antoine was goed in algemene onderwerpen. Literatuur?

'Overspel is het grote thema van de negentiende-eeuwse literatuur', merkte hij op. 'Zelfs in de middeleeuwse literatuur als de context seculier is.'

'Ik ben dol op overspel', zei Clara. 'Een hymne op het overspel.'

'Je moet ervan leren houden, dat staat vast.'

'Madame Bovary, Anna Karenina – het loopt altijd slecht af!' herinnerde ze zich plotseling. Elk ander onderwerp leidde hen onmiddellijk naar het hunkeren van hun lichaam, en het volmaakte samenvallen van hun belangen tegenover de zekerheid dat zij elkaar nooit meer op deze manier zouden ontmoeten; dit was het einde van hun geheime leven.

53

Een vaarwel aan de Nieuwe Wereld

Ploegen met schoppen en pekel hadden de hele nacht doorge-
werkt, zodat deze ochtend de meeste wegen weer begaanbaar
waren, al was de elektriciteitsvoorziening op veel plaatsen nog
niet hersteld. De bezoekers besloten om hun laatste dag in
Oregon te besteden aan de dingen die ze het liefst wilden zien
of doen. Cray wilde meer van Delia's gelovigen, millennium-
profeten en Moonies ontmoeten en misschien ook Delia zelf.
Anne-Sophie wilde op zoek naar oorspronkelijke Amerikaanse
kunstvoorwerpen en naar alles wat over een ruitmotief beschikte.
Chadbourne wilde foto's maken in een paar kleine stadjes in de
buurt, en aangezien dit goed te combineren viel met de zoektocht
naar antiek van Anne-Sophie, zouden ze samen gaan. De aardige
Mrs. Sadler zou hen rijden.

Tim was de enige die zich zorgen bleef maken om Clara's
moeder en Cristal en het arme kleindochtertje. Hij ging dan ook
eerst in het Adventist Hospital op bezoek bij Mrs. Holly. Nood-
aggregaten hielden in ieder geval een deel van het ziekenhuis
warm, en patiënten in verschillende stadia van hun ziekte, deels
via slangetjes met rekken vol apparatuur verbonden, waren sa-
mengebracht in een soort ontspanningsruimte. Er liepen verpleegsters rond. Familieleden in overjassen mochten vanaf de
gang de zaal afspeuren, maar ze werden niet aangemoedigd om
binnen te komen, alsof ze anders te veel warmte zouden opnemen.

Tim zag Mrs. Holly afwezig in een stoel hangen, dichtbij
genoeg om met haar te kunnen praten. Hij vertelde haar nog
eens wie hij was, een vriend van Clara uit Frankrijk, gisteren had
hij haar gezien. Ze leek op te leven door het idee dat iemand haar
kende.

'Waar is Cristal?' wilde ze weten. Tim wist het niet.

'Dit gebeurt wel vaker, hoor, zo'n strenge vorst', zei ze. 'Cristal weet wat ze moet doen als we thuis zijn, maar ze hebben ons eruit gezet, hebt u het gehoord?'

'Wie waren dat?'

'Een paar mannen. Ze zeiden dat ze wat spullen in de keuken wilden zetten.' Haar stem klonk onverschillig en berustend, het absolute pragmatisme van ouderen.

'Hebben ze niet gezegd waarom?'

'Het zou kunnen, ik heb het niet gehoord', zei ze.

Wat vreemd, dacht Tim, dat je zo onverschillig kunt blijven onder je eigen machteloosheid. Zou dat de leeftijd zijn? Of is het een soort Amerikaanse gelijkmoedigheid, een gebrek aan verbeelding omtrent de nare dingen die je kunnen overkomen?

Tim probeerde bij een verpleegster te achterhalen wat er met Mrs. Holly zou gebeuren als de elektriciteit het weer deed, maar natuurlijk wist ze van niks. Het was makkelijk te voorspellen dat Mrs. Holly in een verpleeghuis zou worden gestopt, of hier zou blijven, en ze leek het zelf ook te beseffen, je zag het aan de buiging van de gekrompen oude ruggengraat, aan het troosteloze hangen van haar hoofd. Ooit moest ze op Clara geleken hebben. Wat zou Clara denken als ze haar moeder zo kon zien, met een deken over haar knokige knietjes in de naar urine zwemende lucht? Mrs. Holly had niet goed door wie Tim eigenlijk was, maar ze accepteerde zijn hulp toen hij haar benen wat beter instopte.

'Dank u, dat is veel beter. Zeggen ze dat het beter weer wordt?'

'Niet echt, Mrs. Holly. Het ziet ernaar uit dat u beter nog een paar dagen hier kunt blijven.'

'Kom ons nog maar eens opzoeken dan. Is het warm bij Clara?'

'Vast en zeker', zei Tim, terwijl hij zich klaarmaakte om te vertrekken. 'Hebt u iets te lezen? Hebt u iets nodig?'

'Er is negen uur verschil tussen hier en Parijs', zei Mrs. Holly weemoedig.

Hij vertrok, bedrukt door gedachten over zinloosheid en ouderdom, en hoewel hij wist dat Clara geen andere keuze had dan in Frankrijk te blijven, was ze toch in zijn achting gedaald, omdat ze deze oude dame overleverde aan toeval en verwaarlozing. Hij vroeg zich af of de vertederde blikken die de verpleegsters hem toewierpen te danken waren aan het feit dat hij bijna de enige man was hier; al het overige bezoek was vrouwelijk.

Voor ze uit de TualatInn konden vertrekken moest er eerst nog een aantal telefoontjes worden afgehandeld. Tim belde zijn vader in Grosse Pointe en kreeg te horen dat ze al waren vertrokken voor de bruiloft in Frankrijk.

Cray kwam terug van zijn bezoek aan Delia's vrienden. Hij liep over van vreugde en energie, aangestoken door de vreemde energie van fanatici.

'Je zou denken dat zulke mensen terughoudend en zwijgzaam waren. Maar helemaal niet. Nee, hoor. Ze zijn als een open boek! Ze hebben overtuigingen. "Er bestaan geen goede doelen, behalve als God ze zelf heeft aangewezen." Bovendien tellen de werken van het schepsel – dat zijn wij – voor niets in de hemel. Toen vroeg ik wat ze dan met die geweren moesten.'

'En met de Semtex', zei Tim.

'Het antwoord', zei Cray, 'was dat je nooit wist welke van je drijfveren van God kwamen, dus moet je handelen een grote reikwijdte hebben, zoals een schot hagel. Ze schijnen ook te geloven dat God achter de fanatici staat.'

'Dus het gaat om religie, niet om patriottisme?'

'Nee, dat is hetzelfde', zei Cray. 'Amerika is Gods eigen land. En waarom nu? Dat is vanwege de Apocalyps. Het teken van het beest, de Hoer van Babylon – deze mensen denken net zo letterlijk als het geval was bij de eerste millenniumwisseling. Geweldig materiaal.'

Delia was met Cray meegekomen om afscheid te nemen van de anderen, wat ze klaarspeelde zonder ook maar het geringste idee te geven dat ze hen had gemogen. Maar ze had wel een glimlach klaar voor hen allemaal, zelfs voor Tim, die ze had gemeden sinds hij haar arm had omgedraaid. Ze omhelsde Serge. Er was geen enkele aanwijzing dat deze twee lichamen zich in een inniger verstrengeling hadden verenigd. Ze omhelsde Anne-Sophie, aarzelde en omhelsde ook Tim, en zelfs Chadbourne, alsof ze hem niet buiten wilde sluiten. Het beste, zeiden ze.

'Laat je het weten als Gabriel weer veilig in Amerika is?' vroeg Tim.

54

Het echte leven

Madame Aix, die erg opgewonden was over het feit dat *Mademoiselle Décor* aandacht zou besteden aan de bruiloft, had zich tijdens de afwezigheid van Anne-Sophie om allerlei details bekommerd die normaal door Anne-Sophie zelf zouden zijn geregeld. Ze was buiten zichzelf vanwege de onverwachte en onconventionele afwezigheid van Anne-Sophie aan de vooravond van de ceremonie, en getergd door het gebrek aan betrokkenheid van Estelle d'Argel, hoewel Estelle er wel in toestemde om te helpen met de bloemen en met de dozen met champagneglazen die voor de gelegenheid waren gehuurd, dingen die licht genoeg waren om met de trein te vervoeren. Maar ze was al lang bezig om een cocktailparty te organiseren twee avonden voor de bruiloft, waarbij ze de hulp van madame Aix niet had ingeroepen. Madame Aix wou dat ze dit slappe excuus van de romanschrijfster, van deze onnatuurlijke moeder, aan de openbaarheid prijs kon geven, dat ze haar onverschilligheid, haar gebrek aan inzet aan de wereld kon onthullen. Ze zou nooit meer een boek van haar kopen. Uiteindelijk maakte ze een middag vrij en ging zelf met de trein naar Val-Saint-Rémy om de kerk te bekijken en in te schatten wat de problemen zouden zijn voor cateraars en fotografen, dingen die Estelle eigenlijk had moeten doen. Omdat de reputatie van haar bureau in zekere zin op het spel stond, wilde madame Aix niets aan het toeval overlaten.

Toen ze het kleine, stoffige, onmiskenbaar charmante kerkje zag, wortelde bij haar een sterk voorgevoel van wat er zou gebeuren: het water van het stroompje vijftien meter verderop zou stijgen en de oevers onder water zetten op de dag van de bruiloft. Dat dit vaak genoeg voorkwam bewezen de vlekken op de muren van het dwarsschip.

De advocaat van Biggs, Rigby, Denby, Fox liet een boodschap achter voor Clara. Ze moest hem onmiddellijk terugbellen. De Franse rechter had te kennen gegeven van mening te zijn dat Clara schuldig was, zo niet feitelijk dan toch in ieder geval technisch, en hoewel haar schuld niet volledig aan te tonen was, zou ze een straf moeten uitdienen, een onvoorwaardelijke gevangenisstraf, naar hij vreesde, hoewel er nog een kleine kans was in hoger beroep. Morgen zou de uitspraak zijn. Hij, Chris Oliver, was al onderweg. Ze moest niet wanhopen, ze hadden nog heel wat pijlen op hun boog...

Aanvankelijk was dit voor de gekwelde Clara niet meer dan een onbeduidend en niet onverwacht ongerief. Afscheid nemen van Antoine was veel erger. Maar de realiteit van de gevangenis miste uiteindelijk zijn uitwerking niet op haar toestand van diepe ellende. Niets van hetgeen de advocaat haar te vertellen had, toen hij er eenmaal was, vermocht haar te bemoedigen. Toch hield hij de mooie Mrs. Cray lange tijd gezelschap en probeerde haar te kalmeren.

In het vliegtuig dronk Tim een paar stevige glazen bourbon, en hij achtte het mogelijk om zijn loyaliteit naar bourbon te verleggen; na de botanische geheimzinnigheid van scotch had het iets fris en ongecompliceerds, als mondwater.

'Maar waarom heet het eigenlijk bourbon?' zei hij hardop. 'Bourbon' klonk hem plotseling te Frans in de oren. Dit gaf voedsel aan een zekere bewuste tegenzin om naar Frankrijk terug te keren. Hij herinnerde zich een fragment van een gedicht – terwijl hij niets had met poëzie – een gedicht van een *beat poet* die had gewerkt in de bars en bossen van Oregon:

Die kortgeknipte vreugde en ruigheid –
Amerika – jouw onnozelheid.
Ik zou bijna weer van je gaan houden.

Misschien was hij toch meer Amerikaan dan hij dacht. Of misschien was het alleen wat hem in Frankrijk te wachten stond, en de natuurlijke vrees die alle mannen schijnen te voelen als ze gaan trouwen. De realiteit van de plechtigheid en de nabijheid ervan, en de ontberingen die de komende dagen moesten worden doorstaan.

Maar behalve dat zag hij in dat hij eigenlijk van Oregon had genoten, en hij maakte zich nog steeds zorgen over sommige problemen die ze achter zich hadden gelaten, ook al waren het strikt genomen zijn problemen niet – de arme Mrs. Holly, het arme kindje Tammi of hoe ze ook mocht heten, trouwens ook de arme Cristal en die andere wanhopige mensen, de kou en de armoede, en de zuiverheid van hun dwaasheid. Tim begreep de fascinatie van Cray voor deze zaken, en zijn wens om erover te vertellen en het allemaal zichtbaar te maken.

Hij dacht ook aan Clara, aan haar stralende schoonheid en onpeilbaarheid, hoe hij haar had voelen beven nadat ze door die jagers werd belaagd. Vanbuiten zo beheerst, vanbinnen bang, haar emoties netjes weggestopt onder die lieftallige glimlach, als de glimlach van de Laatste Gravin. Misschien maakte ze Cray gek, zoals de graaf gek werd, door de lukrake wijze waarop ze Jan en alleman haar glimlach schonk. Hij hoorde eigenlijk helemaal niet aan Clara te denken. Hij keek naar Anne-Sophie. Met haar blonde haar als van Hollandse meisjes en haar wangen van Boucher zag ze er plotseling uit als een marionet, maar een charmante marionet, zij het wel een beetje bloedeloos.

Moest je wel trouwen als je reserves voelde? Maar hij had geen echte reserves, hij dacht van niet. Hij hield van Anne-Sophie. Het waren de zenuwen en de cultuurshock.

Anne-Sophie zat met de Amerikaanse *Vogue, House and Garden* en *Bride* in de achterste stoel van de kleine cabine. Ze deden hun gordels om en het vliegtuig begon te taxiën. Het ding voelde plotseling klein aan, als een model van balsahout, nogal fragiel om mee over een pool, over een oceaan te vliegen. De zekerheid dat ze Frankrijk nooit terug zou zien bleef aan haar knagen. De wind zou hen van koers brengen, ze zouden neerstorten, een aanhanger van David Koresh had een bom geplaatst in het vliegtuig om te voorkomen dat monsieur Cray een film over de Branch Davidian zou maken. Hoewel het er veeleer de schijn van had dat hij de loftrompet over hen wilde steken, zo gloedvol borduurde hij voort op wat hij en Delia hadden gezien in het viskamp, wat dat ook mocht wezen.

'Delia komt naar Europa, ik heb het met haar moeder geregeld. De beste heupen worden in Engeland gemaakt uit een soort gereconstrueerd natuurlijk bot. Ze malen het en geven het vorm, als een soort vezelplaat', zei Cray. Hadden die twee iets gehad, vroeg Anne-Sophie zich af.

Maar ze zouden Frankrijk nooit meer terugzien. Ze zou nooit trouwen. Het tragische verlies van bruid en bruidegom aan de vooravond, bijna de vooravond van hun huwelijk, de mensen verzamelden zich toch in het kerkje van Val-Saint-Rémy, maar de priester leidde een rouwdienst in plaats van een bruiloft, de ergernis van Estelle over dit toppunt van verkeerde timing. Hoewel ze wist dat het onzin was, kon Anne-Sophie de groeiende paniek niet van zich afschudden, die ze voelde bij het feit dat ze ver van Frankrijk in een onbetrouwbaar klein vliegtuigje zat met vreemden. Zelfs Tim, met wie ze het bed deelde en met wie ze intiem was, leek haar nu een koude, ongevoelige vreemdeling. Ze vond een van de mohair plaids met monogram en sloeg hem om. Ze probeerde wat naar muziek te luisteren.

Cray vertelde over het tochtje met Delia stroomopwaarts door het Columbia River-ravijn naar een viskamp, waar SuAnn Wilson samen met anderen verbleef. Het was een oud vakantieoord uit de jaren veertig met een gammele steiger.

'Ik geloof dat zelfs Delia bang was', zei hij. Dat deed hem deugd, zagen ze. 'Die lui hebben wapens. Tien of elf gezinnen. Ze zijn van plan om naar het oosten van Oregon te verhuizen, waar ze land willen kopen. En de beroemde SuAnn? Het lijkt niet uit te maken dat ze gek is, ze is daar thuis. Het leken me arme mensen, meer niet, gewoon arme mensen met een slechte smaak als het om de tv gaat en met een voorliefde voor ongezond eten. En ze hebben wapens, een heleboel, grote wapens, allemaal geladen, en ze geloven dat ze achtervolgd worden, al was het maar door de geschiedenis, in de vorm van hun buren, de politie en de federale overheid. Ze vertellen exemplarische verhalen – de Branch Davidians, de Weavers – zelfs de namen zijn perfect. Herinneren jullie je nog dat groepje uit de jaren zestig, The Weavers? Joshua, Row Your Boat Ashore. Jij bent te jong, Tim, maar Chadbourne misschien?'

'Ja hoor, een Amerikaanse groep. Maar was het niet Michael?' zei hij niet al te duidelijk.

'Michael, Row Your Boat Ashore', zei Cray.

Terwijl hij rolletjes film nummerde en labelde en ze in een groene canvas tas stopte, praatte Chadbourne nog wat door met Cray over wat ze gezien hadden in het kamp van de millennium-fanaten.

'We hebben een personage als Delia nodig', zei Cray. 'Wereld-wijs en toch bijzonder goedgelovig. Afwachtend. Een personage dat in feite als verteller fungeert, iemand die nergens van op-kijkt…'

'Ik wil die wapenhandel in het centrum van Lake Grove erin hebben', zei Chadbourne. 'Die vlaggen overal. Ook zou ik wat helikoptershots willen hebben van het Columbia River-ravijn…'

Plotseling moest ze aan monsieur Boudherbe denken en hoe het leven van toeval aan elkaar hing. Iemand kon je bestelen en vermoorden in je stalletje op de vlooienmarkt. Je vliegtuig stortte neer. Je trouwde met deze man en niet met een ander. Een orgasme was een orgasme, met de ene man of met de ander. Het ene spermatozoön zou aan de haal gaan met je eicel en niet het andere. Frankrijk wilde Fransen. Het was zo deprimerend, zo verdrietig, alles leek voorbestemd, wat had het allemaal voor nut? Had je eigenlijk wel een keuze of moest je het spelletje gewoon meespelen?

Gelukkig was ze opgehouden met dat redeloze gedweep met het Amerikaanse systeem van snelwegen en dat gezwam over hoe goedkoop alles was, dacht Tim. Hij vond ook Crays uitgelatenheid irritant, hij wou dat ze allebei hun mond zouden houden. Dat gepraat over die dwazen in hun verlaten motel riep bij hem te veel beelden op van arme mensen die niet in de steek gelaten mochten worden door goedbedoelende mensen, ook hijzelf mocht eigenlijk niet zomaar terugvliegen zonder hen veilig en in betere omstandigheden achter te laten. Het lukte hem niet om zijn bezorgdheid over de stand van zaken in Oregon van zich af te schudden. Die arme Mrs. Holly en de andere mensen in het Adventist Hospital, de ijskoude stadjes en de dappere strijders die ijs bikten en met kettingen rommelden, het geduchte verzet tegen het natuurgeweld. Het kleine meisje en Cristal leken zo uit een boek van Steinbeck weggelopen, de bipolaire SuAnn had hij ook graag willen ontmoeten. Oregon lag aan de rand van de wereld, een hele samenleving die strijd leverde – met autobanden, met het ijs, met carburators, om de eigen veiligheid, een strijd tegen of met bommen, automatische wapens achter de koelkast. Misschien hoorde strijd wel bij het einde van een millennium, maar de wanhoop en de overdreven reacties bedrukten hem: mensen op de vlucht, wapens, politiepatrouilles, al die bouwprojecten, al dat asfalt in Oregon, dat zo groen heette te zijn... Nee, het leek hem niet juist om in een privé-vliegtuig op weg te zijn terug naar Europa voor een groot decadent feest – zijn eigen huwelijk – zonder ergens in Oregon zijn stem te verheffen. Frankrijk had hem niet nodig zoals Oregon.

'Natuurlijk is het niet het verhaal van Delia, ik weet nog niet van wie wel, misschien van SuAnn. Of van Cristal. Verdorie, ik ben vergeten te vragen hoe het met Lady gaat, de hond. Clara zal er vast naar vragen', zei Cray. 'Verdorie, Tim, kun jij alsjeblieft iemand bellen over die hond? Vraag maar naar Lady, de hond, dan weten ze wel wat je bedoelt.'

We hebben niet een keer gevreeën in Amerika, dacht Anne-Sophie. Door te vrijen zet je een stempel op een plek. Maar we gaan vast nog vaak terug.

'Het is vlotjes verlopen', lachte Cray terwijl hij naar de cockpit liep. 'Deze reis. We kwamen en we zijn vertrokken, en ondertussen hebben we moeder gered, de plannen voor de tweede unit zijn gereed en de belastingdienst heeft geen idee dat ik in het land was.'

'Hoor je werkelijk liever George Gershwin dan Delibes?' zei Anne-Sophie gemelijk tegen Tim toen ze zijn koptelefoon opzette.

55

Aftellen voor het altaar

Ze landden ruim voor het middaguur, waardoor ze nog bijna een hele dag hadden. Gelukkig maar, want er was nog zo veel te regelen voor de bruiloft over drie dagen. Tim ging naar hun appartement, maar Anne-Sophie ging met de taxi direct naar Estelle. Ze zou Tim weer ontmoeten voor het diner en de overige activiteiten van die avond. Tim zou inmiddels proberen om zijn vader en stiefmoeder te bereiken, die schenen te zijn aangekomen.

De telefoon ging over toen hij binnenkwam. Het was Cees die vanuit Amsterdam belde met het bericht dat Gabriel in hongerstaking was gegaan omdat Amerika een uitleveringsverzoek had ingediend en eiste dat hij terug zou keren naar de staat New York. Gabriel beweerde dat de vs hem wilden terughalen om hem vervolgens te beschuldigen van een misdrijf waarop de doodstraf stond.

'Als hij dat kan aantonen mag hij volgens de Nederlandse wet niet uitgeleverd worden', legde Cees uit. Tim zei dat hij het aan Cray zou vertellen, maar eigenlijk had na het vertrek van Delia niemand meer enige interesse in Gabriel, hoewel Tim nog wel last had van een mild schuldgevoel over zijn eigen betrokkenheid bij zijn arrestatie. Als hij echter werkelijk schuldig was aan een zo ernstig misdrijf, wierp dat dan niet een ander licht op de kwestie, was zijn collaboratie dan eigenlijk niet toelaatbaar geweest?

Er waren enkele berichten van zijn moeder, die terug in de stad was, in het Lutétia. Tims vader en stiefmoeder logeerden in het Duc de Saint-Simon, hetgeen Estelle sterkte in haar vermoedens omtrent zijn vaders rijkdom en eminentie, en ze achtte het tevens een aanwijzing voor een zekere *connaissance*, hoewel het hotel in feite door Tim geregeld was omdat het om de hoek was van de Passage de la Visitation.

Er was altijd al rekening mee gehouden dat een verblijf in Parijs van Jerry Nolinger en zijn tweede vrouw tegelijk met dat van Cécile, de moeder van Tim, pijnlijk kon zijn. Estelle was bij verschillende vrienden te rade gegaan over hoe hiermee om te gaan – het was een situatie die zich ook in Frankrijk steeds meer voordeed. Madame Aix stelde een gebruikelijke oplossing voor. Die kwam neer op een soort taakverdeling. Dorothy Sternholz had voor de volgende avond de zorg op zich genomen voor Jerry en Terry Nolinger en had een aantal mensen uit de Amerikaanse gemeenschap uitgenodigd. Estelle had met Dorothy afgesproken dat zij zich zou bekommeren om Cécile Nolinger en een aantal Amerikaanse studievrienden van Tim. Het bruidspaar zou bij Estelle dineren maar zou daarna bij Dorothy komen binnenvallen voor koffie.

Anne-Sophie schrok toen ze, uit een voorgevoel dat ze niet kon verklaren, haar bruidsjurk paste en merkte dat hij in de taille niet goed zat. Ze kon de veertig knoopjes aan de zijkant onmogelijk dicht krijgen. Estelle hoorde haar gillen en snelde toe. Toen ze zag wat het probleem was, dacht ze even dat Anne-Sophie zwanger was, en ze stond er zelf van versteld dat ze zich meteen op het grootmoederschap verheugde. *'Ma chérie!'*

Maar het waren de drie dagen in Amerika maar.

'Ze stoppen er vast iets in het eten', klaagde Anne-Sophie. 'De mensen daar zijn dik, *maman*. Wat moet ik nu beginnen?'

Ze bekeken zorgvuldig de figuurnaadjes en de zoom in de andere zij, in de hoop dat er genoeg kon worden uitgenomen, maar er was nergens ruimte. Er verschenen tranen in Anne-Sophies ogen bij het idee van een beschamend inzetstuk. Het probleem van de mouw over haar gewonde arm was al erg genoeg; hoewel haar arm zijn normale proporties al weer bijna terug had, moest de mouw worden uitgenomen.

'Niets eten de komende drie dagen, *la pauvre*', was Estelles vrolijke receptuur.

De *maître-chien* begroette Cray toen hij uit de auto stapte en deed verslag. 'Madame heeft verschillende bezoekers gehad, maar er hebben zich geen jagers laten zien', meldde hij. 'Er zijn geen problemen geweest. De monsieur die hier zo vaak is geweest, werd door de honden herkend als een buurman en ze hebben hem niet lastiggevallen. Er hebben geen jagers geprobeerd zich toegang te verschaffen tot uw land, er is niet geschoten. Hier hebt u datum en tijdstip van alle activiteit.'

Cray bestudeerde het rapport lange tijd, las en herlas het. Hij bedankte de *maître-chien*.

Tim hoorde Anne-Sophie met haar vrienden praten en de lof-trompet steken over Amerika. 'Nee, we zijn niet in Las Vegas geweest, maar het is een natie van lezers, *je t'assure*. Ik heb veel boekwinkels gezien. En iedereen heeft een auto, en niet zomaar een kleintje. Ik heb een paar magnifieke gravures gekocht van een *Français*, Jean James Audubon, ze zijn erg gewild in Amerika...'

Op de cocktailparty bij Estelle had iedereen het erover hoe fantastisch Anne-Sophie eruitzag in haar donkergroene zijden mantelpakje. Het zat misschien een beetje krap, het jasje hing open. Maar ze straalde, een paar dagen voor de bruiloft. Wat zagen ze er gelukkig uit, zij en Tim. Ze werd bewonderd door alle studievrienden van Tim die waren overgekomen – sommige van hen waren al aan het kalen of hadden een buikje, maar het waren nog jonge mannen, met aardige echtgenotes. Ze hadden gedacht dat Tim het er nooit op zou wagen. Ook Anne-Sophies moeder werd door zijn vrienden bewonderd, zo goed verzorgd en zo spontaan, wat een geweldig eten zette ze hen voor, die elegantie, de tafelschikking, de fantastische bloemen, de toasts... Jerry Howarth, Graves Mueller, Dick Trent, Peter French, ze waren er allemaal. Op de bruiloft zouden het er nog meer zijn – al zijn Amerikaanse kennissen die tijd vrij konden maken, probeerden er een korte vakantie aan vast te knopen, een paar dagen Parijs of in charmante hotels in Normandië.

De Amerikaanse vrienden spraken met de Franse stelletjes, vrienden van Anne-Sophie, die waren uitgenodigd bij Estelle. Alle Frans-Amerikaanse gesprekken leken te lopen. Franse mensen waren veel vriendelijker dan je vaak hoorde. Vaak spraken ze je aan op straat als je je plattegrond stond te bestuderen en boden aan je te helpen. Ze waren aangenaam verrast. Cécile, de moeder van Tim, kenden ze natuurlijk al van hun bezoekjes aan Michigan in hun studententijd, toen de vijf vrienden daar bessen hadden geplukt en tomaten geoogst. Er waren ook enkele vrienden van Estelle aanwezig, onder wie Cyrille Doroux, lid van de Académie, wat grote indruk maakte op Cécile, hoewel ze geen woord van hem gelezen had.

Anne-Sophie at niets en nipte drie keer aan haar champagne.

'Het punt is', zei ze tegen haar vriendinnen Victoire en Céline, 'dat iedereen in Amerika een auto heeft omdat er geen treinen zijn. Het is zo enorm groot dat het haast niet te bereizen is. Met de treinen zijn ze opgehouden vanwege de bizon, zoiets was het, al die dode bizons op het spoor – maar dat is lang geleden natuurlijk, ze zijn gewoon niet aan de trein gewend. En daarom zijn bepaalde plaatsen in Amerika bijna niet te bereiken. Een staat heet South Dakota – is het niet romantisch?'

'Je zult het niet geloven,' fluisterde zijn oude vriend Dick Trent, de enige die nog niet getrouwd was, 'die Française daar, het mooiste meisje hier – op Anne-Sophie na natuurlijk – ze heet Pussy. Het is niet te geloven!' Zijn houding van de Amerikaanse boerenkinkel was slechts ten dele gespeeld. Tim vroeg zich af of hij zelf misschien zijn gevoel was kwijtgeraakt voor de absurditeit van dergelijke Frans-Amerikaanse valse vrienden, want hij had eigenlijk nooit stilgestaan bij de Amerikaanse connotaties van de bijnaam Pussy waarmee Phyrne, een vriendin van Anne-Sophie, werd aangesproken.

'Ja, we hebben een geweldige tijd gehad in Amerika, alle Amerikanen spreken Frans, dat was een grote verrassing', hoorde Tim Anne-Sophie zeggen.

'Anne-Sophie is een geweldige meid', zei Dick nadrukkelijk. 'Ze heeft verteld over haar zaak op de vlooienmarkt.'

'Ik vind het vrij raadselachtig', zei Tim. 'Ik vind het allemaal maar rommel, maar ze verkoopt het voor enorme bedragen.'

Met haar talent voor gastvrijheid en in de wetenschap dat de meeste gasten Amerikanen waren, had Estelle alles in het werk gesteld om het de Amerikanen naar de zin te maken, met blokjes ijs bijvoorbeeld. De ingehuurde dienster kwam regelmatig langs met een ijsemmer en tang, en wekte daarmee Tims woede op, woede om Estelle maar ook om de Amerikanen, die de ijsblokjes accepteerden en ze in hun kir royal lieten zakken of in hun glas Perrier. Zo waren er waarschijnlijk catastrofale internationale incidenten ontstaan.

Thuis bij prinses Dorothy Sternholz, in de hoge roze kamers aan de Rue du Bac, waren de meeste gasten Frans, invloedrijke mensen die het wellicht genoegen zou doen om de oude monsieur en madame Nolinger te leren kennen, maar er waren ook enkele Amerikanen: de deken van de Amerikaanse kathedraal, de cultureel attaché van de ambassade, de vrienden van Dorothy die zo'n beroemde tuin bezaten in Gordes. Ze hadden beneden gedineerd en zaten aan de koffie in de salon toen het jonge stel arriveerde. Iedereen houdt van een jong stel dat aan de rand van het altaar staat, iedereen verlangt en droomt en stelt zich de vraag of ze wel bij elkaar passen of denkt na over het huwelijk als instituut. Edward Marks zou als voorganger fungeren voor Tim, en de plechtigheid zou worden verzorgd door hem – bijna in de rol van acoliet – en een katholieke priester in Val-Saint-Rémy. Dit was een van de meest creatieve ideeën van madame Aix geweest en Anne-Sophie vond het een bijzonder goede regeling. Ze had ook geregeld dat er bepaalde fragmenten van Aaron Copland zouden worden gespeeld, hoewel ze zich kribbig afvroeg hoe hij meer van Aaron Copland kon houden dan van Berlioz.

Tim vond zijn vader en Terry, omringd door vriendelijk glimlachende Franse gasten, verwikkeld in een geanimeerd gesprek. Het deed Tim deugd dat ze zich blijkbaar goed amuseerden. Tim kende zijn vader niet als een onderhoudend causeur of gezelschapsman, maar hij zag in dat hij ook weinig had aan dergelijke eigenschappen sinds hij was gepensioneerd als buitenlands vertegenwoordiger van een bedrijf dat, vanwege een verre familieband, dezelfde naam droeg als hij. Tim leidde Anne-

Sophie naar hen toe en omhelsde zijn vader en stiefmoeder. Anne-Sophie werd enthousiast begroet. Terry's luide midwesterse stem droeg ver en maakte Tim een beetje verlegen.

'Die vader is precies wat er van hem verteld wordt, heel onderhoudend en wijs', fluisterde iemand in het Frans.

'Ik spreek een beetje Turks', zei zijn vader tegen madame Wallingforth. 'Ik heb vele jaren doorgebracht in Istanbul.'

'Echt waar?' zuchtte madame Wallingforth.

'Richissime', fluisterde Hervé Donend tegen zijn vriend Pierre-Marie Sarbert.

'Tiens, ils sont tous richissimes, les Américains.'

Misschien was het een wereldwijde storing; de wind die duizenden kilometers daarvandaan ijs gebracht had in Oregon, bracht in Parijs een ijskoude regen en hevige sneeuwval in de Alpen. Of misschien was het een volstrekt andere wind. Tim en Anne-Sophie verlieten het feestje met Jerry en Terry Nolinger, zodat ze hen konden begeleiden naar hun hotel in de Rue du Bac, het Duc de Saint-Simon.

'Een leuk feestje, Tim. Je hebt hier aardige mensen leren kennen', zei zijn vader. 'Het spijt me wel dat ik niet beter Frans heb leren spreken. Al spreek ik dan een beetje Turks.'

'Ik vind wel dat ze wat meer hun best mogen doen om Engels te spreken, we zijn immers te gast in hun land', klaagde Terry. 'Er heeft de hele avond niemand met me gepraat, behalve die vrouw van wie dat appartement was. Iedereen woont hier zeker in een appartement, nietwaar? Het is net New York. Of hebben de rijken misschien toch huizen?'

'Ze wonen liever in appartementen', zei Tim, die inzag dat het een paar zware dagen zouden worden. 'Morgenavond hebben we dat diner bij Serge en Clara Cray – zij hebben wel een huis.'

Plotseling slaakte Terry een kreet. Ze had een levensechte beer gezien in de hal van de taxidermist in het gebouw naast dat van de prinses. 'Mijn hemel!' Ze staarden naar de vitrine, die vol stond met vossen, een babyneushoorn en andere bedreigde diersoorten.

'Stel je voor dat je zo moest wonen, met zulke dingen op de

benedenverdieping.' Terry huiverde uit een diep medelijden met de prinses. Haastig liepen ze verder.

Toen Tim en Anne-Sophie bij hun eigen appartement aankwamen, waren ze drijfnat. 'Nu heb ik echt genoeg van de natuur', zei Anne-Sophie boos en waarschijnlijk bedoelde ze dat ze genoeg had van ouders of misschien van de ouders van Tim.

In hun nieuwe appartement stonden de meeste dozen nog onuitgepakt in de hal, de hondenbeet en het reisje naar Amerika waren ertussen gekomen. De verwarming had een paar dagen uitgestaan en de geur van verse verf had de lucht tot een bijna toxisch niveau verzadigd. Het geheel maakte een armzalige en karakterloze indruk. Ze hadden allebei het gevoel dat het misschien beter was om hier voor de bruiloft niet te overnachten, een krachtig bijgeloof verzette zich ertegen. Maar het was te laat en ze waren te nat om ergens anders heen te gaan. Ze bleven een minuutje somber staan, de armen om elkaar heen geslagen, en gingen toen naar bed, zonder veel meer te zeggen dan dat het een aardig feestje was geweest. Anne-Sophie vertelde niet dat het haar verbaasde dat zijn vader zo weinig te vertellen had, en vroeg niet waarom zijn stiefmoeder verwachtte dat men haar in het buitenland in haar eigen taal zou toespreken, en Tim zei niets over die stomme ijsblokjes.

Anne-Sophie lag wakker en herinnerde zich vreemd genoeg een passage uit een van haar moeders boeken, waarschijnlijk *Plusieurs fois*, die haar vroeger zeer getroffen had en die haar nu meer dan ooit van haar stuk bracht. Na het bedrijven van de liefde voelt de vrouwelijke hoofdpersoon 'haar hart kloppen als de weke labia van de ster-medusa, toen het fluwelen haakvisje met zijn vreemd viriele stoten doordrong in de delicate genotskamer in het hart van het gewillige dier'. Vergeleken met dergelijke onappetijtelijkheden, leek haar eigen hartstocht nogal vlak. Het was, telde ze, zes dagen geleden dat Tim en zij gevreeën hadden, het fluwelen oppervlak van de liefde was onverklaarbaar dun gesleten. Waarom was de mannelijke aanvechting zo getemperd? Of was het dat haar reacties halfslachtig waren? Wat was er aan de hand? Wat het ook was, het leek goed mis te zijn.

Het ligt niet aan Anne-Sophie, dacht Tim, het ligt aan Frankrijk, het gaat niet goed samen, Frankrijk en ik. Frankrijk is ontwikkeld, het heeft geen behoefte aan mij en geen plaats voor mij. Het huwelijk en Frankrijk, allebei vergissingen, ik moet me ervan losmaken, waardig en schuldbewust maar vastberaden, ik zeg gewoon...

Maar hoe kon hij? Toch hoorde hij in Amerika. Het was een dilemma waarvan je nachten peinzend wakker kon liggen, maar Tim lag zelden wakker en deed dat ook nu niet.

In Étang-la-Reine hadden Serge en Clara in de keuken gezeten, bij het Aga-fornuis. De rest van het huis was moeilijk warm te krijgen. De dag was voorbij en senhora Alvares bereidde het avondeten voor. Op onkarakteristiek sentimentele toon vroeg Serge haar of ze hem gemist had. Natuurlijk, zei ze. Maar ze was verbijsterd. Zoiets had hij nog nooit gevraagd, misschien omdat hij vrijwel nooit ergens heen ging zonder haar, dat was lange tijd niet voorgekomen. Ze vertelde hem over het nijpende probleem – ze had het uitgesteld tot ze rustig konden praten – dat de rechter haar schuldig achtte aan het schenden van het nationale erfgoed.

'Denk je dat ik kan vluchten?' zei ze met trillende stem bij de gedachte aan die vreselijke gevangenis. 'Misschien kan ik ervandoor in het vliegtuig van Monday Brothers.'

'Ze zijn klaar voor het beroep. Er zal geprocedeerd moeten worden...'

Clara had een zeker vertrouwen in de invloed van Serge, zelfs nadat hij niet had kunnen verhinderen dat ze een week in de gevangenis had moeten doorbrengen, genoeg vertrouwen om ook nu prijs te stellen op zijn geruststellende woorden. Maar hoe bitter dat ze, juist nu ze het leven weer had teruggevonden, kon worden opgesloten op een plek zonder leven en zonder licht, verstoten, een afgedankt mens, en dat alles zonder reden. Eigenlijk kon ze niet geloven dat ze haar gevangen konden zetten, hoewel het eerder was gebeurd en ze zich een nauwgezette voorstelling kon maken van hoe het daar was.

'Wat heb je zoal gedaan terwijl ik weg was?' vroeg Serge tussen neus en lippen door.

'Wat ik gedaan heb? Ik weet niet. Ik was erg bezorgd natuurlijk. Om moeder, om jou, om het proces.' Iets in haar schrok terug, alsof hij bij haar naar binnen keek.

'Ja, ik dacht al dat je bezorgd zou zijn. Het moet moeilijk zijn geweest om er niet bij te zijn.' Er was iets vreemds in zijn stem, hoewel zijn gelaatsuitdrukking vriendelijk was. Het was ook werkelijk aardig van hem geweest om helemaal naar Oregon te gaan en zich met de problemen daar te bemoeien. Ze was omgeven door zo veel vriendelijkheid en liefde dat de tranen in haar ogen stonden. Of het lag aan iets anders – angst en verlangen, een dodelijk besef dat ze haar leven had verwoest zodra ze er plezier in had gekregen. Ze schaamde zich voor haar tranen, en ze verontschuldigde zich en ging naar boven naar haar kamer, getormenteerd door een vreemde, ongerichte wanhoop.

56

De oefenmiddag

De cateraar kwam al vroeg op de dag om senhora Alvares te ontlasten van de voorbereidingen voor het oefendiner voor veertig personen dat de Crays die avond gaven ter ere van Tim en Anne-Sophie. Serge en Clara brachten zelf de ochtend door met de advocaten van Biggs, Rigby, Denby, Fox, die hun somber adviseerden om in ieder geval de rottweilers terug te trekken en het schieten in hun bos vooralsnog niet te verhinderen; het jachtseizoen liep trouwens toch ten einde en het was essentieel om nu een verzoenende houding aan te nemen.

Vroeg op de middag moest Clara voor de rechter verschijnen, om officieel te horen dat ze tot drie maanden onvoorwaardelijke gevangenisstraf was veroordeeld, omdat ze niet kon bewijzen dat zij de lambrisering niet had verkocht en er niet kon worden aangetoond dat iemand anders het had gedaan, en dus was zij verantwoordelijk. Serge zette haar in de grote auto die door Biggs, Rigby, Denby, Fox was gehuurd om haar naar de rechtbank te brengen, maar zelf ging hij niet mee. Daar was op zichzelf niets vreemd aan, aangezien Serge het huis zelden verliet, maar de advocaat die Clara begeleidde, Bradley Dunne, vond zijn gedrag ongelooflijk kil en had haar zelf op haar gemak willen stellen als dat mogelijk was geweest.

'Als we ze vandaag laten schieten, zou dat nog iets uitmaken? Zouden ze dan minder moeilijk doen over die lambrisering?' vroeg Serge aan de advocaat.

'De twee zaken zijn niet langer aan elkaar gekoppeld', zei Bradley Dunne met spijt in zijn stem. 'Zodra de aanklacht bewezen werd geacht, of niet ontkracht, had de burgemeester er niets meer mee te maken.'

'Waarom moeten we die jagers dan toch toelaten?' riep ze.

'Het blijft illegaal om ze de toegang te ontzeggen. Het is uit de hand aan het lopen. Als dit zo doorgaat, kan ook uw man nog in het gevang terechtkomen.'

'We moeten achter onze overtuiging blijven staan. Tot nu toe hebben we steeds pal gestaan.'

'Ja, vermogende mensen kunnen zich dat veroorloven', zei de cynische Dunne. 'Maar slechts tot op zekere hoogte.'

'Handelen gewone mensen meestal naar hun overtuiging, vraag ik me af, of handelen ze juist in strijd met hun opvattingen? Stel dat hun overtuigingen ingaan tegen de regels?' Ze dacht hierbij niet alleen aan de jachtkwestie maar ook aan Antoine en aan haar recente beslissing om haar hart te volgen.

'Als principes optioneel zijn, wat voor nut hebben ze dan?' zei Bradley Dunne.

'Toch zitten we ermee opgescheept, en we geloven in onze overtuigingen, per definitie. Helaas, want sommige zijn bijzonder nutteloos', zei ze.

Hij vond het niet meer dan normaal dat ze geagiteerd was. Hij zag dat ze angstig was en had haar in zijn armen willen nemen. Ze zag er bijzonder lieflijk uit, wat waarschijnlijk een negatieve invloed zou hebben op de vrouwelijke rechter.

Voor Anne-Sophie en Tim lag er een drukke dag in het verschiet. Tim had beloofd dat hij enkele Amerikaanse gasten rond zou leiden in Parijs. Anne-Sophie en Estelle moesten de fotografen van *Mademoiselle Décor* ontvangen, die Anne-Sophie alvast wilden fotograferen in haar reisjurk, evenals de bloemen, de tafel met geschenken en andere beelden waarvoor het op de trouwdag zelf wellicht te druk zou zijn.

Daarna hadden Tim en Anne-Sophie hun beider moeders uitgenodigd voor de lunch. Tim hoopte dat dit Cécile tevreden zou stellen, die dacht dat het feestje gisteren *chez la princesse* waarschijnlijk voornamer was geweest dan de avond bij Estelle, en ze had geprikkelde opmerkingen gemaakt over het deftige onthaal dat Terry kreeg in Parijs.

'Ze is *désolée* omdat *maman* niet aan haar verwachtingen heeft voldaan', zei Anne-Sophie stuurs. Tim zag haar kribbigheid als een teken van stress en had daar gelijk in, want onder normale omstandigheden zouden hij en Anne-Sophie elkaar in bescherming hebben genomen in plaats van hun respectievelijke moeders. Hij haalde goedmoedig zijn schouders op, maar vond tegelijkertijd dat Anne-Sophie wel wat meer begrip mocht tonen voor de moeilijke positie van Cécile als afgedankte vrouw.

Maar Cécile was bijzonder vrolijk tijdens de lunch bij Récamier. Ze aten allemaal een ragout van eekhoorntjesbrood. 'Ik ben dolblij dat ik hier ben in het seizoen. Je ziet ze nooit in Michigan. Maar weinig mensen verzamelen wilde paddestoelen bij ons, maar je kunt wel heerlijke wilde bosbessen – *myrtilles* – plukken in de omgeving van mijn huis.'

Estelle was wel te vinden voor een gesprek over eten, maar Tim en Anne-Sophie waren allebei mistroostig en zwijgzaam en maakten slechts plichtmatige opmerkingen, terwijl ze om de haverklap op hun horloges keken op een manier die de twee moeders bijzonder onbeschaafd vonden, al was het ook begrijpelijk.

Anne-Sophie, Estelle en Cécile zouden later in de Mini van Anne-Sophie naar Val-Saint-Rémy gaan, Cécile in het pension installeren en vervolgens gaan helpen in het huis van Anne-Sophies grootmoeder, waar gedineerd zou worden morgen na de bruiloft. Tim zou het grootste deel van de middag wijden aan het overbrengen van de Amerikaanse gasten naar de kleine hotels die ze in Val-Saint-Rémy hadden geboekt, en aan het assisteren bij mislukte arrangementen. Er waren problemen met hotels, problemen met het Franse eten die hij nooit verwacht had, problemen met de tickets voor de terugreis. Als ze eenmaal hun intrek hadden genomen in hun hotel, zouden de Amerikanen in de buurt zijn voor de plechtigheid morgen en hoefden ze vanavond maar naar huize Cray te wandelen of, als ze geen regenjassen hadden, een taxi te nemen. Het was bijzonder attent en vriendelijk van Serge en Clara dat ze iedereen hadden uitgenodigd, want de meesten waren van ver gekomen. Cray had een zittend buffet georganiseerd met muziek en verstrooiing, een waar gala ter viering van het feit dat Tim en Anne-Sophie de grote stap gingen wagen.

Tim had afgesproken dat hij Cees en zijn vrouw Marta, en nog twee andere gasten, om halfzes zou afhalen van het kleine stationnetje. Het feest zou om zeven uur beginnen, vroeg voor de Fransen maar laat voor de aan jetlag lijdende Amerikanen. Het weer werd er niet beter op, maar dit had weinig gevolgen voor het diner, omdat de kamers in het château waar de receptie werd gehouden ruim genoeg waren om de grote groep mensen binnen te ontvangen.

'Hallo, ouwe jongen', riep Cees terwijl hij de zwangere Marta uit de trein hielp. De andere gasten hadden de trein gemist maar over veertien minuten zou de volgende komen, en dus installeerden ze zich zolang op het perron en praatten wat bij.

Cees glimlachte geheimzinnig, hij verkneukelde zich over de dwaze ontwikkeling die hij kon melden. 'De Dryadische Apocalyps is terug in de Morgan Bibliotheek', zei hij, alsof ze met zijn allen in een fantastische *practical joke* waren gestonken. 'Mijn kantoor heeft me er juist over gebeld. Het is per luchtpost verzonden vanuit een buitenwijk van Portland in Oregon.'

Tim dacht erover na. Betekende dit dat het manuscript de vs nooit verlaten had of had iemand het teruggebracht naar Oregon, wellicht zelfs in hun vliegtuig, of was het allemaal toeval?

'Delia? Nee, dat is niet logisch. Hoe zit het dan met Gabriel? Was Delia medeplichtig? Waarom heeft ze het dan niet ergens verkocht terwijl hij gevangenzat? Of aan Serge? En als ze van plan was om het gewoon terug te geven, waarom zou ze haar vriend dan laten zitten daar in Amsterdam? En wat heeft die moord ermee te maken?'

'De moord was precies wat men al vermoedde. Die collega van Boudherbe heeft hem vermoord en de half miljoen dollar gestolen die hij Gabriel zou betalen voor het manuscript. Natuurlijk proberen we nog uit te zoeken wat Boudherbe eventueel met de andere gestolen manuscripten te maken had.'

'En Gabriel bleef rondhangen op de vlooienmarkt in de hoop dat hij iets op zou vangen over dat half miljoen?'

'Heel logisch allemaal.'

'En Delia?'

'Misschien genoot ze gewoon van haar vakantie in Frankrijk. Ik weet het niet. Maar we hebben nu geen reden meer om de man vast te houden. Wat ons betreft is er niets waarvan we hem kunnen beschuldigen. We zullen hem waarschijnlijk laten gaan. Laat de autoriteiten in New York hem zelf maar vinden als ze hem willen hebben.

Maar ik vraag me af of het echt door dat meisje is teruggestuurd', vervolgde Cees. 'Niet dat het wat uitmaakt, het is niet meer dan nieuwsgierigheid. Ze wilden geen vragen beantwoorden over hoe ze het precies hebben teruggekregen. Toch vraag ik me af of Cray het niet zelf gedaan kan hebben. Heeft hij het misschien van Gabriel gekocht, het bekeken of gekopieerd of wat dan ook, en het daarna teruggestuurd? Hij heeft altijd gezegd dat hij het zou terugsturen als hij het in handen kreeg.'

'Het lijkt me stug dat hij een half miljoen eraan zou uitgeven – of wat ze er ook voor zouden vragen – om het vervolgens stiekem terug te geven. Waarom zou hij zoiets doen? Hoe dan ook, ik denk dat ik ervan zou weten', zei Tim.

'Ik vind dat we het hem moeten vragen', zei Cees. 'Wie zou het anders gedaan kunnen hebben? En hoe gaat het met jou, beste vriend? Morgen om deze tijd ben je getrouwd.'

'Ik begin te vrezen dat we een grote fout maken', zei Tim, hopend dat zijn lichte toon de indruk zou geven dat hij het niet echt meende, al meende hij het wel. Hij voelde de drang om erover te beginnen, in de hoop dat iemand er iets zinnigs over zou zeggen.

'Ha ha, dat is niet meer dan normaal', zei Cees.

Estelle hoopte een mogelijkheid te vinden om tijdens het diner een praktische kwestie op te lossen. Een van de redenen waarom ze belang had gesteld in de algehele solvabiliteit van Jerry Nolinger waren haar zorgen over de kosten van het huwelijk. Hoewel Anne-Sophie en Tim erop hadden gestaan om als verantwoordelijke volwassenen met werk alles zelf te bekostigen, huldigde Estelle wat dit betreft de traditionele opvatting. In Frankrijk kwam het erop neer dat de families van de bruid en bruidegom de kosten meestal samen deelden, en nu had ze gehoord dat dit absoluut niet het geval was in Amerika, waar men ervan uitging dat zij, Estelle, en de familie van de bruid alles zouden betalen.

'*La famille de la mariée*', had ze smalend gezegd. 'Wat primitief. Zo gaat het vast en zeker ook in India en Afghanistan, de prijs die je betaalt om van je vrouwelijke kinderen af te komen.'

Ze wist dat ze monsieur Nolinger had moeten schrijven, maar uit onzekerheid over haar Engels had ze het steeds uitgesteld, en nu waren ze er. Ze hoopte vurig dat Tim zou aanbieden om de kwestie bij zijn vader aan de orde te stellen, want die kon met behulp van zijn chequeboek de stijgende schulden klaarblijkelijk met één pennenstreek wegvagen. Alleen *les fleurs* hadden al meer dan achtduizend franc gekost, want bloemen waren, samen met het eten natuurlijk, een kostenpost waarop ze onmogelijk had kunnen beknibbelen. Maar Tim was te afwezig en te weinig opmerkzaam om haar hints op te pikken, en ze zou er dus zelf over moeten beginnen tegen monsieur Nolinger.

57

Serge en Clara hebben gasten

Van een groot *auteur* en *metteur en scène* mochten mensen natuurlijk wel wat flair verwachten, en Cray stelde niet teleur. Hij had verordonneerd dat er twaalf weelderige kandelabers werden opgestoken, elk met achttien armen, dezelfde die in *Queen Caroline* waren gebruikt, en hij had enorme hoeveelheden dennentakken en hulst om de schoorsteenmantels en deuropeningen laten draperen, zodat de grote kamers baadden in het licht van de kandelabers en de geur van dennennaalden voor een feestelijke huwelijksstemming zorgde, die bijna verpletterend was. De gasten, die per auto arriveerden of te voet uit het dorp kwamen, bleven verbluft in de hal staan om het allemaal in zich op te nemen, terwijl senhora Alvares, in een zwarte jurk met schort, hun jassen aannam.

Een ongenode gast was de burgemeester, monsieur Briac.

Sommige gasten, onder wie Anne-Sophie, merkten of begrepen niet met hoeveel drama zijn komst was omgeven. Toen ze samen met Tim arriveerde en zag hoeveel gasten er waren, hoe uitbundig de decoraties waren en wat een geanimeerde sfeer er hing, bedacht ze dat monsieur Cray eigenlijk best wel aardig was en dat hij duidelijk verzot was op Tim. Ze dacht ook dat ze bij al deze vrolijkheid weinig kans maakte op een onderonsje met Tim.

Ze had het perfecte huwelijksgeschenk gevonden voor hem. Hoewel hij de zeldzaamheid van zulke dingen misschien nog niet op waarde kon schatten, zou hij het wel inzien als zij het hem uitlegde – het ging om een stel zeldzame aardewerk paarden, van de Lampetkan in Delft, rond 1750, in een delicate steigerende houding, de fragiele teugels nog intact, geen schilfertje ontbrak, heel dartel en fabelachtig. Ze had ze voor een goede prijs op de kop weten te tikken, ze waren twee keer zoveel waard. Een handelaar uit Londen die ze op haar bureau zag staan, bood haar bijna het dubbele van wat ze enkele minuten eerder had betaald. Bovendien zouden ze schattig staan in hun appartement in de Passage de la Visitation. Ze dacht dat deze avond een goede gelegenheid was om ze hem te geven, maar ze moest met Tim alleen kunnen zijn. Misschien konden ze er na het diner een paar minuutjes tussenuit glippen; zo niet, dan zou ze moeten wachten tot na het diner morgen.

Ook was ze niet zonder hoop – de gedachte was in haar opgekomen – dat ze een sieraad uit de collectie van de familie Nolinger zou ontvangen om morgen te dragen – het gebruikelijke familiestuk van het Amerikaanse huwelijksritueel. Maar om eerlijk te zijn, als ze de eenvoudige stijl bezag van zowel Terry als Cécile, waren de kansen klein dat vader Nolinger veel oog had voor ornament.

Clara, fraai gekleed in karmozijn satijn, zoals het een criminele Jezabel paste, was vooral achter de schermen actief met het regelen van de allerlaatste details in de keuken. Ze was met haar hart niet bij de gasten. Ze was nog steeds in verwarring door de onbuigzame strengheid van de rechter afgelopen middag, die zich ervan bewust moest zijn geweest dat zij de lambrisering niet had verkocht, al was ze er dan juridisch voor verantwoordelijk. Hoewel ze erop voorbereid was geweest, hadden de kritische uitspraken en de harde straf haar geschokt.

Bradley Dunne had uitgelegd dat de zaak fout kon lopen om een onvoorspelbare reden die niets met Clara te maken had – de nieuwe onafhankelijkheid van Franse rechters, die vastbesloten waren niet te bezwijken voor druk van de uitvoerende macht. Er werd verteld dat de minister van justitie de aanklager op het matje had geroepen en had uitgelegd waarom het om redenen van staat een slecht idee was om de beroemde regisseur Cray tegen hen in het harnas te jagen. Eén zo'n reden was dat het afbreuk zou doen aan de pogingen van de regering om coproducties van Frans-Amerikaanse films te bevorderen. Daarnaast was er de persoonlijke vriendschap van de minister met de Amerikaanse ambassadeur, en er was het onplezierige gezoem in de Amerikaanse gemeenschap, gezien het feit dat de vrouw waarschijnlijk onschuldig was, en de mogelijke economische gevolgen daarvan – ze merkten altijd dat buitenlandse investeringen verminderden als relaties onder druk stonden – en zo nog het een en ander. Aan dit alles had het gerechtelijk apparaat zich danig gestoord, waardoor ze in hun verzet gesterkt waren.

Dunne liet Clara de krantenkop zien: ZULLEN RECHTERS MINISTER BRUUSKEREN IN ZAAK-CRAY?

In een commentaar in de *International Herald Tribune* werd dit uitgelegd als een doorbraak in de onafhankelijkheid van de Franse rechterlijke macht, die in het verleden altijd sympathie had gehad voor redenen van staat. Nu leken ze zich sterk genoeg te voelen om te staan op het idee van een onafhankelijke rechtspleging. Toen de aanklager dus voorstelde om Clara te laten gaan, konden ze hieraan geen gevolg geven.

'Als ze u lieten gaan, zouden ze toegeven aan de regering', had Bradley Dunne Clara uitgelegd.

Serge, druk bezig met de voorbereidingen voor het feest, had zich nauwelijks betrokken getoond toen ze thuiskwam, hij had afstandelijk geknikt en haar zelfs ontweken, alsof ze al in de gevangenis zat. En Clara had nog meer zorgen. Als oude vrienden van Estelle en Anne-Sophie, werd ook het echtpaar De Persand op het diner verwacht, haar eerste ontmoeting met Antoine nadat ze officieel afscheid hadden genomen van elkaar. Het zou een test worden om te zien of ze het aankonden. Ze verwachtte dat ze er niet tegen zou kunnen en toch voelde ze zich lichter worden bij de hoop dat ze zijn liefde voor haar zou voelen, ondanks de menigte gasten die hen scheidde. Hem te zien zou haar een beetje geluk brengen en een beeld om vast te houden naast de meer intieme taferelen. Ze zou verschijnen als de familie De Persand aankwam, maar vooralsnog had ze het excuus van werkzaamheden achter de ouderwetse, gecapitonneerde keukendeur.

Daar bevond ze zich ook toen haar moeder haar klagerig opbelde vanuit het Adventist Hospital. 'Ik heb ze verteld dat ik gewoon de telefoon gebruik, het kan me niks schelen. Je zou haast denken dat er van hieruit nog nooit iemand naar Parijs heeft

347

gebeld. Ze moesten de administratie van het ziekenhuis erbij halen.'

'Ik zal ze maandag wel even bellen om iets te regelen.'

'Ik wil hier maandag niet meer zijn, Clara, ik ben niet ziek. Ze verwachten dat we dit weekend weer elektriciteit zullen hebben, ik wil naar huis.'

'Ik weet het niet, moeder. Serge denkt – de politie heeft – waar is Cristal?'

'Die is... Ik weet het niet. Ze is niet gelukkig, ze wil naar huis komen. Ik heb gezegd dat Tammi ook bij me in kan trekken.'

'Maar dat huis van u, moeder...' Clara zuchtte. Waarom was er niets eenvoudig op te lossen? 'Zeg tegen Cristal dat ze me belt als je haar ziet, oké?'

Tim wilde Cray dolgraag vertellen dat de Dryadische Apocalyps terug was bij de rechtmatige eigenaar en, geheimzinnig als het was, wilde hij graag zien hoe Cray zou reageren. Maar het was niet gemakkelijk om Crays aandacht te trekken. Hij werd volkomen in beslag genomen door de aankomst van burgemeester Briac, die samen met drie andere jagers was komen opdagen. Ze hadden kniebroeken aan en tweed jasjes en ze droegen jachtgeweren. De burgemeester had bovendien een koppel fazanten bij zich en een dood konijn. Deze overhandigde hij met enig ceremonieel aan Cray, die in het deurgat van zijn château stond om de gasten te verwelkomen. Tim kon zich aanvankelijk niet voorstellen wie de burgemeester kon hebben uitgenodigd. Was dit misschien een of ander Frans gebruik, een variatie wellicht op het *droit du seigneur*?

Alsof hij zijn gedachten had gelezen, hoorde hij de burgemeester zeggen: 'Het is gebruik om de eigenaar te bedanken wiens wild we geschoten hebben.' Hij sprak sardonisch, zonder zijn jachtpet af te nemen, terwijl hij het wild aan Cray voorhield. Cray gebaarde naar de jongen die de auto's parkeerde, dat hij het bloederige offer aan moest nemen. 'Kom binnen', zei hij tegen Briac, de provocatie met milde beleefdheid tegemoet tredend. De mannen zetten hun wapens tegen de muur.

Cray, die aanvankelijk overdonderd leek, knikte nu de anderen toe. 'Breng die vogels maar naar de keuken', zei hij tegen de parkeerder. 'Ik wil niet dat mijn vrouw ze ziet.' Hij glimlachte naar de burgemeester. Nu was de burgemeester overdonderd, blijkbaar van zijn stuk gebracht door de samenzweerderige toon van Cray.

'Het is nog te vroeg om ze te bereiden, nietwaar? Moeten ze niet eerst versterven?'

'Een paar dagen', bevestigde Briac.

'Maar ik kan u het schaarse maal aanbieden dat we reeds bereid hebben', zei Cray. 'We verdrijven nu nog de tijd tot het diner en hebben juist champagne ingeschonken. Ik sta erop dat u wat meedrinkt.'

'Zoals u weet hechten wij Fransen sterk aan traditie en... Het spijt me dat ik u stoor, ik zie dat u iets anders hebt', zei monsieur Briac, die met zijn ogen knipperde nu hij opmaakte uit de flakkerende kandelabers, de mensen die zich in de salon verzamelden en uit de sterke dennengeur, dat dit nogal zwakjes was uitgedrukt. 'Hoewel ik graag ook de bekoorlijke madame Cray zou willen danken. We hebben een geweldige dag gehad, misschien wel juist omdat we hier pas zo laat in het seizoen geschoten hebben.'

Cray nam het jachtgeweer van de burgemeester en nam het mee naar binnen, alsof hij het op een veiliger plek wilde opbergen. De parkeerder nam de andere twee geweren en zette ze een halve meter achter de deur.

'Dat mens wil tienduizend dollar', hoorde Tim zijn vader plotseling mopperen.

'Wat?'

'De moeder van jouw bruid. Mijn aandeel in de kosten van het huwelijk. De eerste keer dat ik daar iets van hoor.'

'Daar komt niks van in, pa. Anne-Sophie en ik betalen alles zelf.' Hij kende zijn vader, gepensioneerd met twee vrouwen te onderhouden, had hij geen reserves, en het speet hem dat ze er tegen hem over begonnen was.

'Je hoort wel dat de Fransen nogal op de centen zijn – of op de francs, ha ha ha.'

'Nee, echt.' Toch was Tim geschokt over het bedrag. Tienduizend dollar, zestigduizend franc, wat nog maar de helft was, aangenomen dat Estelle voorstelde om de kosten te delen. Tim had geen idee gehad dat de rekening tot twintigduizend dollar kon oplopen. Anne-Sophie had hem verzekerd dat ze het verstandig en bescheiden zouden aanpakken. En misschien was het ook wel bescheiden als je het afzette tegen wat gebruikelijk was. Mijn hemel!

'Ik dacht dat het de familie van de bruid was die betaalde. Dat is wat ze me verteld hebben toen je zus trouwde, het staat me bij als de dag van gisteren.'

'Ik weet niet zeker hoe het werkt. Dat wil zeggen, ik denk dat ze in Frankrijk de kosten delen.'

Zijn vader knipperde onbewogen met de ogen. 'Ik zou het op prijs hebben gesteld als ze het met mij hadden besproken.'

De meeste van de veertig gasten waren gearriveerd. Er waren meer mensen gekomen dan Tim zich gerealiseerd had, te voet als ze in de omgeving verbleven of met de auto. Antoine en Trudi de Persand waren er bijvoorbeeld, en zijn moeder, madame De Persand, de broer van Anne-Sophie was er, en een legioen neefjes en nichtjes en vriendinnen van Anne-Sophie. En daar waren Jerry Howarth en Graves Mueller met hun vrouwen, en Dick Trent.

'Waar is Clara?' riep Cray. 'Ik heb een verrassing.'

Iemand ging naar haar op zoek. Met zijn enorme gevoel voor drama had Cray het zo geregeld dat er een jongetje binnenkwam zodra hij over een verrassing begon, gevolgd door een chauffeur. Het was Lars, hun zoontje van elf die een schoongeborstelde indruk maakte in zijn korte Engelse schooljongensbroek en die verrast de onverwacht grote menigte mensen in zich opnam. Clara, die vanuit de hal binnenkwam, hapte naar adem en stoof op hem af. Ook Cray nam de jongen in zijn armen. De mensen verzamelden zich om Clara en haar zoontje, geroerd door haar vreugde. Tim zag dat Clara met handen en vingers sprak met het jongetje, dat dus blijkbaar doof was, maar Cray praatte hardop met hem. Cray omhelsde het kind nog een keer, tilde hem op, zette hem neer en begaf zich weer naar de burgemeester. Een stralende Clara begon Lars aan de gasten voor te stellen.

'Bonjour, monsieur', zei de jongen tegen Tim. Het was een beetje een dik jongetje, dat op Cray leek, maar met de kleur en de glimlach van zijn moeder. Hij sprak op de effen toon van iemand die nooit spraak gehoord had.

Clara's hart sloeg wild van dankbaarheid. Het was zo onverwacht attent van Serge om ervoor te zorgen dat Lars thuis was voor zij het gevang in moest. Serge was goedaardig, ondanks zijn vreemde teruggetrokkenheid en afstandelijkheid, en hij hield van haar. Wat een slechte vrouw was zij.

In de keuken had ze met senhora Alvares gesproken, die plotseling gefluisterd had: 'Uw man, senhora, ik heb hem niets verteld, hoor.' Clara, die even uit het lood geslagen was door deze directheid, had slechts gemompeld: 'O, mooi.' Toen moest ze wel vragen wat Serge dan had willen weten. Had hij gevraagd wat zij gedaan had terwijl hij weg was?

'Ja, senhora. Ik heb hem verteld dat ik niemand gezien had. Hij vroeg of er misschien iemand geweest was, klein of groot, kaal misschien of anders welke kleur haar. Ik zei dat er een meneer was geweest, heel even maar, die een hoed droeg.'

'Senhora… Dank u wel. Zulke vragen hoort hij u niet te stellen.'

Haar gedachten tuimelden over elkaar heen. Waarom ging Serge haar gangen na? Het had hem altijd compleet onverschillig gelaten wat ze deed.

Cray sprak opnieuw met de burgemeester en inspecteerde zijn jachtgeweer, dat toch zeker niet geladen was?

Er werd champagne rondgebracht door obers met zwarte jasjes. De geur van gesmolten kaas en worstjes *en croûte* concurreerde met die van de dennentakken en geparfumeerde kaarsen. Tim leek wortel te hebben geschoten vlak bij Cray, die nog steeds vriendelijk met de andere gasten stond te babbelen. Zijn ogen dwaalden vaak af naar Clara, die onwerkelijk mooi was in het donkerrood en straalde van geluk om Lars, die ze pas over een week verwacht had. Tim beantwoordde afwezig de felicitaties en schalkse plagerijen van getrouwde mensen.

'Hou je het een beetje uit, Tim? Je zult je stukken beter voelen als het allemaal achter de rug is', zei zijn vader, die zich weer bij hem gevoegd had en aan zijn joviale toon te horen meer dan een glas champagne gedronken had.

'Ik vraag me af of het niet allemaal een grote vergissing is', zei Tim met meer overtuiging dan hij in de opmerking had willen leggen, maar niet meer dan hij voelde.

Zijn vader ging erop in met een uit ervaring geboren ernst.

'Is er iets mis?'

'De bibbers.'

'Tja, het is veel moeilijker uit een huwelijk te stappen dan om er van tevoren mee te kappen. En ik kan het weten. Je laatste kans.'

'Bedankt.'

'Het belangrijkste is dat je op je instinct afgaat', zei zijn vader. 'Je moet weten waar je vandaan komt.' Tim vroeg zich af sinds wanneer zijn vader new age-wijsheden verkondigde.

Een strijktrio speelde vanaf de kleine galerij in de salon terwijl de gasten naar de tafel werden geleid. Tim vond Anne-Sophie terug. Een kans om haar zijn nieuws toe te fluisteren: 'Het manuscript is terug bij de eigenaar. En dat na alles wat er gebeurd is.'

'Weet ik.' Een schalks lachje. 'Ik heb het opgestuurd vanuit een postkantoor in Amerika. *C'était moi.*'

Het duurde even voordat het kwartje viel bij Tim. 'Hoe ben je eraan gekomen? Heb je het van Gabriel gekregen, of van Delia?'

'Ik heb ernaar gezocht op mijn *grenier* en ik heb het gevonden, zoals ik verwacht had.'

Tim sputterde, hij kon er met zijn verstand niet bij. Ze had het hem niet laten zien, ze had er niets over gezegd – wat was de verklaring voor dit gebrek aan vertrouwen, waarom had ze zich medeplichtig gemaakt? Waarom hield ze geen rekening met hem? Hij had het toch op z'n minst willen zien. 'Hoe kon je dat nou doen?'

'Als je het zou weten, had je het je vriend in Amsterdam moeten vertellen. Ze hadden die arme jongeman wel voor eeuwig vast kunnen houden. En hij heeft het immers niet gestolen of iemand vermoord. Het zal wel een teleurstelling voor hem zijn als hij terugkomt om het te zoeken, denk je ook niet?'

'Je moet het Cees vertellen. Je moet het hem uitleggen...'

'Doe jij het maar. Ik bedank voor de eer.'

'En jij stuurt een manuscript van een half miljoen met de post?'

'Ik zou het heus niet met de *poste Française* gestuurd hebben, maar de Amerikaanse post is ongetwijfeld fantastisch. Bedenk maar eens hoe slim de Amerikanen zijn met van die bommen die door schoorstenen gaan en zo.' Maakte Anne-Sophie hem belachelijk? Hij wist het niet. Tim kon zijn verbijstering niet onder woorden brengen, hij was met stomheid geslagen bij het idee dat hij met een volslagen vreemde sprak.

58

De regels van het spel

De tafel was gedecoreerd met dennentakken en gouden belletjes, symbolen van zowel het huwelijk als van Kerstmis, en met linten waarop 'Anne-Sophie en Tim' geschreven stond. De naamkaartjes plaatsten Cray aan het ene eind van de tafel, tussen de moeders Cécile en Estelle in, en Clara aan het andere einde, naast grootmoeder d'Argel. Anne-Sophie en Tim kwamen aan haar andere zij te zitten, naast hen een dove oom, en aan de jonge Amerikaanse en Franse vrienden waren plaatsen toegewezen langs de zijkanten. De oude madame De Persand zat naast haar oude vriendin Estelle. Niemand leek teleurgesteld over het *plan de table*, een specialiteit van Clara.

Cray kwam binnen met de gasten, het geweer onder zijn arm, en leidde de burgemeester naar de lange tafel – eigenlijk meerdere tafels verenigd door een enkel tafelkleed – die gedekt was voor veertig mensen. Het geweer was open geknikt, zoals het hoort, en de loop wees naar beneden. Toch hoopte Tim dat Cray het terug zou geven aan de burgemeester. Maar Cray zette het wapen bij zijn eigen stoel tegen de tafel en begon naamkaartjes te verzetten om plaats te maken voor de burgemeester en de drie anderen, en hij riep om meer stoelen. De burgemeester zou naast Cray komen te zitten, tussen hem en Cécile of Estelle.

Het diner, dat werd onderbroken door toasts op de verloofden, op de dag van morgen en door dankbetuigingen aan de gastheren, was eenvoudig en goed, met een heldere soep, lamsgebraad met geroosterde aardappelblokjes en een brandende pudding die onder muzikale begeleiding op zilveren schalen werd binnengebracht en waarvoor het licht uit moest. Daarna volgde een sketch door een paar vriendinnen van Anne-Sophie. Morgen na de bruiloft zouden er meer volgen. De knappe jonge Françaises trokken schorten aan en zongen een liedje dat ze geschreven hadden over Anne-Sophie, waarvan Tim alleen het refrein kon verstaan:

Ma main était bien jouée; nous sommes mariés, nous sommes mariés.

Ik heb mijn kaarten goed gespeeld, we zijn getrouwd.

Dick Trent had duidelijk zijn hart verpand aan Pussy Lautremont. Ze gaf hem een koket knipoogje toen de zangeressen weer plaatsnamen.

Weg, weg van hier, dacht Tim somber. Hij kon de Dryadische Apocalyps en het verraad van Anne-Sophie niet uit zijn hoofd zetten.

'Ik zou jullie iets willen aanbieden', zei Cray. Tim stelde vast dat het jachtgeweer nu veilig onder tafel lag. Cray stond op en liep naar de projector, die Tim eerder achterin klaargezet had zien worden. Op de witte muur aan de andere kant van de eetkamer verschenen zwart-witte vlekken en spikkels, waarna een vrouw opdoemde die zich door een foyer haastte. Cray zette de film stil en spoelde hem een stukje terug. De mensen staakten hun gesprekken en stelden hun stoelen zo op dat iedereen het kon zien.

'Dit is een nieuwe kopie van deze grote klassieker met een opgelapte soundtrack', legde Cray uit met een luide publieke stem. 'Het geluid is niet echt goed geworden, maar goed genoeg, vind ik.'

Tim herkende de bioscoopjounaalachtige scène – al wilde de titel hem niet meteen te binnen schieten – van een aantal mannen in overjassen, tweed petten en vrijetijdskleding, die in een aaneengesloten rij roepend en lachend door een veld met struikgewas liepen, en die met stokken tegen takken en struiken sloegen, of stenen voor zich uit in het kreupelhout wierpen. Veel mensen gaven er mompelend blijk van de film te herkennen.

Toen zag hij dat het die geweldige film van Jean Renoir was, *La Règle du jeu*. De regels van het spel. In de scène die Cray liet zien, waren dit de opjagers, mensen uit de omgeving die het wild voor zich uit dreven naar een groepje aristocratische, stijlvolle jagers. Het in huize Cray verzamelde gezelschap mompelde verwachtingsvol, want iedereen hield van de film en dit was een grote klassieker, zoals Cray gezegd had.

Tim herinnerde zich dat de personages in de film zich in een landhuis bevonden voor een feest. Cray was waarschijnlijk getroffen door de analogie met het feest dat hij vanavond organiseerde. Het was niet duidelijk wat zijn bedoeling was – wilde hij iets zeggen over de jacht of wilde hij zijn gasten slechts vermaken? Het was niet echt een geschikte film voor een huwelijk. Het was een bijzonder vreemde film om op een huwelijksfeest te vertonen. Terwijl hij naar de film keek, hield Tim ook de burgemeester en zijn vrienden in de gaten. Hun gezichten stonden beleefd onbewogen en geïnteresseerd. Cray was verdwenen.

Voor de opjagers renden konijnen uit en fladderden vogels op, of ze braken uit het dichte struikgewas en gingen ongehinderd in volle vlucht. Ook het opgekalefaterde geluid klonk oud en dun. Wanneer was de film uitgekomen? In de jaren veertig, dacht Tim. Hij was geen filmhistoricus, maar hij dacht voor de Tweede Wereldoorlog, lang voordat hij geboren was, toen films er zo hadden uitgezien en de ingeblikte muziek nog had geklonken zoals toen de geluidsfilm nog maar net was uitgevonden.

De patrijzen en hazen vluchtten in paniek of uit een onschuldig instinct, voor de opjagers uit. De camera bleef even hangen bij een vertederend konijntje – haar aarzelende, behoedzame gehop – en bij een angstig eekhoorntje. Aan de overkant van het veld stonden de gasten van de markies, mooie vrouwen met mantelpakjes met brede schoudervullingen en fleurige kleine hoedjes, en mannen in veldtenue, allemaal met jachtgeweren. Iedereen lachte en babbelde in afwachting van het moment waarop de buit binnen schootsafstand zou komen, en er was een of ander persoonlijk drama waarover enkelen het hadden – hij kon zich niet herinneren wat het was geweest. Ze bespraken het terwijl ze stonden te wachten, maar het geluid was niet optimaal en moeilijk te verstaan.

Hij herinnerde zich de volgende gedenkwaardige en schokkende scène, waarin de vogels het luchtruim hadden gekozen, en het kleine konijntje de verkeerde beslissing nam en in de richting van de jagers rende. De glimlachende rijken legden aan, met kennelijke onverschilligheid, met veel meer interesse voor hun gesprekken dan voor het schieten, en namen het diertje te grazen. Daarna schoten ze alles af wat zich maar durfde te roeren. Het waren stuk voor stuk geweldige schutters. Wat hij verdrongen had, waren de stuiptrekkende lijfjes van de konijnen, het gefladder van stervende neergeschoten vogels – en hoe de scène maar bleef duren, schot na schot, het ene na het andere aangeschoten dier sidderend in het gebladerte. Eén diertje had zojuist nog monter in de camera gekeken, en nu was het dood. De afschuwelijke lengte van de sequentie zou Cray zelf waardig zijn geweest, zijn weerzin om een scène af te breken was een van zijn meest karakteristieke stijlkenmerken, bijna een filmtic. Achter hem zei iemand – Tim vermoedde dat het zijn stiefmoeder Terry was: 'Moet dat nou.'

Op het scherm begonnen de opjagers en sommige schutters het veld af te zoeken en de lijken op te pikken. Cray, die terug in de kamer was, zette de projector uit en deed het licht weer aan. Een spookachtig moment lang waren zij het gezelschap uit de film, dit was de zaal van de kleine markies, dit waren zijn gasten, nu gekleed voor een diner, die napraatten over het vermaak van de afgelopen middag. Een griezelig effect, waar Cray zich ongetwijfeld van bewust was.

Ook de burgemeester ontging het niet. Hij reageerde echter niet op deze openingszet van Cray, waar die ook toe mocht dienen. *'Alors?'* zei hij. 'Een van de mijlpalen van de Franse cinema. Dank u, *monsieur.'*

Maar Cray keek naar Clara. Tim volgde zijn blik. Clara hield Lars tegen haar boezem geklemd om te voorkomen dat hij de gruwelijke filmscène zou zien. Ze zat met haar hand voor haar mond, alsof de aanblik van de stuiptrekkende, stervende konijnen haar misselijk had gemaakt. 'Gaat het wel met je?' riep Cray haar toe van zijn eind van de tafel. Zonder antwoord te geven stond Clara op.

Hij weet het, dacht ze, dat was de boodschap achter die afgeschoten konijnen, hij wil me bang maken of me zelfs neer-

357

schieten, net als dat konijn dat door de filmmaker zo genadeloos was opgeofferd. Ze had het gezien in zijn gelaatsuitdrukking. Ze was niet echt bang, maar Serge had een gewelddadige kant, of die wou hij hebben, in zijn films werd hij ertoe aangetrokken, en het was een lelijke streek om deze film juist vanavond te vertonen.

'Is het niet zo, monsieur, dat men in Amerika mensen afschiet in plaats van konijnen?' zei de burgemeester, die blijkbaar op een voltreffer had zitten te broeden en was opgestaan om het schot te lossen. Maar de timing was verkeerd en het bracht niet de verwondingen toe waarop hij had gehoopt.

'Het is een allegorie van het huwelijk. Zie de konijnen maar als echtgenoten', zei Cray tegen de hele tafel. 'Alle vrouwen zijn uitstekende schutters, ha ha.'

Dat konijn was echt doodgeschoten, dacht Clara, afgeschoten voor de film.

Iemand die bij Cray in de buurt zat, stelde een vraag. Tim kon het niet verstaan. Maar Cray verhief zijn stem zodat iedereen hem kon horen: 'Nee. Tegenwoordig zouden we die dieren natuurlijk niet meer echt doden. Het zou ook niet mogen, en als je het toch deed, zou de film niet vertoond kunnen worden. De mensen van de productie zouden met een kort werkend verlammend middel op de proppen moeten komen voor die konijnen, iets wat hen de stuipen zou bezorgen, maar waaruit ze zouden ontwaken. Vogels neerhalen zou natuurlijk ingewikkelder zijn.' Zijn toon was sardonisch.

Ja, hij weet het, zei Clara tegen zichzelf. Toch sloop er geen angst in haar hart, maar de irrationele hoop dat als hij het wist, onthouding en geheimhouding niet langer nodig waren, en dat ze zo vaak als ze wilde bij Antoine zou kunnen zijn.

Plotseling had Tim het idee dat de kamer het toneel was van een heel ander drama dan zijn eigen huwelijk. Sloeg zijn verbeelding over de dag van morgen op hol, projecteerde hij soms op Cray een wrok die deze helemaal niet voelde? Want Tim herinnerde zich de rest van de film. De trouwe bediende, echtgenoot van de meid, betrapt de echtgenote en haar minnaar in het zomerhuisje en zegt iets in de richting van: *'Je vais les descendre, tous les deux.'* En uiteindelijk schiet hij de minnaar neer.

'Ik schiet ze allebei dood', had het personage in de film gezegd.

Ondanks zichzelf keek Tim rond om te zien waar Clara en Anne-Sophie zaten. Er was niet veel verbeeldingskracht voor nodig, alleen enige private voorkennis, om te zien wat er aan de hand was of wat er misschien zou gebeuren. Cray had blijkbaar zo zijn gedachten, correct of incorrect, over zijn vrouw en Antoine de Persand. Aangezien Tim ditzelfde idee had, kwam hij gemakkelijk tot deze conclusie. Het leek erop dat ook De Persand zich de afloop herinnerde van *La Règle du jeu*. Tim zag hoe hij peinzend naar het jachtgeweer staarde, dat Cray nu van onder zijn stoel oppakte. Dit bracht een algeheel gevoel van ongemak met zich mee, hoewel het ernaar uitzag dat hij een filmtechnisch punt wilde illustreren, en het was ondenkbaar dat het ding geladen was.

'Het is een axioma in het theater,' zei Cray, 'en ik geloof dat het een uitspraak van Tsjechov is dat een geweer dat je in het eerste bedrijf te zien krijgt, in het derde af moet gaan.'

Dit was om de rillingen van te krijgen. Toch vond Tim het moeilijk om de conclusie te trekken. Mensen die bloedige taferelen hadden beleefd, zeiden nadien vaak: 'Ik kon niet geloven dat het echt gebeurde', of: 'Ik dacht niet dat hij het echt zou doen.' De mogelijkheden en waarschijnlijkheden waren moeilijk af te wegen. Wat had iemand te verliezen, of te winnen? Hoe gek was hij, of hoe kwaad? Hoe groot was zijn haat? Tim kon niet raden wat Cray van plan was.

Gelukkig is Serge niet zo'n man, dacht Clara, terwijl ze dacht aan alle vermoorde Saoedische vrouwen, Siciliaanse bloedvetes, mishandelde vrouwen in opvanghuizen en neergeschoten minnaars. Tot ze zich licht voelde worden in haar hoofd. Bestond er gevaar voor Antoine? Natuurlijk was er geen gevaar, dit was de beschaafde wereld, Frankrijk, de twintigste eeuw. En hoe dan ook, hij wist niet wie haar minnaar was, ook al dacht hij dat ze er een had.

Serge beschouwde vrouwen niet als zijn eigendom. Of toch?

Ze dacht aan de geweien die als trofeeën aan de muren van de plaatselijke landhuizen hingen. Ze wist niet hoe hij het wist, maar ze wist dat hij het wist.

Geweien, hoorns, eeuwenoude symbolen waar mannen gek van werden. Waarom?

'Dit jachtgeweer is het sleutelsymbool vanavond. En ik geloof dat dit jachtgeweer niet het eerste is dat opduikt op een bruiloft, ha ha.' Cray keek door de open lopen. Een lichte bezorgdheid ging, nog onontwikkeld, de tafel rond in de vorm van gegiechel en gesis.

Hij heeft vaak gezegd dat een man het recht heeft om zijn eigendom te verdedigen, dacht Clara. Met zijn krantenknipsels stond hij altijd aan de kant van degenen die hun eigendom verdedigden. Eigenlijk kende ze Serge niet echt. Hij zou nooit op haar schieten met Lars erbij, maar ze moest rekening houden met wraak, dat zag ze wel in. Hij zou niets doen om haar uit het gevang te houden. Met de gedachte aan de gevangenis betrok de toekomst, eindigde de toekomst. Je kon net zo goed dood zijn; toch zou ze zich erdoorheen slaan.

Deze gedachten tuimelden over elkaar heen, als projecties van haar gevoelens van schuld. Haar geest werkte op volle toeren. Plotseling stond senhora Alvares naast haar en trok Lars weg. Clara glimlachte bemoedigend naar haar kind en stuurde hem de kamer uit, kuste hem en maakte kleine handgebaren, zonder haar ogen van Serge af te halen. Hij zou nooit schieten met Lars in de buurt, dacht ze, maar nu kan het.

'Een huwelijk is per definitie het eerste bedrijf', zei Serge rustig. Daarop stopte hij twee patronen in de lopen en sloot het geweer met een vastberaden klik. 'Maar voor sommige gasten zou deze avond wel eens het derde bedrijf kunnen zijn van een ander toneelstuk.'

'*Attention, monsieur*', zei de burgemeester, terwijl hij opstond en achteruit stapte.

Cray hief het geweer en richtte boven de hoofden van de gasten op een van de prachtige vergulde kroonluchters aan het plafond van de salon verderop, en vuurde een patroon af. De kroonluchter bleek te zijn vervaardigd van papier-maché; de hagel rukte enkele stukjes af, die omlaag kwamen dwarrelen.

'Ah', zei Cray.

Stoelen werden achteruit geschoven, mensen protesteerden, boze stemmen klonken op, maar ook gelach. Sommigen gingen staan en verwijderden zich van de tafel, maar iedereen bleef geïnteresseerd toekijken, onzeker of dit het begin was van een sketch of een andere vermakelijkheid.

Nu schiet hij op mij, dacht Clara. Ze kromp ineen, ondanks haar tegenwoordigheid van geest.

Cray keerde zich weer naar de tafel, het jachtgeweer nog steeds in zijn handen. Tim was opgesprongen en dacht dat hij dat geweer te pakken moest zien te krijgen. Toen hij merkte dat er mensen op hem afkwamen, hief Cray opnieuw het geweer en overzag langs de loop de tafel tot hij Clara in het vizier kreeg. Mensen gilden. Tegelijk met Tim sprong ook Antoine de Persand op hem af en, vreemd genoeg, ook Jerry Nolinger, Tims vader, die van hun drieën het dichtst bij Cray stond. Cray deed geen pogingen om het geweer in handen te houden en gaf het af aan Nolinger, terwijl hij begrijpend en sarcastisch naar De Persand glimlachte. Iedereen had diens pittoreske duik van drie meter afstand opgemerkt.

'Ik twijfelde er eigenlijk niet aan dat u het was', zei Cray.

Het hele voorval was in enkele seconden voorbij. In de schaapachtige stemming van de anticlimax begaf iedereen zich weer aan tafel en probeerde met eendrachtige onbekommerdheid te doen alsof er niets was voorgevallen.

Niet iedereen had gehoord wat Cray gezegd had, en het moest ernaar hebben uitgezien dat vader en zoon Nolinger en Antoine de Persand hun verantwoordelijkheid hadden genomen door een geweer uit handen te nemen van iemand die daarmee geen ervaring had, iemand die misschien iets te veel gedronken had. Maar toch namen sommige mensen al binnen enkele minuten afscheid, onder wie de familie De Persand. De twee mesdames De Persand zagen er grimmig uit. Clara, met starende ogen als een dier in de nacht, had zich niet verroerd, maar nu stond ze op en ging van tafel.

Ze had gezien dat Antoine van haar hield en de dood geriskeerd had.

Ze begeleidde een aantal vertrekkende gasten naar de hal, rustig babbelend met haar natuurlijke onverstoorbaarheid. Met kalme stem dankte ze hen voor hun komst en vroeg hen nog eens langs te komen. Iedereen had het over haar onverschrokkenheid – ook zij moest toch een angstig moment gekend hebben met dat geweer op zich gericht, hoe onbedoeld ook. Tim dacht uit zijn ooghoek te hebben gezien hoe ze haar hand had opgehouden, een futiel gebaar tegen een schot.

'Shit, ik zou onder de tafel hebben gelegen', zei Graves' vrouw Sue.

Antoine kon niet hebben geweten dat Serge niet zou schieten – of zou hij het toch gedaan hebben? – dacht Clara, en hij had haar willen redden, en nu had zijn vrouw gezien wat Serge vermoedde, en zou het misschien ook gaan geloven. Het speet haar als Antoine nu in de problemen raakte. Of toch niet? Daarover moest ze later maar eens nadenken.

Antoine had de hele avond niet met haar gesproken, zelfs niet toen ze aankwamen en ook niet toen ze vertrokken. Hun vertrek was zo abrupt geweest, dat er geen gelegenheid was geweest voor de uitwisseling van blikken waarop ze zo gehoopt had: eeuwige liefde, eeuwig verlangen. Toch was hij gekomen en was hij dapper op Serge afgesprongen.

Maar dat had Tims vader ook gedaan, die ze niet eens kende. Het was de actie van een man van gemiddelde ridderlijkheid, van alle dapperen. En ook Tim Nolinger was op Serge afgegaan. De scène had een onuitwisbare indruk gemaakt, ze zou het altijd voor zich blijven zien.

L'abbé Des Villons liet de familie De Persand uit, zijn arm om Trudi heen geslagen, die spirituele steun en troost nodig zou hebben na getuige te zijn geweest van een scène die ze uitstekend begrepen had: Antoine met de vrouw van de buurman. Madame Suzanne de Persand was furieus en weigerde met Antoine te praten.

Het is moeilijk om in een vreemde taal met opwinding om te gaan, en een van de gevolgen van de onvoorziene dramatiek was dan ook dat de interculturele uitwisseling volledig stokte. Fransen spraken met Fransen, en ook de Engelstaligen zochten elkaars gezelschap. Tim en Anne-Sophie wisten hun vrienden te overreden om nog even te blijven voor het bal. Anne-Sophie en Tim dansten de eerste dans, maar zij ontweek zijn blik.

De Amerikanen verzamelden zich met name om Jerry Nolinger en vroegen hem wat er door hem heen was gegaan toen hij op de gewapende man was afgesprongen.

'Wat een onvoorstelbare onverschrokkenheid', fluisterde Dorothy Sternholz tegen Terry Nolinger. 'Een echte Amerikaanse aristocraat.'

'Het was doorgestoken kaart, geënsceneerd', zei een van de Fransen.

Misschien had hij gelijk, want Cray gedroeg zich niet als een gevaarlijke man die zojuist bijna had toegegeven aan een moorddadige ingeving, maar eerder als een man met een geest als die van Hitchcock die slechts een aristoteliaans dramatisch principe of een cinematografisch effect had willen demonstreren. Hij drentelde tussen de gasten door met een tevreden glimlachje op zijn lippen en nodigde hen met ingestudeerde beleefdheid uit om toch vooral nog wat champagne te nemen. Naar Clara keek hij niet om.

Ze vond het vervelend dat hij het wist, vervelend, paradoxaal genoeg, dat Serge nu minder achting zou hebben voor haar eerlijkheid, voor haar karakter. Ze voelde zich opstandig, maar het was een opstandigheid die geboren was uit generaties mannen die hun wil oplegden aan vrouwen. Kun je in opstand komen tegen iets wat niet expliciet verboden is? Kun je een verwerpelijke liefdesaffaire hebben en tegelijkertijd een gevoel hebben van volmaakte rechtschapenheid en rechtvaardiging?

Ze voorzag dat ze als ze alleen was, vannacht misschien, een heel decennium van kleine teleurstellingen in Serge onder ogen zou zien, wat ze tot nu toe niet had gedaan: zijn kilheid, afstandelijkheid, zijn onaantrekkelijkheid. Zeg nou zelf, waarschijnlijk hadden de mensen zich altijd al afgevraagd hoe ze met Serge kon slapen. Ja, hoe had ze het eigenlijk kunnen verdragen? Zo verhardden zich haar gevoelens op grond van haar verlangens.

Degenen die het incident hadden gevolgd, hadden natuurlijk wel door dat Cray kwaad was op zijn vrouw, en daarvoor bestond een gebruikelijke, alom bekende verklaring, vooral wanneer er sprake is van een vrouw die veel jonger en veel aantrekkelijker is dan haar man.

'Meestal oefent geld een matigende invloed uit', zei Estelle tegen madame Wallingforth. 'Het geld en de roem van Cray kunnen tegenwicht bieden aan de biologie, maar slechts tot op zekere hoogte.'

'Hij kan erg gemeen tegen haar zijn, ik heb het zelf meegemaakt', zei Anne-Sophie. 'Toen wij er een keer waren, noemde hij haar de domste vrouw op aarde.'

'Dus jij denkt dat De Persand haar minnaar is?' vroeg Tim en hij dacht aan wat Anne-Sophie had gedaan met het manuscript, dat hij dat nooit zou begrijpen, of haar, of vrouwen in het algemeen, of wat het geheim was van De Persand dat hij Clara in zijn bed had weten te lokken, als dat tenminste uit die scène mocht worden afgeleid, het kon immers net zo goed ridderlijkheid zijn geweest.

'Ik zou het nooit tegen Suzanne zeggen,' zei madame Wallingforth lachend tegen Estelle, 'maar echt, haar zoons kunnen maar beter binnen blijven. Kijk maar hoe het met Charles-Henri is afgelopen.'

'Vooral als er Amerikanen bij betrokken zijn. Hun opvattingen zijn zo achterhaald', zei burgemeester Briac, die was blijven hangen om wat met de dames te babbelen en die veel behagen schepte in de deconfiture van het echtpaar Cray en in de algehele verwarring.

'Om niet te zeggen primitief', beaamde monsieur l'abbé, die terug was gekomen.

'Kom even mee naar buiten', zei Anne-Sophie tegen Tim. 'Ik heb iets voor je, mijn huwelijksgeschenk voor jou. Ik wilde het vanavond geven, morgen is het veel te...'

'Het is koud buiten, het regent dat het giet', zei Tim. 'Je hebt geen jas aan.'

'Zou een vrouw het koud hebben aan de vooravond van haar huwelijk?' Het was een schattige opmerking maar hij werd op een scherpe, bittere toon uitgesproken. Toen ze buiten op het terras stonden, zag Tim dat Anne-Sophie beefde van woede, niet van de kou. Hij streelde haar wang. Ze keerde zich van zijn hand af. Ze zochten beschutting tegen de ijskoude druppels die van de luifel omlaag kwamen.

Woedend zei ze: 'Om te proberen dat geweer af te pakken – wat dapper van je! Maar hoe... Onze bruiloft is verknoeid, verpest, een totale anticlimax, niemand zal zich iets anders herinneren dan die afschuwelijke scène: zo'n idiote Amerikaan die met een wapen loopt te zwaaien – het spijt me, maar zo is het. En jij had wel dood kunnen zijn.'

'Een gedenkwaardige avond?' probeerde Tim.

'Alles draaide om Clara, die schat met haar weelderige boezem, met allemaal dwaze, jaloerse, verliefde mannen die om haar heen draaien, onder wie de bruidegom.'

'Doe niet zo raar, Anne-Sophie', zei Tim, die uit de irritatie in haar stem opmaakte wat de kracht was van de storm die op uitbreken stond.

Anne-Sophie wist zichzelf te beheersen, ze herinnerde zich te goed wat gravin Ribemont te berde had gebracht met betrekking tot uitlatingen tegen mannen over de schoonheid van andere vrouwen: 'Mannen zijn bijzonder beïnvloedbaar. Praat ze nooit iets aan over de schoonheid van andere vrouwen. Beweer ook nooit dat een andere vrouw lelijk is, want hij zal het niet met je eens zijn. Door over lelijkheid te beginnen, lok je uit dat hij haar gaat verdedigen. Het is een strategische vergissing om over andere vrouwen te beginnen.'

'*Désolée*', zei ze met haar liefste glimlach. 'Maar we trouwen nou eenmaal niet elke dag. Ik heb een beetje het gevoel dat ze mijn ster heeft bezoedeld. Maar dat begrijp jij toch niet.'

En daar had ze gelijk in. Hij begreep niet eens wat de uitdrukking betekende, en het leek hem dat alles in het niet zonk bij
een verijdelde tragedie, die het begin zou vormen van pijnlijke
scènes voor de echtparen Cray en De Persand. Naargeestige,
onverklaarbare passie alom, de gevangenis – het leek hem allemaal van veel meer belang dan dat Anne-Sophie zich in de
schaduw gesteld voelde. 'Maak je geen zorgen, het komt heus
wel goed.' Dit was niet wat ze wilde horen maar zijn hoofd stond
niet naar tact.

'Ja, wat dapper om je op te offeren voor Clara. Denk eens hoe
triest het zou zijn, geen bruidegom, en iedereen heeft zich verzameld…'

'Helemaal geen slecht idee', zei Tim. 'Ik had de dood nog niet
overwogen als een manier om eronderuit te komen.' Hij bedoelde het als een grapje, maar ze realiseerden zich allebei hoe
toepasselijk het was. Anne-Sophie keek hem aan met een ijskoude
blik waaruit een totaal begrip sprak. Tim zag een onpeilbare
flikkering in haar ogen, een onverzoenlijke hardheid.

'Waar heb je het over?' vroeg ze. Ze duwde het huwelijks-
cadeau in zijn handen en begaf zich terug in het feestgewoel. Tim
legde het pakje, prachtig verpakt in zilverpapier, bij zijn jas met
de bedoeling om het later open te maken.

Als er al anderen waren die net als Tim bezorgd waren om wat er
tussen Serge en Clara zou voorvallen, liet niemand er iets van
blijken. Nu de laatste gasten verdwenen waren, waren de cateraars
druk doende met het afruimen van de tafels en het bundelen van
servetten. Ze waren bepaald niet alleen. Toen de kaarsen gedoofd
werden, werd het somber in de enorme kamer. 'Laat er maar een
branden', zei Clara. Ze hielp de servetten verzamelen en keek
Serge niet aan tot hij zich voor haar in de keukendeur posteerde.

'Dacht je dat ik zou schieten?' vroeg hij.

Ze dacht koortsachtig na. 'Ik wist het niet.' Het meest tactvolle
antwoord.

'Ik had het kunnen doen. Ik was het niet van plan. Ik wou

alleen zo'n Agatha Christie- of Hitchcock-achtige situatie creëren, waarin de echte moordenaar bezwijkt onder de druk. Natuurlijk ging het in dit geval niet om moord. Niet dat ik niet toch
al doorhad wie je vriendje was.

Maar toen ik je in het vizier had, kon ik het me heel even
voorstellen, de onbedwingbare impuls, dat het zou kunnen gebeuren.'

'Het spijt me, Serge', zei ze.

'Ik begrijp het, Clara. Je bent overstuur, je heb die vreselijke
ervaring gehad in de gevangenis, Lars – ik begrijp je heel goed.'

O God, dacht Clara, hij vergeeft me nog ook. Het was de
moeilijkste morele positie die ze zich kon voorstellen. Was ver-
giffenis hetzelfde als toestemming om door te gaan? Het was
gewoon dat het hem niet zoveel kon schelen, zag ze plotseling in.
Gekrenkte trots, misschien, maar eigenlijk wilde hij ervan af zijn,
hij wilde verder met zijn film en met zijn manuscripten. De
opluchting deed een beetje warmte terugkeren in haar borst.

'Ik heb altijd geweten – je was zo jong en onervaren – ik heb
altijd geweten dat je ooit een beetje van het rechte pad zou
afwijken, als je ook maar een beetje initiatief had. Dat maakt
het er niet makkelijker op. Natuurlijk doet het pijn…' Hij bleef
doorzeuren. Ze begreep waar het op neerkwam en kon er verder
niet naar luisteren, haar oren tuitten, haar opluchting overstemde
zijn woorden.

'Welterusten, Serge', mompelde ze.

'Ik kom mee naar boven', zei hij. Samen wierpen ze een blik op
Lars. Zoals ze voorzien had, kwam hij mee naar haar kamer.
Berouwvol ontblootte ze haar weelderige borsten en legde haar
nachthemd opzij. Ze vroeg zich af of dit een hoge prijs was om te
betalen of juist een lage. In ieder geval was ze niet de enige vrouw
die de prijs betaalde om haar innerlijke reserves voor zichzelf te
kunnen houden en om haar plannen voor de toekomst niet te
bemoeilijken. Serge had haar lief met een aandacht en passie die
hij in maanden niet getoond had. Voor Clara kwam het te laat,
maar gelukkig merkte hij daar niets van.

Tim escorteerde Anne-Sophie, Estelle en madame d'Argel naar het huis van madame. Zelf verbleef hij in het kleine hotel waar hij ook Dick Trent had ondergebracht, op het plein tegenover de kerk. Hij kuste de dames op gepaste wijze goedenacht.

Estelle moest lachen. 'Dat kostelijke moment toen hij aanlegde en Antoine de Persand zich op hem stortte. Wat viel hij door de mand.'

Anne-Sophie was nog steeds boos. 'Die stomme toneelstukjes op ons huwelijksfeest. Het was zo smerig en niet op zijn plaats…' Plotseling onderbrak ze zichzelf, alsof haar iets inviel, en ze zei: 'Ik hoop dat jij nooit op mij zult willen schieten, Tim.' Ze glimlachte liefjes, maar ze wist wat ze bedoelde, ze hoopte dat zij er nooit mee te maken zouden krijgen, met ontrouw, met boosheid. 'Welterusten, Tim, vergeet niet dat we morgen om elf uur op het stadhuis moeten zijn.'

'Juist', zei hij onduidelijk. Hij nam afscheid en wandelde over de kinderhoofdjes van het donkere plein, en hij herinnerde zich dat hij zijn huwelijksgeschenk bij Serge en Clara had laten liggen. Hij zou het 's morgens moeten ophalen. Toen hij door de gang van het hotel liep, hoorde hij duidelijk gefluister en vrouwelijk gegiechel in de kamer van Dick Trent.

59

De trouwdag

Tot Tims verbijstering werden de burgerlijke formaliteiten op het stadhuis voltrokken door de burgemeester zelf, de verstokte tegenstrever van Cray, die ze gisteravond in jachtkostuum op het diner hadden gezien. De burgemeester liet daarvan echter niets blijken en maakte geen enkele verwijzing naar de gebeurtenissen van gisteren. Hij toonde hen ernstig waar zij en hun getuigen hun handtekening konden plaatsen, en verklaarde dat Tim en Anne-Sophie nu wat Frankrijk betrof getrouwd waren. Zo voelde het niet echt, het had alles bij elkaar maar enkele minuten geduurd, hoewel ze elkaar diep in de ogen hadden gekeken, hadden gekust, omgekeken hadden naar hun ouders en dom hadden gegrijnsd. Ze werden vrijwel onmiddellijk weer gescheiden omdat Anne-Sophie zich moest omkleden voor de kerk.

Ze kusten elkaar plichtmatig gedag en Anne-Sophie reed met Estelle en Cécile terug naar het huis van de oude madame d'Argel. Tim en Graves Mueller, die zijn getuige was, besloten naar een bar-brasserie te gaan voor een biertje, het werden er een paar. Tim kon er niets aan doen, hij moest steeds denken aan die aardewerk paarden en vroeg zich af waarom Anne-Sophie hem zoiets gaf. Hij onthaalde zijn vrienden en ouders op een lunch in de club Marne-Garches-la-Tour, en het tijdstip van de plechtigheid om vier uur kroop naderbij.

De kleine elfde-eeuwse romaanse Saint-Blaisekerk in Val-Saint-Rémy was in de negentiende eeuw voorzien van fraaie glas-in-loodramen met voorstellingen als de ontvangst van Robert le Pieux, koning van Frankrijk, door Saint-Henri en andere taferelen uit de geschiedenis, die Anne-Sophie zo goed kende door de talloze keren dat ze deze kerk bezocht had met haar grootmoeder. Haar favoriet was Saint-Evêque Wolfga. De ruimte zou voor een belangrijke bruiloft wellicht te klein en te donker zijn, maar het grote roze raam bevond zich achter het altaar in plaats van in het transept, zodat er, zelfs met dit grijze en stormachtige weer, genoeg licht binnenviel om de bruid in een voordelige roze gloed te zetten, en er hing een feestelijke, intieme en prettige sfeer voor een huwelijksplechtigheid.

De klokken (vroeg achttiende-eeuws) beierden om halfvier een onheilszwangere – want zo leek het – oproep voor de kerkgang, en de mensen, die in hun auto's hadden geschuild voor de ijzige regen, begonnen zich naar binnen te begeven.

'*Alors*', zei madame Wallingforth. 'Dit weer, weet je waar dat aan ligt? De Amerikanen gebruiken zo veel energie – dat heb ik tenminste gehoord op France Inter – ze verbruiken zo veel dat er een soort zuiging ontstaat waardoor weersystemen instabiel raken, een soort vortex boven het Noord-Amerikaanse continent waarvan we zelfs hier nog last van hebben.'

Het feit dat Clara Holly Cray alleen, zonder haar echtgenoot verscheen, veroorzaakte enig geroezemoes, want het nieuws was als een lopend vuurtje rondgegaan, en de burgemeester had net als anderen dicht genoeg bij monsieur Cray gezeten, zijn dwaze Amerikaanse tegenstrever, om te zien wie hij korte tijd in zijn vizier had gehad en om de korte woordenwisseling op te vangen tussen hem en De Persand – de mazzelaar. Hij had het verhaal verteld aan zijn metgezellen toen ze samen naar huis liepen. En nu was Cray niet naar de kerk gekomen. De mogelijkheid van een onherstelbare breuk werd reëel geacht en het gerucht had zich verspreid.

'Hebt u gehoord wat er gebeurd is op het diner gisteravond? Haar echtgenoot dreigde haar te vermoorden en drie van haar minnaars hebben hem het wapen afhandig gemaakt', fluisterde de uitgever van Estelle tegen monsieur Lavalle, de collega van Anne-Sophie.

'Drie minnaars?'

'De bruidegom, blijkbaar ook zijn vader en haar plaatselijke vrijer.'

'Wat een gevaar voor de buurt! Maar als ze naar de gevangenis gaat, zoals ik heb vernomen, kunnen de lokale echtgenotes tenminste rustig slapen.'

Nog kostelijker werd het toen Antoine de Persand, een oude vriend van de familie van Anne-Sophie, samen met zijn moeder maar zonder zijn vrouw kwam opdagen en niet bij zijn moeder ging zitten, maar aan de andere kant, zogenaamd omdat de kant van de bruid vol was. Hij hielp zijn moeder in een kerkbank en ging vervolgens plompverloren naast madame Cray zitten, alsof het de normaalste zaak van de wereld was, alsof ze bij elkaar hoorden, en hoewel ze elkaar niet aanraakten of enige intimiteit toonden, maakte de blozende zijdelingse blik van madame Cray voldoende duidelijk wat haar gevoelens waren.

Wat Antoine de Persand tegen de vrouwen van zijn huishouden had gezegd viel niet te raden, maar alle uiterlijkheden en de afwezigheid van Trudi duidden erop dat het geen belofte was geweest om zich te gedragen. Toen hij plaatsnam naast Clara, leek hun relatie al bijna bezegeld, een van die sociale gegevenheden die de mensen met een knipoog accepteren: de welbekende woensdagse ontmoetingen (of wanneer dan ook) van twee gehuwde mensen, wier illegitieme liefde geheiligd werd door een zekere consensus in de gemeenschap, want dit was nu eenmaal Frankrijk, Europa, de Oude Wereld, en het millennium liep ten einde.

Of ze zouden snel uitgekeken raken op elkaar en andere relaties aangaan met nieuwe kwellingen. Zo was nou eenmaal de menselijke natuur. Maar Clara en Antoine hadden, behalve een grote seksuele honger, allebei een rustige en trouwe natuur, dus misschien zouden ze het toch redden.

Er ontstond enige consternatie onder de fotografen van *Mademoiselle Décor*, die hadden beloofd discreet aan één kant van het transept te blijven, toen ze ontdekten dat er water begon binnen te sijpelen, blijkbaar dwars door de muur, dat zich verspreidde in de richting van de voeten van de kerkgangers. Tim en Graves stonden in de kapel te wachten tot ze zich naar het altaar konden begeven. Tim voelde zich misselijk, een normaal gevoel, had zijn vader hem verzekerd. Hij zocht zijn zakdoek, hij zweette. Hij dacht weer aan de aardewerk paarden. Wat had ze eigenlijk gedacht? Zelf had hij nogal veel uitgegeven aan een ring met een steen van smaragd. Hij nam het zichzelf kwalijk dat hij zulke gedachten had.

'Het is gewoon koudwatervrees', zei hij tegen Graves.

'Niet verwonderlijk, je staat in ijskoud water', zei Graves, nogal tevreden over zijn grapje. Maar omdat er geen Frans equivalent bestond voor 'koudwatervrees', namen de fotografen het letterlijk. In paniek probeerden ze iets te vinden waar de mensen bij het altaar op konden staan.

'Meneer heeft koude voeten', fluisterde madame Aix bezorgd. 'De bruid draagt kleine schoentjes, ze loopt vast een longontsteking op als jullie geen mat kunnen vinden.'

Anne-Sophie had zich met de hulp van haar moeder, haar eerste bruidsmeisje en anderen in haar gevolg, omgekleed bij haar grootmoeder thuis. Haar hart begon heftig te slaan uit angst dat het allemaal een grote vergissing was, maar haar oom Guy verscheen in de deuropening van de slaapkamer, glimlachte bij de aanblik van al dat tule en de geur van bloemen, en zei dat de auto klaarstond.

Ergens klonk de stem van een sopraan, waarschijnlijk vanuit het koor, die een lied van Aaron Copland aanhief, en Tim werd koud van ergernis, terwijl hij wist dat dit een teken was voor hem om iets te doen, tevoorschijn komen en aan het altaar gaan staan. Graves gaf een rukje aan zijn arm. *Valley of love and delight'*, zong de stem met een zwaar Frans accent. *'Everything is going to come out all right.'* En, dreigender: *'Turn, turn.'* Dat was het refrein, maar het was te laat om om te keren.

De stem vervluchtigde en de *marche nuptiale* van Wagner werd ingezet. Op de diffuse en in haar oren eerder voor een rouwdienst geschikte orgelklanken, liep Anne-Sophie door het middenpad aan de arm van haar oom Guy. Tim en enkele anderen bevonden zich bij het altaar. De Amerikanen leken in hun verstrooide onoplettendheid niet in de gaten te hebben dat dit het signaal was voor haar binnenkomst, gewend als ze waren aan 'Daar komt de bruid'.

Ze keek in het voorbijgaan naar het *autel* en wat ze daar zag versterkte haar gevoelens van wanhoop. Een schilderij van Maria met vele symbolen van maagdelijkheid, lelies en dergelijke, waarvan de boodschap haar tot nu toe onverschillig had gelaten. Er was ook een Maria Magdalena. Had Maria Magdalena er spijt van gehad dat ze haar losbandige leven had opgegeven? Er kwamen tranen in haar ogen.

Ze dacht aan de piloot van het privé-vliegtuig van Monday Brothers, aan de aantrekkelijke Gabriel, waar hij nu ook uit mocht hangen, aan Antoine de Persand en aan andere mannen met wie ze het bed nu niet zou delen. Ze wist dat ze meer adrenaline nodig had, wilde ze durven vluchten. Ze wachtte op een dosis adrenaline of een dosis zekerheid, een van de twee, maar geen van beide kwam haar gemoed verlichten. Dit was het einde van de onbegrensde mogelijkheden, een onvermijdelijke vlakheid zou inzetten. Daar was Tim, knap, een beetje rozig alsof hij gedronken had, met een nerveus, paniekerig glimlachje en het ongebruikelijke grijze kostuum. Boven haar, in het roze raam, een vriendelijk stralende Christus, omgeven door engelen, gelukkig niet het soort iconografie waaraan protestanten zich zouden storen, goddank, maar Tim zag eruit alsof hij toch overbluft was.

Toen hij bij het altaar toekeek hoe Anne-Sophie hem door het middenpad naderde, kromp Tims hart ineen, maar hij zag ook dat Anne-Sophie er fantastisch uitzag. Er zaten meer mensen aan de Franse kant, vanzelfsprekend – een hele meute neefjes en nichtjes van Anne-Sophie, vrienden en vriendinnen, ooms, haar broer, Estelle in een zilverkleurige japon helemaal vooraan, met haar schoonmoeder en haar zus, en monsieur Doroux, lid van de Académie. Suzanne de Persand zag er bijzonder grimmig uit. Misschien kon je op dergelijke plechtigheden zien wat voor ervaring mensen hadden met het huwelijk, de bruiloft als een soort rorschachtest.

Hij kon ook de gezichten onderscheiden aan zijn kant van het middenpad; zijn vrienden die nuchter toezagen, hun vrouwen met hoedjes op, andere journalisten en tennisvrienden uit Parijs, Cees en Marta, zijn ouders en stiefmoeder – deze laatsten hadden hun onenigheid blijkbaar bijgelegd (die voortkwam uit het feit dat Cécile nog steeds alimentatie ontving) en hadden op dezelfde rij plaatsgenomen – en een paar rijen achter hen zat een stralende Clara, met naast zich haar zoontje Lars en... De Persand, allemachtig.

De abbé zei zachtjes iets tegen Tim en Anne-Sophie, dat geen van beiden goed verstond, en vervolgens verwelkomde hij hardop de gasten. Een aantal leden van het koor zongen, en nu verstond Anne-Sophie de woorden:

Dieu vivant, Dieu très haut
Tu es le Dieu d'amour

De Franse woorden van de mis waren nogal slaapverwekkend en boden zo enig tegenwicht aan de oplopende spanning rond het hele gebeuren. Deze rivaliserende sensaties bewerkstelligden wel dat de aandacht soms enkele ogenblikken gevangen bleef. Tussen die ogenblikken in dwaalde Tim af en had geen andere gedachten dan de wens dat het voorbij zou zijn, de hoop dat hij niet zou struikelen of dat hij de ring kon vinden – de normale plankenkoorts, veronderstelde hij. Hij voelde de blikken van het publiek, het collectieve gewicht van hun huwelijkservaring. Hij hoorde dat Anne-Sophie haar keel schraapte.

De protestanten werden ongeduldig en zaten te wachten op het uitwisselen van de ringen, het enige deel van de mis, een Franse nog wel, dat ze zouden herkennen, hoewel ze allemaal vonden dat het erg mooi was. Maar ze spraken allemaal voldoende Frans om in te stemmen met de gevleugelde woorden:

Porter à deux bonheur et misère
Tourner vers le même horizon
Les yeux éclaires d'une même lumière
Chanter une même chanson...

Nu volgden de saillante gelofte waarmee ze in het aangezicht van God in de echt werden verbonden, de slotwoorden van de priester en het uitwisselen van de ringen. Father Marks, de anglicaanse priester, trad naar voren en zei in het Engels: 'Neemt u, Thomas Ackroyd, deze vrouw, Anne-Sophie Laure Marie, tot uw wettige vrouw?' en hij kraakte: 'Ja.'

Hij hoorde hoe Anne-Sophie hetzelfde zei. Toen werd er weer op het Frans overgeschakeld, een taal die hij perfect beheerste, maar om de een of andere reden niet meer verstond. Ze knielden, aangedaan en overdonderd door de cadenza's en door de collectieve wil van het publiek dat in stilte zijn instemming betuigde. Tim voelde de ring aan zijn vinger en dacht aan zijn vader, die altijd had gezegd: 'Een heer draagt geen juwelen.' Anne-Sophie, het boeket in haar hand geklemd, wierp een steelse blik op de mooie, zij het wat kleine smaragd in de nieuwe gouden ring aan haar vinger.

Toen de priester Anne-Sophie en Tim zijn zegen gaf, verschenen er tranen in Clara's ogen. Ze zag in dat ze een oppervlakkig leven had geleid, overgevoelig en egocentrisch, maar nu had ze besloten dat alles moest veranderen. Haar martelaarschap in de gevangenis ten behoeve van de dieren zou haar van haar zonden reinigen. Ooit was ze getroffen geweest door de woorden van Colette: 'Zonden zijn slechte dingen die zonder plezier gedaan worden.' Betekende dat dat plezier deugdzaam was? Ze dacht van wel. Of betekende het dat de slechte dingen die we met plezier doen deugdzaam zijn? Dat rook naar de markies De Sade of een van die andere verwrongen Franse filosofen. Antoine zou het wel weten.

'Het is ongelooflijk, ze laten de pet rondgaan!' fluisterde Jerry Nolinger tijdens de collecte. 'Die lui laten ook geen kans onbenut!'

Gezang, gebeden, nog altijd was het niet voorbij. L'abbé Des Villons gaf hun de communie, zelfs Tim. Enkele oude mensen schuifelden naar voren om naast hen ter communie te gaan. Gebed. Magnificat, Magnificat, Magnificat anima mea Dominum. Ze ontvingen de zegen. Opnieuw werden ze verzocht hun handtekening te plaatsen – lieve hemel! Hierdoor raakte Tim opnieuw in paniek. Stukken Bach, dan Beethoven – de Ode aan de Vreugde? Wat een hypocrisie, waarom had hij zich niet met de muziek bemoeid? Hij dacht dat hij Estelle hoorde zeggen: 'Niets is zo deprimerend als een bruiloft.' Ze haastten zich tussen de gasten door over het middenpad naar het portaal met zijn ijzige, vochtige bakstenen.

60

Het begin

Konden ze nu l'abbé Des Villons maar meteen bedanken, naar iedereen zwaaien, het gegooi met rijst over zich heen laten komen en zich op gedachtegolven naar Mallorca verplaatsen. Helaas zouden ze deze eerste nacht niet verder komen dan het Trianon Palace in Versailles, en daarna voor een paar dagen naar Bilbao en Lissabon. Maar eerst zou er nog de receptie zijn met de lastige ogenblikken op het eind, als degenen die niet voor het diner waren uitgenodigd zouden blijven hangen, waardoor de echte festiviteiten later moesten beginnen. Bovendien waren er de grimmige weersomstandigheden en het wassende water. Aan enkele parochianen onder de genodigden was gevraagd om even na te blijven en te helpen de kerkbanken naar het altaar te brengen, want het water in het koor bleef stijgen. Fotografen van *Mademoiselle Décor* maakten van de gelegenheid gebruik om Anne-Sophie te laten poseren bij de kerkdeur.

Dan zou het diner volgen met de kwellende heildronken en de sketches, en het vertrek – gelukkig konden Tim en Anne-Sophie daarbij het voortouw nemen, maar dan nog zouden er de bedankjes zijn en de babbeltjes. Ook was er de langdradige interval tussen het eind van de plechtigheid en het moment waarop de gasten op de receptie begonnen te verschijnen aan de overkant van het plein, en opnieuw voor ze kwamen binnendruppelen voor het diner (Pussy Lautremont en Dick Trent evenals Clara Holly en Antoine de Persand waren de meest opvallende afwezigen op de receptie, maar verschenen wel op het diner, zij het dat ze tot de laatsten behoorden).

Maar uiteindelijk had het verdwaasde bruidspaar alle verplichtingen achter de rug, behalve het diner. Toen iedereen eenmaal was gearriveerd in het huis van madame d'Argel konden de gasten, die goed waren verzorgd op de receptie, vrijwel onmiddellijk plaatsnemen. Er was op tachtig gasten gerekend, en er waren acht gehuurde tafels opgesteld in de woonkamer en de eetkamer. Bij elke zitplaats lag een kaartje met het menu:

Salade de langoustines et parfait de canard
à l'huile de noix, brioche tiède
Navarin d'agneau
Buffet des desserts 'à l'américain'
Petits fours

Er waren werkneemsters van de plaatselijke bakker en van het restaurant ingehuurd om het diner te bereiden en op te dienen. Met hoofddoekjes om stonden ze in de keuken en ontstaken vuren onder de *pommes purées* en de saus, terwijl de *agneau* stond te sudderen in de ovens.

Antoine de Persand, doorgaans gereserveerd en vormelijk, kwam glimlachend binnen met een houding van wat kan het mij schelen, en hij had voor iedereen een vriendelijk woord, was attent voor zijn moeder en toonde een volstrekt onverhulde aandacht voor madame Cray. Onder ieders ogen verzette hij haar naamkaartje van de plek die haar aan de tafel van Tims vader was toegewezen naast haar echtgenoot – die ook hier niet kwam opdagen – naar zijn eigen tafel. Sommige aanwezigen vonden dit het toppunt van onbeschaamdheid, aangezien ook Suzanne de Persand aan die tafel zat; het was niet netjes om je minnares en je moeder met elkaar te confronteren. Gelukkig merkte madame Aix, die met een overzicht van de tafelschikking rondliep, de fout op en zette de kaartjes terug op hun voorbestemde plaatsen.

Sommige mensen, vooral de Amerikanen, wilden niet te streng oordelen over Clara Holly toen bekend werd dat ze de volgende ochtend de gevangenis in moest. Ze had een kalme, bijna vrome houding, die anderen, vooral de Fransen, raadselachtig vonden.

'En dan te bedenken dat ze morgen de gevangenis in gaat', fluisterde Anne Servian Béridot.

'Dat is die Amerikaanse vrouw die de lambrisering van madame Du Barry heeft gestolen', zei Carole Simonot.

'Is zij dat? En zij is bevriend met Anne-Sophie?' wilde Marie-Hélène Pinard weten.

'*Oui.* Of eerder met Tiem, heb ik begrepen. Zij en haar man, maar zij heeft het gedaan.'

'Dat is zo verschrikkelijk slecht. Sommige Amerikanen zijn best aardig maar ze hebben geen enkel historisch besef. Ze denken alleen aan geld. Het verbaast me dat Anne-Sophie haar heeft uitgenodigd.'

'In ieder geval moet ze ervoor zitten. Laat dat een lesje zijn voor ons allemaal', zei Anne Servian Béridot.

'Maar wat voor lesje dan?' vroeg Pussy Lautremont zich af, die had opgemerkt dat de aantrekkelijke monsieur De Persand de stralende Clara eerder als een heldin scheen te beschouwen, als een fantastische vrouw, als La Pasionaria of als Marianne zelf.

'Echt waar? Kan een vrouw een morele rol vervullen?' zei Estelle. 'Ik denk het niet. De arme Clara denkt dat ze moet zitten omdat ze opkomt voor de rechten van dieren, maar ze beseft natuurlijk niet dat de vrouw een moreel vat is. Ze is het voorwerp van de meest conservatieve restricties die de maatschappij oplegt en voert deze uit of verwerpt ze. Maar ze kan niet handelen of vernieuwen. Een vrouw kan alleen bewonderd of veroordeeld worden in het licht van deze restricties. Dat lijkt ze zich niet te realiseren. Bijzonder weinig vrouwen hebben handelend of vernieuwend opgetreden. Natuurlijk, Jeanne d'Arc. Maar hoeveel anderen kun je noemen?'

De kussen die Antoine haar onderweg had gegeven, achter de bouwsteigers bij het antiquariaat, lagen nog op Clara's lippen. Deze vervluchtigende lichamelijke ervaring was waarschijnlijk geluk. Was geluk een vuur dat je steeds weer moest oppoken? Of was het als een schilderij aan de muur dat altijd bleef hangen? Ze moest het minstens drie maanden lang doen met de herinnering; dan kon het weer hernieuwd worden en nieuwe brandstof krijgen. Ze dacht dat ze misschien gelijk had gehad in haar minachting voor mensen die op zoek waren naar geluk. Dergelijke mensen, had ze altijd gevonden, waren onaangenaam egocentrisch, hun gezoek was mogelijk zelfs verderfelijk en leidde in ieder geval tot niets. Het geluk zoeken was net zoiets als in de zon kijken tijdens een zonsverduistering. De zon verdween niet alleen, maar je beschadigde er ook nog eens je ogen mee. Vreemd genoeg had zij zonder te zoeken het geluk toch gevonden.

Ze geloofde niet in opofferingsgezindheid, dat was een twijfelachtige deugd die altijd juist aan vrouwen werd opgedrongen en die tot lichamelijke gebreken leek te leiden. Ze herinnerde zich haar hoofdpijn. Toch vond ze enige voldoening in de wetenschap dat ze met haar gevangenschap vooruit kon boeten voor een toekomst van voorgenomen overspel, zo vaak mogelijk, met Antoine de Persand.

'Een van de grote vreugden van mijn roeping,' zei de Abbé, terwijl hij het glas hief voor de eerste toast, 'is dat ik vrouwen die ik als kind al gekend heb en die ik nog de eerste communie gegeven heb, onder het oog van God in de echt mag verbinden met de man van hun keuze. Natuurlijk ook om hun eerstgeborene te begroeten, en alle kleintjes die nog zullen volgen… Ik herinner me Anne-Sophie nog bijzonder levendig, haar krullen, de eeuwige schaafwonden op haar knieën. Ze reed paard, en het was duidelijk dat ze daar erg goed in was. Maar devoot als ze was, verzaakte ze nooit haar plicht. Laat ons daarom drinken op Anne-Sophie, nu ze deze heilige verbintenis is aangegaan, en op Thomas – moge zijn hart openstaan voor Christus. Laat ons drinken op een toekomst vrij van narigheid, en dat zij voor altijd het besef met zich mee zullen dragen van hun geluk…'

Anne-Sophie was weggeglipt naar haar grootmoeders slaapkamer om de jurk aan te trekken waarin ze zou afreizen. Het vrolijke rumoer van beneden nam toe nu de rijkelijk met champagne besproeide dinergasten waren gaan dansen. In haar maag nestelde zich een beginnend gevoel van bevrijding, alsof ze een van die

Chinese balletjes had ingeslikt die zich in water tot bloemen en kastelen ontvouwen, structuren van onvoorziene kleur en complexiteit: het huwelijk. Het bruisende gevoel in haar maag ging gepaard met een gematigd optimisme dat ze niet eerder had gevoeld, in ieder geval het idee dat gedane zaken geen keer nemen en dat als er iets mis ging met het diner, *tant pis*. Eindelijk kon ze eten! Geen wonder dat ze opvrolijkte. Want omdat je nou eenmaal niet terugkon, was het maar beter om vooruit te kijken.

Tim zag zijn gezicht, onveranderd, in de spiegel toen hij de das losknoopte die hij op de bruiloft gedragen had. Hij nam het sobere streepjescolbert dat hij had meegebracht. Toen hij binnenkwam in het berghok, was hij op madame d'Argel gestuit, die zich hier had verstopt om een sigaretje te roken. Toen ze zo betrapt werd, verscheen op haar gezicht een uitdrukking die het midden hield tussen vreugde en paniek.

'Jij bent... Ik ken jou', zei ze. 'Ik mag niet roken van ze.'

'Van wie niet?'

'Mijn schoondochter en nog een paar mensen, en van de dokter ook niet.'

'Zijn ze nou helemaal', zei Tim. 'Blijf gerust, ik trek alleen een ander jasje aan. Rook maar rustig door. Het is mijn huwelijk en ik zeg dat u kunt roken.'

Toen hij in de hal kwam, hoorde hij de stem van zijn vader. 'Op Anne-Sophie en Tim', zei Jerry Nolinger, die zich als spreker duidelijk niet op zijn gemak voelde, maar die desondanks veel bijval oogstte. 'Ik hoop dat ze net zo gelukkig zullen worden als de rest van ons. Gelukkiger, eigenlijk. Nee, zo moet ik het niet zeggen. Nog gelukkiger. Ik bedoel natuurlijk, zo gelukkig als een mens maar zijn kan, en er is geen enkele reden waarom een mazzelaar als Tim niet gelukkig zou zijn met zo'n engel als bruid. En mijn dank aan al onze Franse vrienden, omdat jullie ons bezoek zo aangenaam hebben gemaakt. Bedankt! En laten we nu drinken op Anne-Sophie en Tim.'

'Bravo, bravo!'

Tim keek om zich heen. Anne-Sophie kwam juist uit de slaapkamer van haar grootmoeder. Haar gelach klonk uit boven de kakofonie van Frans en Engels waarmee ze verwelkomd werden. Hun handen zochten elkaar boven de schouders van de gasten die om hen samendromden.

Diane Johnson bij Uitgeverij De Geus

Le Divorce

Nadat ze met de filmacademie is gestopt, verruilt de Amerikaanse schone Isabel Walker Californië voor Parijs om haar hoogzwangere zusje Roxy bij te staan. Perikelen rond een scheiding, ontrouw, jaloezie en zelfs een heuse *crime passionnel* weerhouden Isabel er niet van te genieten van alles wat de Franse hoofdstad haar te bieden heeft.